OSCAR WILDE

LE PORTRAIT DE DORIAN GRAY

Traduction
de Richard CREVIER

Introduction, notes, chronologie
et bibliographie mises à jour (2006)
par Pascal AQUIEN

GF Flammarion

Du même auteur
dans la même collection

© Flammarion, Paris, 1995.
Édition corrigée et mise à jour en 2006.
ISBN : 978-2-0807-1301-8

INTRODUCTION

Il est certain que j'aimerais écrire un roman. Un roman qui serait aussi beau qu'un tapis persan, et aussi irréel [1].

Ce que je sais, c'est que Dorian Gray *est un classique, et à juste titre* [2].

Genèse.

Si l'on en croit Wilde, et Gide qui rapporte ses paroles dans *In Memoriam*, *Le Portrait de Dorian Gray*, à l'instar d'autres œuvres insolites comme le *Frankenstein* de Mary Shelley, dut le jour à un concours de circonstances, voire à un pari :

> « Mes pièces ne sont pas du tout bonnes, et je n'y tiens pas du tout... Mais si vous saviez comme elles amusent! Presque chacune est le résultat d'un pari. *Dorian Gray* aussi; je l'ai écrit en quelques jours, parce qu'un de mes amis prétendait que je ne pourrais jamais écrire un roman. Cela m'ennuie tellement d'écrire! » Puis se tournant vers moi : « Voulez-vous savoir le grand drame de ma vie? C'est que j'ai mis mon génie dans ma vie; je n'ai mis que mon talent dans les œuvres. »

Tout ceci est bien sûr faux, et les conditions de

---

1. *Le Portrait de Dorian Gray*, Chapitre III.
2. Lettre adressée à Leonard Smithers, le 19 novembre 1897.

rédaction du texte en prose le plus long jamais composé par Wilde furent plus précises et moins aisées que, par affectation ou par négligence, il ne voulut bien le dire. Il avait en effet, lors de son voyage aux États-Unis en 1882, rencontré J.M. Stoddart, directeur d'une revue, le *Lippincott's Monthly Magazine*. Celui-ci, qui se trouvait à Londres en septembre 1889, eut l'idée de l'inviter en compagnie d'Arthur Conan Doyle et de demander à chacun d'eux une œuvre originale. Wilde lui parla de son projet de roman et, bien que l'éditeur le priât de le lui remettre en octobre, l'auteur ne rendit le manuscrit qu'au printemps suivant. Très étrangement, Wilde rencontra à la rédaction de son livre des difficultés de nature grammaticale. Aussi demanda-t-il à son ami Coulson Kernahan de relire son texte et de l'aider à vérifier l'emploi des auxiliaires modaux (« will », « shall », « would » et « should ») et en particulier celui du futur, forme verbale brumeuse, disait-il, pour l'Irlandais qu'il était : « Je suis celte et non pas anglais », expliquait-il pour excuser ses ignorances ou ses hésitations. La rédaction du *Portrait de Dorian Gray* (comme plus tard celle de *Salomé*) fut chose laborieuse, et Wilde dit de ces deux œuvres, en partie pour cette raison, qu'elles étaient les seules auxquelles il attachât de l'importance. Conan Doyle, de son côté, proposa une nouvelle aventure policière :

> Le résultat de cette soirée fut que nous promîmes, Wilde et moi, d'écrire des livres pour le *Lippincott's Magazine* : Wilde apporta sa contribution avec *Le Portrait de Dorian Gray*, livre qui est sans doute d'une grande élévation morale ; pour ma part, j'écrivis *Le Signe des Quatre*, où Sherlock Holmes fait sa deuxième apparition.

Certes, *Le Signe des Quatre* et *Le Portrait de Dorian Gray* n'ont aucun lien thématique ; il semble toutefois que les avatars des traits de Dorian aient impressionné Conan Doyle, au point que le thème du visage détruit, autre manière de faire surgir dans le réel la crainte de « perdre la face », revient dans l'une de ses nouvelles,

« Le Client célèbre ». L'auteur y met en scène un homme d'une grande beauté, mais si infâme et cruel qu'il finit par être défiguré au vitriol par l'une de ses anciennes victimes : « La physionomie que j'avais admirée un peu plus tôt ressemblait à une belle toile sur laquelle l'artiste aurait passé une éponge humide et méphitique. Elle était devenue brouillée, décolorée, inhumaine, terrifiante », description qui fait étrangement écho aux protestations de Basil devant la dégradation de son tableau : « La pièce est humide. La toile a moisi. Les pigments que j'utilisais comportaient un poison minéral » (ch. XIII).

Le Portrait de Dorian Gray fut composé en deux temps. C'était à l'origine une nouvelle inspirée par La Peau de chagrin de Balzac et par « William Wilson » d'Edgar Poe. L'œuvre parut le 20 juin 1890 dans le Lippincott's Monthly Magazine et fut reprise sous forme de livre en avril 1891 avec une préface, quelques modifications ponctuelles (principalement d'ordre lexical) et six chapitres supplémentaires (III, V, XV, XVI, XVII et XVIII) : les chapitres III et XV sont remarquables pour leurs conversations brillantes ; le chapitre V est un mélodrame sentimental à la Dickens ; les chapitres XVI, XVII, XVIII développent l'intrigue secondaire de la vengeance du frère. En outre, de nombreux passages parurent dans le livre, qui étaient absents de la première version, et, à l'inverse, des paragraphes du texte originel furent modifiés ou supprimés (ceux, par exemple, qui laissaient apparaître trop évidemment la nature homosexuelle de la passion de Basil pour Dorian). Enfin, la préface, qui, dans sa version définitive, consiste en vingt-cinq aphorismes, parut pour la première fois (sous la forme de vingt-trois aphorismes) dans le numéro de mars 1891 de la Fortnightly Review. Celle-ci devait, selon son auteur, avoir une fonction polémique et didactique que Wilde souligna dans une lettre du 21 mars 1891 adressée à J.S. Little :

> Vouloir dicter à l'artiste ce qu'il doit faire est bien évidemment tout à fait monstrueux de la part des jour-

nalistes : tout amateur d'art doit leur opposer les plus vives protestations. Mon roman va paraître sous forme de volume le mois prochain et je suis curieux de voir si ces damnés journalistes vont l'attaquer avec la même ignorance malsaine que la dernière fois. Ma préface devrait leur apprendre à corriger leurs mauvaises manières.

Ce qu'elle ne fit pas.

Influences.

Wilde était un emprunteur invétéré, et l'influence des auteurs français, de quelque qualité qu'ils fussent, est patente dans son œuvre : le personnage de Dorian Gray est proche à certains égards du Maldoror de Lautréamont, et bien des aspects du *Portrait de Dorian Gray* font songer à *La Peau de chagrin*, aux *Mystères de Paris* qui ont inspiré Wilde dans sa description du Londres nocturne, ou encore à Gautier (dans le chapitre XIV, Dorian feuillette *Émaux et Camées*). Wilde connaissait aussi *La Faustin* d'Edmond de Goncourt, qui lui fournit le thème des liaisons dangereuses (l'amant de la Faustin a un ami qui a exercé sur lui une influence néfaste, le poussant à de « salissantes débauches ») et celui de l'actrice plus convaincante sur scène que dans la vie réelle. Surtout, il avait lu *À Rebours* dont il plagie, non pas la modernité d'écriture, mais les afféteries et les excès, en particulier dans les surenchères descriptives du chapitre XI.

Le roman de Huysmans est de plus le modèle du livre offert par Lord Henry à Dorian. Dans la première version du *Portrait de Dorian Gray*, Wilde donne un titre fictif à cette œuvre qui influence ou hante Dorian : c'est *Le Secret de Raoul* de Catulle Sarrazin, qui associe les noms de Catulle Mendès, Parnassien partisan de l'art pour l'art et gendre de Gautier, que l'écrivain connaissait depuis plusieurs années, et de Gabriel Sarrazin, rencontré en 1888 ; le prénom Raoul était emprunté à *Monsieur Vénus* de

Rachilde, disciple des Goncourt et de Huysmans[1]. Ceci n'empêcha pas Wilde de nier paradoxalement l'emprise de son modèle et de prétendre, dans une lettre adressée à Ralph Payne, que « le livre qui empoisonna ou qui rendit parfait Dorian Gray n'existe pas ; [...] il s'agit seulement d'une fantaisie de ma part ».

On trouve aussi dans *Le Portrait de Dorian Gray* des thèmes chers aux décadents : le primat de la sensation, le culte de l'expérience et de la beauté cruelle, voire en filigrane les amours perverses. En ce sens, Wilde suit les pas d'Arthur Symons, porte-parole du mouvement symboliste en Grande-Bretagne, pour qui la décadence était « une maladie aussi belle qu'intéressante », la dégradation du portrait de Dorian trouvant sa place dans ce contexte où s'interpénètrent le beau et le laid ou, si l'on préfère, le sain et le malsain. D'autres influences encore sont patentes, le texte wildien s'inscrivant dans la lignée du mélodrame alors en vogue (*The Streets of London, London by Gaslight*, dont sont issus quelques personnages stéréotypés comme la mère de Sibyl Vane et son frère, tous deux condamnés à vieillir ou à mourir au même titre que le genre littéraire auquel ils appartiennent) ou encore dans celle du roman gothique. Oscar, qui était le petit-neveu du romancier irlandais Charles Maturin, auteur de *Melmoth l'homme errant*, prit même le pseudonyme de Melmoth lors de son exil en France après son procès, et son roman est traversé par le mythe faustien du don de l'âme contre la jeunesse éternelle. La présence du roman de Maturin se manifeste jusque dans certains détails. Ainsi, dans le premier chapitre de *Melmoth*, le héros, alors étudiant, rend visite à son oncle sur son lit de mort et, à sa demande, va chercher du vin dans un cabinet « où, depuis presque soixante ans, personne en dehors du vieux Melmoth n'avait jamais mis le pied ». Or dans ce lieu clos (« closet » en anglais), modèle de celui où Dorian entrepose son tableau et

1. Voir Richard Ellmann, *Oscar Wilde*, Penguin Books, 1987, p. 298.

son être, le jeune homme aperçoit le portrait d'un ancêtre au regard fascinant, qui, à la suite d'un pacte avec le diable, a pu vivre cent cinquante ans sans manifester le moindre signe de vieillissement. A la fin du troisième chapitre le jeune Melmoth détruit le portrait maudit (« il le coupa, le déchira et le lacéra entièrement ») et, dans les dernières pages du livre, le Voyageur vieillit brusquement, « les rides du grand âge visibles sur tous ses traits », description partiellement reprise par Wilde (« il était flétri, ridé, et son visage était répugnant », ch. XX).

On évoquera enfin Poe (« Le Portrait ovale »), dont Walter Pater souligne le charme qu'il exerçait sur Wilde, ou encore Gogol. Dans « Le Portrait » (*Les Contes de Saint-Pétersbourg*, 1839), un personnage, en fait Satan, survit dans les yeux terribles de son portrait (« cela a les yeux d'un diable », s'écrie Basil au chapitre XIII). A la fin de la nouvelle, le propriétaire du tableau, peintre devenu riche, est en proie à une frénésie destructrice qui le pousse à acheter des toiles de grande valeur pour les lacérer. « Le Portrait » se termine par la mort du peintre dans des termes dont Wilde semble s'être souvenu : « Son cadavre était effrayant. On ne retrouva rien de ses immenses richesses ; mais à la vue des débris lacérés de tant de nobles œuvres dont la valeur dépassait plusieurs millions, on comprit le terrible usage qu'il avait fait de sa fortune [1]. » Le thème du portrait défiguré présente en outre de nombreuses analogies avec *Le Cas étrange du Dr. Jekyll et de Mr. Hyde* (dont il est longuement question dans « Le Déclin du mensonge », 1889), en particulier l'analogie classique entre la laideur physique et la laideur de l'âme (« Votre maître, Poole, est sans doute atteint d'une de ces maladies qui à la fois torturent et défigurent leur victime [2] ») que l'on re-

---

1. Nicolas Gogol, *Les Contes de Saint-Pétersbourg*, GF-Flammarion, n° 189, p. 184.

2. R.L. Stevenson, *Le Cas étrange du Dr. Jekyll et de Mr. Hyde*, GF-Flammarion, n° 625, p. 93.

trouve dans la confession du Dr. Jekyll au dernier chapitre : « Le mal [...] avait mis sur ce corps une empreinte de difformité et de déchéance » ; « l'horrible face de mon iniquité me regardait jusqu'au fond de l'âme ». Chez Wilde comme chez Stevenson, le mouvement de balancier entre l'image sensible et sa valeur métaphorique est incessant, et la déformation des traits est une manière de rendre compte des tourments de l'être. Enfin, l'association entre la peinture et la corruption allait confirmer une idée répandue chez les victoriens : ce qui est corrompu n'est pas le seul tableau mais encore l'art tout entier ; quant aux artistes, ils sont, en raison de leurs mœurs par essence douteuses, infréquentables et dangereux.

Courants.

Oxford était alors traversé par deux courants contradictoires, tension dont rend largement compte *Le Portrait de Dorian Gray*. Le premier était incarné par Ruskin qui inspira en partie à Wilde le personnage de Basil. Selon Ruskin, l'artiste a pour mission, ou pour sacerdoce, de révéler les liens d'identité qui se tissent entre éthique et esthétique. Ses principes, qui sont de nature essentiellement théocentrique, se fondent à la fois sur une théorie de l'imagination héritée de Coleridge et sur une conception évangélique mêlant la prophétie biblique à l'inspiration divine. Toute belle chose est selon lui une théophanie, et contempler la beauté est, au même titre que la lecture de la Bible, un acte à la fois éthique et religieux. En outre Ruskin utilise le verbe « voir » là où d'autres se serviraient du verbe « penser » : pour comprendre — et Wilde dans son roman se souvient de cet enseignement — il faut faire l'expérience des choses, et plus précisément les contempler, sans doute parce que tout, dans la création, nous regarde.

Le second courant était représenté par Pater, dont les *Studies in the History of the Renaissance* (*La Renaissance*), qui associent la quête de l'unité de l'âme et du corps au culte de la beauté et des sens, fascinaient Wilde ; Yeats raconte ainsi dans son autobiographie que celui-ci lui en avait parlé avec enthousiasme lors de leur première rencontre : « [*La Renaissance*] est mon livre d'or. Je ne voyage jamais sans lui. » Wilde, qui le considérait comme la Bible d'un nouvel hédonisme visant « l'expérience elle-même et non pas les fruits de l'expérience », comme l'écrit Pater dans sa Conclusion, y revient dans le constat rétrospectif de *De profundis* : *La Renaissance*, dit-il, est « ce livre qui a exercé sur toute ma vie une si étrange influence ». Celle-ci se détecte dans le lexique du *Portrait de Dorian Gray* : Pater, fasciné par ce qu'il supposait être les excès du xviᵉ siècle, évoque dans son étude sur Léonard de Vinci « la fusion de la beauté et de la terreur », thème à l'œuvre dans le roman de Wilde. De plus, pour Pater, Vinci a su montrer « ce que la nature a de plus secret », y compris ce qui se dissimule « sous les traits du visage », autant de termes (« secret », « visage ») qui constituent le fondement du texte wildien. On évoquera également la célèbre description patérienne du visage de la Joconde, à la fois intact et travaillé « cellule après cellule, par d'étranges pensées, de fantastiques rêveries et d'exquises passions ». Comme celui de Dorian, ce visage n'est pas seulement une surface peinte, il a une profondeur et une histoire, car « toutes les pensées, toutes les expériences du monde sont ici gravées », écrit Pater. Enfin, dans l'essai sur Winckelmann, dernier chapitre de *La Renaissance*, qui place la beauté masculine au-dessus de la plastique féminine, le mot « Dorian » est associé à Apollon et à la lumière (Pater évoque « le culte dorien d'Apollon », « the Dorian worship of Apollo ») ; il est également opposé aux « tristes divinités chthoniennes », sombres et inquiétantes, qui finiront chez Wilde par emporter le jeune homme.

Le livre qui a influencé Lord Henry est l'œuvre de Pater. Wilde ne cesse de le citer de façon plus ou moins approximative, en particulier dans ses propos sur l'accomplissement de sa nature et l'élan de l'expérience : « Nous sommes punis de nos dénégations : chacune des pulsions de l'âme et du corps que nous essayons d'étouffer nous travaille et nous empoisonne. [...] La seule manière de se délivrer d'une tentation, c'est d'y succomber », s'écrie Lord Henry (ch. II) en des termes que Pater, qui fit un compte rendu du roman à la demande de Wilde, refusa néanmoins. Selon lui, l'hédonisme de Dorian et de Lord Henry ne laissait aucune place à des élans plus subtils qu'il définit ainsi : « Un véritable épicurisme », écrit Pater, « vise à développer absolument mais aussi harmonieusement l'organisme entier de l'homme. Aussi, perdre le sens moral, par exemple celui du péché et du bien, comme le fait le héros de M. Wilde, conduit-il non pas à l'élévation mais à l'abaissement des aspirations. » Wilde, toutefois, retourne cet argument pour se justifier, les refus opiniâtres et les dénégations conduisant selon lui à une dégradation bien plus terrible. Il revient sur cette idée dans « Le Critique comme artiste » qui présente le renoncement et le sacrifice comme des expédients destinés à arrêter le progrès humain, voire comme des survivances masochistes du culte antique de la souffrance. En même temps, comme Dorian qui « n'avait jamais commis l'erreur de freiner son développement intellectuel par l'acceptation conventionnelle d'un credo ou d'un système » (ch. XI), il ne prenait que très partiellement position, n'abondant jamais clairement dans le sens de Ruskin ou de Pater : « tout excès, de même que toute renonciation, porte en soi son propre châtiment », écrivit-il au rédacteur en chef de la *Daily Chronicle* qui l'avait vilipendé. De plus, si l'on tient compte des effets pernicieux des conseils de Lord Henry, il apparaît que *Le Portrait de Dorian Gray* est un roman esthétique qui condamne, au moins pour la forme, les excès de l'esthétisme. Cela constituerait une critique implicite de Pater d'autant plus paradoxale que la préface de Wilde prône la séparation de l'esthétique et de l'éthique, l'annulation par l'auteur de sa propre argumentation étant au cœur même de sa démarche d'écriture. Wilde fait mourir le peintre ruskinien et le modèle hédoniste, et joue sur les faux semblants en écrivant un roman en contradiction avec sa préface : dans ces conditions, soit celle-ci n'est qu'un jeu avec les mots et les paradoxes, soit le roman est creux. Une dernière possibilité est que seule compte cette contradiction, la tension ou l'incompatibilité étant les fondements d'une écriture qui hésite entre le décoratif et l'indicible.

Wilde aime également à prendre le mot au mot : puisque *Le Portrait de Dorian Gray* est un roman de la « décadence », celle-ci, sous forme de dégradation effective, sera visible sur le portrait puis, en fin de compte, sur le visage du héros. De plus, ce livre est en grande partie métaphorique, ce qui explique que Wilde fasse de ses personnages l'incarnation de telle idée ou de telle tendance : « Un nouvel hédonisme, voilà ce dont a besoin notre siècle. Vous pourriez en être le symbole visible », lance Lord Henry à Dorian (ch. II). En ce sens, *Le Portrait de Dorian Gray* est un roman sur l'évolution des tendances artistiques au XIXᵉ siècle. Il est aussi la mise en scène de diverses composantes du moi ou de l'idéal du moi wildien; comme l'écrivait l'artiste dans une lettre adressée à Ralph Payne : « Basil Hallward est ce que je crois être; Lord Henry ce que je passe pour être et Dorian ce que j'aimerais être, en d'autres temps, peut-être. » Dorian est à la fois un homme et un tableau, c'est-à-dire une projection identificatoire que renforcent, dans le roman, nombre de détails autobiographiques : la maison de Lord Henry ressemble à celle de Wilde dans Tite Street, Dorian, comme Oscar, est attiré par le catholicisme pour des raisons d'ordre esthétique, les mots d'esprit de Lord Henry sur les femmes, le mariage et l'Amérique se retrouvent partout ailleurs dans la bouche de Wilde. Enfin, si Lord Henry est une caricature de Pater, Basil est à la fois Ruskin et une incarnation cryptée de Whistler (clairement identifiable dans la première version), ami puis ennemi de Wilde.

Basil est un personnage ambigu (son choix d'objet,

bien qu'il ne soit qu'à demi avoué — les jeunes gens
— le rapprochant de Wilde), et sa mise à mort signe la
perte de foi en l'association ruskinienne entre l'art et la
morale, ce que Wilde rappelle discrètement dans une
allusion au Tintoret : après avoir tué son ancien ami,
Dorian se rappelle un voyage à Venise lors duquel
Basil « était devenu fou du Tintoret » (ch. XIV). Or,
les analyses que Ruskin avait faites de l'« Annoncia-
tion » du peintre vénitien, qui montraient en quoi les
détails réalistes les plus infimes sont prégnants de sens
et de vérité symbolique, avaient exercé une influence
profonde sur les Préraphaélites. L'art victorien se
meurt, comme meurt Sibyl, d'abord triomphante dans
un milieu sordide à la Dickens puis condamnée parce
qu'elle croit encore à l'innocence et à un sentimenta-
lisme caricatural (elle appelle Dorian son « Prince
Charmant »). En outre, avec ce qui est *stricto sensu* la
disparition ou la dissolution de Basil (son cadavre est
détruit par des acides), s'annoncent d'autres formes
d'art ou un autre esthétisme, en tout cas le refus de
s'en remettre définitivement à une seule forme. Cela
explique pourquoi la mort du peintre est décrite
comme un tableau, avec le carmin de la plaie et, dans
la rue, la tache rouge d'un fiacre en maraude, avec la
laque noire de la tache de sang et, dans le ciel, « une
monstrueuse queue de paon constellée d'une myriade
d'yeux dorés », rappel de l'esthétique préraphaélite ;
Basil étant mort, mieux vaut voir autre chose, même si
on en revient toujours à ses impressions d'enfance ou
à des signifiants enfouis, le rouge (celui des « fils écarlates de la vie », celui encore du « labyrinthe sanguin
de la passion » évoqués au chapitre VIII) et ses dérivés
étant les couleurs préférées de Lady Wilde qui aimait
à se draper d'étoffes cramoisies. « La Fatalité, tel un fil
violet, traverse le tissu d'or de *Dorian Gray* », écrit
Wilde dans *De profundis*, comme pour faire écho aux
recommandations de Lord Henry à Dorian : « Ne fais
jamais confiance à une femme qui porte du mauve »
(ch. VIII).

Juges.

La publication du roman suscita des réactions contrastées. Il y eut certes des éloges, en particulier à la parution de la seconde version. Fin 1890, le critique Lionel Johnson, alors étudiant à Oxford, ami et admirateur de Pater, écrivit en latin un poème à la gloire de Wilde, dont la dernière strophe rendait compte de ses préférences sexuelles :

> Hic sunt poma Sodomorum;
> Hic sunt corda vitiorum;
>   Et peccata dulcia.
> In excelsis et infernis,
> Tibi sit, qui tanta cernis,
>   Gloriarum gloria.

(« Voici les fruits de Sodome,/ Voici le cœur des vices,/ Et la douceur des péchés./ Qu'au ciel et qu'en enfer,/ Te soit accordée,/ A toi qui comprends tant de choses,/ La gloire des gloires. ») De son côté, la mère de l'artiste s'émerveillait (« C'est la plus merveilleuse de toutes les œuvres de fiction de l'époque [...] J'ai failli m'évanouir à la dernière scène[1] »), et, en novembre 1891, Pater fit paraître un article élogieux dans le *Bookman* (« On retrouve toujours un peu de l'excellent causeur dans les écrits de M. Oscar Wilde »). Yeats, à son tour, dans *United Ireland* (26 septembre 1891), considéra que « malgré tous ses défauts » *Dorian Gray* était « un livre merveilleux »; enfin, Mallarmé fit parvenir à Wilde un message flatteur :

> J'achève le livre, un des seuls qui puissent émouvoir, vu que d'une rêverie essentielle et des parfums d'âmes les plus étranges s'est fait son orage. Redevenir poignant à travers l'inouï raffinement d'intellect, et humain, en une pareille perverse atmosphère de beauté, est un miracle que vous accomplissez et selon quel emploi de tous les arts de l'écrivain!

'It was the portrait that had done everything'. Ce

---

1. Lettre à Oscar Wilde, juin 1890.

portrait en pied, inquiétant, d'un Dorian Gray, han-
tera, mais écrit, étant devenu iivre lui-même.

La plus grande partie des critiques, en particulier
dans la presse, furent cependant hostiles. Le *Scots
Observer* du 5 juillet 1890 attaqua Wilde pour des raisons morales :

> Pourquoi aller fouiller dans un tas de fumier? [...]
> L'histoire — qui traite de sujets uniquement propres à
> la police judiciaire ou aux jugements à huis clos — est
> déshonorante autant pour l'auteur que pour l'éditeur.
> M. Wilde a de l'esprit, de l'art, du style; mais, s'il ne
> peut écrire que pour les aristocrates hors-la-loi et les
> petits télégraphistes pervertis, plus tôt il prendra le
> métier de tailleur (ou toute autre profession hono-
> rable) mieux cela vaudra pour sa réputation person-
> nelle et la moralité publique [1].

The Daily Chronicle (30 juin 1890) et *The St. James's
Gazette* (24 juin 1890) dénoncèrent à l'envi
l'influence pernicieuse des Décadents français, voire
l'incorrection grammaticale du texte de Wilde, consi-
dérée sans doute comme un symptôme de sa nature
viciée : « Pour ce qui est de la grammaire », rétorqua
l'auteur deux jours plus tard, « je considère qu'en
prose du moins la correction doit toujours se sou-
mettre à l'effet artistique et à la cadence musicale,
toutes les particularités syntaxiques de mon texte
étant délibérées. » Le même article le fustigea sur la
vanité de son érudition, s'en prit à l'immoralité de
l'ouvrage et en appela même à la censure politique
(« Il faudrait qu'un gouvernement tory interdise ce
livre »). Les injures, comme plus tard à la parution de
Salomé, ne manquèrent pas : « lascif et ésotérique »,
« stupide et vulgaire », « ennuyeux et pernicieux »,
« répugnant », « putréfaction malodorante » sont des
termes qui reviennent sous la plume des critiques et

---

1. L'auteur fait ici allusion à un scandale qui, en 1889, avait
compromis Lord Arthur Somerset et un certain nombre d'employés
des Postes qui fréquentaient un lupanar homosexuel de Cleveland
Street.

que l'on retrouve dans un article de la *Daily Chronicle*, son auteur dénonçant l'influence de « la littérature lépreuse des Décadents français » sur un livre « empoisonné », à l'atmosphère « chargée des odeurs méphitiques de la putréfaction morale et spirituelle ». La mauvaise réputation de Wilde commençait à inquiéter sa jeune épouse (« Depuis qu'Oscar a écrit *Dorian Gray* », déplorait-elle, « plus personne ne veut nous parler »), et *Le Portrait de Dorian Gray* avait, dès sa première parution, quitté le champ de la littérature pour entrer dans celui de la pathologie criminelle. Aussi, lors du procès de l'artiste, sembla-t-il normal que l'avocat Carson se servît de tel ou tel extrait du roman pour étayer son accusation : *Le Portrait de Dorian Gray* n'était plus une œuvre, c'était une preuve.

À cela, Wilde répondit de diverses manières, par exemple en revendiquant le caractère immoral de ses personnages — qu'il jugeait plus riches que ceux des romans édifiants. Non seulement, précisa-t-il, l'art et la morale sont séparés, mais encore, fit-il observer dans sa réponse du 26 juin au rédacteur en chef de la *St. James's Gazette*, le mal est « intéressant » :

> Les gens de bien, dans la mesure où ils relèvent de la norme, ne présentent aucun intérêt d'ordre artistique. Les mauvaises gens, en revanche, sont des cas intéressants à étudier. [...] Les premiers sont exaspérants pour la raison, les seconds suscitent l'imagination.

C'est dans le même esprit que Wilde défend l'artifice contre le réalisme : « L'artiste, dit-il, a pour rôle d'inventer et non de faire des comptes rendus », et « le plaisir suprême, en littérature, est de se représenter l'inexistant. » Aussi, dans cette perspective, rejette-t-il les jugements moraux, ce qu'il exprime clairement dans une lettre adressée le 9 juillet 1890 au directeur du *Scots Observer* :

> Un artiste n'a pas de sympathies éthiques. Le vice et la vertu sont simplement pour lui ce que sont, pour le peintre, les couleurs qu'il voit sur sa palette : rien de plus et rien de moins. [...] Chacun voit en Dorian

Gray son péché. Quels sont les péchés de Dorian
Gray, personne ne le sait. Et si on les décèle, c'est
qu'on les a commis.

A l'inverse, et tel est le deuxième aspect de sa
défense, il affirme que *Le Portrait de Dorian Gray* est
un roman moral qui illustre le danger des excès.
Autrement dit, comme le prétend Wilde qui, dans une
lettre adressée au rédacteur en chef du *Scots Observer*,
va jusqu'à faire allusion aux jugements favorables de
la presse religieuse, l'art explore les secrets des âmes,
mais doit se garder de faire de l'esthétique une fin en
soi, ce qui est pourtant en contradiction avec sa préface. Dans une lettre à son ami Arthur Fish (22 juillet
1890), il dit des opinions de Lord Henry Wotton sur
le mariage qu'elles « sont absolument monstrueuses »
et se prétend certain « qu'en fin de compte on consi-
dérera *Dorian Gray* comme une véritable œuvre d'art
imprégnée d'une puissante leçon de morale ». Pater,
comme Wilde maître en l'art du déni, abonda dans
son sens en soulignant le message éthique du roman
(« cette histoire dénonce avec force la corruption
d'une âme »), la morale du *Portrait de Dorian Gray* ne
laissant selon lui pas de doute : le vice et le crime
enlaidissent l'âme et le corps. Et c'est sans doute pour
étayer ses intentions édifiantes que Wilde ajouta
l'intrigue secondaire du frère de Sibyl et qu'il atténua
le ton trop flamboyant de passages équivoques, lus
comme des descriptions à peine voilées de la double
vie qu'il menait depuis 1886.

Un titre.

Le Portrait de Dorian Gray est un titre à la fois limpide et étrange, limpide parce que tout lecteur, ou
tout amateur de peinture, sait ce qu'est un « portrait »;
étrange parce que la préposition « de » est ambiguë
(est-ce le portrait peint de quelqu'un ou le portrait
dont ce quelqu'un est propriétaire ?) et que le genre de
« Dorian Gray » est mystérieux (est-ce un homme ou

une femme, et si « Gray » est un patronyme courant, personne ne s'est jamais appelé « Dorian »). Par ailleurs, le titre anglais (*The Picture of Dorian Gray*) donne à réfléchir, « picture » signifiant certes « peinture », « tableau », mais aussi « image » à la fois visuelle et mentale. Cela pousse Wilde à jouer sans cesse sur le battement entre les mots « picture » et « portrait », non seulement pour introduire de la variété dans son lexique mais aussi pour montrer qu'il n'est pas ici question que de toile et de pinceaux mais encore de la représentation métaphorique de l'âme. De plus, la question de la représentation et du retournement joue en anglais dans diverses expressions courantes (« the other side of the picture », le revers de la médaille ; « to be pushed out of the picture », être éliminé de la scène, voire « his face was a picture », sa mine en disait long) dont le roman de Wilde se fait l'expansion.

Peu de temps auparavant, l'auteur avait écrit deux textes d'importance sur la peinture. Le premier est « Le Déclin du mensonge » (« The Decay of Lying »), qui invite à percevoir dans le portrait de Dorian l'inverse de ce que doit être une œuvre d'art : un bon portrait, écrit Wilde, révèle peu de choses du modèle et tout du peintre ; les mauvais peintres, poursuit-il, peignent ce que voit le public, mais celui-ci justement ne voit rien. Dans cette perspective, le portrait de Dorian n'est pas une œuvre, mais un simple révélateur chimique (en anglais, l'expression « in the picture » signifie d'ailleurs « en évidence »). Le second de ces textes est *Le Portrait de Mr. W.H.* (*The Portrait of Mr. W.H.*), méditation romanesque sur le faux en art (avec pour point central et fascinant, un tableau imaginaire représentant le jeune inspirateur des sonnets de Shakespeare) et la relation entre la passion et la mort, sur fond d'homosexualité. De ceci, *Le Portrait de Dorian Gray* reprend non pas l'idée mais la lettre, avec les mots « picture » et « portrait » et la question de l'envers du décor, liée au fantasme et à sa traversée, symbolisée chez Wilde par l'ultime coup de couteau dans la toile. C'est peut-être là que se trouve la clé du mot « picture » : si le « t » central est le pictogramme du poignard fatal, la première syllabe de ce mot est l'homonyme du verbe « pick », en anglais « traverser une surface plane à l'aide d'un instrument tranchant et pointu ».

Homonymies.

Wilde invite son lecteur à découvrir l'identité de « Dorian Gray », dont le nom, comme celui des autres actants (ou *personae*) du roman, est tout entier le vecteur du destin. Wilde, qui est un adorateur du verbe, aime à jouer sur les homonymies et les paronomases parce que donner le nom revient à céder la personne, le nom ne faisant qu'un avec l'être et révélant, ou dissimulant, le secret du personnage qui le porte : si Lord Henry désire « tout rebaptiser » (« Les noms sont tout. Je ne discute jamais les actes. J'en ai seulement contre les noms », ch. XVII), Dorian, lui, refuse de s'abandonner en ne donnant pas son identité à Sibyl Vane.

Le mot « Dorian » convoque diverses associations, à commencer par « Doria », patronyme d'une illustre famille de Gênes, rappel discret des liens de Speranza, mère de Wilde, avec l'Italie. « Dorian » est aussi associé à l'or (« d'or », Dorian étant blond, par contraste avec « Gray »/ « grey », et la menace de vieillissement que connote ce mot). Dorian est également lié au monde hellénique : « Dorian » (Dorian/ Orion, géant mythique connu pour sa très grande beauté et associé à l'île de Délos, où se pratiquait le culte d'Apollon) signifie « dorien » ou « dorique » en anglais, et l'on sait que les Doriens vénéraient le dieu de la lumière. Dans un poème de Wilde, « Trenoidia », l'adjectif « Dorian » est synonyme de « grec » et, dans *Le Portrait de Dorian Gray*, le visage du héros est comparé à celui d'Antinoüs (ch. I) ; Basil dit même de lui qu'il incarne « toute la perfection de l'esprit grec » (*ibid.*). Lord Henry dit avoir entendu parler pour la première fois de Dorian chez sa tante, Lady Agatha, nom qui en

grec (« agathos ») signifie « bon ». Dorian, qui évoque
« la petite tête grecque » de Sibyl Vane, dont la mort
« a la terrible beauté d'une tragédie grecque »
(ch. VIII), arbore l'expression « d'un jeune martyr
grec » (ch. II), et sa beauté est comparée à celle de
« la statuaire grecque » (ch. III). Enfin, Basil l'associe
à Adonis et à Narcisse dans « un bosquet grec »
(ch. IX) car c'est d'« amour grec » qu'il s'agit à mots
couverts.

Le mot « Dorian » permet également à Wilde de
rendre hommage à ses sources, en particulier à Pater
et à ses considérations sur la musique. Pour lui,
celle-ci est le plus accompli des arts, « tout art aspirant
à la condition de la musique » : puisqu'en musique le
mode dorien est l'un des plus anciens, le mode principal de la musique grecque antique et le plus grave des
modes du plain-chant, le personnage de Wilde
s'appellera Dorian et ce Dorian/ « dorian » sera musicien. Il incarnera ainsi à lui seul, non sans danger ni
sans paradoxe, l'objet esthétique accompli. Par
conséquent, s'il est évidemment question de peinture
dans Le Portrait de Dorian Gray, la musique y occupe
une place prépondérante qui ne peut s'expliquer que
par la référence patérienne. Les allusions sont multi-
ples : « Du point de vue de la forme », affirme Wilde
dès sa préface, « le paradigme de tous les arts est l'art
du musicien. » La première fois que Lord Henry voit
Dorian, celui-ci feuillette les Scènes de la Forêt de
Schumann (ch. II). Le choix de Schumann n'est pas
fortuit, celui-ci plaçant ses compositions sous le signe
du double (la fameuse opposition — que Schumann
considérait aussi comme un lien de complémentarité
— entre le lyrisme d'Eusébius et l'impétuosité de Flo-
restan). Quant aux neuf petites pièces des Scènes de la
Forêt, si elles sont connues pour leur caractère inti-
miste (qui sied à l'atmosphère de la scène telle que
Wilde la décrit), elles font aussi voisiner deux pièces,
« Lieu maudit » et « Paysage souriant », qui rendent
compte du clivage à venir (les Scènes de la Forêt furent
composées quatre ans seulement avant que le musicien ne sombrât dans l'autre monde de la folie). Les

références à la musique ne s'arrêtent pas là : certains personnages du roman sont d'excellents musiciens (« c'était en fait la musique qui avait tout d'abord rapproché » Dorian et Alan Campbell), et, à la fin de l'œuvre, Lord Henry invite Dorian à jouer du Chopin, demande qu'il réitère un peu plus loin quand il le prie de lui interpréter un nocturne. Dorian, par ailleurs, fait venir chez lui « les plus célèbres musiciens du moment » (ch. XI) et, à une autre époque de sa vie, « se consacra tout entier à la musique » (ch. XI), ce qui invite Wilde à énumérer toutes sortes d'instruments. De plus, Wilde se sert de la musique pour préciser ses conceptions (dans le chapitre II, Lord Henry glose sur l'immoralité de toute influence, affirmant que l'âme de l'être influencé devient « un écho de la musique d'un autre ») et développer ses images : les mains de Dorian « accompagnaient ses paroles comme une musique » (ch. II) ; « lui parler était comme de jouer d'un violon sensible. Il répondait à chaque contact et frisson de l'archet » (ch. III). Cette dernière description va au-delà du cliché amoureux : elle précise l'ambiguïté d'une relation fondée sur la fascination pour la mort (« J'ai l'impression que tu es le jeune Apollon et moi Marsyas en train de t'écouter », dit Lord Henry à Dorian au chapitre XIX) et souligne la nature inquiétante de toute métaphore quand on la prend au pied de la lettre (« Ton art aura été de vivre. Tu t'es mis toi-même en musique », *ibid.*). Dorian est à la fois l'instrument et le musicien, le chef d'orchestre et l'exécutant, créature étrangement et anormalement auto-suffisante, ce qui permet à Wilde, par le biais de la métaphore musicale, de dénoncer, malgré qu'il en ait, la dimension perverse d'un personnage désireux de rester intact, tout en en soulignant la force de séduction.

Noms propres.

Les autres noms composent une partition tout en échos. Oscar Wilde s'était lié avec un certain John Gray, rencontré sans doute en 1889, qui, par jeu

après la publication du roman, signait « Dorian » ses
lettres à Wilde; Grey est aussi le héros éponyme du
roman de Benjamin Disraeli, *Vivian Grey* (1826), qui
raconte les aventures mondaines d'un jeune homme
talentueux (Wilde donna d'ailleurs à son second fils le
prénom de Vyvyan). La référence à Disraeli est
confirmée par le choix du nom de Sibyl pour la jeune
fille (Disraeli avait écrit *Sibyl, or, the Two Nations* en
1846). « Gray », en outre, semble avoir été choisi par
effet de contraste ou d'opposition entre le signifiant et
le signifié (Gray/ grey/ gris) auquel celui-ci renvoie, le
jeune homme étant un personnage flamboyant. Le
nom de Lord Henry (Henry Wotton) est intéressant à
plus d'un titre. Sir Henry Wotton (1568-1639) est
tout d'abord un personnage historique inscrit dans
une tradition esthétique : diplomate, poète et grand
amateur d'art, il était lié à Donne et à Milton. Ambassadeur à Venise, connu pour ses goûts d'esthète, il
écrivit *The Elements of Architecture* en 1624, où il fait
montre d'un goût pour l'art bien plus subtil que celui
de la plupart de ses contemporains. Par ailleurs, la
maison familiale de More Adey, ami de Wilde, se
situait près de Wotton-under-Edge dans le Glouces-
tershire, nom qui amusait tant l'écrivain que, pour le
plaisir de faire de son œuvre en partie un roman à
clefs, il le retint pour son personnage. Enfin, les initiales de Lord Henry (H.W.) sont les mêmes, inver-
sées, que celles de W.H., le jeune amant de Shakespeare, dans *Le Portrait de Mr. W.H.*, Wilde jouant sur
l'inversion des lettres pour désigner, de manière à
peine cryptée, l'homosexualité du personnage ainsi
que les liens unissant Dorian à son mentor.

D'autres noms sont culturellement marqués : Basil
Hallward rencontre Dorian chez Lady Brandon, référence au roman sado-masochiste de Swinburne, *Les-
bia Brandon* (1864-1867), dont le titre annonce une
mise en scène perverse (« brand » signifie « marquer
au fer rouge »). James Vane meurt comme Valentin,
frère de la Marguerite de *Faust*, pour avoir voulu ven-
ger sa sœur (Marguerite est d'ailleurs un prénom qui

revient dans l'œuvre, Margaret, mère de Dorian, ou Marguerite de Valois au chapitre IV). Vane porte en outre avec son nom la vanité de sa tentative (Vane/ « vain »), voire son inconsistance de personnage de mélodrame, « vane » signifiant aussi « girouette » en anglais, ce qui souligne la nature influençable du jeune homme, Vane étant tout entier soumis à ses seules passions. Parfois, Wilde s'amuse : parmi les personnages mineurs, si la femme de Lord Henry, qui a pour nom Victoria, est, dans la description de son mari, l'incarnation même du monde victorien, Wilde en fait une épouse infidèle qui finit par s'enfuir avec un autre homme. Dans un registre différent, la mère de Dorian a pour nom Margaret Devereux ; le chapitre XI évoque son ancêtre Lady Élisabeth Devereux, connue pour sa vie amoureuse mouvementée et mystérieuse, nom qui mêle celui du comte d'Essex (Devereux) et celui de la reine Élisabeth Ire (dont il fut l'amant), et dont les connotations romanesques et tragiques sont patentes puisque la reine fit exécuter Essex pour trahison. De même, le grand-père de Dorian s'appelle Lord Kelso, patronyme qui mêle la grandeur et la dégradation, l'abbaye de Kelso ayant été l'une des plus puissantes d'Écosse jusqu'à ce qu'elle fût pillée et ruinée au XVIe siècle. Cette dégradation se retrouve dans l'histoire même des ascendants immédiats de Dorian puisque son père, comme l'apprend Lord Henry, a été assassiné par son grand-père maternel. Dorian apparaît ainsi comme un cas pathologique « intéressant » (« La mère emportée par la mort, le garçon abandonné à la solitude et à tyrannie d'un vieillard sans affection. Oui, cela constituait un passé intéressant. Cela vous posait le jeune homme, ajoutait encore à sa perfection », estime Lord Henry au chapitre III), en vertu non pas d'un quelconque déterminisme biologique qui tirerait le roman du côté du naturalisme, mais en lien avec l'esthétique patérienne (le visage de la Joconde) et le charme dangereux d'influences délétères.

Une scène psychique.

À certains égards, ce que Wilde donne à voir dans *Le Portrait de Dorian Gray* est une scène psychique. L'amour de Dorian pour Sibyl est décrit, en raison de sa nature subite et insensée, comme « un phénomène psychologique des plus intéressants » (ch. IV). De même, son absence de sentiment à la mort de la jeune fille est « une question intéressante » (ch. VIII). Wilde tient même des propos généraux sur les « psychologues » (« Il y a des moments, selon les psychologues, où la passion du péché ou de ce que le monde appelle ainsi, devient si souveraine chez quelqu'un que chaque fibre du corps, chaque cellule du cerveau, semblent se transformer en un instinct aux pulsions effrayantes », ch. XVI), sur le moi doté d'une « multitude de vies et de sensations » (ch. XI), voire sur l'épaisseur physiologique du psychisme : « La vie est affaire de nerfs, de fibres, de cellules lentement élaborées dans lesquels la pensée se cache et où la passion tisse ses rêves », explique Lord Henry à Dorian (ch. XIX). Lord Henry lui-même laisse percevoir des failles dans son bastion de mots (« J'ai mes souffrances, Dorian, dont toi-même ignores tout », ch. XIX), et Dorian redoute d'être habité par la mort (« Ce qui le préoccupait, c'était la mort vive de son âme à lui », ch. XX). Le roman est de surcroît envahi par l'idée de fatalité et de souffrance, présente dès les premiers mots de Basil à Lord Henry, et par la question de l'« influence » (celle de Dorian sur Basil, émanant « subtilement » de lui, ch. I), celle de Lord Henry sur Dorian, ou encore celle du « livre jaune » sur le jeune homme. Le mot « influence » revient sans cesse dans le texte, généralement en lien avec la possession (il n'y a pas de bonne influence chez Wilde), ou encore avec la hantise. Si l'une de ses formes est liée au thème fantastique du pacte avec le diable (« On dit qu'il a vendu son âme au diable contre un beau visage », lance l'une des femmes de la fumerie à Jim Vane, ch. XVI), elle est également associée au *fatum*, influence exercée par les astres sur la destinée humaine, et au « plus fort que soi » des structures névrotiques et *a fortiori* perverses. À l'« influence » est également liée la fascination, omniprésente dans le texte : Lord Henry est fasciné par le portrait au début du roman, puis par la personne de Dorian — « cet enfant de l'Amour et de la Mort avait quelque chose de fascinant » (ch. III) ; le même Lord Henry a d'autant plus d'esprit dans une assemblée mondaine que Dorian, « qu'il voulait captiver » (« fascinate » en anglais), le regarde (*ibid.*). Dorian est à son tour « fasciné » par le livre que lui offre son ami et par les personnages évoqués dans le chapitre XI, qui « exerçaient tous sur lui une terrible fascination » : ce n'est pas d'admiration qu'il est ici question, c'est plutôt d'une force capable d'arrêter la dynamique de la vie en faisant du spectateur (Lord Henry ou Dorian) la victime de son propre mauvais œil.

Dans le monde tel que le décrit Wilde, les formes symboliques sont fragiles, en partie en raison de l'insuffisance de l'image paternelle : le père de Dorian est « un type sans le sou, un parfait inconnu, sous-officier dans un régiment d'infanterie », dont son beau-père s'est débarrassé. Ce dernier fut lui-même un mauvais père pour sa fille, mère de Dorian. Le père de Sibyl et de James, pourtant décrit par leur mère comme un *gentleman*, les a abandonnés, et la défiance *a priori* de James à l'endroit de Dorian, qui est lui aussi un *gentleman*, s'explique en partie par cette association. Le monde de Wilde est une scène dont les décors dissimulent des non-dits ; aussi n'est-il pas fortuit qu'une partie du roman se passe au théâtre, que Dorian pose pour un tableau et soit, *stricto sensu*, en représentation. En outre, dans *Le Portrait de Dorian Gray*, de nombreux personnages ont un secret : Basil ne veut pas exposer son tableau de peur que celui-ci ne révèle le « secret » de son âme (ch. I) ; le peintre revient sur ce point plus tard dans le roman lorsqu'il affirme que chaque couche de peinture lui semble révéler son « idolâtrie », son « secret » (ch. IX) ;

Dorian, enfin, craint que le monde ne découvre son
« secret » (*ibid.*) sur lequel tout un chacun s'interroge
(« tu as bien un secret », lui dit Lord Henry au chapitre XIX). Celui-ci, *secretum*, « lieu écarté, séparé et
caché », a pour pendant topographique deux lieux
clos : d'une part, le coffre italien où s'enfermait
Dorian enfant, d'autre part, le cabinet secret où il dissimule son portrait, métaphore de sa personne qu'il
tâche narcissiquement de conserver, métaphore également du non-dit qui entoure sa sexualité. Il est enfin
structurellement lié à la technique de l'ellipse, à
laquelle Wilde a, sur le plan de la composition romanesque, très largement recours (treize années, par
exemple, séparent les chapitres XI et XII), et qui est
plus efficace — ou plus aisée — que toute description
explicite pour rendre compte de l'indicible.

Tout pourtant désigne les satisfactions ou les fantasmes pervers, qu'il s'agisse de Dorian quand il érige
l'esthétique en règle (la sinistre fin de Sibyl n'est plus
qu'une belle histoire — « romance », ch. VIII) ou des
déclarations à l'emporte-pièce de Lord Henry :
« J'aimerais connaître quelqu'un qui a commis un vrai
meurtre » (ch. XVIII). Malgré les affirmations de
Wilde (« Personne ne sait ce qu'est le péché de Dorian
Gray ») qui font du « péché » de Dorian l'équivalent
éthique de ce que sera plus tard, esthétiquement, la
danse de Salomé, du jamais vu où s'engouffrent tous
les fantasmes, l'homosexualité au moins latente du
héros comme celle des personnages principaux ne fait
guère de doute. Lord Henry multiplie les propos
cyniques sur les femmes (« Les femmes sont un sexe
décoratif », ch. IV ; « Elles sont étonnamment primitives », ch. VIII, quand elles ne sont pas, comme au
chapitre XVII, « des sphinx sans secret »), paraît soulagé de voir sa propre épouse le quitter, et aime à
séjourner à Alger, comme le faisaient à l'époque les
homosexuels fortunés. Dorian, de son côté, « ne pouvait s'empêcher d'aimer » Lord Henry (ch. II) et plus
tard corrompt ses amis (« Pourquoi ton amitié est-elle
si fatale aux jeunes gens ? » lui demande Basil,

ch. XII). Basil, enfin, est amoureux de Dorian, le lui dit (« Tu as été tout pour moi », ch. IX) et ses craintes, comme sa jalousie, sont d'autant plus explicites qu'elles sont exprimées sous une forme elliptique qui en souligne l'ambiguïté : « Il ne pouvait se résoudre à ce mariage [celui de Dorian et de Sibyl] qui pourtant lui semblait ce qui pouvait arriver de mieux » (ch. IX). Les mots sont pris dans un va-et-vient permanent entre le nommable (l'amour du beau, qu'il s'agisse de peinture, de vêtements ou de traits d'esprit) et l'innommable (la force d'un désir qui traverse les façades), et tout en eux se place sous le signe du double, dont Wilde fait l'une des lignes de force de sa thématique.

L'homme double.

Le romantisme allemand montre que le double, qui peut être le complément du sujet, est le plus souvent son ennemi suprême parce que le moi et l'autre en soi (symbolisé par le *Doppelgänger*) se superposent : rencontrer son double est un événement de mauvais augure. Comme le soulignait Pater à la publication du roman, Wilde exploite ce thème avec originalité, puisque ce ne sont pas deux personnes qu'il met en scène, mais un homme et son portrait, l'art finissant par se retourner contre son modèle. Ce qu'il souligne également est le narcissisme de Dorian « amoureux » de son image (ch. II), au point de reproduire les gestes du Narcisse mythique et d'annoncer en partie le baiser nécrophile de Salomé : « Il lui était arrivé dans une parodie puérile de Narcisse d'embrasser, ou de feindre d'embrasser, les lèvres peintes qui lui souriaient maintenant si cruellement » (ch. VIII). Ce qu'il rend enfin manifeste, c'est sa nature perverse (l'obsession de la conservation du corps supposant le refus de la castration et de la loi) et ses liens avec la mort. Ce qui hante Wilde est sans doute moins « la double nature de l'homme » qu'évoque le Dr Jekyll dans la confession qui clôt le roman de Stevenson que la

confrontation de Narcisse avec son reflet mortifère :
« il écarta ensuite le paravent et se trouva face à face
avec lui-même », écrit Wilde pour rendre compte de
l'impossibilité d'échapper à son image (ch. VIII) :
est-ce le modèle ou le portrait qui est vrai ? Quand
Basil dit vouloir rester « avec le vrai Dorian » (ch. II),
c'est du tableau qu'il parle. Quand Lord Henry collec-
tionne les photographies de Dorian et que sa femme,
Lady Wotton, le fait remarquer à Dorian, c'est le désir
coupable de son mari qu'elle souligne. Quand, enfin,
Wilde place au centre de son roman un tableau qui ne
doit pas être regardé, ce n'est pas par seul amour du
paradoxe, mais parce que les surfaces dissimulent des
tréfonds.

Ce point est abordé en lien avec l'opposition entre
la beauté (la jeunesse) et la laideur (le vieillissement).
Wilde donne ici dans la caricature, et la beauté angé-
lique de Dorian est intentionnellement stéréotypée,
comme l'attestent la surenchère des adverbes et la
banalité des adjectifs : « il était à coup sûr merveilleusement beau, avec ses lèvres vermeilles finement
ourlées, ses yeux bleus au regard franc, sa tignasse
dorée » (ch. II). Ses cheveux sont des « fils d'or »
(*ibid.*). Plus loin, Wilde vante « l'incarnat de ses
lèvres », et le jeune homme est souvent métonymique-
ment réduit à sa chevelure et à sa bouche (au chapitre V, Sibyl aperçoit « une chevelure blonde et des
lèvres rieuses ») selon un processus de morcellement
qui contribue à le fétichiser. C'est aussi ce que sou-
lignent le goût de la parure et le dandysme de Dorian,
« jeune dandy » (*ibid.*) « fasciné par la mode » (ch. XI).
On trouve dans le roman d'autres propos péremp-
toires également stéréotypés sur la beauté (« la Beauté
est une forme de Génie », « elle fait de ceux qui la possèdent des princes », déclare Lord Henry à Dorian,
ch. II) ou sur la jeunesse (« la seule chose qui vaille »,
ibid.) dont l'extrême valorisation permet d'accentuer
la nature maléfique : la laideur du tableau et de l'âme.
On y trouve en outre la description d'un interdit : qui
veut voir son visage est condamné (on ne peut d'ordi-

naire le voir qu'à l'aide d'une surface réfléchissante)
car le visage est pour l'autre, ou pour Dieu, et vouloir
regarder ses propres traits hors miroir revient à désirer
avoir la puissance divine. Si pour Baudelaire le miroir
sert à vérifier si le paraître et l'être se superposent (« le
Dandy doit aspirer à être sublime sans interruption; il
doit vivre et dormir devant un miroir »), le miroir wildien, comme le tableau, comme la vitre de la serre
derrière laquelle surgit le visage terrifiant de Jim Vane,
suppose un déchirement interne qui rend impossible
toute coïncidence heureuse de soi-même avec soi-
même.

La problématique du double est également associée
à celle de l'inconscient (« Vous-même, M. Gray, [...]
vous avez eu des passions dont vous avez eu peur, des
pensées qui vous ont terrorisé, des rêveries et des
rêves dont le seul souvenir pourrait vous faire rougir
de honte », ch. II; « Des ombres irréelles de la nuit
émerge la vie réelle que nous connaissions », ch. XI),
dont la présence est confirmée par la corruption
interne du portrait (« C'était de l'intérieur, apparemment, que venaient l'horreur et la pourriture »,
ch. XIII). C'est aussi la question philosophique de la
séparation de l'âme et du corps qui intéresse Wilde. Il
se penche sur leur nature (« Il y a de l'animalité dans
l'âme et le corps a ses moments de spiritualité »,
ch. IV; « L'âme est-elle une ombre au royaume du
péché? Ou le corps se trouve-t-il réellement à l'intérieur de l'âme comme le pensait Giordano Bruno »,
ibid.) et multiplie les questions sur leur réunion ou sur
le rachat d'une instance par l'autre. C'est ainsi que
Lord Henry conseille à Dorian de « soigner l'âme au
moyen des sens et les sens au moyen de l'âme »
(ch. II), et c'est également dans cette intention que
Dorian se rend dans une fumerie d'opium (ch. XVI).
Wilde, de plus, souligne le lien entre la beauté et la
vertu, ou entre la laideur du corps et celle de l'âme,
tradition philosophique qui remonte à l'Antiquité, et
contre laquelle s'est construite la pensée occidentale à
partir de Kant. Platon souligne ainsi les liens qui se

tissent entre la beauté du corps, celle de l'âme et celle de l'Idée : parce qu'il désigne l'Être au sein du sensible, le Beau rejoint le Vrai. Wilde fait d'ailleurs explicitement allusion au mythe de la caverne lorsqu'il fait dire à Sibyl : « Je ne connaissais que des ombres que je croyais réelles. Tu es venu [...] et tu as délivré mon âme de sa prison » (ch. VII). Ce sont enfin ces vues qui sont caricaturées par Dorian quand il songe à sa liaison avec la jeune fille de la campagne : « Lui ayant dit un jour qu'il était dangereux, elle lui avait ri au nez et répondu que les gens dangereux étaient toujours très vieux et très laids » (ch. XX). Cette association, dans le contexte antique, est idéaliste ; en revanche, telle qu'elle est proposée à la fin du XIXe siècle, elle ressortit plutôt à un parti pris pervers visant à nier l'éthique. Ce parti pris est d'autant plus éclatant dans *Le Portrait de Dorian Gray* que c'est le corps et le visage qui font l'objet d'un investissement esthétique, la confusion entre l'objet d'art et l'homme-objet (Lord Henry ne veut pas croire que Dorian puisse être mauvais pour la seule raison qu'il est beau) conduisant à une valorisation où se mêlent narcissisme et homosexualité.

Wilde, tout à l'illusion d'un néo-paganisme au service de la beauté, sait cependant que l'homme ne peut atteindre la vérité si ce n'est dans l'épreuve de la séparation et de la perte. Cette ambiguïté est patente dans le discours enthousiaste de Basil ; Dorian qui, dit-il, incarne « l'esprit grec », lui permettra de réaliser « l'harmonie du corps et de l'âme » (ch. I), projet fondé sur une idéalisation de l'Un qui va se retourner pour se muer en une réunion abjecte : les deux seront unis non pas dans le beau mais dans l'horreur. L'instrument de cette métamorphose est le couteau, d'abord métaphorique (« À cette pensée [le caractère inéluctable du vieillissement], une vive douleur le transperça comme un couteau », ch. II) puis réel : Basil, dans un moment de désespoir, songe à détruire son tableau à l'aide d'un couteau de peintre (« Ce qu'il cherchait, c'était le long couteau à palette muni de la

fine lame d'acier souple. Il finit par le trouver : il
s'apprêtait à lacérer la toile », *ibid.*) ; Dorian assassine
Basil en lui plongeant un couteau dans le cou ; Dorian,
enfin, périt en voulant poignarder son portrait : on le
retrouva mort, « un couteau dans le cœur » (ch. XX).
La mort de Dorian est plus une mise à mort qu'un
acte manqué, elle théâtralise le corps-fétiche en
l'identifiant à la fois à l'ordure et au beau saint
Sébastien percé de flèches, figure clé de l'imaginaire
homosexuel qui en fait la version martyrisée (et traversée par la jouissance) d'Antinoüs, autre figure
identificatoire de Dorian [1]. Toutefois, après la traversée du tableau, le cadavre du jouisseur n'est plus
qu'un déchet (« ce qu'il y avait sur la toile » ; « cette
horreur », ch. X), et Dorian devient *stricto sensu* un
monstre, qui se montre et qui se voit.

Les mots ! De simples mots ! Comme ils étaient terribles,
comme ils étaient clairs, acérés et cruels ! [...] Existait-il
quelque chose d'aussi réel ? (ch. II)

   « Révéler l'art et dissimuler l'artiste, tel est le but de
l'art », lit-on dans la préface du *Portrait de Dorian*
Gray. Les mots, chez Wilde, hésitent entre le simu-
lacre (la façade mondaine) et le gouffre (l'appel du
désastre), entre d'un côté le discours (la défense de
l'esthétisme) et de l'autre le récit romanesque qui en
est la dénonciation partielle. D'une manière générale,
Wilde aime à situer toute chose entre deux pôles, et
l'œuvre, qui se place entre éthique et esthétique pour
mieux les renvoyer dos à dos, ne fait pas exception à
cette règle : « Il n'existe pas de livre moral ou de livre
immoral. Un livre est bien ou mal écrit, un point,
c'est tout », ou encore « Nul artiste n'a de sympathies
éthiques », écrit-il dans sa préface. En contradiction
avec ces propos, le roman dénonce la tentative esthétique de Dorian, non sans faire de Sibyl qui, à
l'inverse, prise la vie plus que l'art, un personnage

---

   1. L'un des tableaux préférés de Wilde était le *Saint Sébastien* du
Guide (1575-1642).

pathétiquement mélodramatique. Ce va-et-vient entre
deux pôles se retrouve dans le discours contradictoire
de Basil : son portrait, prétend-il, est un chef-d'œuvre
construit autour de son secret, ce qui ne l'empêche
pas de déclarer qu'« un artiste devrait créer le beau
sans rien y mettre de lui-même » (ch. I). Enfin, le livre
est à la fois valorisé et présenté comme un simple
objet voire comme une curiosité ; dans une lettre
adressée à Arthur Fish, Wilde évoque la fabrication
d'une belle reliure pour son roman, ravalé au rang
d'objet futile, avec « sa ravissante couverture, [...] son
papier gris, sa reliure noire et ses minuscules pâque-
rettes dorées ».

Les livres sont nombreux dans *Le Portrait de Dorian
Gray*, qu'il s'agisse des *Cent Nouvelles*, de *Manon Lescaut* ou des poèmes de Gautier. Il y a aussi ce roman,
offert par Lord Henry, qui « empoisonne » Dorian
comme celui-ci tâche de s'en persuader, alors que
Wilde, pris dans ce mouvement de déni qui lui est
caractéristique, s'emploie à montrer qu'il n'en est rien
puisque « l'art n'a aucune influence sur l'action »
(ch. XIX). De plus, le choix du thème du portrait traduit le désir d'écrire, certes sur la peinture, mais plus
encore sur l'écriture : le tableau est comme un texte
écrit (« Je tiens un journal quotidien de ma vie »,
ch. XII) que l'auteur couvre de signes (les rides et les
marques sur le visage de Dorian) ou de traces (la
fente du coup de couteau). Le portrait de Dorian
Gray est un texte lisible toujours prêt à révéler l'envers
du décor, c'est-à-dire la souffrance à l'œuvre dans le
travail de création. C'est ce tiraillement qui explique en
partie le goût de l'auteur pour le relatif : « les sages se
contredisent », écrit-il dans ses « Formules et maximes
à l'usage des jeunes gens ». Il éclaire également sa
distance critique face à l'une de ses caractéristiques,
l'amour du paradoxe. Les propos — souvent incohé-
rents — de Lord Henry sont relativisés à la fois en soi
parce qu'ils finissent par ne plus se référer qu'à eux-
mêmes (« Le naturel est une posture », ch. I ; « je peux
croire n'importe quoi, à condition que ce soit parfaite-

ment incroyable », *ibid.*; « la seule différence entre un caprice et une passion de toute une vie, c'est que le caprice dure un peu plus longtemps », ch. II), et parce que Wilde hésite entre l'éclat du mot d'esprit et le besoin — peut-être lié à sa culpabilité — de moraliser. Aussi par la bouche de Dorian, dénonce-t-il l'art du paradoxe (« Ce que tu peux dire de bêtises, Harry », ch. VI; « Tu sacrifierais n'importe qui, Harry, pour un bon mot », ch. XVIII) en montrant qu'il n'est qu'une pure forme, non sans le proposer à l'admiration de tous. C'est également en se fondant sur cette étrangeté essentielle que Wilde, par la bouche de ses personnages, aime à affirmer une chose et son contraire : « Nous avons les mêmes idées. Non, je pense qu'elles diffèrent du tout au tout », s'écrie Lady Wotton à propos de Dorian (ch. IV). Si, pour Wilde, écartelé entre ses contradictions, « les noms sont tout » (ch. XVII), ils s'interposent aussi entre le sujet et le monde qu'ils dissimulent : « Je crains que [mon roman] ne ressemble beaucoup à ma propre vie, tout en conversations et pas d'action », écrivait-il à son amie Beatrice Allhusen. Pris dans la gangue du verbe et dans le bonheur des réverbérations et des échos, Wilde s'interroge sur l'accomplissement et sur l'échec : du festin des mots, il ne reste que des miettes; des œuvres et des êtres fracassés, il ne subsiste plus que des éclats. La souffrance est là, encore faut-il pouvoir franchir « le brouillard des mots », dont l'artiste déplorait qu'il le coupât de la vérité : « derrière tout ce qui est exquis, on trouve du tragique » écrit-il dans *Le Portrait de Dorian Gray*, comme pour rendre compte de l'insidieux travail du *fatum* ou de la vampirisation de l'homme par la mort.

Pascal AQUIEN.

LE PORTRAIT DE DORIAN GRAY

PRÉFACE[1]

L'artiste est créateur de belles choses.

L'art a pour but de rendre l'art manifeste et de cacher l'artiste.

Le critique est celui qui sait traduire autrement ou dans un nouveau matériau l'impression qu'il éprouve devant de belles choses.

La critique, dans sa forme la plus élevée comme la plus basse, est une forme d'autobiographie.

Ceux qui voient dans les belles choses des significations laides sont corrompus sans être charmants. C'est une faute.

Ceux qui voient dans les belles choses de belles significations sont cultivés. Pour ceux-là, il y a de l'espoir.

Ils sont les élus pour qui les belles choses ne signifient que Beauté.

Il n'existe pas de livre moral ou immoral. Les livres sont bien ou mal écrits. Voilà tout.

L'aversion du XIXᵉ siècle pour le Réalisme, c'est Caliban[2] enrageant de se voir dans un miroir.

L'aversion du XIXᵉ siècle pour le Romantisme, c'est Caliban enrageant de ne pas se voir dans un miroir.

La vie morale de l'homme n'est qu'une partie de ce dont traite l'artiste alors que la moralité de l'art consiste en l'usage parfait d'un médium imparfait. Un artiste ne désire rien prouver. On peut tout prouver, même des choses vraies.

Un artiste n'a pas de préférences éthiques. Chez un artiste, une préférence éthique est un maniérisme impardonnable.

Un artiste n'est jamais morbide. L'artiste peut tout exprimer[3].

La pensée et le langage sont pour l'artiste les instruments de son art.

Le vice et la vertu sont pour l'artiste les matériaux artistiques de son art.

Du point de vue formel, l'art du musicien est l'archétype de tous les arts. Du point de vue de l'émotion, cet archétype réside dans le métier d'acteur.

L'art est à la fois surface et symbole.

Ceux qui vont au-dessous de la surface le font à leurs risques et périls.

Ceux qui interprètent le symbole le font à leurs risques et périls.

L'art est en réalité le miroir non de la vie mais du spectateur.

La diversité des avis sur une œuvre d'art signifie qu'elle est nouvelle, complexe et essentielle.

Là où les critiques diffèrent l'artiste est en accord avec lui-même.

On peut pardonner à un homme de faire une chose utile tant qu'on ne l'admire pas. On n'a d'autre excuse lorsqu'on fait une chose inutile que de l'admirer intensément.

Tout art est parfaitement inutile.

Oscar Wilde.

1

La riche odeur des roses embaumait l'atelier et, lorsque la brise d'été soufflait dans les arbres du jardin, de lourds effluves de lilas ou le parfum plus subtil des aubépines en fleur entraient dans la pièce par la porte ouverte.

Depuis l'angle du canapé aux coussins de cuir persan sur lequel il était allongé, en train de fumer, comme à son habitude, cigarette sur cigarette, Lord Henry Wotton pouvait tout juste apercevoir l'éclat aux douces tonalités de miel d'un cytise en fleur dont les rameaux fragiles semblaient être à peine capable de supporter le poids d'une beauté aussi flamboyante que la leur. Les vols d'oiseaux, qui projetaient de temps à autre leurs ombres fantastiques sur les longs rideaux de soie tendus devant la fenêtre immense, produisaient comme un effet japonais passager et lui rappelaient ces peintres de Tokyo aux blêmes visages de jade qui tentaient, par le truchement d'un art nécessairement statique, de créer la sensation de la vitesse et du mouvement. Le morne bourdonnement des abeilles se frayant un chemin à travers les hautes herbes folles ou tournant avec une insistance monotone autour des cornes poudreuses et dorées d'un tortueux chèvrefeuille semblait rendre le silence encore plus oppressant. La faible rumeur de Londres faisait comme un lointain bourdon d'orgue.

Au centre de la pièce, fixé à un chevalet vertical, se

dressait le portrait en pied d'un jeune homme d'une extraordinaire beauté devant lequel, à faible distance, était assis l'artiste lui-même, Basil Hallward, dont la disparition soudaine il y a quelques années fit un tel bruit et suscita tant d'étranges conjectures.

Un sourire de contentement passa et s'attarda un moment sur le visage du peintre qui regardait la silhouette gracieuse et de belle prestance qu'il avait si fidèlement représentée par son art. Mais tout à coup, il sursauta et, fermant les yeux, mit les doigts sur ses paupières comme s'il cherchait à emprisonner dans son cerveau quelque rêve étrange dont il craignait de se réveiller.

— C'est votre meilleure œuvre, Basil, ce que vous avez fait de mieux, dit Lord Henry d'une voix alanguie. Il faut absolument que vous l'envoyiez à la *Grosvenor*[4] l'an prochain. L'Académie[5] est trop vaste et trop vulgaire. Chaque fois que j'y suis allé, ou bien il y avait tellement de monde que je ne pouvais pas voir les tableaux, qui étaient affreux, ou alors tellement de tableaux que je ne pouvais pas voir les gens, ce qui est encore pire. Vraiment, il n'y a pas d'autre endroit que la *Grosvenor*.

— Je ne songe pas à l'envoyer où que ce soit, répondit le peintre en rejetant sa tête en arrière de cette manière bizarre dont se gaussaient ses amis à Oxford. Non, je ne l'enverrai nulle part.

Lord Henry leva les yeux et le regarda avec stupéfaction à travers les fines volutes de fumée bleue qui s'élevaient capricieusement de sa lourde cigarette tachée par l'opium.

— Nulle part? Mais pourquoi donc, mon cher? Vous avez une raison? Quels originaux vous faites, vous les peintres! Vous êtes prêts à tout pour acquérir une notoriété et, dès que vous l'avez, on dirait que vous voulez vous en défaire. Et c'est une sottise de votre part car s'il y a au monde une chose pire que de faire parler de soi, c'est de ne pas faire parler de soi. Un portrait comme celui-là vous classerait loin au-dessus de toute la jeunesse anglaise et rendrait les vieux jaloux, pour autant qu'ils soient capables d'émotion.

— Je sais que vous allez rire de moi, répondit le peintre, mais il m'est vraiment impossible de l'exposer. J'y ai mis trop de moi-même.

Lord Henry s'étira sur le canapé et se mit à rire.

— Oui, je savais que vous ririez de moi, mais c'est pourtant la vérité.

— Trop de vous-même! Ma parole, Basil, je ne vous croyais pas si fat et je ne vois vraiment pas la moindre ressemblance entre vous — votre visage aux traits lourds et irréguliers et vos cheveux noirs comme le charbon — et ce jeune Adonis que l'on dirait fait d'ivoire et de pétales de roses. Enfin, mon cher Basil, lui, c'est un Narcisse[6], tandis que vous... enfin, vous avez tout de l'intellectuel. Mais la beauté, la beauté véritable, est incompatible avec un air intellectuel. L'intelligence a, par nature, toujours quelque chose de forcé qui détruit l'harmonie d'un visage. Dès que quelqu'un s'assoit pour penser, il n'est plus que nez, front, ou quelque chose d'affreux. Regardez les hommes qui ont réussi dans une activité intellectuelle quelconque : ce qu'ils peuvent être hideux! Sauf, naturellement, les gens d'Église. Mais c'est qu'on ne pense pas dans l'Église. Un évêque continue d'ânonner à quatre-vingts ans ce qu'on lui a appris à dire à dix-huit ans. Résultat? Il demeure parfaitement charmant. Votre jeune et mystérieux ami, dont vous ne m'avez pas dit le nom mais dont le portrait me fascine vraiment, ne pense jamais, lui. J'en ai l'intime conviction. Il s'agit d'un être beau, sans cervelle, qui devrait toujours être ici l'hiver quand il n'y a pas de fleurs à regarder, et aussi en été lorsqu'on a besoin de se mettre l'intelligence au vert. Ne vous flattez pas, Basil : vous ne lui ressemblez pas le moins du monde.

— Vous ne me comprenez pas, Henry, répondit l'artiste. Naturellement que je ne lui ressemble pas. Je le sais parfaitement bien. Je serais même désolé de lui ressembler. Vous haussez les épaules? Pourtant, je vous parle sincèrement. Une fatalité s'attache à toute distinction du corps ou de l'intelligence, cette même fatalité qui semble à travers l'histoire s'attacher aux pas chancelant des rois. Il vaut mieux ne pas être différent d'autrui. Les laids et les sots ont la meilleure part en ce monde. Ils peuvent s'asseoir tout à leur aise, bouche bée devant le spectacle du monde. S'ils ignorent la victoire, du moins l'expérience de la défaite leur est-elle épargnée. Ils vivent comme nous devrions tous vivre, tranquilles, indifférents et insouciants. Ils n'entraînent la ruine de personne et personne ne cause la leur. Votre rang et votre fortune, Harry; mon intelligence, pour ce qu'il en est, mon art, pour ce qu'il vaut; sa beauté pour Dorian Gray: nous souffrirons tous de ce que les dieux nous ont donné, nous souffrirons terriblement.

— Dorian Gray? C'est son nom? demanda Lord Henry qui traversa l'atelier en direction de Basil Hallward.

— Oui, c'est son nom. Je m'étais promis de ne pas vous le dire.

— Mais pourquoi?

— Oh, difficile à dire. Lorsque j'aime intensément quelqu'un, je garde toujours son nom pour moi. Le livrer, c'est comme renoncer à une part de cette personne. J'ai appris à aimer le secret. C'est peut-être la seule chose qui puisse nous rendre la vie moderne mystérieuse ou merveilleuse. La chose la plus banale est un délice aussitôt qu'on la cache. Maintenant, quand je quitte Londres, je ne dis pas aux miens où je vais, cela m'enlèverait tout plaisir. C'est une habitude idiote, j'en conviens. Du moins agrémente-t-elle la vie d'une dose appréciable de romanesque. Vous devez me trouver terriblement bête, non?

— Pas du tout, répondit Lord Henry, pas du tout, mon cher Basil. Vous semblez oublier que je suis marié et que l'unique charme du mariage est d'obliger absolument chacun des conjoints à vivre dans la tromperie. Je ne sais jamais où est ma femme et elle ne sait jamais ce que je fais. Lorsque nous nous rencontrons — ce qui nous arrive lorsque nous sortons dîner

ensemble ou que nous descendons chez le duc —
nous nous racontons les histoires les plus invraisem-
blables de l'air le plus sérieux du monde. Ma femme
est très forte à ce jeu — meilleure que moi. Elle ne
s'embrouille jamais dans les dates comme je le fais
toujours. Mais, lorsqu'elle me prend en défaut, elle ne
fait pas du tout d'histoires. Parfois, je le voudrais
bien... Mais non, elle se contente de rire de moi.

— Je déteste la façon que vous avez de parler de
votre vie conjugale, dit Basil Hallward en gagnant la
porte qui menait au jardin. Je suis d'ailleurs convaincu
que vous êtes un excellent mari mais que vous êtes
complètement honteux de votre vertu. Vous êtes vraiment extraordinaire! Vous ne tenez que des propos
immoraux sans jamais rien faire de mal[7]. Votre
cynisme n'est qu'une pose.

— Le naturel aussi est une pose, et la plus agaçante
qui soit, s'exclama en riant Lord Henry.

Les deux jeunes gens sortirent ensemble dans le jardin et se réfugièrent sur un long siège de bambou, à
l'ombre d'un haut buisson de laurier sur les feuilles
vernissées duquel glissaient les rayons du soleil. Dans
l'herbe, des marguerites blanches perçaient timidement.

Après un silence, Lord Henry tira sa montre.

— Je vais devoir y aller, Basil, murmura-t-il, et
auparavant, je tiens à ce que vous répondiez à une
question que je vous ai posée tout à l'heure.

— Laquelle? fit le peintre sans détacher les yeux
du sol.

— Vous le savez parfaitement.

— Non, Harry.

— Soit. Je vais vous le dire. Je veux que vous
m'expliquiez pourquoi vous ne voulez pas exposer le
portrait de Dorian Gray. Je veux la vraie raison.

— Je vous l'ai dite.

— Non. Vous avez dit que c'était parce que vous
aviez trop mis de vous dans le tableau. Allons donc,
c'est puéril.

— Harry, dit Basil Hallward en dévisageant son

compagnon, tout portrait peint avec émotion est un portrait non du modèle mais de l'artiste. Le modèle n'est que l'accident, l'occasion. Ce n'est pas lui que le peintre donne à voir, c'est bien plutôt le peintre qui, sur la toile colorée, se donne à voir lui-même. La raison pour laquelle je n'exposerai pas ce tableau, c'est que je crains d'y avoir livré le secret de mon âme.

Lord Henry eut un rire et demanda :

— Et quel est ce secret ?

— Je vais vous le dire, répondit Hallward dont le visage trahissait la perplexité.

— Je suis tout ouïe, Basil, poursuivit son compagnon en lançant un regard dans sa direction.

— Oh, il n'y a pas grand-chose à dire, Harry, répondit le peintre, et je crains que cela ne vous paraisse quelque peu incompréhensible, voire incroyable.

Lord Henry sourit et se pencha pour cueillir dans l'herbe une marguerite aux pétales roses qu'il examina.

— Je suis sûr que je comprendrai, répliqua-t-il, les yeux fixés sur le petit disque d'or à la blanche collerette. Pour ce qui est de croire, je suis prêt à croire n'importe quoi, à condition que ce soit parfaitement incroyable.

Le vent fit s'envoler quelques fleurs des arbres et les lourdes grappes de lilas balancèrent dans l'air languide leurs étoiles pressées les unes contre les autres. Une sauterelle fit entendre son appel stridulent près du mur et, tel un fil bleu, une longue et fine libellule passa tout près d'eux sur ses ailes de gaze brune. Lord Henry, qui avait l'impression d'entendre battre le cœur de Basil Hallward, se demanda ce qui allait suivre.

— Voilà, dit le peintre après un moment. Il y a deux mois, je me trouvais à une grande soirée chez Lady Brandon. Vous savez que nous, pauvres artistes, devons nous montrer en société de temps en temps, ne serait-ce que pour rappeler au public que nous ne sommes pas des sauvages. En habit et cravate blanche, comme vous me l'avez vous-même dit un jour, n'importe qui, même un agent de change, peut passer pour civilisé. Donc, j'étais depuis environ dix minutes dans le salon, en train de causer avec d'énormes douairières habillées avec trop de recherche et d'ennuyeux académiciens lorsque j'ai eu tout à coup le sentiment que quelqu'un me regardait. Je me suis tourné à demi et j'ai vu Dorian Gray pour la première fois. Lorsque nos regards se sont rencontrés, je me suis senti pâlir. Une étrange terreur m'a envahi. J'ai compris que je me trouvais en présence d'une personnalité si forte que, si je cédais à la fascination, tout mon être, mon âme, mon art lui-même seraient absorbés. Je ne voulais pas subir d'influence extérieure dans ma vie. Vous, Harry, vous connaissez ma nature indépendante. J'ai toujours été mon propre maître. Enfin, je l'avais toujours été jusqu'à ce que je rencontre Dorian Gray. Puis — mais je ne sais comment vous l'expliquer — j'ai eu comme l'intuition d'être à la veille de traverser une crise terrible. J'ai eu l'étrange sensation que le Destin me réservait des joies exquises et d'exquises douleurs. J'ai pris peur et je me suis dirigé vers la sortie. Ce n'est pas la conscience morale qui m'a fait agir ainsi mais une sorte de lâcheté. Je ne suis pas fier d'avoir voulu m'enfuir.

— Conscience et lâcheté sont une seule et même chose, Basil. Conscience est simplement le nom du fonds de commerce. C'est tout[8].

— Je n'en crois rien, Harry, et vous non plus sans doute. Quoi qu'il en soit, pour un motif ou pour un autre — par orgueil peut-être car j'étais alors très orgueilleux — je filais sans demander mon reste lorsqu'à la porte je suis tombé, naturellement, sur Lady Brandon. « Vous ne vous sauvez pas déjà, monsieur Hallward ? », m'a-t-elle lancé à tue-tête. Vous connaissez sa curieuse voix aiguë ?

— Oui, elle a tout du paon, excepté la beauté, dit Lord Henry en effeuillant la marguerite de ses longs doigts nerveux.

— Je n'ai pas pu m'en débarrasser. Elle m'a présenté à des Altesses royales, à des gens couverts de décorations, à de vieilles dames affublées de nez de perruche et d'immenses diadèmes. Elle me présentait comme un ami intime. Je ne l'avais rencontrée qu'une fois auparavant mais elle s'était mis en tête de faire de moi la vedette de la soirée. Je crois qu'un de mes tableaux avait eu beaucoup de succès à l'époque, en tout cas on en avait beaucoup parlé dans la presse populaire qui, au XIXe siècle, décide de l'immortalité. Je me suis tout à coup trouvé face à face avec le jeune homme dont la personnalité m'avait si étrangement bouleversé. Nous étions tout près l'un de l'autre, presque à nous toucher. Nos regards se sont de nouveau croisés. J'ai commis l'imprudence de demander à Lady Brandon de nous présenter. Peut-être n'était-ce pas après tout de l'imprudence. Il fallait que cela arrive. Nous nous serions parlé même sans être présentés. J'en suis sûr. Dorian me l'a dit par la suite. Lui aussi avait senti que nous étions destinés à nous connaître.

— Et quel portrait Lady Brandon vous a-t-elle brossé de ce merveilleux jeune homme? demanda Lord Henry. Je sais qu'elle a la manie de faire un rapide *précis* de chacun de ses invités. Je la revois m'entraînant vers un vieux monsieur truculent et rubicond, bardé de décorations et de rubans tout en me faisant à l'oreille dans un murmure tragique les confidences les plus consternantes, qui devaient s'entendre dans toute la pièce. Je m'étais sauvé. J'aime me faire ma propre idée des gens. Mais Lady Brandon traite ses invités exactement comme un commissaire-priseur ses marchandises. Ou bien elle se trompe complètement sur leur compte, ou bien elle dit tout sur eux sauf ce que l'on voudrait savoir.

— Pauvre Lady Brandon! Vous êtes dur avec elle, Harry! fit sans conviction Hallward.

— Mon cher, elle a essayé de créer un *salon* et n'a réussi qu'à ouvrir un restaurant[9]. Comment pourrais-je l'admirer? Mais, dites-moi, qu'a-t-elle dit de Dorian Gray?

— Oh, quelque chose du genre : « Un charmant garçon... sa pauvre mère et moi étions absolument inséparables. J'ai complètement oublié ce qu'il fait... j'ai bien peur... qu'il ne fasse rien... oh, oui, il joue du piano... à moins que ce ne soit du violon... Cher monsieur Gray... » Nous n'avons pas pu, lui et moi, nous retenir de rire et sommes devenus amis sur-le-champ.

— Le rire n'est pas un mauvais commencement pour une amitié et c'est la meilleure manière d'y mettre un terme, dit le jeune lord en cueillant une autre marguerite.

Hallward fit de la tête un signe de dénégation.

— Vous ne comprenez rien à l'amitié, Harry, murmura-t-il — ou à l'inimitié, en l'occurrence. Vous aimez tout le monde, c'est-à-dire que tout le monde vous est indifférent.

— Vous êtes terriblement injuste ! s'écria Lord Henry en repoussant du doigt son chapeau à l'arrière tout en levant les yeux vers les petits nuages qui, tels des écheveaux d'une soie blanche et lustrée, glissaient dans le vide turquoise du ciel d'été. Oui, c'est terriblement injuste de votre part. Les gens sont loin d'être tous les mêmes pour moi. Je choisis mes amis pour leur apparence, mes relations pour leur caractère et mes ennemis pour leur intelligence. On ne saurait faire trop attention au choix de ses ennemis. Je n'en ai pas un seul qui soit sot. Tous sont dotés d'une certaine force intellectuelle, si bien qu'ils m'apprécient tous. Vanité excessive de ma part ? Je serais tenté de le penser.

— Moi aussi, Harry. Mais, à en juger par votre classification, je ne dois être pour vous qu'une simple relation.

— Mon cher vieux Basil, vous êtes beaucoup plus que cela.

— Et beaucoup moins qu'un ami. Une sorte de frère, sans doute ?

— Oh, les frères, je m'en fiche ! Mon frère aîné refuse de mourir et on dirait que mes frères cadets, eux, ne font que cela.

— Harry ! s'écria Hallward d'un air sombre.

— Mon cher, je ne parlais pas tout à fait sérieuse-ment. Mais je ne peux m'empêcher de détester ma famille. Cela doit venir de ce que personne d'entre nous ne supporte de voir ses défauts chez les autres. J'aurais plutôt de la sympathie pour la fureur que déclenche chez les démocrates anglais ce qu'ils appellent les vices des classes supérieures. Les masses ont le sentiment que l'alcoolisme, la bêtise et l'immo-ralité devraient être leur apanage et que celui d'entre nous qui se donne en spectacle empiète sur un privi-lège réservé à elles seules. Il fallait voir leur indigna-tion lorsque ce pauvre Southwark s'est retrouvé devant les tribunaux pour son divorce[10]. Et il n'empêche : je ne crois pas que dix pour cent du pro-létariat vive décemment.

— Je n'approuve pas un seul mot de ce que vous venez de dire et, qui plus est, Harry, je suis convaincu qu'il en va de même pour vous.

Lord Henry caressa sa barbe brune taillée en pointe et tapota de sa canne d'ébène à pommeau le bout de ses bottes vernies.

— Ce que vous pouvez être anglais, Basil ! C'est la deuxième fois que vous faites cette remarque. Chaque fois que l'on émet une idée devant un véritable Anglais — ce qui est toujours délicat —, celui-ci ne songe jamais à se demander si ladite idée est vraie ou fausse. La seule chose qui lui importe, c'est de savoir si l'autre y croit lui-même. Or, la valeur d'une idée n'a absolument rien à voir avec la bonne foi de celui qui l'exprime. En fait, il y a fort à parier que moins il est sincère plus l'idée en question sera purement intellec-tuelle puisque, dans ce cas, elle ne sera pas affectée par ses besoins, ses désirs ou ses préjugés. Cela dit, je n'ai nullement l'intention de discuter politique, socio-logie ou métaphysique avec vous. Je préfère les gens à leurs principes et plus que tout ceux qui n'en ont pas. Parlez-moi encore de ce monsieur Dorian Gray. Vous le voyez souvent ?

— Tous les jours. Je ne pourrais pas être heureux sans cela. Il m'est absolument indispensable.

— Je n'en reviens pas ! Moi qui croyais que rien ne comptait pour vous que votre art.

— Désormais, mon art, c'est lui, dit gravement le peintre. Il m'arrive parfois de penser, Harry, qu'il n'y a que deux moments importants dans l'histoire. Le premier est le surgissement en art d'un nouveau médium et le second, en art aussi, l'apparition d'un nouveau personnage. Ce que l'invention de la peinture à l'huile a été pour les Vénitiens, le visage d'Antinoüs [11] l'a été pour la sculpture grecque tardive et le visage de Dorian Gray le sera un jour pour moi. Bien sûr, je le peins, je le dessine, j'en fais des esquisses, là n'est pas la question. Mais il est beaucoup plus pour moi qu'un modèle ou un sujet. Je n'irai pas jusqu'à dire que je suis mécontent de ce que j'ai fait de lui ou que sa beauté est telle que l'art ne saurait l'exprimer. Il n'est rien que l'art ne puisse exprimer et je sais que j'ai fait du bon travail depuis que j'ai rencontré Dorian Gray — le meilleur de ma vie. Mais curieusement — je me demande si vous me comprenez — sa personnalité m'a inspiré une façon de peindre entièrement nouvelle, un style tout à fait nouveau. Je vois, je pense les choses autrement. Je suis maintenant en mesure de recréer la vie d'une manière qui m'échappait auparavant. « Une forme rêvée pendant des jours de réflexion. » Qui a dit cela, déjà ? J'ai oublié. Mais c'est ce que Dorian Gray a été pour moi. La simple présence physique de ce garçon — car c'est l'impression qu'il me fait bien qu'il ait plus de vingt ans — sa seule présence physique — ah ! Je me demande si vous vous rendez compte de ce que tout cela signifie ? Sans le savoir, il m'indique une voie nouvelle, celle d'un art qui possédera toute la passion du romantisme et toute la perfection de l'esprit grec. L'harmonie du corps et de l'âme — tout ce que cela représente ! Nous, dans notre folie, nous avons séparé les deux et nous avons inventé un réalisme qui est d'un vulgaire, un idéalisme qui est d'un vide ! Si seulement vous saviez Harry, ce qu'est Dorian Gray pour moi ! Vous vous souvenez de ce paysage que j'avais peint, celui pour lequel

Agnew[12] m'avait offert une fortune mais dont je n'avais pas voulu me défaire? C'est l'une des meilleures choses que j'aie jamais faites. Et pourquoi? Parce que Dorian Gray était assis à mon côté pendant que je le peignais. Il agissait subtilement sur moi, si bien que pour la première fois de ma vie je voyais dans un banal sous-bois l'émerveillement que j'avais toujours cherché et qui m'avait toujours échappé.

— Basil, c'est extraordinaire! Il faut que je voie Dorian Gray.

Hallward quitta son siège et fit les cent pas dans le jardin pour revenir après un moment.

— Harry, dit-il, Dorian Gray n'est qu'un motif artistique, vous ne verriez rien en lui. Moi, je vois tout en lui. Jamais il n'est plus présent dans mon œuvre que lorsque aucune image de lui n'y figure. Il ne fait que m'inspirer, comme je vous l'ai dit, une autre manière de peindre. Je le retrouve dans le tracé de certaines lignes, dans le charme et la subtilité de certaines couleurs. C'est tout.

— Alors, pourquoi ne pas exposer son portrait? demanda Lord Henry.

— Parce que j'y ai mis sans le vouloir quelque chose de cette curieuse idolâtrie artistique dont, bien sûr, je ne lui ai jamais soufflé mot. Il en ignore tout et n'en saura jamais rien. Mais le monde pourrait la deviner et je ne veux pas me mettre à nu devant des regards indiscrets et superficiels. Il n'est pas question de mettre mon cœur sous leur microscope. Il y a trop de moi-même là-dedans, Harry — trop de moi-même!

— Les poètes ont moins de scrupules que vous. Ils savent à quel point la passion favorise la publication. De nos jours, le sentiment a bonne presse.

— Je les exècre d'autant, s'écria Hallward. Un artiste devrait créer le beau sans rien y mettre de sa propre vie. Nous vivons à une époque où l'on traite l'art comme s'il s'agissait d'une forme d'autobiographie. Nous avons perdu le sens abstrait de la beauté. Un jour, je ferai voir au monde en quoi cela consiste.

Et pour cette raison, le monde ne verra jamais mon portrait de Dorian Gray.

— À mon avis, vous avez tort, Basil, mais je ne discuterai pas avec vous. Seuls discutent ceux qui intellectuellement sont perdus. Dites-moi, et Dorian Gray, il tient beaucoup à vous ?

Le peintre réfléchit quelques instants.

— Il a de l'affection pour moi, répondit-il. Je sais qu'il a de l'affection pour moi. Évidemment, je flatte terriblement sa vanité. Je prends un plaisir étrange à lui dire des choses dont je sais que je regretterai de les avoir dites. En règle générale, il est charmant avec moi. Nous restons assis des heures dans l'atelier à discuter d'un tas de choses. Il lui arrive cependant d'être terriblement indélicat et il semble prendre un réel plaisir à me faire souffrir. J'ai alors l'impression, Harry, d'avoir abandonné mon âme à quelqu'un qui fait autant de cas de moi que si j'étais pour lui une fleur à mettre à sa boutonnière, un ornement décoratif qui flatte sa vanité, une parure pour une journée d'été.

— Les journées se font longues en été, Basil, murmura Lord Henry. Il se peut que vous vous lassiez avant lui. À la réflexion, c'est triste mais il ne fait aucun doute que le génie dure plus longtemps que la beauté. C'est ce qui explique les efforts excessifs que nous consacrons à nous cultiver. Comme nous voulons, dans la lutte sauvage pour la vie, quelque chose qui dure, nous nous remplissons le crâne de niaiseries et de faits dans l'espoir ridicule de tenir notre place. Un homme parfaitement informé — voilà l'idéal moderne. Et l'esprit de l'homme parfaitement informé est quelque chose d'abominable. On dirait une boutique de brocanteur, pleine d'horreurs et de poussière, le tout évalué au-dessus de son prix. Je crois pourtant que vous vous lasserez le premier. Un jour, vous regarderez votre ami et vous aurez l'impression que quelque chose ne cadre pas chez lui, vous n'aimerez pas son teint, quelque chose comme cela. Vous lui en voudrez amèrement en vous-même et vous croirez sérieusement qu'il s'est très mal comporté envers vous. Lorsqu'il reviendra vous voir, vous serez parfaitement froid et indifférent. Ce sera bien malheureux car ensuite vous ne serez plus le même. C'est une belle histoire d'amour que vous m'avez raconté là, une histoire artistique, pourrait-on dire. Le drame, avec les histoires d'amour, c'est qu'une fois passées elles font de vous quelqu'un de bien peu romantique.

— Harry, ne parlez pas comme cela. Tant que je vivrai, je serai sous le joug de la personnalité de Dorian Gray. Vous ne pouvez pas ressentir ce que je ressens, vous êtes trop changeant.

— Ah, mon cher Basil, c'est justement pour cela que je ne peux le ressentir. Les gens fidèles ne connaissent que le côté trivial de l'amour : les gens infidèles, eux, en connaissent les tragédies.

Lord Henry frotta une allumette sur un joli étui à cigarettes en argent et se mit à fumer d'un air pénétré et satisfait comme s'il avait résumé le monde en une phrase[13]. Il y avait un bruissement de moineaux qui pépiaient dans le vert feuillage laqué du lierre et, telles des hirondelles, les ombres bleutées des nuages se donnaient la chasse dans l'herbe. Quel bonheur que ce jardin ! Et combien agréables étaient les émotions des autres ! Beaucoup plus, à ses yeux, que leurs idées. Sa propre âme et les passions de ses amis — voilà qui était fascinant dans la vie. Avec amusement, il se représenta *in petto* l'ennuyeux déjeuner qu'il avait manqué en restant aussi longtemps avec Basil Hallward. S'il était allé chez sa tante, il y aurait à coup sûr rencontré Lord Goodbody et toute la conversation aurait porté sur l'alimentation des pauvres et la nécessité de construire des logements modèles[14]. Chacun selon sa position sociale aurait prêché l'importance de vertus dont il se passait très bien dans sa propre vie. Les riches auraient vanté la valeur de l'épargne et les oisifs auraient fait assaut d'éloquence sur la noblesse du travail. Quelle chance d'avoir échappé à tout cela ! En songeant à sa tante, une idée parut le frapper. Il se tourna vers Hallward et dit :

— Mon cher, ça y est, je me souviens.

— De quoi, Harry?

— Où j'ai entendu le nom de Dorian Gray.

— Où était-ce? demanda Hallward, l'air quelque peu soucieux.

— Ne prenez pas un air si sombre, Harry. C'était chez ma tante, Lady Agatha. Elle m'a dit qu'elle avait déniché un merveilleux jeune homme qui allait l'aider dans l'East End[15] et qu'il s'appelait Dorian Gray. Je suis au regret de dire qu'elle ne m'a jamais parlé de lui comme d'un beau garçon. Les femmes ne savent pas juger de ces choses-là, les femmes honnêtes en tout cas. Elle a dit que c'était quelqu'un de très sérieux, et d'une belle nature. Je me suis aussitôt représenté un personnage à lunettes et au cheveu terne, couvert de taches de rousseur et déambulant sur des pieds démesurés. Je regrette de n'avoir pas compris qu'il s'agissait de votre ami.

— J'en suis très heureux, Harry.

— Pourquoi?

— Je ne veux pas que vous fassiez sa connaissance.

— Vous ne voulez pas?

— Non.

— Monsieur Dorian Gray est dans l'atelier, monsieur, dit le maître d'hôtel en s'avançant dans le jardin.

— Vous êtes maintenant forcé de me le présenter, s'exclama Lord Henry en riant.

Le peintre se tourna vers son domestique qui attendait en clignant des yeux dans le soleil.

— Demandez à Monsieur Gray d'attendre, Parker. J'arrive.

L'homme s'inclina et s'éloigna dans l'allée.

Hallward regarda ensuite Lord Henry.

— Dorian Gray est mon ami le plus cher, dit-il. C'est un être simple et une belle nature. Votre tante l'a décrit très justement. Ne le corrompez pas, n'essayez pas de l'influencer. Vous auriez une mauvaise influence sur lui. Le monde est vaste et plein de gens merveilleux. Ne m'enlevez pas la seule personne qui confère à mon art le charme qui est le sien. Ma vie en tant qu'artiste dépend de lui. Vous entendez, Harry: je vous fais confiance.

Il avait parlé très lentement et on eût presque dit que les paroles lui étaient arrachées de force.

— Ce que vous pouvez dire de bêtises! dit Lord Henry en souriant.

Puis, prenant Hallward par le bras, il l'entraîna presque jusqu'à la maison.

2

En entrant, ils aperçurent Dorian Gray. Assis au piano où il feuilletait une partition des *Scènes de la forêt* de Schumann[16], il leur tournait le dos.

— Il faut que tu me les prêtes, Basil, s'écria-t-il. Je veux les apprendre. Elles sont absolument ravissantes.

— Tout dépendra de ta façon de poser aujourd'hui, Dorian.

— Oh, j'en ai assez de poser et je ne veux pas de portrait de moi en pied, répliqua le jeune homme en pivotant sur le tabouret du piano l'air buté et irrité.

À la vue de Lord Henry, une légère rougeur empourpra un instant ses joues et il sursauta.

— Excuse-moi, Basil, j'ignorais que tu avais de la compagnie.

— Voici Lord Henry Wotton, Dorian, un vieil ami d'Oxford. J'étais justement en train de lui dire quel modèle fantastique tu fais et voilà que tu gâches tout.

— Vous n'avez pas gâché le plaisir que j'ai de faire votre connaissance, Monsieur Gray, dit Lord Henry en s'avançant et en tendant la main. Ma tante m'a souvent parlé de vous. Vous êtes l'un de ses préférés et, j'en ai bien peur, encore une de ses victimes.

— Je suis désormais sur la liste noire de Lady Agatha, répondit Dorian avec un drôle d'air contrit. J'avais promis de l'accompagner dans un club de Whitechapel[17] mardi dernier et cela m'est totalement sorti de la tête. Nous devions faire un duo — trois duos, je crois. J'ignore ce qu'elle va me dire et je redoute d'aller la voir.

— Oh, je vais vous raccommoder avec ma tante. Elle vous adore. Et je ne pense pas que votre absence ait changé grand-chose. Le public a dû croire que c'était un duo : lorsque tante Agatha s'assoit au piano, elle fait assez de bruit pour deux personnes.

— C'est affreux de dire cela d'elle et ce n'est pas très gentil pour moi, répondit Dorian en riant.

Lord Henry le regarda. Oui, il était à coup sûr merveilleusement beau avec ses lèvres vermeilles finement ourlées, ses yeux bleus au regard franc, ses cheveux ondulés et dorés. Il y avait dans son visage quelque chose qui inspirait une confiance immédiate. Il respirait l'innocence ainsi que la pureté passionnée de la jeunesse. On sentait qu'il ne s'était pas laissé souiller par le monde[18]. Que Basil Hallward l'adulât n'avait rien d'étonnant.

— Vous avez trop de charme pour donner dans la philanthropie, Monsieur Gray — beaucoup trop de charme.

Lord Henry se laissa tomber sur le divan et ouvrit son étui à cigarettes. Le peintre, pendant ce temps, mélangeait ses couleurs et préparait ses pinceaux. Il avait l'air soucieux et, en entendant la dernière remarque de Lord Henry, il lui jeta un coup d'œil, hésita un instant puis lui dit :

— Harry, je tiens à finir ce tableau aujourd'hui. Serait-ce trop vous demander que de vous en aller ?

Lord Henry eut un sourire et regarda Dorian Gray.

— Dois-je partir, Monsieur Gray ? demanda-t-il.

— Oh non, je vous en prie, ne partez pas, Lord Henry. Je vois que Basil est dans une de ses humeurs maussades et je ne le supporte pas quand il boude. Et puis, je voudrais que vous me disiez pourquoi je ne devrais pas m'adonner à la philanthropie.

— Je ne sais pas si je devrais, monsieur Gray. C'est un sujet si assommant qu'il faudrait en parler sérieusement. Mais je ne vais certainement pas m'enfuir maintenant que vous m'avez demandé de rester. Vous n'y voyez vraiment pas d'objection, Basil, n'est-ce pas ? Vous m'avez souvent dit que vous aimiez que vos modèles aient quelqu'un à qui faire la conversation.

Hallward se mordit les lèvres.

— Si Dorian le désire, vous devez évidemment rester. Ses désirs sont des ordres pour tout le monde, sauf pour lui-même.

Lord Henry prit ses gants et son chapeau.

— Vous faites tout pour me retenir, Basil, mais je crains de devoir partir. J'ai promis de retrouver quelqu'un à l'Orléans[19]. Au revoir, Monsieur Gray. Venez me voir un après-midi dans Curzon Street[20]. Je suis presque toujours chez moi à cinq heures. Envoyez-moi un mot avant de passer. Je serais désolé de vous rater.

— Basil, s'exclama Dorian Gray, si Lord Henry Wotton s'en va, je m'en vais aussi. Tu n'ouvres jamais la bouche en peignant et c'est terriblement ennuyeux de rester sur une estrade en essayant de faire bonne figure. Demande-lui de rester, j'insiste.

— Restez, Harry, pour Dorian et pour moi, dit Hallward qui fixait intensément son tableau. C'est bien vrai, je ne parle jamais en travaillant et je n'écoute pas davantage, ce qui doit être lassant pour mes pauvres modèles. Je vous en prie, restez.

— Et ce type à l'Orléans ?

Le peintre se mit à rire.

— Je ne crois pas que cela présente la moindre difficulté. Rasseyez-vous, Harry. Et maintenant, Dorian, monte sur l'estrade, sans trop bouger ni prêter attention à ce que dit Lord Henry. Il exerce une très mauvaise influence sur tous ses amis, moi seul excepté.

Dorian Gray monta sur l'estrade avec un air de jeune martyr grec et adressa une petite moue de mécontentement à Lord Henry qu'il trouvait plutôt à son goût. Il était si différent de Basil. Le contraste entre eux était délicieux. Et il avait une si belle voix. Après un moment, il lui dit :

— Exercez-vous vraiment une si mauvaise

influence que cela, Lord Henry? Aussi mauvaise que le dit Basil?

— Une bonne influence, ça n'existe pas, monsieur Gray. Toute influence est immorale — immorale du point de vue scientifique.

— Pourquoi?

— Parce qu'influencer quelqu'un, c'est lui donner son âme. La personne ne pense pas par elle-même et ne s'enflamme pas de ses passions propres. Ses vertus ne sont pas les siennes et ses péchés, s'il existe quelque chose comme des péchés, sont d'emprunts. Elle devient un écho de la musique d'un autre, l'acteur d'un rôle qui n'a pas été écrit pour elle. Le but de la vie est la réalisation personnelle. Accomplir parfaitement sa nature — c'est ce pourquoi chacun de nous est sur terre. De nos jours, les gens ont peur d'eux-mêmes. Ils ont oublié le premier de tous les devoirs : celui que chacun a envers lui-même. Ils sont, bien entendu, charitables. Ils nourrissent les affamés et vêtent les mendiants. Mais leur âme crie famine, elle est nue. Le courage a déserté notre espèce. Peut-être n'en avons-nous jamais vraiment eu. La crainte de la société, fondement de la morale, la crainte de Dieu, secret de la religion, voilà les deux choses qui nous gouvernent. Et pourtant...

— Tourne un peu plus la tête vers la droite, Dorian, c'est ça, dit le peintre qui, plongé dans son travail, prit seulement conscience de l'apparition sur le visage du jeune homme d'une expression qu'il ne lui avait jamais vue.

— Et pourtant, poursuivit Lord Henry de sa voix grave et mélodieuse, avec ce geste gracieux de la main qui n'appartenait qu'à lui et qu'il avait déjà du temps où il était à Eton[21], je crois que si un seul homme vivait sa vie pleinement, donnait forme à chacune de ses émotions, exprimait chacune de ses pensées, réalisait chacun de ses rêves — je crois que le monde trouverait alors une telle impulsion renouvelée d'allégresse que nous en oublierions tous les maux du Moyen Age et que nous reviendrions à l'idéal hellénique — à quelque chose de plus subtil, de plus riche si possible que l'idéal hellénique. Mais le plus courageux d'entre nous a peur de lui-même. La mutilation du sauvage se perpétue tragiquement dans l'esprit d'abnégation qui nous gâche la vie. Nous sommes punis de nos dénégations : chacune des pulsions de l'âme et du corps que nous essayons d'étouffer nous travaille et nous empoisonne. Le corps pèche une fois et il n'y a plus de péché pour lui car l'action est un mode de purification. Il ne reste rien ensuite, hormis le souvenir d'un plaisir ou le luxe d'un regret. La seule manière de se défaire de la tentation, c'est d'y succomber[22]. Résistez-y, votre âme tombera malade à force d'aspirer aux choses qu'elle s'interdit à elle-même, à force de désirer ce que des lois monstrueuses ont rendu monstrueux et illicite. Quelqu'un a dit que ce qui se produisait d'important dans le monde se produisait dans notre tête[23]. De même, c'est dans notre tête et dans notre tête seulement que se commettent les grands péchés. Vous-même, Monsieur Gray, oui, vous qui êtes la rose rouge de la jeunesse et la rose blanche de l'enfance, vous avez eu des passions dont vous avez eu peur, des pensées qui vous ont terrorisé, des rêveries et des rêves dont le seul souvenir pourrait vous faire rougir de honte...

— Arrêtez! balbutia Dorian Gray. Arrêtez! Vous me faites perdre la tête. Je ne sais pas quoi dire. Il y a sûrement une réponse à ce que vous dites mais je ne vois pas laquelle. Ne parlez pas. Laissez-moi réfléchir. Ou plutôt, aidez-moi à ne pas réfléchir.

Il resta ainsi près de dix minutes sans bouger, les lèvres entrouvertes, les yeux étrangement brillants. Il sentait confusément que des influences entièrement nouvelles s'exerçaient sur lui. Et pourtant il lui semblait qu'elles émanaient de lui. Les quelques paroles que lui avait bel et bien adressées l'ami de Basil — paroles dues au hasard sans doute et d'un goût marqué pour le paradoxe — avaient touché en lui une corde secrète qui n'avait jamais été touchée jusque-là mais qu'il sentait maintenant vibrer et battre en de curieuses pulsations.

La musique lui faisait cet effet. Elle l'avait maintes fois troublé. Mais la musique n'est pas articulée comme les mots. Ce qu'elle crée en nous, ce n'est pas un nouveau monde mais un autre chaos. Les mots! De simples mots! Comme ils étaient terribles, comme ils étaient clairs, acérés et cruels! On ne pouvait leur échapper. Quel subtil sortilège pourtant que le leur! Comme s'ils étaient capables de donner une forme plastique à des choses informes et d'avoir leur musique propre, aussi douce que celle de la viole ou du luth. De simples mots! Existait-il quelque chose d'aussi réel?

Oui. Il y avait des choses dans son enfance qu'il n'avait pas comprises. Maintenant, il les comprenait. La vie s'embrasait tout à coup de couleurs vives. Il eut l'impression d'avoir marché au milieu des flammes. Comment cela lui avait-il échappé jusqu'alors?

Lord Henry, avec son fin sourire, l'observait. Il connaissait le moment précis où, psychologiquement, il importe de ne rien dire. Son intérêt était aiguisé. Il était surpris de l'effet soudain produit par ses paroles et, se souvenant d'un livre qu'il avait lu à seize ans et qui lui avait révélé quantité de choses ignorées de lui jusque-là, il se demanda si Dorian Gray vivait une expérience similaire. Il n'avait fait que lancer une flèche en l'air. Avait-il touché juste? Ce garçon était vraiment fascinant!

Hallward continuait de peindre avec cette admirable sûreté de touche qui était la sienne, dotée de ce véritable raffinement et cette délicatesse parfaite qui, en art en tout cas, ne vient que de la force. Il n'avait pas conscience du silence.

— Basil, j'en ai assez de poser, s'écria soudainement Dorian Gray. Il faut que j'aille m'asseoir dans le jardin. On étouffe ici.

— Mon cher, je suis vraiment désolé. Lorsque je peins, je ne pense à rien d'autre. Mais tu n'as jamais aussi bien posé. Tu étais parfaitement immobile : j'ai obtenu l'effet que je cherchais — les lèvres entrouvertes, le regard brillant. Je ne sais pas ce que Harry t'a dit mais il t'a indéniablement fait adopter une expression des plus étonnantes. Il te faisait sans doute des compliments. Il ne faut pas que tu croies un mot de ce qu'il dit.

— Il ne m'a certainement pas fait de compliments. Peut-être est-ce pour cette raison que je ne crois rien de ce qu'il m'a dit.

— Vous avez tout cru et vous le savez, dit Lord Henry en le regardant de ses yeux rêveurs et langoureux. Je vous accompagne au jardin. Il fait terriblement chaud dans l'atelier. Basil, buvons quelque chose de glacé, parfumé aux fraises de préférence.

— Bien sûr, Harry. Vous n'avez qu'à sonner et, lorsque Parker viendra, à lui dire ce que vous voulez. Moi, il faut que je travaille ce fond. J'irai vous retrouver tout à l'heure. Ne retenez pas Dorian trop longtemps. Je ne me suis jamais senti aussi en forme pour peindre qu'aujourd'hui. Ça va être mon chef-d'œuvre. C'est déjà mon chef-d'œuvre.

Lord Henry sortit dans le jardin et trouva Dorian Gray le visage enfoui dans les grands et frais lilas en fleur dont il buvait fébrilement le parfum comme si c'était du vin [24]. Il s'approcha de lui et posa sa main sur son épaule.

— Vous avez parfaitement raison de faire cela, murmura-t-il. Seuls les sens peuvent guérir l'âme de même que seule l'âme peut guérir les sens [25].

Le jeune homme sursauta et eut un mouvement de retrait. Il était tête nue et les feuilles avaient ébouriffé ses boucles rebelles et emmêlé leurs fils d'or. Il avait le regard effrayé de quelqu'un que l'on a réveillé brusquement. Ses narines finement ciselées frémirent et un tic nerveux agita l'incarnat de ses lèvres et les fit trembler.

— Oui, poursuivit Lord Henry, c'est là l'un des grands secrets de la vie que de soigner l'âme au moyen des sens et les sens au moyen de l'âme. Vous êtes une merveilleuse créature. Vous en savez davantage que vous ne pensez tout comme vous en savez moins que vous ne le voudriez.

Dorian Gray s'assombrit et détourna la tête. Il ne

pouvait s'empêcher d'aimer le grand et gracieux jeune homme qui se tenait devant lui. Son visage romantique au teint bistré, son expression lasse l'attirait. Sa voix grave et langoureuse avait quelque chose d'irrésistible. Même ses mains fraîches, blanches, semblables à des fleurs, possédaient un charme étrange. Elles accompagnaient ses paroles comme une musique et semblaient avoir leur langage propre. Mais il avait peur de lui, et en avait honte. Pourquoi était-ce à un inconnu qu'il avait été donné de le révéler à lui-même ? Il connaissait Basil Hallward depuis des mois mais leur amitié n'avait rien changé en lui. Et voilà que soudain quelqu'un traversait sa vie, qui semblait lui avoir dévoilé les mystères de l'existence. Il n'y avait pourtant rien à craindre. Il n'était pas un gamin ou une fillette. C'était absurde d'avoir peur.

— Allons nous asseoir à l'ombre, dit Lord Henry. Parker a apporté les boissons et, si vous restez plus longtemps dans cette lumière éblouissante, vous allez vous abîmer complètement et Basil ne pourra plus jamais vous peindre. Vous ne devriez pas vous laisser hâler. Cela ne vous siérait pas [26].

— Quelle importance ? fit en riant Dorian Gray en prenant place sur le siège à l'autre bout du jardin.

— Ce devrait être de la plus haute importance pour vous, monsieur Gray.

— Pourquoi donc ?

— Parce que vous possédez la jeunesse la plus merveilleuse qui soit et que la jeunesse est la seule chose qui vaille.

— Je ne suis pas de cet avis, Lord Henry.

— Vous ne l'êtes pas maintenant. Mais un jour, lorsque vous serez vieux, ridé et laid, lorsque la pensée aura flétri votre front de ses rides et la passion marqué vos lèvres de ses fers hideux, vous le ressentirez terriblement. Maintenant, où que vous alliez, vous charmez. En sera-t-il toujours ainsi ?... Vous avez un visage d'une beauté stupéfiante, monsieur Gray. Ne vous renfrognez pas. C'est ainsi. Et la Beauté est une forme du Génie — elle est même supérieure au Génie puisqu'elle n'a pas besoin d'explication. Elle fait partie des grandes réalités de ce monde, à l'instar du soleil, du printemps ou du reflet dans les eaux sombres de ce coquillage argenté que nous appelons la lune. Elle ne se discute pas. Elle règne de droit divin. Elle fait de ceux qui la possèdent des princes. Vous souriez ? Ah ! Lorsque vous l'aurez perdue, vous ne sourirez plus... On dit parfois que la Beauté n'est que superficielle. C'est possible. Mais, du moins, elle n'est pas aussi superficielle que la Pensée. Pour moi, la Beauté est la merveille des merveilles. Il n'y a que les gens superficiels qui ne jugent pas selon les apparences. Le véritable mystère du monde est le visible, non l'invisible... Oui, monsieur Gray, les dieux ont été bons pour vous. Mais ce que les dieux donnent, ils sont prompts à le reprendre. Vous n'avez que quelques années à vivre vraiment, parfaitement, pleinement. Lorsque la jeunesse s'en va, la beauté s'en va avec elle et l'on découvre alors que c'en est fini des conquêtes ou qu'il faut se contenter de celles, misérables, que la mémoire du passé rend plus amères que des défaites. Chaque mois qui passe vous rapproche de quelque chose d'effrayant. Le temps est jaloux de vous et fait la guerre à votre jeunesse en fleur. Vous aurez le teint jaune, les joues creuses et l'œil éteint. Vous souffrirez horriblement... Ah ! Vivez votre jeunesse pendant qu'il en est temps. Ne dilapidez pas l'or de vos jours à écouter les fâcheux, à essayer de rendre meilleurs les ratés sans espoir ou à donner votre vie pour l'ignorant, le commun, le vulgaire. Ce sont là des objectifs néfastes, les idéaux fallacieux de notre temps. Vivez ! Vivez la vie merveilleuse qui est en vous ! Ne laissez rien passer. Soyez toujours avide de nouvelles sensations[27]. N'ayez peur de rien... Un nouvel hédonisme — voilà ce dont a besoin notre siècle[28]. Vous pourriez en être le symbole visible. Avec votre personnalité, il n'y a rien dont vous ne soyez capable. Le monde vous appartient pour une saison... Dès l'instant où j'ai fait votre connaissance, j'ai vu que vous n'aviez pas conscience de ce que vous êtes vraiment, de ce que

vous pourriez vraiment être. Il y a tant de choses en
vous qui m'ont charmé que j'ai senti qu'il fallait que je
vous parle un peu de vous. J'ai pensé à la tragédie que
ce serait s'il vous arrivait de vous gaspiller. Car votre
jeunesse va être si courte — si courte. Les simples
fleurs des champs se fanent mais elles refleurissent. Le
cytise sera aussi jaune en juin prochain qu'il l'est
maintenant. Dans un mois, on verra des étoiles
pourpres sur la clématite et, ces étoiles, son feuillage
de nuit les gardera des années durant. Mais notre jeunesse à nous ne revient jamais. La pulsation joyeuse
qui bat en nous à vingt ans se transforme en apathie.
Nos membres nous lâchent, nos sens se corrompent.
Nous nous décomposons en d'affreux pantins obsé-
dés par le souvenir de passions devant lesquelles nous
avons reculé et de tentations exquises auxquelles nous
n'avons pas eu le courage de céder. La jeunesse! La
jeunesse! Il n'y a rien au monde que cela!

Dorian Gray écoutait, les yeux écarquillés, étonné.
Sa main laissa tomber la gerbe de lilas sur le gravier.
Une abeille duvetée vint bourdonner autour d'eux
quelques instants puis se mit à virevolter en tout sens
au-dessus du globe ovale et étoilé des fleurs minuscules. Il l'observa avec cet intérêt étrange que nous
nous efforçons de porter aux choses banales lorsque
des questions plus graves nous effraient, lorsque nous
sommes sous le coup d'une émotion nouvelle que
nous ne savons comment exprimer ou encore
lorsqu'une pensée terrifiante s'impose soudain à notre
esprit impuissant. Au bout d'un moment, l'abeille
s'éloigna. Il la vit s'engager lentement dans la trompe
maculée d'un volubilis violet. La fleur sembla frémir
puis oscilla doucement[29].

Le peintre fit tout à coup son apparition à la porte
de l'atelier et leur fit signe de venir avec des gestes
impatients. Ils se tournèrent l'un vers l'autre et échan-
gèrent un sourire.

— J'attends, cria-t-il. Revenez. La lumière est
idéale et vous pouvez apporter vos verres.

Ils se levèrent et descendirent lentement l'allée côte

à côte. Deux papillons vert et blanc voltigèrent à leur
hauteur et une grive se mit à chanter dans le poirier à
l'angle du jardin.

— Vous êtes content d'avoir fait ma connaissance,
monsieur Gray, dit Lord Henry en regardant Dorian.

— Oui, maintenant je le suis. Je me demande si je
le serai toujours.

— Toujours! Quel mot atroce! Je frissonne quand
je l'entends. Les femmes adorent l'employer. Elles
gâchent toutes les histoires d'amour en voulant à tout
prix les faire durer à jamais. C'est, en outre, un mot
qui ne veut rien dire. La seule différence entre un
caprice et la passion de toute une vie, c'est que le
caprice dure un peu plus longtemps.

Au moment d'entrer dans l'atelier, Dorian Gray
posa sa main sur le bras de Lord Henry.

— Dans ce cas, faisons en sorte que notre amitié
soit un caprice, murmura-t-il en rougissant de son
audace avant de remonter sur l'estrade pour
reprendre la pose.

Lord Henry se laissa tomber dans un grand fauteuil
de rotin et l'observa. L'unique son qui rompît le
silence était celui des grands coups de pinceau sur la
toile, sauf lorsqu'il arrivait à Hallward de reculer pour
regarder son travail de loin. Une poussière dorée dansait dans les rayons obliques qui entraient à flots par la
porte ouverte. Le lourd parfum des roses semblait
imprégner toute chose.

Après un quart d'heure environ, Hallward cessa de
peindre, regarda longuement Dorian Gray puis longuement le tableau tout en mordillant l'extrémité de
l'un de ses gros pinceaux, l'air sombre.

— Terminé, s'écria-t-il enfin.

Il se pencha pour signer son nom en longues lettres
vermillon à gauche au bas de la toile.

Lord Henry s'approcha pour examiner le tableau. Il
s'agissait indéniablement d'une superbe œuvre d'art,
merveilleusement ressemblante de surcroît.

— Mon cher, je vous félicite de tout mon cœur,
dit-il. C'est le plus beau portrait des temps modernes.
Monsieur Gray, venez en juger par vous-même.

Le garçon sursauta comme si on l'avait arraché à un rêve.

— C'est vrai ? Il est fini ? murmura-t-il en descendant de l'estrade.

— Complètement fini, répondit le peintre. Et tu as superbement posé aujourd'hui. Je t'en suis terriblement reconnaissant.

— Cela m'est entièrement dû, intervint Lord Henry. N'est-ce pas, monsieur Gray ?

Dorian ne répondit pas mais passa nonchalamment devant son portrait puis se tourna vers lui. En le voyant, il eut un mouvement de recul et ses joues s'empourprèrent un instant de plaisir. Un éclair joyeux parut dans son regard comme s'il se reconnaissait pour la première fois. Il resta ainsi immobile et songeur, vaguement conscient qu'Hallward lui parlait mais sans saisir le sens de ce qu'il lui disait. Le sentiment de sa propre beauté le pénétrait comme une révélation. Il ne l'avait jamais encore éprouvé. Les compliments de Basil Hallward lui avaient paru n'être que de charmantes exagérations dictées par l'amitié. Il les avait écoutés, en avait ri, les avait oubliés. Ils ne l'avaient pas marqué. Lord Wotton avait alors surgi avec son étrange panégyrique de la jeunesse, sa terrifiante admonition sur la brièveté de celle-ci. Il en avait été, sur le coup, bouleversé et maintenant qu'il était là à fixer l'ombre de sa propre beauté, la réalité de la description de Lord Henry prenait subitement pour lui tout son sens. Oui, viendrait un jour où son visage serait ridé et parcheminé, ses yeux sans éclat et ternes, ses traits gracieux défaits et déformés. L'incarnat de ses lèvres s'effacerait et l'or de sa chevelure s'évanouirait. La vie qui enrichirait son âme ruinerait son corps. Il deviendrait horrible, hideux, grotesque.

À cette pensée, une vive douleur le transperça comme un couteau et fit frémir chacune des fibres délicates de son être. Ses yeux prirent la nuance profonde de l'améthyste et se voilèrent de larmes. Il sentit une poigne de glace se refermer sur son cœur.

— Il ne te plaît pas ? fit enfin Hallward quelque peu

piqué au vif par le silence du jeune homme, dont la signification lui échappait.

— Bien sûr qu'il lui plaît, dit Lord Henry. Qui ne l'aimerait pas ? C'est parmi ce que l'on a fait de mieux dans l'art moderne. Je vous en donnerai ce que vous demandez. Il me le faut.

— Il n'est pas à moi, Henry.

— À qui est-il ?

— À Dorian, évidemment, répondit le peintre.

— Il a bien de la chance.

— Que c'est triste ! murmura Dorian Gray, les yeux toujours rivés sur son portrait. Que c'est triste ! Je vais devenir vieux, horrible et épouvantable. Mais ce portrait, lui, demeurera toujours jeune. Il gardera à jamais l'âge de cette journée-ci de juin... Si seulement ce pouvait être le contraire. Si seulement c'était moi qui devais rester éternellement jeune et le portrait qui devait vieillir ! Pour cela — pour cela — je donnerais tout ! Oui, il n'y a rien au monde que je ne donnerais pas ! Je donnerais mon âme !

— Voilà une solution qui ne te conviendrait guère, Basil, dit en riant Lord Henry. Ce serait malheureux pour ton œuvre.

— Je m'y opposerais formellement, Harry, dit Hallward.

Dorian Gray se tourna vers lui et le regarda.

— Je n'en doute pas, Basil. Tu préfères ton œuvre à tes amis. Pour toi, je ne suis rien d'autre qu'une figurine de bronze vert. Et encore.

Le peintre le dévisagea avec stupéfaction. Cela ressemblait tellement peu à Dorian de parler de la sorte. Que s'était-il passé ? Il avait l'air excédé. Il avait les joues toutes rouges et le visage en feu.

— Oui, poursuivit-il, je compte moins pour toi que ton Hermès en ivoire ou ton Faune en argent. Eux, tu les aimeras toujours. Combien de temps tiendras-tu à moi ? Jusqu'à ma première ride probablement. Je sais désormais qu'en perdant la beauté nous perdons tout. Ton portrait me l'a appris. Lord Henry Wotton a parfaitement raison. La jeunesse est la seule chose qui vaille. Lorsque je m'apercevrai que je vieillis, je me tuerai.

Hallward pâlit et lui prit la main.

— Dorian! Dorian, s'écria-t-il. Ne parle pas comme cela. Je n'ai jamais eu d'ami comme toi et je n'en aurai jamais d'autre. Tu n'es tout de même pas jaloux des objets, toi qui es plus beau qu'eux tous!

— Je suis jaloux de tout ce dont la beauté ne meurt pas. Je suis jaloux du portrait que tu as fait de moi. Pourquoi devrait-il conserver ce que je dois perdre? Chaque instant qui passe m'enlève à moi quelque chose et, à lui, apporte quelque chose. Oh, si seulement ce pouvait être le contraire! Si le portrait pouvait changer et moi demeurer toujours ce que je suis maintenant! Pourquoi l'as-tu peint? Un jour, il me fera paraître ridicule — terriblement ridicule!

Des larmes brûlantes lui montèrent aux yeux. Il retira sa main et, se jetant sur le divan, il enfouit son visage dans les coussins comme s'il était en prière.

— C'est votre faute, Harry, dit le peintre amèrement.

Lord Henry haussa les épaules.

— C'est le vrai Dorian Gray — c'est tout.

— Non, ce n'est pas lui.

— Si ce n'est pas lui, en quoi y suis-je pour quelque chose?

— Vous auriez dû partir quand je vous l'ai demandé, grommela-t-il.

— Je suis resté à votre demande, rétorqua Lord Henry.

— Harry, je ne peux pas me quereller avec deux amis intimes à la fois mais vous avez réussi tous les deux à me faire détester la plus belle chose que j'aie jamais faite et je vais la détruire. Qu'est-ce sinon une toile et des couleurs? Je ne la laisserai pas s'immiscer dans nos trois vies et nous les gâcher.

Dorian Gray souleva sa tête dorée sur le coussin et, le visage hagard et les yeux brouillés par les larmes, vit Hallward se diriger vers la table à dessin de bois blanc placée sous la fenêtre aux hauts rideaux. Qu'y faisait-il? Ses doigts tâtaient dans le fouillis des tubes d'étain et des pinceaux secs, à la recherche de quelque chose. Ce qu'il cherchait, c'était le long couteau à palette muni de la fine lame d'acier souple. Il finit par le trouver : il s'apprêtait à lacérer la toile.

Réprimant un sanglot, le jeune homme bondit du canapé et, se jetant sur Hallward, lui arracha le couteau qu'il lança à l'autre bout de l'atelier.

— Non, Basil, non! cria-t-il. Ce serait un meurtre!

— Je suis content que tu apprécies enfin mon œuvre, Dorian, dit froidement le peintre une fois remis de sa surprise. Je ne l'espérais plus.

— L'apprécier? J'en suis amoureux, Basil. Elle fait partie de moi-même, je le sens.

— Voilà, dès que tu seras sec, on te vernira, on t'encadrera et on t'expédiera chez toi. Tu pourras alors faire de toi ce que tu veux...

Il traversa la pièce et sonna pour le thé.

— Tu prendras du thé, naturellement, Dorian? Et vous aussi, Harry? À moins que vous ne trouviez à redire à de simples plaisirs comme celui-là?

— J'adore les plaisirs simples, dit Lord Henry. Ce sont les ultimes refuges de la complexité. Mais je déteste les scènes, excepté au théâtre. Ce que vous pouvez être bêtes, tous les deux! Je me demande qui a défini l'homme comme un animal rationnel[30]. Définition prématurée s'il en fut! L'homme est tout sauf rationnel. Je suis content qu'il ne le soit pas, en fin de compte. J'aimerais pourtant que vous ne vous chamailliez pas au sujet de ce portrait tous les deux. Vous auriez beaucoup mieux fait de me le laisser, Basil. Ce jeune idiot n'y tient pas vraiment alors que moi, j'y tiens.

— Si tu le laisses à quelqu'un d'autre que moi, Basil, je ne te le pardonnerai jamais! s'exclama Dorian Gray. Et je ne tolérerai pas que l'on me traite de jeune idiot.

— Tu sais bien que ce portrait est à toi, Dorian. Je te l'ai donné avant même qu'il existe.

— Et vous, vous savez que vous avez été un peu sot, monsieur Gray, et que vous n'avez pas d'objec-

tion à ce que l'on vous rappelle que vous êtes extrêmement jeune.

— Des objections, c'est ce matin que j'aurais dû en
faire, Lord Henry.

— Ah, ce matin! Vous avez vécu depuis.

On frappa à la porte et le maître d'hôtel entra avec
un plateau chargé qu'il posa sur une petite table japo-
naise. On entendit un bruit de tasses et de soucoupes
et le sifflement d'une bouilloire georgienne cannelée[31].
Un page apporta deux plats de porcelaine recouverts
d'un globe. Dorian Gray alla servir le thé. Les deux
hommes se dirigèrent nonchalemment vers la table et
examinèrent ce qui se trouvait sous les couvercles.

— Allons au théâtre ce soir, dit Lord Henry. Il y a
sûrement quelque chose à voir quelque part. J'ai promis de dîner chez White[32], mais ce n'est qu'avec un
vieil ami à qui je peux envoyer un télégramme pour
dire que je suis malade ou que j'ai été empêché de
venir à la suite d'un autre engagement. Voilà, je
trouve, qui ferait une assez belle excuse, d'une fran-
chise surprenante.

— C'est si ennuyeux de devoir s'habiller, grommela Hallward. Et l'habit de soirée, quelle horreur!

— Oui, répondit Lord Henry d'un air songeur, le
costume du XIXᵉ siècle est détestable. Il est tellement
sombre, tellement déprimant. Le péché est la seule
note de couleur qui reste dans la vie moderne.

— Vous ne devriez vraiment pas tenir de tels propos devant Dorian, Harry.

— Devant quel Dorian? Celui qui est en train de
nous servir le thé ou celui du portrait?

— Ni devant l'un ni devant l'autre.

— J'aimerais vous accompagner au théâtre, Lord
Henry, dit le jeune homme.

— Vous viendrez donc, et vous aussi, Basil,
n'est-ce pas?

— Non, je ne peux vraiment pas. Je préférerais ne
pas sortir. J'ai beaucoup de travail.

— Alors, dans ce cas, nous irons seuls, vous et moi,
monsieur Gray.

— Cela me ferait un plaisir immense.

Le peintre se mordit les lèvres et s'approcha, la tasse à la main, du portrait.

— Je vais rester avec le vrai Dorian Gray, dit-il tristement.

— Est-ce bien le vrai Dorian Gray? s'écria l'original en allant vers lui. Suis-je vraiment comme cela?

— Oui, tu es exactement comme cela.

— C'est merveilleux, Basil!

— En apparence du moins. Mais lui ne changera jamais, soupira Hallward. C'est toujours ça.

— Tout ce foin que font les gens autour de la fidélité! s'écria Lord Henry. Allons, même l'amour n'est qu'une affaire de physiologie. Cela n'a rien à voir avec la volonté. Les jeunes gens veulent être fidèles et ne le sont pas. Les vieux veulent être infidèles et en sont incapables : voilà tout ce que l'on peut dire.

— Ne va pas au théâtre ce soir, Dorian, dit Hallward. Reste à dîner avec moi.

— C'est impossible, Basil.

— Pourquoi?

— Parce que j'ai promis à Lord Henry Wotton de l'accompagner.

— Ce n'est pas parce que tu tiendras tes promesses que tu lui plairas davantage. Il ne tient jamais les siennes. Je t'en prie, n'y va pas.

Dorian Gray se mit à rire et secoua la tête.

— Je t'en supplie.

Le garçon hésita et adressa un regard à Lord Henry qui les observait depuis la table avec un sourire amusé.

— Il faut que j'y aille, Basil.

— Très bien, dit Hallward qui alla poser sa tasse sur le plateau. Il se fait tard et, comme vous devez vous habiller, vous n'avez pas de temps à perdre. Au revoir, Harry. Au revoir, Dorian. Viens me voir bientôt. Viens demain.

— Promis.

— Tu n'oublieras pas?

— Non, bien sûr que non, s'écria Dorian.

— Et... Harry !

— Oui, Basil.

— Souvenez-vous de ce que je vous ai demandé dans le jardin ce matin.

— J'ai oublié.

— Je vous fais confiance.

— Je voudrais bien pouvoir me faire confiance à moi-même, dit Lord Henry en riant. Venez, monsieur Gray, mon fiacre attend dehors et je vais vous déposer chez vous. Au revoir, Basil. Ce fut un après-midi passionnant.

Lorsque la porte se fut refermé derrière eux, le peintre s'affaissa sur un sofa et une expression douloureuse parut sur son visage.

3

Le lendemain, à midi et demi, Lord Henry Wotton se rendit à pied sans se presser de Curzon Street à l'Albany[33] pour voir son oncle, Lord Fermor, un vieux célibataire affable quoiqu'un peu bourru, que le monde extérieur qualifiait d'égoïste parce qu'il n'en tirait aucun profit, mais en qui la bonne société voyait un homme généreux puisqu'il tenait table ouverte pour les gens qui l'amusaient. Son père avait été notre ambassadeur à Madrid quand Isabelle était jeune et que rien ne laissait encore prévoir Prim[34], mais il avait quitté la Carrière sur un coup de tête parce qu'on ne lui avait pas proposé le poste d'ambassadeur à Paris, poste pour lequel il s'estimait tout désigné du fait de sa naissance, de son indolence, du bon anglais de ses dépêches et de sa passion immodérée du plaisir. Le fils, qui avait été le secrétaire de son père, avait démissionné en même temps que son supérieur — un peu à la légère, avait-on estimé à l'époque — et, ayant hérité du titre quelques mois plus tard, s'était à son tour mis sérieusement à l'étude de ce grand art proprement aristocratique qui consiste à ne rien faire du tout. Il possédait deux grandes maisons à Londres mais préférait vivre dans une garçonnière, y voyant moins d'inconvénient, et prenait la plupart de ses repas à son club. Il veillait de loin à la bonne marche de ses houillères des Midlands, arguant pour s'excuser de cette tare industrielle de ce que le fait de posséder du charbon permettait à un gentleman d'avoir l'élémentaire bon goût de ne se chauffer lui-même qu'au bois. Politiquement, il était tory sauf lorsque les tories étaient au pouvoir, période durant laquelle il les accusait carrément d'être une bande de radicaux. Il était un héros pour son valet qui le malmenait[35] et une terreur pour la plupart de ses proches qu'il malmenait à son tour. C'était un pur produit de l'Angleterre qui ne cessait de répéter que le pays était sur la mauvaise pente. Il était vieux jeu mais ses préjugés avaient cependant du bon.

En pénétrant dans la pièce, Lord Henry trouva son oncle, assis dans une grossière tenue de chasse et fumant un petit cigare, en train de fulminer contre le *Times*.

— Mais, Harry, dit le vieux monsieur, qu'est-ce qui t'amène de si bon matin ? Je croyais que vous, les dandies, ne vous leviez jamais avant deux heures de l'après-midi et n'étiez pas visibles avant cinq heures.

— Pure affection familiale, je vous assure, oncle George. J'ai un service à vous demander.

— De l'argent, sans doute, dit Lord Fermor en faisant la grimace. Bon, assieds-toi et raconte-moi tout. Les jeunes, de nos jours, s'imaginent que l'argent est tout.

— Oui, murmura Lord Henry en rectifiant la fleur qu'il portait à la boutonnière, et en vieillissant, ils en sont persuadés. Mais je ne veux pas d'argent. Il n'y a que les gens qui règlent leurs fournisseurs qui ont besoin d'argent, oncle George, et moi, je ne les règles jamais. Le crédit constitue le capital d'un fils cadet et on en vit fort agréablement. Et puis, je ne fais affaire qu'avec les commerçants de Dartmoor qui, par conséquent, ne me harcellent jamais. Ce que je veux, c'est un renseignement. Pas un renseignement utile, bien entendu, un renseignement inutile.

— Mais je peux te renseigner sur tout ce qui se trouve dans le Bottin mondain, Harry, même si ces gens-là écrivent aujourd'hui beaucoup de sottises. Quand j'étais dans la Carrière, les choses allaient bien mieux. Mais j'ai appris qu'on recrutait maintenant sur concours. Allez vous étonner, après cela! Les concours, monsieur, ne sont de bout en bout qu'une mystification. Qu'un homme soit un gentleman et il en saura toujours assez et, s'il ne l'est pas, tout ce qu'il sait ne peut que lui nuire.

— Monsieur Dorian Gray ne figure pas dans les bottins mondains, oncle George, dit Lord Henry d'une voix neutre.

— Monsieur Dorian Gray? Qui est-ce? demanda Lord Fermor en fronçant ses sourcils blancs et broussailleux.

— C'est ce que je suis venu apprendre, oncle George. Ou plutôt, je sais qui il est. C'est le dernier petit-fils de Lord Kelso. Sa mère était une Devereux, Lady Margaret Devereux. Je voudrais que vous me parliez de sa mère. Comment était-elle? Qui a-t-elle épousé? Vous qui avez connu pratiquement tout le monde dans votre temps, vous l'avez peut-être connue. Je m'intéresse beaucoup à M. Gray actuellement. Je viens tout juste de faire sa connaissance.

— Le petit-fils de Kelso! répéta le vieux monsieur. Le petit-fils de Kelso!... Bien sûr... J'ai très bien connu sa mère. Je crois même avoir assisté à son baptême. C'était une fille d'une beauté extraordinaire, cette Margaret Devereux. Elle a rendu tous les hommes fous en filant avec un type sans le sou, un parfait inconnu, mon cher, sous-officier dans un régiment d'infanterie ou quelque chose comme cela. Bien sûr. Je me rappelle toute l'affaire comme si c'était arrivé hier. Le pauvre type a été tué en duel à Spa[36] quelques mois après leur mariage. Il a couru à ce sujet une histoire pas très jolie. On racontait que Kelso s'était acoquiné avec un vaurien d'aventurier, une brute belge, pour qu'il insulte son gendre en public : il l'avait payé pour ça, mon cher, payé! Et l'individu avait abattu son homme comme un pigeon. On avait étouffé l'affaire mais, pardieu, après cela, Kelso a dû manger sa côtelette d'agneau tout seul au club pendant un certain temps. Il a fait revenir sa fille auprès de lui, à ce qu'on racontait, mais elle ne lui a jamais plus adressé la parole. Oh, oui, une triste histoire. La fille est morte elle aussi — dans l'année. Elle avait donc laissé un fils? Je ne me souvenais pas de cela. Comment est-il? S'il ressemble à sa mère, il doit être beau garçon.

— Il est très beau, reconnut Lord Henry.

— J'espère qu'il tombera en de bonnes mains, poursuivit le vieil homme. Il devrait toucher le magot si Kelso s'est bien conduit envers lui. Sa mère aussi avait de l'argent. Tout l'héritage Selby lui est revenu par son grand-père. Celui-ci haïssait Kelso. Il le considérait comme un vaurien. Et c'est ce qu'il était. Il était venu à Madrid une fois, quand j'étais là-bas. Pardieu, il m'avait fait honte. La reine a voulu apprendre de moi qui était cet aristocrate anglais qui se querellait toujours avec les cochers sur le prix des courses. Ils en faisaient toute une histoire. Je n'ai pas osé me montrer à la cour pendant un mois. J'espère qu'il a mieux traité son petit-fils que les cochers.

— Je l'ignore, répondit Lord Henry. J'ai l'impression qu'il sera bien loti. Il n'est pas encore majeur. Ce que je sais, c'est qu'il possède Selby. C'est lui qui me l'a dit. Et... sa mère était donc très belle?

— Margaret Devereux est l'un des êtres les plus délicieux que j'aie vus, Henry. Je n'ai jamais pu comprendre ce qui avait pu la pousser à se conduire comme elle l'a fait. Ce n'était pas les prétendants qui lui manquaient. Carlington était fou d'elle. Mais c'était une romantique — comme toutes les femmes de sa famille. Les hommes ne valaient pas grand-chose mais, pardieu, les femmes étaient merveilleuses. Carlington s'était jeté à ses pieds. C'est lui-même qui me l'a dit. Elle lui avait ri au nez alors qu'il n'y avait pas à Londres une fille qui ne lui courût pas après. À propos, Harry, puisqu'on parle de mariage idiot, qu'est-ce que c'est que cette bonne blague que ton père m'a racontée selon laquelle Dartmoor voudrait épouser une Américaine? Les Anglaises ne sont pas assez bien pour lui?

— C'est la mode actuellement d'épouser des Américaines, oncle George[37].

— Je parie sur les femmes anglaises contre le monde entier, Harry, dit Lord Fermor en frappant la table du poing.

— Ce sont les Américaines qui ont la cote.

— Elles ne sont pas à la hauteur, à ce qu'il paraît, marmonna son oncle.

— Sur un long parcours, non, mais elles sont imbattables dans une course d'obstacles. Elles attrappent tout au vol : je ne crois pas que Dartmoor ait une chance.

— Et sa famille ? grommela le vieux monsieur. Elle en a une ?

Lord Henry hocha la tête.

— Les Américaines savent aussi bien cacher leur parents que les Anglaises leur passé, dit-il en se levant pour partir.

— Ce sont sans doute des marchands de porc en conserve.

— Je l'espère pour le bien de Dartmoor, oncle George. Il paraît que le commerce du porc en conserve est ce qui rapporte le plus en Amérique — après la politique.

— Elle est jolie ?

— Elle fait comme si elle l'était. La plupart des Américaines font de même. C'est le secret de leur charme.

— Pourquoi ces Américaines ne restent-elles pas dans leur pays ? Elles qui ne cessent de nous dire que c'est un paradis pour les femmes.

— Ça l'est. C'est la raison pour laquelle elles sont, comme Ève, si pressées d'en sortir, dit Lord Henry. Au revoir, oncle George. Je serai en retard pour déjeuner si je reste davantage. Merci de m'avoir donné le renseignement que je voulais. J'aime toujours tout savoir de mes nouveaux amis et rien des anciens.

— Où déjeunes-tu, Harry ?

— Chez tante Agatha. Je me suis invité avec monsieur Gray. C'est son dernier *protégé*.

— Hum. Dis à ta tante Agatha, Harry, de cesser de me harceler pour ses bonnes œuvres. J'en ai assez. Enfin, cette brave femme pense que je n'ai rien d'autre à faire qu'à signer des chèques pour ses manies idiotes.

— Très bien, oncle George, je vais lui dire mais ça ne changera rien. Les philanthropes ont perdu toute notion d'humanité. C'est leur signe distinctif.

Le vieux monsieur poussa un grognement approbateur et sonna son domestique. Lord Henry sortit dans Burlington Street par la porte cochère et prit la direction de Berkeley Square.

Telle était donc l'histoire familiale de Dorian Gray. Tout sommaire qu'il fût, le récit que l'on venait de lui en faire l'avait ému par l'étrange histoire d'amour, presque moderne, qu'il laissait supposer. Une belle femme qui risquait tout pour une folle passion. Un bonheur sans entrave de quelques semaines brisé net par un crime ignoble et perfide. Des mois passés à souffrir le martyre en silence puis la naissance d'un enfant dans la douleur. La mère emportée par la mort, le garçon abandonné à la solitude et à la tyrannie d'un vieillard sans affection. Oui, cela constituait un passé intéressant. Cela vous posait le jeune homme, ajoutait encore à sa perfection. Derrière toute chose délicate on trouvait du tragique. Pour que pousse la plus humble fleur il fallait que des mondes accouchent dans la douleur[38]... Et ce qu'il était charmant, à table, la veille au soir, assis face à lui au club, les yeux écarquillés et les lèvres entrouvertes dans un plaisir effarouché tandis que les abat-jour rouges des candélabres faisaient paraître plus rose encore son visage sur lequel pointait l'émerveillement. Lui parler était comme de jouer d'un violon sensible. Il répondait à chaque contact et frisson de l'archet... Il y avait quelque chose de terriblement excitant à agir ainsi sur lui. Rien n'est comparable à la projection de soi dans une forme gracieuse où vous laissez votre âme s'attarder un moment en entendant votre propre vision des choses vous revenir enrichie de toute la musique de la passion et de la jeunesse, à l'imprégnation en autrui de votre propre nature comme s'il s'agissait d'un fluide subtil ou d'un parfum étrange. On puise là une joie véritable — peut-être la joie la plus satisfaisante qui nous reste à une époque aussi bornée et vulgaire que la nôtre, aussi grossièrement matérialiste dans ses plaisirs et grossièrement commune dans les fins qu'elle poursuit... De plus, ce jeune homme rencontré par un si étrange hasard à l'atelier de Basil représentait un type humain merveilleux — que l'on pouvait en tout cas rendre tel. Il avait la grâce, la candeur virginale de l'enfance et la beauté que la statuaire grecque nous a transmise. Il n'y avait rien d'impossible avec lui. On pouvait aussi bien en faire un Titan[39] qu'un jouet. Quel malheur que pareille beauté fût destinée à se flétrir!... Et Basil? Si l'on se plaçait du point de vue psychologique, c'était vraiment quelqu'un d'intéressant! Ce nouveau style artistique, cette façon neuve de regarder la vie qui lui avaient été curieusement inspirée par la seule présence de quelqu'un à l'insu du modèle lui-même; l'esprit silencieux qui peuplait le sous-bois et allait invisible à travers champs, cet esprit qui soudain se manifestait telle une dryade[40] et sans crainte aucune parce que l'âme de Basil, qui la recherchait, avait su réagir à la vision prodigieuse dans laquelle se révèlent les merveilles, les simples apparences et contours des objets s'affinant pour ainsi dire, se chargeant d'une sorte de valeur symbolique comme s'ils étaient eux-mêmes les modèles d'une forme autre et plus parfaite dont ils rendaient l'ombre réelle. Comme tout cela était étrange! Il se rappela quelque chose d'analogue dans l'histoire. N'était-ce pas Platon qui, à propos de l'artiste, avait le premier analysé la chose? N'était-ce pas Buonarroti qui en avait successivement gravé dans le marbre polychrome les sonnets[41]? Mais, à notre époque, c'était étrange... Oui, il tenterait d'être pour Dorian Gray ce que sans le savoir celui-ci avait été pour le peintre qui avait fait ce magnifique portrait. Il ferait en sorte de le dominer —

c'était même déjà fait à demi. Il s'approprierait la belle
nature de cet esprit merveilleux. Cet enfant de
l'Amour et de la Mort avait quelque chose de fascinant. Tout à coup, il s'arrêta et jeta un œil sur les maisons : il s'aperçut qu'il avait dépassé celle de sa tante.
Souriant en lui-même, il fit demi-tour. Lorsqu'il pénétra dans le vestibule peu éclairé, le maître d'hôtel lui
dit qu'on était déjà à table. Il remit à un valet son chapeau et sa canne et passa dans la salle à manger.

— En retard comme d'habitude, Harry, s'exclama
sa tante en hochant la tête dans sa direction.

Il inventa une excuse facile et, ayant pris place sur
le siège vide qui se trouvait à côté d'elle, regarda
autour de lui pour voir quels étaient les convives.
Dorian lui adressa un salut timide de l'autre bout de la
table tandis qu'une rougeur de plaisir colorait ses
joues. Il avait en face de lui la duchesse de Harley, une
femme que son excellent caractère et son bon naturel
faisaient aimer de quiconque la connaissait et dont
les amples proportions architecturales sont qualifiées
par les historiens contemporains d'embonpoint
lorsqu'elles se rencontrent chez d'autres femmes que
des duchesses. À sa droite était assis Sir Thomas Burdon, un député radical qui dans la vie publique suivait
le chef de son parti et, dans le privé, les meilleurs cui-
siniers. Il dînait avec les Tories et pensait avec les
Libéraux[42] conformément à un sage principe bien
connu. La duchesse avait à sa gauche Mr. Erskine de
Treadley, un vieux monsieur qui ne manquait ni de
charme ni de culture mais qui avait pris la mauvaise
habitude de rester silencieux, ayant dit, ainsi qu'il
l'avait expliqué à Lady Agatha, tout ce qu'il avait à
dire avant l'âge de trente ans. Il avait pour voisine
Mrs. Vandeleur, l'une des plus vieilles amies de sa
tante, une sainte s'il en était, mais si atrocement fago-
tée qu'elle faisait penser à un missel mal relié. Heureusement pour Lord Henry, elle avait pour autre voisin Lord Faudel, un personnage falot des plus
intelligents, la tête aussi dégarnie qu'un discours
ministériel à la Chambre[43], auquel elle s'adressait avec

ce profond sérieux qui constitue, ainsi qu'il s'en était fait un jour la remarque, le défaut impardonnable dans lequel tombent toutes les personnes réellement bonnes et auquel aucune d'elles n'échappe jamais tout à fait.

— On parlait de ce pauvre Dartmoor, Lord Henry, s'écria la duchesse en lui adressant un signe aimable de la tête de l'autre côté de la table. Croyez-vous qu'il va vraiment épouser cette fascinante jeune fille ?

— Je la crois bien décidée à le demander en mariage, duchesse.

— Quelle horreur ! s'écria Lady Agatha. Vraiment, on devrait faire quelque chose.

— J'ai appris de source sûre que son père tenait une boutique de nouveautés américaines, dit d'un air hautain Sir Thomas Burdon.

— Mon oncle parle quant à lui de fabrique de porc en conserve, Sir Thomas.

— Des nouveautés ! Qu'est-ce que c'est que les nouveautés américaines ? demanda la duchesse en levant les mains au ciel de stupéfaction et en mettant l'accent sur le « qu'est-ce que c'est ».

— Les romans américains, répondit Lord Henry en se servant de la caille.

La duchesse parut interloquée.

— Ne faites pas attention à lui, lui chuchota Lady Agatha. Il ne parle jamais sérieusement.

— Lorsqu'on a découvert l'Amérique... dit le député radical qui se mit à énumérer des faits fastidieux.

Comme tous les gens qui tiennent à épuiser un sujet, il épuisait son auditoire. La duchesse soupira et recourut au privilège qui était le sien d'interrompre les conversations.

— Plût au ciel qu'on ne l'ait jamais découverte ! s'écria-t-elle. Vraiment, nos filles n'ont pas de chance par les temps qui courent. Ce n'est pas juste.

— Peut-être bien qu'après tout l'Amérique n'a jamais été découverte, dit Mr. Erskine. Moi, je dirais que c'est à peine si elle a été repérée.

— Oh! Mais c'est que j'ai vu, moi, des spécimens de ses habitantes, rétorqua d'un air vague la duchesse. Je dois avouer qu'elles sont pour la plupart particulièrement jolies. Et elles savent aussi s'habiller. Elles achètent toutes leurs robes à Paris. Je voudrais bien pouvoir en faire autant.

— On dit que lorsqu'un bon Américain meurt, il va à Paris, dit en gloussant Sir Thomas qui possédait, lui, une belle panoplie de blagues éculées.

— Ah oui. Et les mauvais Américains, où vont-ils en mourant? s'enquit la duchesse.

— En Amérique, murmura Lord Henry.

Sir Thomas s'assombrit.

— Je crains bien que votre neveu n'ait des préjugés à l'égard de ce grand pays, dit-il à Lady Agatha. Je l'ai parcouru en tous sens dans des voitures mises à ma disposition par les administrateurs, très civils en pareil cas et je vous assure que c'est des plus instructifs.

— Faut-il vraiment voir Chicago pour s'instruire? demanda Mr. Esrkine d'une voix plaintive. Ce voyage ne me dit rien.

Sir Thomas fit un signe de la main.

— Mr. Erskine de Treadley a une vision livresque du monde[44]. Nous, les hommes pratiques, nous aimons mieux voir les choses plutôt que nous en tenir à des lectures. Les Américains sont un peuple extrêmement intéressant. Ils sont on ne peut plus raisonnables, c'est même là leur trait caractéristique, à mon avis. Oui, Mr. Erskine, des gens parfaitement raisonnables. Je vous assure qu'il n'y a pas de place chez eux pour l'absurdité.

— Quelle horreur! s'écria Lord Henry. Je supporte la force brutale mais la raison brutale est parfaitement insupportable. S'en servir a quelque chose de déloyal. C'est comme de frapper au-dessous de l'intelligence.

— Je ne vous comprends pas, dit Sir Thomas qui commençait à s'empourprer.

— Moi, je vous comprends, Lord Henry, murmura Mr. Erskine en souriant.

— C'est bien leur genre de faire des paradoxes..., intervint le baronnet.

— Vous voyez là un paradoxe? demanda Mr. Erskine. Moi pas. Ou peut-être bien que c'en était un. Enfin, le chemin du paradoxe est le chemin du vrai. C'est sur la corde raide que l'on mesure la réalité. C'est lorsque les vérités se font acrobates que l'on peut les juger.

— Mon Dieu! dit Lady Agatha. Quelle discussion, vous avez, vous, les hommes! Je n'arriverai jamais à m'y retrouver dans vos conversations. Ah! Harry, je suis très mécontente de toi. Pourquoi essaies-tu de convaincre notre charmant Dorian Gray d'abandonner l'East End? Je t'assure qu'il serait tout à fait irremplaçable et qu'ils adoreraient son jeu.

— Je veux qu'il joue pour moi, fit Lord Henry en souriant.

Jetant un œil à l'autre bout de la table, il rencontra un regard lumineux.

— Mais il y a tellement de misère à Whitechapel, poursuivit Lady Agatha.

— Je peux avoir de la sympathie pour tout sauf la souffrance, dit Lord Henry en haussant les épaules. Je ne peux pas sympathiser avec. Elle est trop laide, trop horrible, trop affligeante. Il y a quelque chose de terriblement morbide dans la sympathie moderne à l'égard de la souffrance. On devrait sympathiser avec les couleurs, la beauté, les joies de la vie. Moins on parle des mauvais côtés de la vie, mieux cela vaut.

— Il n'empêche que la misère est un véritable problème dans l'East End, dit Sir Thomas en hochant gravement de la tête.

— En effet, dit le jeune lord. Le problème de l'esclavage que nous essayons de résoudre en divertissant les esclaves.

L'homme politique lui adressa un regard perçant.

— Que proposez-vous à la place, alors? demanda-t-il.

Lord Henry se mit à rire.

— Je ne désire rien changer en Angleterre sinon le

climat, répondit-il. La méditation philosophique me suffit amplement. Mais, étant donné que le xixᵉ siècle s'est ruiné par un trop-plein de compassion, je serais d'avis que l'on fasse appel à la science pour remettre les choses en ordre. L'avantage des émotions, c'est qu'elles nous égarent, l'avantage des sciences, c'est qu'elles ne font pas de sentiment.

— Mais nous avons de telles responsabilités, se risqua timidement Mrs. Vandeleur.

— Tellement sérieuses, renchérit Lady Agatha.

Lord Henry s'adressa à Mr. Erskine.

— L'humanité se prend trop au sérieux. C'est là son péché originel. Si l'homme des cavernes avait su rire, l'histoire aurait pris une tournure différente.

— Vraiment, vous me rassurez, gazouilla la duchesse. Moi qui me sentais toujours un peu coupable de ne pas m'intéresser du tout à l'East End lorsque je venais chez votre tante. À l'avenir, je pourrai la regarder en face sans rougir.

— Rougir est très seyant, duchesse, fit remarquer Lord Henry.

— Uniquement lorsqu'on est jeune, répondit-elle. Lorsqu'une vieille femme comme moi rougit, c'est très mauvais signe. Ah! Lord Henry, je voudrais que vous me donniez une recette pour rajeunir.

Il réfléchit un moment.

— Pouvez-vous vous rappeler d'une grosse erreur que vous avez commise dans votre jeunesse, duchesse? lui demanda-t-il en s'adressant à elle de l'autre côté de la table.

— De bien plus d'une, j'en ai peur, répondit-elle.

— Dans ce cas, commettez-les de nouveau, dit-il d'un air grave. Pour retrouver sa jeunesse, il n'y a qu'à en répéter les erreurs.

— Quelle charmante théorie! s'écria-t-elle. Il faut que je la mette en pratique.

— Une théorie dangereuse! laissèrent tomber les lèvres minces de Sir Thomas.

Lady Agatha hocha la tête, amusée malgré elle. Mr. Erskine écoutait.

— Oui, continua Lord Henry, c'est là l'un des grands secrets de la vie. Aujourd'hui, la plupart des gens meurent d'une sorte de bon sens contagieux pour s'apercevoir trop tard que les seules choses que l'on ne regrette jamais, ce sont ses erreurs.

Un rire parcourut la table.

Il joua avec cette idée dans laquelle il finit par se complaire : il la lança en l'air et la transforma, la laissa échapper et la récupéra, lui prêta les couleurs de la fantaisie et les ailes du paradoxe. L'éloge de la folie, à mesure qu'il discourait, prit des proportions philosophiques et la philosophie elle-même parut rajeunir, gagnée, eût-on dit, par la folle musique du Plaisir pour revêtir en quelque sorte sa tunique tachée de vin et sa couronne de lierre et danser telle une Bacchante[45] sur les collines de la vie en raillant le Silène vieilli pour sa sobriété. Les faits fuyaient à son approche comme les hôtes apeurés des forêts. Elle foulait de ses pieds blancs l'énorme pressoir auprès duquel le sage Omar[46] demeure, jusqu'à ce que le jus de raisin en train de fermenter enveloppe ses jambes nues de bouillons pourpres ou que son écume rouge ne déborde le long des flancs noirs, dégoulinant, évasés, de la cuve. Ce fut une improvisation extraordinaire. Il sentait les yeux de Dorian Gray posés sur lui et le sentiment de ce qu'il y avait dans son auditoire quelqu'un qu'il voulait captiver semblait donner de l'acuité à son esprit et colorer son imagination. Il fut brillant, sensationnel, irresponsable. Il conquit par sa verve ses auditeurs qui se mirent à rire à l'unisson. Dorian Gray ne le quittait pas des yeux. Il était sous le charme, un sourire chassant l'autre sur ses lèvres tandis qu'un étonnement de plus en plus grave assombrissait ses yeux.

À la fin, revêtue de la livrée de l'époque, la Réalité fit irruption dans la pièce en la personne d'un domestique qui vint annoncer à la duchesse que son carrosse était là. Elle se tordit les mains en feignant le désespoir.

— Comme c'est ennuyeux! dit-elle. Je dois partir.

Je dois passer prendre mon mari à son club pour le conduire chez Willis[47] à une réunion ridicule qu'il doit présider. Si je suis en retard, il va être furieux et je ne veux pas subir de scène avec ce chapeau. Il est beaucoup trop fragile. Un mot plus haut que l'autre suffirait à le faire voler en l'air. Non, il faut que j'y aille, ma chère Agatha. Au revoir, Lord Henry, vous êtes tout à fait charmant et horriblement démoralisant. Je ne sais vraiment trop que dire de votre conception des choses. Il faut que vous veniez dîner à la maison un de ces soirs. Mardi? Vous êtes libre mardi?

— Pour vous, duchesse, dit Lord Henry en s'inclinant, je me décommanderais auprès de n'importe qui.

— Ah! C'est très gentil à vous et très mal de votre part, s'écria-t-elle. Alors, on vous attend.

Elle quitta la pièce en coup de vent, suivie de Lady Agatha et des autres dames. Lorsque Lord Henry se fut rassis, Mr. Erskine fit le tour de la table et, approchant une chaise près de lui, posa sa main sur son bras.

— Vous parlez comme un livre, dit-il. Pourquoi n'en écrivez-vous pas un?

— J'aime trop les livres pour avoir envie d'en écrire, monsieur Erskine. Il est certain que j'aimerais écrire un roman. Un roman qui serait aussi beau qu'un tapis persan, et aussi irréel. Mais, en Angleterre, il n'y a de public lettré que pour les journaux, les livres d'heures et les encyclopédies. Les Anglais sont de tous les peuples de la terre ceux qui ont le moins le sens de la beauté littéraire.

— J'ai bien peur que vous n'ayez raison, répondit Mr. Erskine. J'ai eu moi-même jadis des ambitions littéraires mais il y a longtemps que j'y ai renoncé. Et maintenant, mon jeune ami, si vous permettez que je vous appelle comme cela, puis-je vous demander si vous pensiez vraiment ce que vous avez dit pendant le déjeuner?

— Je ne me souviens pas de ce que j'ai dit, répondit en souriant Lord Henry. Était-ce si terrible?

— Très. Je vous trouve en fait extrêmement dange-

reux et, si quelque chose arrivait à notre bonne
duchesse, nous vous en tiendrions pour le premier
responsable. Mais j'aimerais vous parler de la vie. Ma
génération était assommante. Un jour, si vous en avez
assez de Londres, venez me voir à Treadley. Vous
m'exposerez votre philosophie du plaisir devant un
magnifique bourgogne que j'ai la chance de posséder.

— J'en serai ravi. Être reçu à Treadley serait pour
moi un grand privilège. L'hôte y est parfait et la
bibliothèque aussi.

— Vous la compléterez, dit le vieux monsieur en
s'inclinant courtoisement. Il faut maintenant que
j'aille faire mes adieux à votre excellente tante. On
m'attend à l'Athenaeum[48]. À cette heure-ci, on y dort.

— Tout le monde, monsieur Erskine?

— Oui, les quarante au complet dans quarante fauteuils. Nous nous entraînons pour former une Académie anglaise des lettres[49].

Lord Henry éclata de rire et se leva.

— Je vais au Parc, cria-t-il.

Comme il passait le seuil de la porte, Dorian Gray
lui toucha le bras.

— Laissez-moi venir avec vous, murmura-t-il.

— Mais je croyais que vous aviez promis à Basil
Hallward que vous iriez le voir, répondit Lord Henry.

— Je préfère vous accompagne. Oui, je sens qu'il
faut que je vous accompagne. Et vous me promettez
de me faire la conversation tout le temps? Personne
ne sait parler aussi merveilleusement que vous.

— Ah! J'ai assez dit pour aujourd'hui, dit Lord
Henry en souriant. Tout ce dont j'ai envie pour
l'heure, c'est de voir la vie. Vous pouvez m'accompagner si le cœur vous en dit.

4

Un après-midi, un mois plus tard, Dorian Gray se prélassait dans un luxueux fauteuil dans la petite bibliothèque de Lord Henry au domicile de celui-ci à Mayfair. C'était, à sa façon, une pièce ravissante, avec ses hauts lambris de chêne olivâtre, sa frise de couleur crème, son plafond aux moulures relevées en bosse et sa moquette aux tons brique jonchée de petits tapis persans en soie aux longues franges. Sur une toute petite table de bois satiné se dressait une statuette de Clodion[50] à côté de laquelle était posé un exemplaire des *Cent Nouvelles*[51] relié par Clovis Ève[52] pour Marguerite de Valois[53] et semé de ces marguerites d'or que la reine avait choisies comme emblème. De grands vases en porcelaine bleue[54] et des tulipes perroquet étaient disposés sur la tablette de la cheminée tandis que par les petits carreaux plombés de la croisée se déversait la lumière couleur abricot d'une journée d'été londonienne.

Lord Henry n'était pas encore rentré. Il se faisait un principe d'être en retard sous prétexte que la ponctualité vous vole du temps. C'est donc d'un air plutôt boudeur que le jeune homme feuilletait d'un doigt distrait une édition richement illustrée de *Manon Lescaut*[55] qu'il avait trouvée sur un rayonnage. Le tic-tac solennel et monotone de la pendule Louis XIV l'agaçait. À une ou deux reprises, il songea à s'en aller.

Finalement, il entendit un bruit de pas à l'extérieur et la porte s'ouvrit.

— Tu arrives bien tard, Harry! murmura-t-il.

— Je suis désolée, mais ce n'est pas Harry, monsieur Gray, répondit une voix aiguë.

Il jeta un regard rapide autour de lui et se mit debout.

— Excusez-moi, je croyais que...

— Que c'était mon mari. Ce n'est que sa femme. Permettez-moi de me présenter. Je vous connais très bien par vos photographies. Je crois bien que mon mari en a dix-sept.

— Pas dix-sept, Lady Henry[56]?

— Bon, disons dix-huit. Et je vous ai vu en sa compagnie l'autre soir à l'Opéra.

Elle parlait avec un rire nerveux tout en le regardant de ses yeux myosotis au regard flou. C'était une femme bizarre dont les robes avaient l'air d'avoir été dessinées dans la colère et portées avec furie. Elle était généralement éprise de quelqu'un et, sa passion n'étant jamais payée en retour, elle avait gardé toutes ses illusions. Elle se voulait originale et ne réussissait qu'à paraître négligée. Elle s'appelait Victoria et c'était pour elle une vraie manie que d'aller à la messe.

— Ce devait être à *Lohengrin*, je pense, Lady Henry.

— Oui, c'était à ce cher *Lohengrin*. Je préfère la musique de Wagner à toute autre. Elle est si puissante que l'on peut parler tout le temps sans que les autres entendent ce que vous dites. C'est un grand avantage, vous ne croyez pas, monsieur Gray?

Ses lèvres laissèrent échapper le même rire saccadé tandis qu'elle se mettait à jouer avec un long coupe-papier en écaille.

Dorian sourit et hocha la tête.

— Je ne suis pas exactement de cet avis, Lady Henry. Je ne parle jamais au concert, du moins si la musique est bonne. Lorsqu'elle est mauvaise en revanche, c'est un devoir que de la couvrir par la conversation.

— Ah! Mais c'est là une des idées d'Harry, n'est-ce pas, monsieur Gray? Je suis toujours au courant des idées d'Harry par ses amis. C'est le seul moyen que j'aie de m'en faire une idée. Mais n'allez pas croire que je n'aime pas la bonne musique. Je l'adore mais elle me fait peur. Elle me rend trop romantique. Il y a des pianistes que j'ai tout bonnement adulés — deux en même temps parfois, à ce que me dit Harry. Je ne sais pas ce qu'ils ont. Cela vient peut-être de ce qu'ils sont étrangers. Ils le sont tous, non? Même ceux qui sont nés en Angleterre le deviennent à la longue, n'est-ce pas? C'est intelligent de leur part et un bel hommage qu'ils rendent à l'art. Cela le rend cosmopolite, vous ne trouvez pas? Vous n'êtes jamais venu à mes réceptions, n'est-ce pas, monsieur Gray? Il faut que vous veniez. Je n'ai pas les moyens de m'offrir des orchidées mais je ne lésine pas sur les étrangers. Ils donnent une telle touche d'originalité à un salon. Tiens, voilà Harry! — Harry, je vous cherchais pour vous demander quelque chose — j'ai oublié quoi — et j'ai trouvé monsieur Gray ici. Nous avons très agréablement parlé musique. Nous avons les mêmes idées. Non, je pense qu'elles diffèrent du tout au tout[57]. Mais il a été très agréable. Je suis ravie de l'avoir vu.

— J'en suis enchanté, mon amour, tout à fait enchanté, dit Lord Henry en haussant ses sombres sourcils arqués et en les regardant tous les deux avec un sourire amusé.

— Pardon d'être en retard, Dorian. J'étais allé chercher du brocart ancien dans Wardour Street[58] et j'ai dû marchander des heures pour l'avoir. Les gens, de nos jours, savent le prix de tout et ne connaissent la valeur de rien.

— Je vais malheureusement devoir partir, s'écria Lady Harry en rompant un silence gêné de son stupide rire saccadé. J'ai promis d'aller faire un tour en voiture avec la duchesse. Au revoir, monsieur Gray. Au revoir, Harry. Vous dînez sans doute dehors? Moi aussi. Je vous verrai peut-être chez Lady Thornbury.

— Certainement, ma chère, dit Lord Henry en

refermant la porte derrière elle tandis que, semblable à un oiseau du paradis qui aurait passé la nuit sous la pluie, elle se glissait hors de la pièce en laissant dans son sillage une légère odeur de frangipane. Il alluma ensuite une cigarette et se laissa tomber sur le canapé.

— N'épouse jamais une blonde, Dorian, dit-il après quelques bouffées.

— Pourquoi, Harry ?

— Parce qu'elles sont trop sentimentales.

— Mais j'aime les gens sentimentaux.

— Ne te marie jamais, Dorian. Les hommes se marient par lassitude et les femmes par curiosité. Ils sont l'un et l'autre déçus.

— Je me vois mal me marier, Harry. Je suis trop amoureux. C'est l'un de tes aphorismes. Je le mets en pratique — comme tout ce que tu dis.

— De qui es-tu amoureux ? demanda Lord Henry après un silence.

— D'une actrice, répondit Dorian Gray en rougissant.

Lord Henry haussa les épaules.

— C'est plutôt banal comme *début*.

— Tu ne dirais pas cela si tu la voyais, Harry.

— Qui est-ce ?

— Elle s'appelle Sibyl Vane.

— Jamais entendu parler.

— Personne n'en a entendu parler. Mais cela viendra. Elle a du génie.

— Mon petit, aucune femme n'a de génie. Les femmes sont un sexe décoratif. Elles n'ont rien à dire mais le disent de manière charmante. Les femmes représentent le triomphe de la matière sur l'esprit tout comme les hommes représentent le triomphe de l'esprit sur la morale.

— Harry, comment peux-tu parler comme cela ?

— Mon cher Dorian, ce n'est que la vérité. Je me livre actuellement à une étude sur les femmes et je suis donc bien placé pour le savoir. Le sujet n'est pas aussi abscons que je le croyais. Je m'aperçois qu'il n'y a en fin de compte que deux types de femme, la simple et la fardée. Les femmes simples sont très utiles. Si tu veux te faire une respectabilité, tu n'as qu'à les sortir. Les autres sont charmantes mais elles commettent une erreur : elles se fardent pour essayer de paraître jeunes. Nos grands-mères se fardaient pour essayer de briller dans la conversation. Le maquillage et l'*esprit* allaient de pair. Tout cela est fini maintenant. Il suffit qu'une femme paraisse dix ans plus jeune que sa fille pour être parfaitement satisfaite. Pour ce qui est de la conversation, il y a cinq femmes à Londres qui méritent qu'on leur adresse la parole et deux d'entre elles ne seront jamais admises dans la bonne société [59]. Parle-moi pourtant de ton génie. Depuis combien de temps la connais-tu ?

— Ah ! Harry, ta vision des choses me terrifie.

— N'y fais pas attention. Depuis quand la connais-tu ?

— Depuis environ trois semaines.

— Où l'as-tu rencontrée ?

— Je vais te le dire, Harry, mais il ne faut pas te moquer. Après tout, rien de tout cela ne serait arrivé si je ne t'avais pas rencontré. Tu m'as donné une envie folle de tout savoir de la vie. Durant les jours qui ont suivi notre rencontre, j'avais l'impression d'un battement dans mes veines. En flânant dans le Parc ou dans Piccadilly, je regardais tous les gens que je croisais en me demandant avec une curiosité insensée quelle pouvait bien être leur vie. Certains d'entre eux me fascinaient. D'autres me terrorisaient. Un poison exquis flottait dans l'air. J'avais un désir fou d'éprouver des sensations... Donc, un soir, vers sept heures environ, j'avais décidé de sortir à la recherche de l'aventure. Je sentais que notre ville de Londres, grise et monstrueuse, avec ses foules, ses pécheurs sordides et ses superbes péchés, ainsi que tu l'as formulé un jour, devait me réserver quelque chose. Je m'imaginais des tas de choses. Le danger à lui seul suffisait à me ravir. Je me souvenais de ce que tu avais dit ce soir merveilleux où nous avions dîné ensemble pour la première fois, que le véritable secret de la vie résidait

dans la recherche de la beauté. Je ne sais pas ce que
j'espérais mais je suis sorti et je me suis dirigé au
hasard vers l'est où je n'ai pas tardé à me perdre dans
un dédale de rues noires et lugubres, de squares sans
un brin d'herbe. Vers huit heures et demie, je suis
passé devant un petit théâtre ridicule, brillamment
illuminé de grands jets de gaz et annoncé de manière
tapageuse. Un juif hideux, arborant le gilet le plus
étonnant qu'il m'ait été donné de voir, se tenait à
l'entrée, un mauvais cigare à la bouche. Il avait des
boucles graisseuses et un énorme diamant étincelait
au beau milieu de sa chemise tachée. «Une loge,
milord?», m'a-t-il demandé en me voyant et en retirant aussitôt son chapeau avec une admirable servilité.
Quelque chose en lui m'a amusé, Harry. Il était tellement monstrueux. Tu vas rire de moi, je le sais, mais
je suis effectivement entré et j'ai payé une guinée
entière pour une loge. Aujourd'hui encore, je n'arrive
pas à comprendre ce qui m'a pris. Et pourtant, si je
n'étais pas entré — mon cher Harry, si je n'étais pas
entré, j'aurais raté la plus belle histoire d'amour de ma
vie. Tu ris, je le vois. Ce n'est pas gentil de ta part.

— Je ne ris pas, Dorian. En tout cas, pas de toi.
Mais tu ne devrais pas dire la plus belle histoire
d'amour de ta vie. Tu devrais dire la première. Tu
seras toujours aimé et tu seras toujours amoureux de
l'amour. Vivre de *grandes passions* est le privilège des
gens qui n'ont rien à faire. C'est uniquement à cela
que servent les classes oisives d'un pays. Ne crains
rien. L'avenir te réserve des délices. Ce n'est que le
début.

— Tu me trouves donc si superficiel? s'écria
Dorian Gray avec colère.

— Non, je te trouve par trop profond.

— Qu'entends-tu par là?

— Mon petit, ce sont les gens qui n'aiment qu'une
fois dans leur vie qui sont superficiels. Ce qu'ils
appellent loyauté et fidélité, moi je qualifie cela soit de
léthargie de la routine soit de manque d'imagination.
La fidélité est à la vie affective ce que la suite dans les

idées est à la vie intellectuelle — un pur constat d'échec. La fidélité ! Il faudra que je l'étudie un de ces jours. Elle est possessive. Il y a quantité de choses dont nous nous déferions si nous n'avions pas peur que les autres ne les ramassent. Mais je ne veux pas t'interrompre. Poursuis ton histoire.

— Je me suis donc retrouvé assis dans une affreuse petite loge juste en face d'un rideau de scène vulgaire. De derrière le rideau de ma loge, j'ai examiné les lieux. Tout était d'un clinquant, plein de cupidons et de cornes d'abondance, on aurait dit un gâteau de mariage de troisième ordre. Le paradis et le parterre étaient bondés mais les deux rangées de fauteuils crasseux étaient totalement vides et il n'y avait pratiquement personne dans ce qu'ils devaient appeler la corbeille. Des femmes allaient et venaient avec des oranges et de la boisson au gingembre et il se faisait une consommation incroyable de noix.

— Cela devait ressembler aux beaux jours du théâtre anglais.

— Exactement, je veux le croire, et déprimant au possible. Je commençais à me demander ce que j'allais faire lorsque j'ai regardé l'affiche. Devine ce qu'on jouait, Harry ?

— Je penserais à *L'Enfant idiot ou stupide mais innocent*[60]. Nos pères aimaient, je crois, ce genre de pièces. Plus le temps passe, Dorian, plus je sens nettement que ce qui faisait le bonheur de nos pères ne nous convient pas. En art, comme en politique, *les grands-pères ont toujours tort*.

— Il s'agissait d'une pièce pour nous, Harry. C'était *Roméo et Juliette*. J'avoue que l'idée de voir Shakespeare exécuté dans un trou pareil ne me disait pas grand-chose. Pourtant, ma curiosité était en quelque sorte éveillée. Quoi qu'il en soit, j'ai décidé de rester pour le premier acte. Il y avait un orchestre épouvantable dirigé par un jeune Israélite assis à un piano désaccordé qui a failli me faire fuir mais le rideau de scène a fini par se lever et la pièce a commencé. Roméo était un gros monsieur vieillissant aux sourcils

noirs comme le charbon et à la voix éraillée de tragé-
dien qui avait l'allure d'une barrique de bière. Mercutio était presque aussi mauvais. Il était joué par un
comédien de bas-étage qui s'autorisait des blagues de
son cru et qui était dans les meilleurs termes avec le
parterre. Ils étaient tous les deux aussi grotesques que
le décor et avaient l'air de sortir tout droit d'une
baraque foraine. Mais Juliette! Harry, figure-toi une
fille d'à peine dix-sept ans avec un petit visage semblable à une fleur, une petite tête grecque aux cheveux
bruns foncés tressés en nattes, des yeux qui étaient
des puits de passion violets, des lèvres comme des
pétales de rose : l'être le plus beau que j'aie vu de ma
vie[61]. Tu m'as dit un jour que le sentiment te laissait
froid mais que la beauté, à elle seule, te faisait monter
les larmes aux yeux. Je te le dis, Harry, j'avais du mal
à la voir tellement j'avais les yeux voilés de larmes. Et
sa voix — je n'ai jamais entendu une voix pareille. Au
début, elle était très grave, avec des notes moelleuses
et profondes que l'on avait l'impression d'entendre
une à une. Puis elle s'est élevée légèrement et a res-
semblé à la flûte ou à un hautbois lointain. Dans la
scène du jardin, elle a été saisie de ces trémolos fré-
missants que l'on entend juste avant l'aube quand les
rossignols chantent. Puis ensuite, il y a eu des
moments où sa voix avait la passion déchaînée des
violons. Tu sais combien on peut être touché par une
voix. La tienne et celle de Sibyl Vane sont deux
choses que je n'oublierai jamais. Lorsque je ferme les
yeux, je les entends et chacune me parle à sa manière.
Je ne sais pas laquelle suivre. Pourquoi est-ce que je ne
l'aimerais pas? Harry, je l'aime. Elle est tout pour
moi. Tous les soirs, je vais la voir jouer. Un soir, elle
est Rosalinde et le lendemain Imogène[62]. Je l'ai vue
dans l'obscurité d'une tombe italienne mourir du poison aspiré sur les lèvres de son amant. Je l'ai vue errer
dans les forêts d'Ardenne déguisée en joli garçon vêtu
d'un pourpoint, de haut-de-chausses et d'un mignon
petit chapeau. Elle est devenue folle et elle se présente
devant un roi coupable à qui elle inspire le repentir et

fait boire des herbes amères. C'était une innocente et les mains noires de la jalousie se sont refermées autour de son cou frêle comme un roseau[63]. Je l'ai vue à tous les âges et dans tous les costumes. Les femmes ordinaires ne sollicitent jamais l'imagination. Elles restent enfermées dans leur siècle. Aucun éclat ne les transfigure. Leur chapeau est aussi éloquent que leur esprit. Elles n'ont rien à cacher, elles sont sans mystère. L'après-midi, elles se promènent dans le Parc et l'après-midi, elles bavardent autour d'un thé. Elles ont toutes le même sourire stéréotypé et suivent pareillement la mode. Elles vont de soi. Mais une actrice! Combien une actrice est différente! Harry! Pourquoi ne m'avoir pas dit qu'il n'y avait qu'une actrice qui méritait d'être aimée?

— Parce que j'en ai aimé un si grand nombre, Dorian.

— Oh, oui, des personnes horribles aux cheveux teints et au visage fardé.

— Ne dis pas de mal des cheveux teints et des visages fardés. Ils ont parfois un charme extraordinaire, dit Lord Henry.

— Je regrette maintenant de t'avoir parlé de Sibyl Vane.

— Tu n'aurais pas pu te retenir de m'en parler, Dorian. Tu me diras toujours tout ce que tu fais.

— Oui, Harry, je crois que c'est vrai. Je ne peux rien te cacher. Tu as une curieuse influence sur moi. Si jamais je commettais un crime, je viendrais te le confesser. Tu me comprendrais.

— Les gens comme toi — qui brillent obstinément comme des rayons de soleil sur la vie — ne commettent pas de crime, Dorian. Mais je suis néanmoins très flatté. Et maintenant, dis-moi — donne-moi les allumettes, veux-tu? — quelles sont tes relations réelles avec Sibyl Vane?

Dorian Gray se leva, les joues rouges et les yeux fiévreux.

— Harry! Sibyl Vane est sacrée.

— Il n'y a que ce qui est sacré qui mérite qu'on le

touche, Dorian, dit Lord Henry avec un étrange accent pathétique dans la voix. Mais pourquoi t'en faire ? Elle sera sans doute à toi un jour ou l'autre. Lorsqu'on est amoureux, on commence toujours par se tromper soi-même et on finit toujours par tromper les autres. C'est ce que le monde appelle une histoire d'amour. Quoi qu'il en soit, tu as fait sa connaissance au moins.

— Bien sûr que j'ai fait sa connaissance. Le premier soir, au théâtre, l'horrible juif est venu tourner autour de la loge après le spectacle et m'a offert de m'emmener en coulisse et de me la présenter. Je me suis emporté contre lui et je lui ai dit que Juliette était morte depuis des centaines d'années et que son corps reposait dans une tombe de Vérone. À en juger par son air de profonde stupéfaction, je pense qu'il a eu comme l'impression que j'avais bu trop de champagne.

— Ça ne m'étonne pas.

— Il m'a ensuite demandé si j'écrivais dans les journaux. Je lui ai dit que je ne les lisais jamais. Il a paru terriblement déçu et m'a confié que tous les critiques de théâtre étaient ligués contre lui et qu'ils étaient tous prêts à se laisser acheter.

— Je ne serais pas surpris qu'il ait raison sur ce point. Mais, en revanche, à en juger par leur apparence, ils doivent, pour la plupart, être à vendre pour pas cher.

— Enfin, il avait l'air de croire qu'ils étaient au-dessus de ses moyens, s'esclaffa Dorian. Entre-temps, on avait éteint dans le théâtre et j'ai dû partir. Il a voulu me faire goûter à des cigares qu'il m'a vivement recommandés. J'ai refusé. Le soir suivant, je suis naturellement revenu. En m'apercevant, il s'est profondément incliné et m'a assuré que j'étais un généreux protecteur des arts. C'est un individu des plus grossiers malgré la passion extraordinaire qu'il éprouve pour Shakespeare. Il m'a dit une fois, non sans fierté, que ses cinq faillites étaient entièrement dues au « Barde » comme il s'entête à l'appeler. Pour lui, cela fait distingué.

— Ce l'était, mon cher Dorian — c'était une grande distinction. La plupart des gens font faillite pour avoir trop investi dans le prosaïsme de l'existence. Se ruiner pour la poésie est un honneur. Mais quand as-tu parlé pour la première fois à mademoiselle Sybil Vane ?

— Le troisième soir. Elle jouait Rosalinde. Je n'avais pas pu m'empêcher d'aller faire un tour au théâtre. Je lui ai lancé des fleurs et elle m'a regardé. C'est du moins l'impression que j'ai eue. Le vieux juif était tenace. Il paraissait tellement décidé à m'emmener en coulisse que j'ai accepté. C'était curieux que je ne tienne pas à la connaître, non ?

— Non, je ne pense pas.

— Mon cher Harry, pourquoi ?

— Je te le dirai une autre fois. Pour l'instant ce qui m'intéresse, c'est la fille.

— Sybil ? Oh, elle était timide et si gentille. Elle a quelque chose d'enfantin. Elle a écarquillé les yeux avec un délicieux étonnement lorsque je lui ai dit ce que je pensais de son jeu. Elle ne paraissait pas se douter du pouvoir qui est le sien. Nous devions être tous les deux plutôt nerveux... Le vieux juif se tenait debout, le visage épanoui, dans l'entrée du foyer des artistes tout poussiéreux, y allant d'un discours éloquent sur nous deux tandis que nous restions là à nous regarder comme des enfants. Il insistait tellement pour me donner du « milord » que j'ai dû assurer Sibyl qu'il n'en était rien. Elle a tout simplement dit de moi : « Vous avez davantage l'air d'un prince. Il faut que je vous appelle mon Prince charmant. »

— Ma parole, Dorian, mademoiselle Sibyl sait tourner un compliment.

— Tu ne la comprends pas, Harry. Pour elle, je ne suis qu'un personnage de théâtre. Elle ignore tout de la vie. Elle vit avec sa mère, une personne éteinte et lasse qui jouait Lady Capulet[64] dans une sorte de robe de chambre magenta le premier soir et qui a l'air d'avoir connu des jours meilleurs.

— Je connais ce genre et il me déprime, murmura Lord Henry en examinant ses bagues.

— Le juif a voulu me raconter la vie de la mère mais je lui ai dit que ça ne m'intéressait pas.

— Tu as eu raison. Il y a toujours quelque chose d'infiniment misérable dans les drames d'autrui.

— Sibyl seule m'intéresse. Qu'est-ce que ça peut me faire à moi d'où elle vient? Elle est absolument divine, de sa petite tête à ses petits pieds. Je vais la voir jouer tous les soirs que Dieu fait et chaque soir je la trouve plus merveilleuse.

— Voilà donc la raison pour laquelle tu ne dînes plus avec moi désormais. Je me disais aussi que tu devais être en train de vivre une histoire d'amour. C'est bien le cas, mais ce n'est pas celle à laquelle je me serais attendu.

— Mon cher Harry, nous avons déjeuné ou dîné ensemble tous les jours et je t'ai accompagné plusieurs fois à l'opéra, dit Dorian qui ouvrit de grands yeux étonnés.

— Tu arrives toujours terriblement en retard.

— C'est que je ne peux pas m'empêcher d'aller voir jouer Sibyl, s'écria Dorian, même si c'est pour un seul acte. J'ai soif de sa présence. Et quand je pense à l'âme merveilleuse que cache ce petit corps d'ivoire, je suis rempli de terreur.

— Tu dînes avec moi, ce soir, n'est-ce pas?

Il hocha la tête.

— Ce soir elle joue Imogène, répondit-il, et demain, ce sera Juliette.

— Quand est-elle Sibyl Vane?

— Jamais.

— Je te félicite.

— Tu es vraiment odieux! Elle est toutes les grandes héroïnes du monde en une. Elle est plus qu'un individu. Tu ris, mais je te dis qu'elle a du génie. Je l'aime et il faut que je me fasse aimer d'elle. Toi qui connais tous les secrets de la vie, dis-moi comment envoûter Sibyl de manière à ce qu'elle m'aime! Je veux rendre Roméo jaloux. Je veux que tous les amants défunts de la terre nous entendent rire et soient tristes. Je veux que le souffle de notre passion ranime leurs cendres et les fasse souffrir. Mon Dieu, Harry, ce que je peux l'adorer !

Tout en parlant, il arpentait la pièce. Des taches rouges, fiévreuses, enflammaient ses joues. Il était terriblement agité.

Lord Henry l'observait avec un plaisir non dénué de finesse. Comme Dorian pouvait être différent désormais du garçon timide et effarouché qu'il avait rencontré à l'atelier de Basil Hallward ! Il s'était épanoui comme une fleur qui avait donné des fleurs de passion écarlate. Son âme était sortie de son antre et le Désir était venu vers elle.

— Et qu'as-tu l'intention de faire ? demanda enfin Lord Henry.

— Je veux que Basil et toi veniez avec moi un soir la voir jouer. Je ne suis pas le moins du monde inquiet du résultat. Vous allez certainement lui trouver du génie. Il faut ensuite qu'on la tire des mains de ce juif. Elle a un contrat de trois ans avec lui — il lui reste encore deux ans et huit mois à faire. Je vais de toute façon devoir verser quelque chose au juif. Quand tout sera réglé, je vais acheter un théâtre du West End[65] et la lancer comme il faut. Elle va rendre le monde fou d'elle comme elle l'a fait avec moi.

— Ce serait impossible, mon petit.

— Oui, c'est ce qu'elle va faire. Non seulement elle a un art et un instinct consommés, elle a aussi de la personnalité. Comme tu me l'as souvent dit, c'est la personnalité et non les principes qui agissent sur l'époque.

— Bon, quel soir y allons-nous ?

— Voyons. On est mardi. Disons demain. Elle joue Juliette demain.

— Très bien. Au Bristol à huit heures. Je passerai prendre Basil.

— Pas à huit heures, Harry, je t'en prie. À six heures et demie. Il faut que nous soyons là-bas avant le lever du rideau. Il faut que tu la voies dans le premier acte lorsqu'elle fait la connaissance de Roméo.

— Six heures et demie ! Quel horaire ! Ce sera

comme de prendre un thé dînatoire[66] ou lire un roman anglais. Disons sept heures. Un gentleman ne dîne jamais avant sept heures. Tu verras Basil d'ici là ? Ou dois-je lui écrire ?

— Cher Basil ! Je ne l'ai pas vu de toute la semaine. Ce n'est vraiment pas gentil de ma part alors qu'il m'a envoyé mon portrait dans un cadre magnifique qu'il a conçu tout spécialement lui-même. Et, même si j'envie quelque peu le portrait d'être plus jeune que moi d'un mois, je dois avouer que j'en suis ravi. Il serait peut-être aussi bien que ce soit toi qui lui écrives. Je ne veux pas le voir seul. Sa conversation m'agace. Il me fait la morale.

Lord Henry eut un sourire.

— Les gens adorent faire profiter les autres de ce dont ils sont le plus dépourvus. C'est ce que j'appelle les tréfonds de la générosité.

— Oh, Basil est le meilleur des hommes mais je le trouve un brin trop philistin. Je m'en suis aperçu depuis que je te connais, Henry.

— Basil, mon petit, met tout son charme dans son œuvre. Si bien qu'il ne lui reste plus dans la vie que ses préjugés, ses principes et son bon sens. Les seuls artistes que j'ai connus et qui étaient charmants sur le plan personnel étaient de mauvais artistes. Les bons artistes n'existent que dans ce qu'ils font et sont, par conséquent, parfaitement inintéressants en eux-mêmes. Un grand poète, un vrai grand poète, est l'être le moins poétique qui soit. Mais les poètes mineurs, eux, sont franchement fascinants. Plus leurs vers sont mauvais, plus ils ont l'air pittoresque. Le simple fait d'avoir publié un recueil de sonnets de deuxième ordre rend un individu quasi irrésistible. Il vit la poésie qu'il est incapable d'écrire. Les autres écrivent la poésie qu'ils n'osent pas mettre en pratique.

— Je me le demande, Harry, dit Dorian Gray en mettant sur son mouchoir un parfum contenu dans un grand flacon à bouchon doré qui se trouvait sur la table. Enfin, puisque tu le dis. Bon, j'y vais. Imogène m'attend. N'oublie pas pour demain. Au revoir.

Lorsqu'il eut quitté la pièce, les lourdes paupières de Lord Henry s'affaissèrent et il devint songeur. Peu de gens l'avaient certes autant intéressé que Dorian Gray et pourtant l'adoration du jeune homme pour quelqu'un d'autre ne produisait pas chez lui le moindre soupçon de contrariété ou de jalousie. Il s'en réjouissait. Cela faisait du jeune homme un sujet d'étude plus intéressant encore. Il s'était toujours passionné pour les méthodes des sciences naturelles mais l'objet habituel de ces sciences lui avait toujours paru banal et sans importance. Il s'était donc mis à se disséquer lui-même et avait fini par faire de même avec les autres. La vie humaine — voilà la seule chose qui lui paraissait digne d'être étudiée. Comparé à la vie il n'y avait rien qui vaille. Il est vrai que lorsqu'on observe la vie dans son étrange amalgame de souffrance et de plaisir, on ne peut se protéger le visage derrière un masque de verre ni faire en sorte que les émanations sulfureuses n'affectent le cerveau et ne troublent l'imagination par de monstrueux fantasmes et des rêves difformes. Il existe des poisons si subtils qu'il faut les avoir subis pour en connaître les propriétés. Il existe des maladies si étranges qu'il faut être passé au travers pour en comprendre la nature. Mais combien on en était récompensé ! Combien le monde devenait alors merveilleux ! Quel plaisir que de noter la curieuse et impitoyable logique de la passion et la tonalité propre de la vie intellectuelle — observer leurs points de rencontre et de séparation, voir là où elles allaient de pair et là où elles divergeaient ! Qu'importait le prix à payer ? On ne paie jamais trop cher une sensation.

Il se rendait compte — et cette pensée fit briller de plaisir ses yeux d'agate brune — que c'était grâce à certaines de ses propres paroles, paroles mélodieuses prononcées de manière musicale, que l'âme de Dorian Gray s'était tournée vers cette blanche jeune fille et s'était prostrée en adulation devant elle. Le jeune homme était dans une grande mesure sa propre création. Il l'avait rendu précoce et ce n'était pas peu. Les gens ordinaires attendent que la vie leur dévoile ses secrets, mais les mystères de la vie se révèlent à de rares élus avant même que le voile ne soit ôté. Cela est parfois l'effet de l'art, en particulier de l'art littéraire qui a directement à voir avec les passions et l'intellect. Mais il arrive de temps à autre qu'une personnalité complexe prenne la place et assume les fonctions de l'art, qu'elle soit à sa manière une véritable œuvre d'art, que la Vie ait ses chefs-d'œuvre achevés tout comme la poésie, la sculpture ou la peinture.

Oui, ce garçon était précoce. Il engrangeait déjà la moisson, alors que ce n'était encore que le printemps. Il était habité de la passion et de la pulsion de la jeunesse mais commençait à prendre conscience de lui-même. C'était un plaisir que de l'observer. Son beau visage, sa belle âme, en faisaient un objet d'étonnement. Peu importait comment tout cela finirait ou était destiné à finir. Il faisait penser à une forme gracieuse dans un défilé ou au théâtre dont les joies nous paraissent lointaines mais dont les souffrances éveillent notre sens de la beauté et dont les blessures nous semblent des roses rouges.

Le corps et l'âme, l'âme et le corps — quel mystère en eux ! Il y a de l'animalité dans l'âme et le corps a ses moments de spiritualité. Les sens peuvent s'affiner et l'intellect déchoir. Qui peut dire où s'arrête l'impulsion charnelle et où commence l'impulsion physique ? Comme les définitions arbitraires des psychologues ordinaires pouvaient être superficielles ! Et comme il pouvait être difficile de prendre parti entre les prétentions des diverses écoles ! L'âme est-elle une ombre au royaume du péché ? Ou bien le corps se trouve-t-il réellement à l'intérieur de l'âme comme le pensait Giordano Bruno[67] ? La séparation de l'esprit et de la matière était un mystère comme l'était leur union.

Il commença à se demander s'il serait jamais possible de faire de la psychologie une science assez avancée pour que chacun des petits ressorts de la vie nous soit révélé. Dans l'état actuel des choses, nous nous méprenons toujours sur nous-mêmes et comprenons rarement les autres. L'expérience n'a pas de valeur éthique, elle n'est que le nom donné par les hommes à leurs erreurs. Les moralistes y ont vu en règle générale quelque chose comme une mise en garde, une certaine efficacité éthique, dans la formation du caractère, ils l'ont portée aux nues comme quelque chose qui nous enseigne les exemples à suivre et nous fait voir ceux qui sont à éviter. Mais l'expérience n'est pas une force motrice. Elle n'a pas plus d'efficacité causale que la conscience elle-même. Tout ce que démontre en réalité l'expérience, c'est que notre avenir sera identique à notre passé et que nous referons maintes fois et dans l'allégresse les péchés que nous avons déjà commis une fois avec dégoût.

Il allait de soi pour lui que la méthode expérimentale était la seule qui permît de parvenir à une analyse scientifique des passions. Et Dorian Gray était sans nul doute un sujet tout trouvé, qui semblait laisser entrevoir de riches et féconds résultats. Son amour subit et effréné pour Sibyl Vane était un phénomène psychologique des plus intéressants. Il était clair que la curiosité y était pour beaucoup, la curiosité et le désir de faire de nouvelles expériences. Il s'agissait pourtant d'une passion non pas simple mais complexe. Ce qui en celle-ci relevait de l'instinct purement sensuel de la jeunesse s'était transformé sous l'effet de l'imagination en quelque chose qui apparaissait au garçon lui-même très détaché des sens et qui était, pour cette raison même, d'autant plus dangereux. Ce sont les passions sur l'origine desquelles nous nous leurrons le plus qui s'avèrent les plus tyranniques. Les motivations qui agissent le moins sur nous sont celles dont nous connaissons la nature. Il arrive souvent que ce soit sur nous-même que nous expérimentons en réalité ce que nous pensons expérimenter sur les autres.

Lord Henry était plongé dans ces réflexions lorsque l'on frappa à la porte. Son valet entra et lui rappela qu'il était temps qu'il s'habille pour dîner. Il se leva et jeta un œil dans la rue. Le soleil couchant éclaboussait d'or pourpre les fenêtres des maisons d'en face. Les vitres brillaient comme des plaques de métal en fusion. Le ciel par-dessus les toits ressemblait à une rose fanée. Il pensa à la vie aux couleurs embrasées de son ami et se demanda comment tout cela allait finir.

En rentrant vers minuit et demi ce soir-là, il vit un télégramme sur la table du vestibule. Il l'ouvrit et s'aperçut qu'il était de Dorian Gray. Celui-ci lui apprenait ses fiançailles avec Sibyl Vane.

5

— Maman, maman, je suis si heureuse! murmura
la jeune fille en enfouissant son visage dans les jupes
de la femme flétrie à l'air las qui, tournant le dos à la
lumière crue et importune, occupait l'unique fauteuil
du salon défraîchi. Je suis si heureuse! répéta-t-elle. Et
toi aussi, il faut que tu le sois.

Mrs. Vane fit la grimace et posa sur la tête de sa fille
ses maigres mains blanchies par le bismuth[68].

— Heureuse! reprit-elle. Il n'y a que lorsque je te
vois jouer, Sibyl, que je suis heureuse. Tu ne dois
penser à rien d'autre qu'à jouer. Monsieur Isaacs a été
très bon pour nous et nous lui devons de l'argent.

La jeune fille leva les yeux et fit la moue.

— L'argent, maman? s'écria-t-elle. À quoi bon
l'argent? L'amour importe plus que l'argent.

— Monsieur Isaacs nous a avancé cinquante livres
pour régler nos dettes et équiper James correctement.
Ne l'oublie pas, Sibyl. Cinquante livres c'est une
grosse somme. Monsieur Isaacs s'est montré plein
d'égards pour nous.

— Ce n'est pas un gentleman, maman, et je déteste
sa façon de me parler, dit la jeune fille qui se releva et
alla vers la fenêtre.

— Je ne sais pas ce que nous ferions sans lui,
répondit l'aînée des deux femmes d'un ton har-
gneux.

Sibyl Vane fit un geste de la tête et se mit à rire.

— On n'a plus besoin de lui, maman. C'est le Prince charmant qui règne désormais sur notre vie.

Elle se tut. Une rose qui frémissait dans son sang lui ombragea les joues. Un souffle rapide écarta les pétales de ses lèvres qui tremblèrent. Un vent de passion venu du sud glissa sur elle et agita les plis délicats de sa robe.

— Je l'aime, dit-elle simplement.

— Petite sotte! Petite sotte! telle fut la rengaine qu'on lui servit en guise de réponse.

Un geste des doigts crochus ornés de faux bijoux ajoutait à la dérision de ces paroles.

La jeune fille partit d'un nouvel éclat de rire. Il y avait dans sa voix la joie d'un oiseau en cage. Ses yeux en reflétèrent la mélodie et brillèrent à son diapason. Puis ils se fermèrent un instant comme pour cacher leur secret. Lorsqu'ils se rouvrirent, un voile rêveur les recouvrait.

Du fauteuil fatigué lui parvint la voix de la sagesse aux lèvres minces qui l'incitait à la prudence à coup de citations tirées du livre de la lâcheté qui se prévaut du bon sens. Elle n'écouta pas. Elle était libre dans la prison de sa passion. Son prince, le Prince charmant, était avec elle. Elle l'avait convoqué en elle par la Mémoire. Son âme s'était mise en quête de lui et l'avait ramené. Elle sentait encore la brûlure de son baiser sur sa bouche et ses paupières étaient encore chaudes de son haleine.

La Sagesse opta alors pour une autre méthode et parla d'ouvrir l'œil, de faire quelque enquête. Ce jeune homme était peut-être riche et, dans ce cas, on devrait envisager le mariage. Les vagues de la rouerie du monde déferlèrent contre la conque de son oreille. Les flèches de la fourberie sifflèrent. Elle vit remuer les lèvres minces et sourit.

Tout à coup, elle éprouva le besoin de parler, gênée par le silence verbeux.

— Maman, maman, s'écria-t-elle, pourquoi m'aime-t-il tant? Moi, je sais pourquoi je l'aime. Je l'aime parce qu'il est tel que l'Amour devrait être.

Mais, lui, que me trouve-t-il? Je ne le mérite pas. Et
pourtant — enfin, comment dire — bien que je me
sente bien inférieure à lui, je n'éprouve aucune
modestie. Je ressens de la fierté, une fierté incroyable.
Maman, aimais-tu papa autant que j'aime le Prince
charmant?

La vieille femme pâlit sous la grossière couche de
poudre qui lui enduisait les joues et un tressaillement
douloureux agita ses lèvres sèches. Sibyl se précipita
vers elle, lui passa les bras autour du cou et
l'embrassa.

— Excuse-moi, maman. Je sais qu'il t'est douloureux de parler de papa. Mais ce qui te fait souffrir,
c'est de l'avoir tellement aimé. Ne prends pas cet air
triste. Je suis aussi heureuse aujourd'hui que tu l'étais
il y a vingt ans. Ah! Laisse-moi être heureuse pour
toujours!

— Mon enfant, tu es beaucoup trop jeune pour
songer à l'amour. Et puis que sais-tu de ce jeune
homme? Tu ne sais même pas son nom. Toute cette
affaire tombe vraiment très mal, surtout que James
part pour l'Australie et que j'ai à penser à mille
choses. Je dois dire que tu aurais pu faire preuve de
plus de considération. Toutefois, comme je te l'ai dit
tout à l'heure, s'il est riche...

— Ah! Maman, laisse-moi être heureuse!

Mrs. Vane lui lança un regard et, avec l'un de ces
faux gestes dramatiques qui deviennent si souvent une
seconde nature chez les gens de théâtre, elle la serra
dans ses bras. À cet instant, la porte s'ouvrit et un
jeune homme à la tignasse brune entra dans la pièce. Il
était trapu, avait de grands pieds et de grandes mains
et se déplaçait avec une certaine gaucherie. Il n'était
pas aussi bien né que sa sœur. Il eût été difficile de
deviner leur lien de parenté. Mrs. Vane posa son
regard sur lui et son visage s'illumina. Son fils faisait
un public digne d'elle. La scène constituait, elle n'en
doutait pas, un beau *tableau*.

— Il me semble que tu pourrais me réserver quel-
ques-uns de tes baisers, Sibyl, dit le jeune homme
d'un ton bougon mais bon enfant.

— Ah! Tu ne donnes guère envie qu'on t'embrasse, Jim, s'écria-t-elle. Tu as l'air d'un vieil ours affreux.

Elle traversa vivement la pièce et l'embrassa affectueusement. James Vane dévisagea tendrement sa sœur.

— Viens faire un tour avec moi, Sibyl. Je ne reverrai sans doute plus cette horrible ville de Londres. Et je n'en ai aucune envie.

— Mon fils, ne dis pas de choses aussi épouvantables, murmura Mrs. Vane en saisissant un costume de théâtre faussement luxueux, qu'elle entreprit, avec un soupir, de rapiécer. Elle regrettait un peu qu'il ne se soit pas joint au groupe : sa présence eût ajouté au pittoresque de la situation.

— Et pourquoi donc, maman? Je suis sérieux.

— Tu me fais de la peine, mon fils. Je compte bien te voir revenir d'Australie enrichi. Pour moi, il n'y a pas dans les colonies de bonne société, rien de ce que j'entends par là. Aussi, lorsque tu auras fait fortune, il faudra que tu reviennes t'imposer à Londres.

— La bonne société! murmura le jeune homme. Je n'en veux rien savoir. Ce que j'aimerais, c'est faire assez d'argent pour vous arracher, vous et Sibyl, à la scène. Je la déteste.

— Oh, Jim! dit Sibyl en riant, tu n'es vraiment pas gentil! C'est vrai, tu veux que l'on aille faire un tour ensemble? Merveilleux! J'avais peur que tu ailles faire tes adieux à certains de tes amis — à ce Tom Hardy qui t'a donné cette affreuse pipe ou à Ned Langton qui se moque de toi parce que tu la fumes. C'est très aimable à toi de me consacrer ton dernier après-midi. Où va-t-on? Allons au Parc.

— Je suis trop mal habillé, répondit-il en s'assombrissant. Il n'y a que les gens chics qui vont au Parc.

— Ne dis pas de bêtises, Jim, murmura-t-elle en caressant la manche de sa veste.

Il hésita un instant.

— D'accord, dit-il finalement, mais ne mets pas trop de temps à t'habiller.

Elle passa la porte en esquissant un pas de danse. On l'entendit monter l'escalier quatre à quatre en chantant. Ses petits pieds trottinèrent dans la pièce au-dessus.

Jim arpenta la pièce deux ou trois fois puis se tourna vers la forme immobile dans le fauteuil.

— Maman, est-ce que mes affaires sont prêtes? demanda-t-il.

— Oui, James, répondit-elle sans quitter son travail des yeux.

Depuis quelques mois, elle se sentait mal à l'aise lorsqu'elle se retrouvait seule avec son fils sombre et sévère. Rencontrer son regard gênait sa nature dissimulée et superficielle. Elle se demandait s'il se doutait de quelque chose. Le silence, car il ne fit pas d'autres remarques, lui devint intolérable. Elle commença à se plaindre. Les femmes se défendent en attaquant, de même qu'elles attaquent par de soudaines et surprenantes capitulations.

— J'espère, James, que tu seras content de ta vie de marin, dit-elle. Souviens-toi que c'est toi qui l'a choisie. Tu aurais pu entrer dans un cabinet d'avocat. Les avocats sont des gens très bien qui, en province, dînent souvent dans les meilleures familles.

— Je déteste les bureaux et je déteste les employés de bureaux, répliqua-t-il. Mais tu as tout à fait raison. J'ai choisi ma propre vie. Une seule chose : veille sur Sibyl. Qu'il ne lui arrive rien. Maman, tu dois veiller sur elle.

— James, tu tiens vraiment d'étranges propos. Bien sûr que je veille sur Sibyl.

— Il paraît qu'un gentleman vient au théâtre tous les soirs et la voit dans les coulisses. C'est vrai? Qu'est-ce que c'est que cette histoire?

— Tu parles de ce que tu ne connais pas, James. Dans le métier, nous avons l'habitude d'être l'objet des attentions les plus flatteuses. Moi-même il m'arrivait de recevoir plusieurs bouquets à la fois. À cette époque, on comprenait quelque chose au métier d'acteur. Pour ce qui est de Sibyl, je ne sais pas pour l'instant si son attachement est sérieux ou non. Mais il ne fait aucun doute que le jeune homme en question est un parfait gentleman. Il est toujours on ne peut plus poli avec moi. En plus, il a tout l'air d'être riche et les fleurs qu'il envoie sont magnifiques.

— Mais tu ne sais pas son nom, dit durement le jeune homme.

— Non, répondit sa mère avec placidité. Il ne m'a pas révélé son vrai nom. Je trouve cela très romantique de sa part. Il doit appartenir à l'aristocratie.

James Vane se mordit les lèvres.

— Surveille Sibyl, maman, s'exclama-t-il. Veille sur elle.

— Mon fils, tu me fais beaucoup de peine. Sibyl fait toujours l'objet d'une attention spéciale de ma part. Naturellement, si ce gentleman est riche, il n'y a aucune raison pour qu'elle ne l'épouse pas. Je suis sûre que c'est un aristocrate. Je dirais qu'il en a toutes les apparences. Ce pourrait faire un très beau parti pour Sibyl. Ils feraient un couple charmant. Il est vraiment très beau garçon, tout le monde en fait la remarque.

Le jeune homme grommela quelque chose et se mit à pianoter sur la vitre de ses doigts grossiers. Il allait se retourner pour dire quelque chose lorsque la porte s'ouvrit et que Sibyl pénétra dans la pièce en courant.

— Ce que vous êtes sérieux tous les deux, s'exclama-t-elle. Qu'est-ce qu'il y a ?

— Rien, répondit son frère. Il faut bien être sérieux de temps en temps. Au revoir, maman. Je dînerai à cinq heures. Toutes mes affaires sont empaquetées sauf mes chemises. Tu n'as donc pas à t'en faire.

— Au revoir, mon fils, répondit-elle en s'inclinant d'un air contraint et affecté.

Elle lui en voulait terriblement du ton qu'il avait adopté avec elle et quelque chose dans son attitude lui faisait peur.

— Embrassez-moi, maman, dit la jeune fille.

Ses lèvres touchèrent telles des fleurs la joue flétrie de sa mère et en réchauffèrent le givre.

— Mon enfant! mon enfant! s'écria Mrs. Vane en levant les yeux au ciel à la recherche d'un public invisible.

— Viens, Sibyl, dit le frère qui s'impatientait.

Il détestait les postures affectées de sa mère.

Ils sortirent dans le soleil que le vent faisait vaciller et descendirent sans se presser l'affreuse Euston Road[69].

Les passants jetaient des regards étonnés sur ce jeune homme maussade et massif qui, vêtu de vêtements grossiers et mal coupés, allait en compagnie d'une jeune fille aussi gracieuse et élégante[70]. On eût dit un vulgaire jardinier marchant à côté d'une rose.

Jim s'assombrissait de temps à autre lorsqu'il captait le regard inquisiteur d'un inconnu. Il avait cette répugnance à être dévisagé qui vient sur le tard au génie et n'abandonne jamais les gens du commun. Sibyl était au contraire tout à fait inconsciente de l'effet qu'elle produisait. Son amour venait finir en un rire tremblant sur ses lèvres. Elle pensait au Prince charmant et, afin de l'avoir davantage présent à l'esprit, se gardait de parler de lui, préférant babiller au sujet du bateau sur lequel Jim allait s'embarquer, de l'or qu'il allait à coup sûr trouver, des magnifiques héritières qu'il arracherait des mains des méchants brigands à chemise rouge. Car il ne resterait pas marin ni subrécargue, rien de tout cela. Oh non! La vie de marin était épouvantable. Imaginez-vous cloîtré dans un affreux bateau qui embarque de durs paquets de mer tandis qu'un vent noir abat les mâts et déchire les voiles en longues lanières hurlantes! Il allait quitter le navire à Melbourne, fausser gentiment compagnie au capitaine et filer droit vers les champs aurifères[71]. La semaine ne serait pas terminée qu'il tomberait sur une grosse pépite d'or pur, la plus grosse jamais découverte, et qu'il la ramènerait sur la côte dans un chariot gardé par six policiers à cheval. Les bandits les attaqueraient trois fois et seraient vaincus dans une immense tuerie. Mais non, il n'était pas question qu'il aille dans les mines d'or. C'étaient des endroits atroces où les hommes s'enivraient, se tiraient dessus dans des tripots et employaient de gros mots. Il serait un gentil éleveur de moutons et, un soir, en rentrant chez lui, il verrait une belle héritière qu'un voleur serait en train d'enlever sur un cheval noir. Il le poursuivrait et la délivrerait. Elle s'éprendrait naturellement de lui et lui d'elle, ils se marieraient, rentreraient au pays et vivraient à Londres dans une immense maison. Oui, des choses merveilleuses l'attendaient. Mais il lui faudrait très bien se conduire, garder le contrôle de lui-même et ne pas dépenser son argent bêtement. Elle n'était que d'un an son aînée mais connaissait la vie bien plus que lui. Il faudrait aussi qu'il écrive à chaque courrier et fasse tous les soirs ses prières avant de se coucher. Dieu était bon et veillerait sur lui. Elle prierait pour lui elle aussi et, dans quelques années, il reviendrait riche et heureux.

Le jeune homme l'écoutait d'un air maussade sans répondre. Il avait la mort dans l'âme à la perspective de s'expatrier.

Ce n'était cependant pas uniquement cela qui le rendait sombre et morose. Il avait beau manquer d'expérience, il ne se méprenait pas sur les risques que courait Sibyl. Ce jeune dandy qui la courtisait ne pouvait que lui attirer des ennuis. C'était un gentleman et il le haïssait pour cette raison, d'une étrange haine instinctive de classe qu'il ne pouvait s'expliquer et qui, pour cette raison même, s'imposait d'autant plus à lui. Il se rendait compte aussi de la superficialité et de la vanité foncières de sa mère qui représentaient à ses yeux un danger sans borne pour Sibyl et son bonheur. Les enfants commencent par aimer leurs parents puis, en grandissant, ils les jugent. Il arrive qu'ils leur pardonnent.

Sa mère ! Il songeait parfois à lui demander quelque chose qu'il avait ruminé en silence des mois durant. Une phrase entendue à la dérobée au théâtre, une raillerie chuchotée qui avait atteint son oreille un soir qu'il attendait devant l'entrée des artistes, avait déchaîné en lui une succession de pensées atroces. Il s'en souvenait comme si on lui avait donné un coup de cravache cinglant en plein visage. Ses sourcils se soudèrent en une ornière et, grimaçant de douleur, il se mordit la lèvre inférieure.

— Tu n'écoutes pas un mot de ce que je te dis, Jim, s'exclama Sibyl, alors que je fais les plus beaux plans pour ton avenir. Dis quelque chose.

— Que veux-tu que je dise ?

— Oh ! Que tu seras un bon garçon et que tu ne nous oublieras pas, répondit-elle en lui souriant.

Il haussa les épaules.

— Il y a plus de chance que ce soit toi qui m'oublies, Sibyl, et non le contraire.

Elle rougit.

— Qu'est-ce que tu veux dire, Jim ? demanda-t-elle.

— Il paraît que tu as un nouvel ami. Qui est-ce ? Pourquoi ne m'as-tu pas parlé de lui ? Il ne te veut rien de bon.

— Arrête, Jim ! s'écria-t-elle. Ne dis rien contre lui. Je l'aime.

— Mais tu ne sais même pas comment il s'appelle, rétorqua le jeune homme. Qui est-ce ? J'ai le droit de savoir.

— Il s'appelle le Prince charmant. Ce n'est pas un nom qui te plaît ? Oh ! Ce que tu es bête ! Tu ne dois jamais oublier ce nom. Si seulement tu le voyais, tu trouverais que c'est l'être le plus merveilleux qui soit. Un jour, tu feras sa connaissance, lorsque tu reviendras d'Australie. Il te plaira beaucoup. Il plaît à tout le monde et moi... je l'aime. Je voudrais que tu puisses venir au théâtre ce soir. Il y sera. Je joue Juliette ! Oh, comme je vais la jouer ! Tu te rends compte, Jim, être amoureuse et jouer Juliette ! L'avoir là devant moi ! Jouer pour son plaisir ! Je crains d'effrayer l'assistance, de l'effrayer ou de la subjuguer. Être amoureux, c'est se surpasser. Ce pauvre et exécrable monsieur Isaacs va crier au génie auprès de sa bande de fainéants accoudés au bar. Déjà qu'il ne jurait que par moi. Ce soir, il va me présenter comme une révélation. Je le

sens. Et tout cela à cause de lui, de lui seul, de mon
Prince charmant, mon merveilleux amoureux, mon
dieu paré de toutes les grâces. Mais je suis pauvre
comparée à lui. Pauvre ? Qu'importe ? Lorsque la
pauvreté se glisse par la porte, l'amour entre à tire
d'aile par la fenêtre[72]. Nos proverbes ont besoin d'être
réécrits. Ils ont été conçus en hiver et nous sommes en
été. Pour moi, c'est le printemps, un vrai bal fleuri
dans le bleu du ciel.

— C'est un homme du monde, dit le jeune
homme, d'un ton renfrogné.

— Un prince ! s'écria-t-elle d'une voix mélodieuse.
Que veux-tu de plus ?

— Il veut faire de toi son esclave.

— Je tremble à l'idée d'être libre.

— Je veux que tu te méfies de lui.

— Quand on le voit, on l'adore, quand on le
connaît, on a confiance en lui.

— Sibyl, tu es folle de lui.

Elle se mit à rire et le prit par le bras.

— Mon bon vieux Jim, tu parles comme si tu avais
cent ans. Un jour, toi aussi tu seras amoureux. Tu
sauras alors ce que c'est. Ne fais pas cette tête. Tu
devrais pourtant être content de penser que même si
tu pars, tu me laisses plus heureuse que je ne l'ai
jamais été. La vie a été dure pour nous deux, terriblement dure et difficile. Mais cela va changer désormais.
Toi, tu pars pour un nouveau monde et moi, j'en ai
découvert un. Tiens, il y a deux chaises, là. Assoyons-
nous et regardons passer le beau monde.

Ils s'assirent au milieu d'une foule de badauds. Les
plates-bandes de tulipes de l'autre côté de l'allée flam-
boyaient tels de lancinants cercles de feu. Une poussière blanche — on eût dit un vibrant nuage de pollen
d'iris — était suspendu dans l'air palpitant. Les
ombrelles aux couleurs vives oscillaient et tanguaient
comme de monstrueux papillons.

Elle fit parler son frère de lui-même, de ses espoirs,
de ses projets. Il parlait lentement et avec réticence. Ils
se donnaient la réplique du tac au tac. Sibyl se sentait

oppressée. Elle était incapable de communiquer la joie qu'elle éprouvait. Le seul écho qu'elle obtenait était le pâle sourire qui découvrait la bouche maussade de son frère. Tout à coup, elle aperçut du coin de l'œil une chevelure blonde et des lèvres rieuses : Dorian Gray passait dans une voiture découverte, accompagné de deux dames.

Elle se leva brusquement.

— Le voilà, c'est lui ! s'écria-t-elle.

— Qui ? demanda Jim Vane.

— Le Prince charmant, répondit-elle en regardant la victoria.

Son frère se leva à son tour et la saisit brutalement par le bras.

— Montre-le-moi. Lequel est-ce ? Désigne-le-moi. Il faut que je le voie ! s'écria-t-il.

Mais, au même moment, l'attelage tiré par quatre chevaux du duc de Berwick leur cacha la vue et lorsque l'espace fut dégagé, la voiture était sortie du parc.

— Il est parti, murmura tristement Sibyl. J'aurais voulu que tu le voies.

— J'aurais bien voulu car, aussi certain qu'il y a un Dieu au ciel, je le tuerai si jamais il te fait du mal.

Elle le regarda horrifiée. Il répéta ce qu'il venait de dire. Ses paroles fendirent l'air comme un poignard. Les gens autour d'eux se mirent à les dévisager bouche bée. Une dame qui se trouvait près d'elle eut un petit rire.

— Viens, Jim, allons-nous-en, murmura-t-elle.

Il la suivit à contrecœur à travers la foule. Il était content de ce qu'il avait dit.

Lorsqu'ils furent arrivés près de la statue d'Achille[73], elle se retourna. Dans ses yeux se lisait de la pitié qui se transforma en un sourire sur ses lèvres. Elle lui adressa un hochement de tête.

— Tu es bête, Jim, vraiment bête. Un méchant garçon voilà ce que tu es. Comment peux-tu dire des choses aussi affreuses ? Tu ne sais pas de quoi tu parles. Tu es simplement jaloux et désagréable. Ah ! Je voudrais que tu tombes amoureux, toi aussi. L'amour rend bon et ce que tu as dit était méchant.

— J'ai seize ans, rétorqua-t-il, et je sais de quoi je parle. Maman ne te rend pas service. Elle ne sait pas veiller sur toi. Je regrette maintenant de partir en Australie. J'ai vraiment envie de laisser tomber toute cette histoire. C'est ce que je ferais si je n'avais pas signé mon contrat.

— Oh, ne sois pas si sérieux, Jim. On dirait un héros de ces mélodrames idiots dans lesquels maman aimait tant jouer. Je ne vais pas me quereller avec toi. Je l'ai vu et, oh! le voir est un parfait bonheur. Ne nous querellons pas. Je sais que tu ne ferais jamais de mal à quelqu'un que j'aime, n'est-ce pas?

— Sûrement pas tant que tu l'aimes, lui répondit-il en maugréant.

— Je l'aimerai toujours! s'écria-t-elle.

— Et lui?

— Lui aussi!

— Il a intérêt.

Elle eut un mouvement de recul puis se mit à rire et posa sa main sur son bras. Ce n'était qu'un gamin.

À Marble Arch[74], ils sautèrent dans un omnibus qui les laissa près de leur pauvre logis dans Euston Road. Il était cinq heures passées et Sibyl devait s'étendre au moins deux heures avant d'entrer en scène. Jim insista pour qu'elle le fasse. Il dit qu'il préférait lui faire ses adieux hors de la présence de leur mère. Celle-ci ferait sûrement une scène et il détestait les scènes de tout genre.

Ils se firent leurs adieux dans la chambre de Sibyl. Le jeune garçon était rongé par la jalousie et par une haine farouche, meurtrière, à l'égard de l'inconnu qui, selon lui, s'était interposé entre eux. Cependant, lorsqu'elle lui passa les bras autour du cou et les doigts dans les cheveux, il s'adoucit et l'embrassa avec une véritable affection. En descendant, il avait les larmes aux yeux.

Sa mère l'attendait en bas. Lorsqu'il pénétra dans la pièce, elle lui reprocha son manque de ponctualité. Il ne répondit rien mais s'assit devant son repas frugal. Les mouches bourdonnaient autour de la table et rampaient sur la nappe tachée. À travers le grondement des omnibus et le clic-clac des fiacres, il entendait la voix monotone qui dévorait chacune des minutes qui lui restaient.

Au bout de quelques minutes, il repoussa son assiette et se prit la tête dans les mains. Il avait le droit de savoir. On aurait dû tout lui dire bien plus tôt si c'était ce qu'il soupçonnait. Accablée par la peur, sa mère l'observait. Les mots tombaient machinalement de ses lèvres. Ses doigts chiffonnaient un mouchoir de dentelle en lambeaux. Aux six coups de l'horloge, il se leva et se dirigea vers la porte. Puis il se retourna et la regarda. Leurs regards se rencontrèrent. Dans les siens, il lut un appel à la clémence qui le rendit furieux.

— Maman, j'ai quelque chose à te demander, dit-il.

Les yeux de sa mère errèrent au hasard dans la pièce. Elle ne répondit pas.

— Dis-moi la vérité. J'ai le droit de savoir. Étais-tu mariée à mon père ?

Elle poussa un profond soupir. C'était un soupir de soulagement. Le moment terrible, le moment qu'elle avait redouté nuit et jour, des semaines et des mois durant, était enfin arrivé sans qu'elle ne se sentisse pourtant terrorisée. Elle en éprouva même dans une certaine mesure de la déception. Le côté vulgaire de la question dans ce qu'elle avait de direct appelait une réponse sans détours. La situation, brutale, ne l'y avait pas préparée et lui fit l'effet d'une mauvaise répétition.

— Non, répondit-elle en s'étonnant de la dure simplicité de la vie.

— Alors, mon père était une canaille ? s'écria-t-il en serrant les poings.

Elle hocha la tête.

— Je savais qu'il n'était pas libre. Nous nous aimions beaucoup. S'il avait vécu, il aurait fait le nécessaire pour nous. Ne dis rien contre lui, mon fils.

C'était ton père, un gentleman. C'était vraiment quelqu'un de très bonne famille.

Le garçon poussa un juron.

— Ce n'est pas pour moi, s'exclama-t-il. Mais ne laissez pas Sibyl... C'est un gentleman, n'est-ce pas, celui qui est amoureux à ce qu'il prétend? De bonne famille, sans doute, lui aussi.

L'espace d'un moment, un atroce sentiment d'humiliation envahit la femme. Sa tête s'affaissa. Elle s'essuya les yeux de ses mains tremblantes.

— Sibyl a une mère, murmura-t-elle. Moi, je n'en ai pas eu.

Le garçon fut touché. Il s'approcha de sa mère et, se penchant, l'embrassa.

— Je m'excuse de t'avoir fait de la peine en posant ces questions sur mon père, dit-il, mais c'était plus fort que moi. Je dois partir maintenant. Au revoir. N'oublie pas que tu n'auras désormais qu'un enfant sur qui veiller et, crois-moi, si cet homme fait du mal à ma sœur, je découvrirai qui il est, je le pourchasserai et je le tuerai comme un chien. Je le jure.

Le caractère excessif et déraisonnable de la menace, le geste passionné qui l'avait accompagnée, les paroles insensées et mélodramatiques, parurent à la mère d'un réalisme criant. Là, elle était dans son atmosphère habituelle. Elle respira plus librement et, pour la première fois depuis des mois, se rendit compte qu'elle admirait son fils. Elle eût aimé que la scène se poursuivît sur le même registre émotif mais son fils coupa court. Il fallait descendre les malles et chercher les couvertures. La bonne à tout faire du meublé ne cessait d'entrer et de sortir. Il allait falloir marchander avec le cocher. Le moment se perdit en détails triviaux. Ce fut avec une déception accrue qu'elle agita à la fenêtre le mouchoir de dentelle en lambeaux au moment où son fils s'éloigna. Elle avait le sentiment d'avoir raté une immense occasion. Elle se consola en disant à Sibyl combien elle trouverait la vie vide maintenant qu'elle n'avait plus qu'une enfant sur qui veiller. Elle se rappellerait la phrase : elle lui avait plu. Elle ne dit mot de la menace proférée par son fils. Elle avait été formulée de manière saisissante et dramatique. Elle eut le sentiment qu'ils en riraient tous un jour.

6

— Vous avez sans doute appris la nouvelle, Basil? demanda Lord Henry ce soir-là lorsque Hallward fit son apparition dans le petit cabinet privé du Bristol où le couvert était mis pour trois personnes.

— Non, Harry, répondit l'artiste en remettant son chapeau et sa canne au garçon obséquieux. De quoi s'agit-il? Pas de politique, j'espère. Je n'y attache aucun intérêt. Il n'y a pratiquement personne à la Chambre des communes qui mérite que l'on fasse son portrait. La plupart d'entre eux ferait mieux de s'acheter une conduite.

— Dorian Gray est fiancé, dit Lord Henry qui observait son interlocuteur tout en parlant.

Hallward tressaillit puis se rembrunit.

— Dorian fiancé! s'écria-t-il. Impossible.

— C'est parfaitement vrai.

— À qui?

— À une petite actrice quelconque.

— Je n'arrive pas à le croire. Dorian est bien trop sensé.

— Dorian est bien trop avisé pour ne pas faire une petite bêtise de temps à autre, mon cher Basil.

— Le mariage n'est pas une chose que l'on fait de temps à autre, Harry.

— Sauf en Amérique, répondit Lord Henry de sa voix traînante. Mais je n'ai pas dit qu'il était marié, j'ai dit qu'il était fiancé. C'est loin d'être la même chose.

Moi, je me souviens nettement de m'être marié mais je n'ai pas le souvenir de m'être fiancé. Je suis tenté de croire que je ne l'ai jamais été.

— Mais songez un peu à la naissance de Dorian, à sa position dans le monde, à sa fortune. Ce serait absurde de sa part de faire une telle mésalliance.

— Si vous voulez le pousser à épouser cette fille, dites-lui cela, Basil. Alors, il le fera sans hésiter. À chaque fois qu'un homme fait une chose complètement stupide, c'est toujours pour les motifs les plus nobles.

— J'espère que c'est une fille bien, Harry. Je ne veux pas voir Dorian s'attacher à un être vil qui le ferait déchoir et gâcherait son intelligence.

— Oh, elle est mieux que bien, elle est belle, murmura Lord Henry en portant à ses lèvres un verre de vermouth agrémenté d'un zeste d'orange. C'est Dorian qui le dit et il est rare qu'il se trompe làdessus. Le portrait que vous avez fait de lui a aiguisé son sens de la beauté physique. Il a eu entre autres cet excellent effet. Nous allons la voir ce soir s'il n'a pas oublié son rendez-vous.

— Vous êtes sérieux ?

— Tout ce qu'il y a de sérieux, Basil. Si je ne suis pas sérieux en ce moment, je ne le serai malheureusement jamais.

— Mais vous n'approuvez pas ce mariage, Harry ? demanda le peintre qui arpentait la pièce en se mordant la lèvre. Il n'est pas possible que vous l'approuviez. C'est un coup de tête stupide.

— Je n'approuve ni ne désapprouve jamais quoi que ce soit désormais. C'est une attitude absurde à adopter en face de la vie. On ne nous a pas mis au monde pour étaler nos préjugés moraux. Je ne fais jamais cas de ce que dit le commun et ne me mêle jamais de ce que fait le beau monde. Si une personnalité me fascine, je suis ravi de sa manière de s'exprimer, quelle qu'elle soit. Dorian Gray tombe amoureux d'une belle jeune fille qui joue Juliette et il se propose de l'épouser. Pourquoi pas ? Il épouserait Messaline[75] qu'il n'en serait pas moins intéressant. Vous savez que je ne suis pas un fervent défenseur du mariage. Le seul véritable inconvénient du mariage, c'est qu'il vous rend altruiste. Les gens altruistes sont ternes, sans personnalité. Il n'empêche qu'il y a certaines natures que le mariage rend plus complexes. Ils conservent leur égotisme auquel ils ajoutent quantité d'autres egos. Ils sont forcés d'avoir plus d'une vie. Ils accèdent à une organisation supérieure, ce qui est, selon moi, le but de l'existence de l'homme. Toute expérience est par ailleurs valable et, quoi qu'on puisse dire contre le mariage, c'est certainement une expérience. J'espère que Dorian fera de cette fille sa femme, qu'il en sera follement épris six mois puis qu'une autre lui fera tourner la tête aussi vite. Il ferait un remarquable objet d'étude.

— Vous n'en pensez pas un mot, Harry, vous le savez. Si la vie de Dorian Gray est gâchée, vous serez le premier à le regretter. Vous êtes bien meilleur que vous ne le prétendez.

Lord Henry se mit à rire.

— La raison pour laquelle nous tenons tant à penser du bien des autres, c'est que nous avons peur pour nous-mêmes. Le fondement de l'optimisme, c'est la terreur absolue. Nous croyons être généreux en prêtant à autrui des vertus susceptibles de nous être de quelque utilité. Nous ne tarissons pas d'éloges pour le banquier qui nous tolère un découvert et trouvons quelque qualité au bandit de grand chemin dans l'espoir qu'il ne nous soulagera pas de notre bourse. Je pense tout ce que j'ai dit. Je n'ai que mépris pour l'optimisme. Pour ce qui est des vies gâchées, seule est gâchée la vie de celui qui cesse de se développer. Si vous voulez abîmer un être, vous n'avez qu'à vouloir le changer. Pour ce qui est du mariage, bien sûr que ce serait bête, mais il existe d'autres liens plus intéressants entre les hommes et les femmes et que j'ai bien l'intention de cultiver. Ils ont l'avantage d'être à la mode. Mais voici Dorian lui-même. Il vous en dira plus que moi.

— Mon cher Harry, mon cher Basil, vous devez tous les deux me féliciter! dit le jeune homme en se défaisant de son manteau de soirée aux pans doublés de satin et en serrant la main de ses amis. Je n'ai jamais été aussi heureux. C'est évidemment soudain, mais toutes les choses délicieuses le sont. J'ai pourtant l'impression que c'est ce que j'attendais depuis toujours.

Il était rouge d'excitation et de plaisir, et d'une beauté extraordinaire.

— J'espère que tu seras toujours heureux, Dorian, dit Hallward, mais je te pardonne difficilement de ne m'avoir pas prévenu de tes fiançailles. Tu as prévenu Harry.

— Et moi, je ne te pardonne pas d'être en retard pour le dîner, intervint Lord Henry qui posa sa main sur l'épaule du jeune homme et sourit tout en prononçant ces paroles. Venez, assoyons-nous et voyons ce que vaut le nouveau chef qu'ils ont ici. Ensuite tu nous raconteras ce qui se passe.

— Il n'y a pas grand-chose à raconter, fit Dorian tandis qu'ils prenaient place autour de la petite table ronde. Ce qui s'est passé, c'est simplement ceci. Après t'avoir quitté hier soir, Harry, je me suis habillé, j'ai dîné dans ce petit restaurant italien que tu m'as fait connaître dans Rupert Street[76] et je suis parti à huit heures pour le théâtre. Sibyl jouait Rosalinde[77]. Le décor était évidemment affreux et Orlando ridicule. Mais Sibyl! Vous auriez dû la voir. Lorsqu'elle a fait son entrée déguisée en garçon, elle était tout simplement magnifique! Elle portait un pourpoint de velours vert mousse aux manches couleur cannelle, un svelte haut-de-chausses brun aux jarretières croisées, une jolie petite toque ornée d'une plume de faucon retenue par un brillant et une mante à capuchon doublée de rouge pâle. Elle ne m'avait jamais paru plus délicieuse. Elle avait toute la grâce délicate de cette statuette de Tanagra[78] que tu as dans ton atelier, Basil. Ses cheveux lui encadraient le visage comme les feuilles vert foncé entourent une rose. Pour ce qui est de son jeu — eh bien, vous la verrez ce soir. Elle est tout simplement une artiste née. J'étais dans cette loge minable, complètement sous le charme. J'ai oublié que j'étais à Londres et au XIXᵉ siècle. J'étais loin avec ma bien-aimée, dans une forêt qu'aucun pied n'avait jamais foulée. Après le spectacle, je suis allé lui dire un mot en coulisse. Nous étions en train de parler lorsqu'elle a eu un regard que je n'avais jamais vu auparavant. Mes lèvres se sont rapprochées des siennes et nous nous sommes embrassés. Je ne peux vous décrire ce que j'ai ressenti à ce moment-là. J'ai eu l'impression que toute ma vie venait se concentrer en un point de bonheur couleur de rose. Elle était toute tremblante et vacillait comme un narcisse blanc. Puis elle s'est jetée à genoux et m'a embrassé les mains. Je sais que je ne devrais pas vous raconter tout cela, mais c'est plus fort que moi. Naturellement, nos fiançailles sont un secret absolu. Elle n'en a même pas parlé à sa mère. Je ne sais pas ce que mes tuteurs vont dire. Lord Radley va sûrement être furieux. Cela m'est égal. Je serai majeur dans moins d'un an et je pourrai alors faire ce qui me plaît. J'ai eu raison, n'est-ce pas, Basil, d'aller chercher mon amour dans la poésie et ma femme dans les pièces de Shakespeare ? Des lèvres auxquelles Shakespeare a appris à parler m'ont chuchoté leur secret à l'oreille. Les bras de Rosalinde m'ont étreint et j'ai embrassé Juliette sur la bouche.

— Oui, Dorian, tu dois avoir eu raison, répondit lentement Hallward.

— L'as-tu vue aujourd'hui ? demanda Lord Henry. Dorian Gray hocha la tête.

— Je l'ai laissée dans la forêt d'Arden, je la retrouverai dans un verger de Vérone.

Lord Henry dégustait son champagne d'un air songeur.

— Et à quel moment exact l'as-tu demandée en mariage, Dorian ? Et quelle réponse t'a-t-elle faite ? Tu as peut-être tout oublié.

— Mon cher Harry, je n'ai pas traité la chose sur le mode de la transaction financière et je ne lui ai pas fait de demande en bonne et due forme. Je lui ai dit que je l'aimais et elle a dit qu'elle n'était pas digne d'être ma femme. Pas digne! Mais enfin, le monde entier n'est rien pour moi comparé à elle!

— Les femmes sont extraordinairement pratiques, dit Lord Henry. Beaucoup plus pratiques que nous. Dans des situations du genre, nous oublions souvent de parler mariage et elles ne se font pas faute de nous le rappeler.

Hallward posa sa main sur le bras de Lord Henry.

— Non, Harry. Vous ennuyez Dorian. Il n'est pas comme les autres. Il ne ferait pas de mal à une mouche. Il est bien trop délicat pour cela.

Lord Henry lui adressa un regard par-dessus la table.

— Dorian ne s'offense de rien qui vienne de moi, répondit-il. Je lui ai posé la question pour la seule et unique raison qui justifie que l'on pose des questions — par simple curiosité. Selon ma théorie, ce sont toujours les femmes qui nous demandent en mariage et non le contraire. Excepté bien sûr dans le monde petit-bourgeois. Mais il faut dire que les petits-bourgeois ne sont pas modernes.

Dorian Gray se mit à rire en hochant la tête.

— Tu es vraiment incorrigible, Harry. Mais je passe outre. Il est tout à fait impossible de t'en vouloir. Quand tu verras Sibyl, tu comprendras qu'il faudrait être une brute pour lui faire du mal, une brute sans cœur. Je ne comprends pas que l'on puisse désirer humilier quelqu'un que l'on aime. J'aime Sibyl Vane[79]. Je tiens à la placer sur un piédestal en or et voir le monde l'adorer comme ma femme. Qu'est-ce que le mariage? Un serment irrévocable. C'est pour cette raison que tu t'en moques. Ah! ne te moque pas. Ce serment irrévocable, je veux le faire. Sa confiance en moi me rend fidèle, sa foi en moi me rend bon. Quand je suis avec elle, je regrette tout ce que tu m'as appris. Je deviens différent de celui que tu as connu. J'ai changé et un simple toucher de la main de Sibyl Vane me fait te pardonner, à toi ainsi qu'à tes théories fallacieuses, séduisantes, perfides, délicieuses.

— Et qui sont...? demanda Lord Henry en se servant de la salade.

— Oh, tes théories sur la vie, sur l'amour, sur le plaisir. Toutes tes théories, en fait, Harry.

— Le plaisir est la seule chose au monde qui mérite d'être théorisée, répondit ce dernier de sa voix lente, mélodieuse. Mais je crains de ne pouvoir revendiquer ma théorie comme si elle était de moi. C'est à la Nature qu'elle appartient, pas à moi. Le plaisir est un test de la Nature, le signe de son approbation. Lorsque nous sommes heureux, nous sommes toujours bons mais lorsque nous sommes bons nous ne sommes pas toujours heureux.

— Ah! Mais qu'entendez-vous par « bon »? demanda Basil Hallward.

— Oui, reprit Dorian Gray en se renversant sur sa chaise et en regardant Lord Henry par-dessus les lourdes grappes d'iris aux lèvres violettes qui se trouvaient au milieu de la table, qu'entends-tu par « bon », Harry?

— Être bon, c'est être en harmonie avec soi, répondit-il en effleurant de ses doigts pâles et effilés le pied mince de son verre. La dissonance consiste à être obligé d'être en harmonie avec les autres. Sa propre vie — voilà l'essentiel. Quant à autrui, si on veut jouer les collets-montés et les puritains, on peut toujours lui faire le morale, mais sa vie ne nous regarde pas. Et puis, l'individualisme est le but suprême. La morale moderne consiste à accepter les normes de son temps et moi, je considère que, pour un homme de culture, accepter les normes de son temps, c'est faire preuve de l'immoralité la plus grossière.

— Mais ne croyez-vous pas que si l'on vit seulement pour soi, Harry, on le paie terriblement cher? suggéra le peintre.

— Oui, on paie le prix fort pour tout aujourd'hui. Pour moi, le vrai drame pour les pauvres, c'est qu'ils ne peuvent rien s'offrir d'autre que l'abnégation. Les beaux péchés sont, comme les beaux objets, le privilège des riches.

— Il y a d'autres manières de payer qu'avec de l'argent.

— Quelles autres manières, Basil?

— Oh! Ce pourrait être le remords, la souffrance, la... enfin, la conscience de la déchéance.

Lord Henry haussa les épaules.

— Mon cher, l'art médiéval est charmant mais les émotions médiévales sont démodées. On peut toujours s'en servir dans la fiction. Mais justement, ce dont on se sert dans la fiction c'est toujours ce qui ne nous est plus d'aucune utilité. Croyez-moi, un homme civilisé ne regrette jamais le plaisir. Un homme non civilisé, lui, ne sait pas ce que c'est.

— Je sais moi, ce que c'est que le plaisir, s'écria Dorian Gray. C'est d'adorer quelqu'un.

— C'est sûrement mieux que d'être adoré, répondit Lord Henry en jouant avec des fruits. Être adoré est assommant. Les femmes nous traitent exactement comme l'humanité traite les dieux. Elles nous adorent et sont toujours en train de nous solliciter pour que l'on fasse quelque chose pour elles.

— Moi, je dirais que tout ce qu'elles demandent, elles nous l'ont déjà donné, murmura le jeune homme sur un ton grave. Ce sont elles qui créent l'amour en nous. Elles sont en droit de l'exiger en retour.

— C'est parfaitement vrai, Dorian, fit Hallward.

— Rien n'est jamais parfaitement vrai, dit Lord Henry.

— Cela l'est, l'interrompit Dorian. Tu dois admettre, Harry, que ce sont les femmes qui donnent aux hommes l'or même de leur vie.

— C'est possible, dit-il dans un soupir, mais elles le reprennent en petite monnaie. C'est cela l'ennui. Les femmes, comme l'a dit un Français spirituel, nous inspirent des chefs-d'œuvre qu'elles nous empêchent toujours de réaliser.

— Harry, tu es ignoble! Je ne sais pas pourquoi je te suis si attaché.

— Tu le seras toujours, Dorian, répondit-il. Vous prendrez du café? — Garçon, du café et de la fine champagne ainsi que des cigarettes. Non, laissez les cigarettes, j'en ai. Basil, pas question que tu fumes le cigare. Tu dois fumer une cigarette. La cigarette est le type même du plaisir parfait. Elle est délicieuse et vous laisse insatisfait. Que peut-on désirer d'autre ? Oui, Dorian, tu tiendras toujours à moi. Je représente pour toi tous les péchés que tu n'as jamais eu le courage de commettre.

— Ce que tu peux dire comme bêtises, Harry, répondit le jeune homme en allumant sa cigarette à la gueule enflammée d'un dragon en argent que le garçon avait déposé sur la table. Allons au théâtre. Lorsque Sibyl paraîtra en scène, vous vous ferez une autre idée de la vie. Elle représentera pour vous quelque chose que vous n'avez jamais vécu.

— J'ai tout vécu, dit Lord Henry, une expression de lassitude dans le regard, mais je suis toujours prêt à vivre une nouvelle émotion. J'ai bien peur toutefois, pour ma part en tout cas, de ne rien connaître de tel. Il n'empêche, sa beauté m'excitera peut-être. J'aime le théâtre. C'est tellement plus réel que la vie. Allons-y. Dorian, tu viens avec moi. Basil, je regrette, mais il n'y a de la place que pour deux dans le coupé. Vous allez devoir nous suivre en fiacre.

Ils se levèrent et mirent leur manteau tout en sirotant leur café debout. Le peintre était silencieux et soucieux. Il était mélancolique. Il ne pouvait se résoudre à ce mariage qui pourtant lui semblait ce qui pouvait arriver de mieux. Quelques minutes plus tard, ils descendirent tous les trois. Il fit le trajet seul comme convenu tout en suivant du regard les feux clignotants du petit coupé qui le précédait. Il éprouvait une étrange sensation d'abandon, sentant que Dorian Gray ne serait plus jamais avec lui celui qu'il avait été naguère. La vie les avait séparés... Son regard s'assombrit et les rues éclairées et bondées se brouillèrent à ses yeux. Lorsque le fiacre vint s'arrêter devant le théâtre, il eut le sentiment d'avoir vieilli de plusieurs années.

7

Ce soir-là, pour une raison ou une autre, l'établissement était comble et le gros directeur juif qui vint à leur rencontre à la porte était rayonnant, le visage fendu d'un sourire onctueux et timide à la fois. Il les conduisit jusqu'à leur loge avec une sorte d'humilité pompeuse en agitant ses mains grasses et baguées et en parlant à tue-tête. Dorian Gray éprouva pour lui un mépris sans borne. Il avait l'impression d'être venu voir Miranda et de tomber sur Caliban[80]. Lord Henry, de son côté, le trouva plutôt de son goût. C'est du moins ce qu'il déclara. Il insista pour lui serrer la main en l'assurant qu'il était fier de rencontrer un homme qui avait découvert un génie véritable et qui s'était ruiné à cause d'un poète. Hallward, lui, s'amusa à examiner les visages des occupants du parterre. Il faisait une chaleur étouffante et l'énorme projecteur flamboyait tel un monstrueux dahlia aux pétales de flammes jaunes. Les jeunes assis au poulailler avaient retiré vestes et gilets qu'ils avaient suspendus à la balustrade. Ils s'interpellaient à travers le théâtre et partageaient leurs oranges avec les filles vêtues de manière voyante qui étaient assises à leur côté. On entendait depuis le bar le bruit des bouchons qui sautaient.

— Quel endroit pour dénicher une divinité! dit Lord Henry.

— Oui, répondit Dorian Gray. C'est ici que je l'ai

découverte et elle est divine par-dessus tout. Lorsqu'elle joue, on oublie tout. Ces gens grossiers aux gestes brusques et aux visages vulgaires se transforment du tout au tout dès qu'elle est en scène. Ils se taisent et la regardent. Ils pleurent et rient selon son bon vouloir. Elle les rend aussi réceptifs qu'un violon. Elle fait d'eux des êtres spirituels et on a l'impression qu'ils sont de la même chair et du même sang que nous.

— De la même chair et du même sang que nous! Oh, j'espère bien que non! s'écria Lord Henry qui examinait les occupants des tribunes avec ses jumelles.

— Ne fais pas attention à lui, Dorian, dit le peintre. Moi, je comprends ce que tu veux dire et je crois en cette jeune fille. Tu ne peux aimer que quelqu'un de merveilleux et toute jeune fille qui produit l'effet que tu décris doit être belle et noble. Apporter la spiritualité à son époque — voilà quelque chose qui mérite d'être fait. Si cette jeune fille peut donner une âme à ceux qui en étaient dépourvus, si elle peut donner le sens de la beauté à des gens qui mènent des existences laides et sordides, si elle peut leur enlever leur égoïsme et les faire pleurer sur des chagrins qui ne sont pas les leurs, elle mérite toute ton adoration, elle mérite l'adoration du monde. Ce mariage est très bien. Cela ne m'était pas apparu tout d'abord, mais je le reconnais maintenant. Les dieux ont fait Sibyl Vane pour toi. Sans elle, tu aurais été incomplet.

— Merci, Basil, répondit Dorian Gray en pressant sa main dans les siennes. Je savais que tu me comprendrais. Harry est tellement cynique qu'il me terrifie. Tiens, voilà l'orchestre. Il est épouvantable mais cela ne dure que cinq minutes environ. Ensuite le rideau se lève et tu verras la fille à qui je vais donner toute ma vie, à qui j'ai donné tout ce que j'ai de bon en moi.

Un quart d'heure plus tard, dans un tonnerre d'applaudissements, Sibyl Vane fit son entrée en scène. Oui, elle était assurément belle à regarder —

l'un des êtres les plus beaux, se dit Lord Henry, qu'il eût jamais vus. Sa grâce et ses yeux effarouchés avaient quelque chose du faon. Une légère rougeur, semblable à l'ombre d'une rose dans un miroir d'argent, apparut sur ses joues lorsqu'elle jeta un regard sur la salle pleine à craquer et enthousiaste. Elle fit quelques pas en arrière et ses lèvres parurent trembler. Basil Hallward se leva et se mit à applaudir. Dorian Gray, assis sans bouger, comme dans un rêve, n'avait d'yeux que pour elle. Lord Henry la tenait dans sa lunette en murmurant : « Charmante ! Charmante ! »

Le décor représentait la grande salle de la maison des Capulet. Roméo, vêtu en pèlerin, venait de faire son entrée avec Mercutio et ses autres amis. L'orchestre, ou ce qui en tenait lieu, attaqua quelques mesures et la danse commença. Au milieu de la foule des comédiens sans grâce et vêtus à la diable, Sibyl Vane se déplaçait comme si elle appartenait à un autre univers, plus raffiné. La danse faisait onduler son corps comme une plante aquatique. Les courbes de son cou étaient celles d'un lys blanc. Ses mains semblaient d'ivoire frais.

Elle était pourtant curieusement apathique. Elle ne donnait aucun signe de joie lorsque ses yeux se posaient sur Roméo. Les quelques paroles qu'elle avait à dire :

Bon pèlerin, c'est faire injustice à votre main
Qui n'a fait preuve ici que d'une dévotion courtoise.
Les saintes elles-mêmes donnent leur mains à toucher aux
pèlerins
Et l'une contre l'autre les paumes se pressent en se
touchant[81]...

ainsi que le court dialogue qui suit furent articulés par elle de manière complètement artificielle. La voix était exquise mais absolument mal placée. Elle sonnait faux. Elle retirait toute vie au vers et rendait la passion irréelle.

Dorian Gray pâlit en l'observant. Il n'en revenait pas et était inquiet. Aucun de ses amis n'osait lui dire quoi que ce soit. Elle leur apparaissait comme une pure incapable. Ils étaient terriblement déçus.

Ils furent cependant d'avis que c'est la scène du balcon au deuxième acte qui permet de juger véritablement de Juliette. Ils attendirent donc. Si elle échouait là, c'est qu'elle n'avait vraiment aucun talent.

Lorsqu'elle apparut dans le clair de lune, elle était charmante, on ne pouvait le nier. Mais le côté théâtral de son jeu était insupportable et ne faisait qu'empirer. Ses gestes se firent d'une artificialité ridicule. Elle en rajoutait dans tout ce qu'elle disait. Le beau passage :

Tu sais que le masque de la nuit recouvre mon visage,
Sinon une rougeur de jeune fille couvrirait mes joues
Pour tout ce que tu as entendu de ma bouche ce soir[82]...

fut déclamé par elle avec la pénible précision d'une écolière qui a appris la diction auprès d'un professeur médiocre. Lorsqu'elle se pencha au-dessus du balcon et en vint aux magnifiques vers suivants :

Bien que tu sois tout mon bonheur,
Je ne puis me réjouir du serment de ce soir :
Il est trop brusque, trop irréfléchi, trop soudain,
Il ressemble trop à l'éclair qui disparaît dès
Que quelqu'un dit : « Un éclair ! » Bonne nuit, doux ami.
Cet amour naissant qui mûrit au souffle de l'été
Fera peut-être une belle fleur lorsque nous nous
reverrons[83]...

elle en débita les paroles comme si elles ne signifiaient rien pour elle. Non qu'elle fût nerveuse : au contraire, elle se possédait admirablement. C'était simplement du mauvais art. C'était un échec total.

Même le public du parterre et du poulailler, grossier et inculte, se désintéressa de la pièce. Il se mit à remuer, à parler haut et fort et à siffler. Le directeur juif, debout au fond de la corbeille, jurait et trépignait de rage. La seule personne qui restât imperturbable était la jeune fille elle-même.

À la fin du deuxième acte, les huées fusèrent et Lord Henry se leva de son fauteuil et mit son manteau.

— Elle est vraiment belle, Dorian, dit-il, mais elle ne sait pas jouer. Allons-nous-en.

— Moi, je reste jusqu'à la fin, répondit le jeune homme d'une voix dure, amère. Je regrette énormément de t'avoir fait perdre ta soirée, Harry. Excusez-moi tous les deux.

— Mon cher Dorian, à mon avis, Mlle Vane est malade. Nous reviendrons un autre soir.

— Si seulement c'était vrai, répondit Dorian. À moi, elle me fait l'impression d'être seulement insensible et froide. Elle est méconnaissable. Hier soir, c'était une grande artiste. Ce soir, ce n'est qu'une actrice banale, médiocre.

— Ne parle pas ainsi de quelqu'un que tu aimes, Dorian. L'amour est une chose bien plus merveilleuse que l'art.

— Ce ne sont tous les deux que des formes d'imitation, fit remarquer Lord Henry. Mais allons-nous-en. Dorian, il ne faut pas que tu restes ici plus longtemps. C'est démoralisant de voir du mauvais théâtre. Et puis, je suppose que tu ne voudras pas que ta femme fasse du théâtre. Alors, qu'est-ce que ça peut bien faire qu'elle joue Juliette comme une poupée de bois ? Elle est très jolie et, si elle connaît aussi peu la vie que le théâtre, elle sera pour toi une expérience délicieuse. Il n'y a que deux sortes de gens qui soient vraiment fascinants — ceux qui savent absolument tout et ceux qui ne savent absolument rien[84]. Grands dieux ! Mon petit, ne prends pas cet air tragique ! Pour rester jeune, le secret consiste à ne jamais éprouver d'émotion déplacée. Accompagne-nous au club, Basil et moi. Nous fumerons des cigarettes et on boira à la beauté de Sibyl Vane. Elle est belle. Que veux-tu de plus ?

— Va-t'en, Harry, cria le jeune homme. Je veux être seul. Basil, il faut que tu partes. Ah ! ne voyez-vous pas que j'ai le cœur brisé ?

Des larmes brûlantes lui montèrent aux yeux. Il avait les lèvres tremblantes et, se précipitant au fond de la loge, il s'appuya contre le mur, le visage dans les mains.

— Allons-nous-en, Basil, dit Lord Henry avec une

étrange tendresse dans la voix. Les deux hommes partirent.

Quelques instants plus tard, les feux de la rampe s'allumèrent et le rideau se leva sur le troisième acte. Dorian Gray revint à sa place. Il paraissait pâle, hautain et indifférent. La pièce s'éternisait. La moitié du public quitta la salle à pas lourds et en riant à gorge déployée. C'était un fiasco total. On joua le dernier acte devant une salle presque vide. Le rideau tomba sur des ricanements et quelques murmures de mécontentement.

Dès la chute du rideau, Dorian se précipita vers les coulisses et gagna le foyer des artistes. La jeune fille s'y trouvait seule, un air triomphal sur le visage. Une flamme exquise brûlait dans ses yeux. Elle rayonnait. Ses lèvres entrouvertes souriaient à quelque secret connu d'elle seule.

Lorsqu'il entra, elle le regarda, submergée par une expression de joie infinie.

— Comme j'ai mal joué ce soir, Dorian! s'écria-t-elle.

— Terriblement mal! répondit-il en la dévisageant avec stupéfaction. Horriblement mal! C'était épouvantable. Vous êtes malade? Vous n'avez pas idée de ce que cela a été. Vous n'avez pas idée de ce que j'ai souffert.

La jeune fille eut un sourire.

— Dorian, répondit-elle en s'attardant sur son nom dont elle pesa mélodieusement chaque syllabe comme s'il était plus doux que le miel aux rouges pétales de sa bouche — Dorian, vous auriez dû comprendre. Mais maintenant vous comprenez, n'est-ce pas?

— Comprendre quoi? demanda-t-il, en colère.

— Pourquoi j'ai été mauvaise ce soir. Pourquoi je le serai désormais toujours. Pourquoi je ne jouerai plus jamais.

Il haussa les épaules.

— Vous devez être malade. Vous ne devriez pas jouer quand vous êtes malade. Vous vous ridiculisez. Mes amis se sont ennuyés. Moi aussi.

Elle ne semblait pas l'écouter. Elle était aux anges. Elle ne se tenait plus de bonheur.

— Dorian, Dorian, s'écria-t-elle, avant de vous connaître, jouer était toute ma vie. Je ne vivais qu'au théâtre. Un soir, j'étais Rosalinde, un autre Portia. Je faisais mienne la joie de Béatrice, mienne la peine de Cordélia[85]. J'étais d'une crédulité absolue. Les gens quelconques qui jouaient avec moi m'apparaissaient comme des dieux. Les décors peints étaient mon univers. Je ne connaissais que des ombres que je croyais réelles. Vous êtes venu — oh, mon bel amour! — et vous avez délivré mon âme de sa prison. Vous m'avez enseigné ce qu'était vraiment la réalité. Ce soir, pour la première fois de ma vie, j'ai vu la superficialité, l'imposture, la bêtise du spectacle de pacotille dans lequel j'avais toujours joué. Ce soir, pour la première fois, je me suis rendue compte que Roméo était hideux, vieux et grimé, que le clair de lune dans le verger était faux, que le décor était vulgaire et que les paroles que j'avais à dire étaient irréelles, n'étaient pas les miennes, n'étaient pas ce que je voulais dire. Vous m'avez apporté quelque chose de plus élevé, quelque chose dont l'art n'est que le reflet. Vous m'avez fait comprendre la vraie nature de l'amour. Mon amour! Mon amour! Mon Prince charmant! Mon prince de vie! J'en ai assez des ombres[86]. Vous représentez plus pour moi que l'art ne le pourra jamais. Qu'ai-je à faire avec les marionnettes d'une pièce de théâtre? En entrant en scène ce soir, je n'arrivais pas à comprendre que rien de tout cela n'existe plus pour moi. Je pensais que j'allais être merveilleuse, or j'ai découvert que je ne pouvais rien faire. Tout à coup, la signification de tout cela s'est imposée à moi. Cette révélation a été un délice pour moi. Je les ai entendus huer et j'ai souri. Que pouvaient-ils savoir d'un amour tel que le nôtre? Emmène-moi, Dorian — emmène-moi avec toi là où nous pourrons être tout à fait seuls. Je déteste les planches. Je pourrais toujours mimer une passion que je ne ressens pas, mais je ne peux en mimer une qui me brûle comme le feu. Oh, Dorian,

Dorian, tu comprends maintenant ce que cela veut dire ? Même si je le pouvais, ce serait de la profanation pour moi que de jouer les amoureuses. C'est toi qui me l'a fait voir.

Il se laissa tomber sur le canapé et détourna son visage.

— Tu as tué mon amour, murmura-t-il.

Elle le regarda, interdite, et se mit à rire. Il n'eut aucune réaction. Elle s'approcha de lui et passa ses petits doigts dans ses cheveux. Elle s'agenouilla et pressa les mains de Dorian contre ses lèvres. Il les retira et un frisson le parcourut.

Puis il s'arracha d'un bond au canapé et se dirigea vers la porte.

— Oui, s'écria-t-il, tu as tué mon amour. Tu savais exciter mon imagination, maintenant tu n'éveilles même pas ma curiosité. Tu me laisses tout simplement de glace. Je t'aimais parce que tu étais merveilleuse, parce que tu avais du génie et de l'esprit, parce que tu incarnais les rêves des grands poètes et donnais vie et substance aux ombres de l'art. Tout cela tu l'as rejeté. Tu es superficielle et stupide. Mon Dieu ! Comme j'ai été fou de t'aimer ! Ce que j'ai été fou ! Tu n'es plus rien pour moi. Je ne veux plus te voir jamais. Je ne penserai plus à toi. Je ne prononcerai plus jamais ton nom. Tu ne sais pas ce que tu as été pour moi à un moment donné. Pourquoi... Oh, je préfère ne pas y penser ! Je voudrais n'avoir jamais posé les yeux sur toi ! Tu as gâché l'histoire d'amour de ma vie. Combien tu connais mal l'amour pour penser qu'il nuit à ton art ! Sans ton art, tu n'es rien. J'aurais fait de toi quelqu'un de célèbre, de splendide, de magnifique. Le monde t'aurait adulée et tu aurais porté mon nom. Qui es-tu à présent ? Une actrice de troisième ordre avec un joli minois.

La jeune fille devint blanche et se mit à trembler. Elle serra ses mains l'une contre l'autre et sa voix sembla s'étrangler dans sa gorge.

— Tu n'es pas sérieux, Dorian ? demanda-t-elle dans un murmure. Tu joues la comédie.

— Moi, jouer la comédie? Je te laisse cela. Tu le fais si bien, répondit-il durement.

Elle se releva et, avec un air de souffrance pitoyable, elle alla le retrouver près de la porte. Elle posa sa main sur son bras et le regarda dans les yeux. Il la repoussa.

— Ne me touche pas! s'écria-t-il.

Elle émit un long gémissement et se jeta à ses pieds où elle demeura telle une fleur piétinée.

— Dorian, Dorian, ne me quitte pas! fit-elle dans un murmure. Je regrette d'avoir mal joué. Je ne cessais de penser à toi. Mais j'essaierai... oui, j'essaierai. Mon amour pour toi m'a fait un effet si soudain. Je pense que je n'en aurais rien su si tu ne m'avais pas embrassée — si nous ne nous étions pas embrassés. Embrasse-moi encore, mon amour... Ne me quitte pas. Je ne le supporterais pas. Oh! ne t'éloigne pas de moi! Mon frère... Non, rien. Il ne parlait pas sérieusement. Il plaisantait... Mais toi, oh! tu ne peux donc pas me pardonner ce qui s'est passé ce soir? Je vais tout faire, je vais essayer de m'améliorer. Ne sois pas cruel avec moi parce que je t'aime plus que tout au monde. Après tout, je ne t'ai déplu qu'une seule fois. Mais tu as tout à fait raison, Dorian, j'aurais dû me conduire davantage en artiste. C'était stupide de ma part. Et pourtant, cela a été plus fort que moi. Non, ne me quitte pas, ne me quitte pas.

Sa voix s'étrangla dans un accès de sanglots passionnés. Elle était recroquevillée sur le sol, brisée, et Dorian Gray posa ses yeux magnifiques sur elle et ses lèvres finement dessinées eurent une superbe moue de dédain. Les émotions des êtres que l'on a cessé d'aimer ont toujours quelque chose de ridicule. Sibyl Vane lui parut absurdement mélodramatique. Ses larmes et ses sanglots l'agaçaient.

— Je m'en vais, dit-il enfin de sa voix calme, claire. Je ne voudrais pas être désagréable mais je ne pourrai plus vous revoir. Vous m'avez déçu.

Elle pleurait en silence et ne répondit rien. Elle rampa dans sa direction. Ses petites mains se tendirent vers lui à tâtons comme si elles le cherchaient. Il fit demi-tour et quitta la pièce. Un instant plus tard, il sortait du théâtre.

Il marcha au hasard. Il se rappela avoir erré dans des rues faiblement éclairées, avoir longé des passages peuplés d'ombres et des maisons mal famées. Des femmes à la voix éraillée et au rire strident l'avaient interpellé. Des ivrognes débitaient des injures et marmonnaient dans leur barbe comme des singes monstrueux. Il avait vu des enfants blottis de manière saugrenue sur le pas des portes et entendu des cris et des jurons s'élever de cours obscures.

Au lever du jour, il se retrouva près de Covent Garden[87]. L'obscurité se dissipa et le ciel s'embrasa et se creusa jusqu'à devenir une perle parfaite. D'énormes charrettes remplies de lis dodelinants roulaient lentement dans la rue déserte et brillante. L'air était chargé du parfum des fleurs qui mettait comme un baume sur sa souffrance. Il entra lui aussi dans le marché et regarda les hommes décharger leurs chariots. Un charretier en blouse blanche lui offrit des cerises. Il le remercia et, étonné que l'autre refuse de l'argent en retour, il les mangea distraitement. Elles avaient été cueillies à minuit et le froid de la lune les avait pénétrées. Une longue file de jeunes garçons portant des cageots pleins de tulipes rayées ainsi que de roses jaunes et rouges passa devant lui, se frayant un chemin à travers les énormes tas de légumes vert jade. Sous les arcades aux piliers gris délavés par les intempéries, une bande de fillettes, tête nue et en haillons, traînaient en attendant la fin de la criée. D'autres s'étaient attroupées près des portes battantes du café de la *piazza*. Les lourds chevaux de trait glissaient et piaffaient sur les pavés grossiers en secouant leur cloches et leur harnais. Certains de leurs charretiers dormaient sur un tas de sacs. Les pigeons au cou irisé et aux pattes roses s'affairaient à picorer des graines.

Au bout de quelque temps, il héla un fiacre et rentra chez lui. Il s'attarda quelques instants sur le seuil à regarder le square silencieux avec ses fenêtres aux volets clos et aux stores de couleurs criardes. Le ciel s'était fait pure opale et les toits des maisons s'y découpaient brillamment comme de l'argent. D'une cheminée, en face, s'échappait un mince filet de fumée qui déroulait un ruban violet dans l'air nacré.

Dans l'énorme lanterne vénitienne, prélevée sur l'embarcation de quelque doge[88] et qui était suspendue au plafond du grand hall d'entrée lambrissé de chêne, trois becs à gaz projetaient encore une lumière vacillante, tels de minuscules pétales de flamme bleue bordés de feu blanc. Il les éteignit et, ayant jeté son chapeau et sa cape sur la table, traversa la bibliothèque pour se rendre à sa chambre, une grande pièce octogonale au rez-de-chaussée. Saisi de sa nouvelle passion pour le luxe, il venait de la faire décorer et y avait suspendu de curieuses tapisseries de la Renaissance que l'on avait trouvées entreposées dans un grenier désaffecté de Selby Royal. En tournant la poignée de la porte, ses yeux tombèrent sur le portrait que Basil Hallward avait fait de lui. Sous l'effet de la surprise, il eut un mouvement de recul. Il entra ensuite dans sa chambre, l'air quelque peu étonné. Il retira la fleur qu'il avait à la boutonnière puis parut hésiter. Finalement, il revint sur ses pas, s'approcha du tableau et l'examina. Dans la faible lumière qui filtrait difficilement à travers les stores de soie couleur crème, le visage lui apparut quelque peu changé. L'expression n'était pas tout à fait la même. On eût dit qu'il y avait un soupçon de cruauté sur la bouche. C'était vraiment étrange.

Il se retourna et, allant à la fenêtre, remonta le store. Le petit matin éclatant entra à flots dans la pièce et chassa vers les coins poussiéreux les ombres fantastiques qui s'y blottirent en frissonnant. Mais l'étrange expression qu'il avait remarquée sur le visage semblait toujours y être, accentuée même. L'ardente et palpitante lumière du jour fit apparaître à ses yeux des plis cruels autour de la bouche, aussi clairement que s'il s'était regardé dans une glace après avoir commis une action affreuse.

Il tressaillit et, prenant sur la table une glace ovale

encadrée de cupidons d'ivoire, cadeau de Lord Henry, il se regarda vivement dans ses profondeurs polies. Aucun pli semblable ne déformait ses lèvres rouges. Qu'est-ce que cela signifiait?

Il se frotta les yeux et s'approcha du tableau qu'il examina de nouveau. En y regardant bien, il ne discernait aucun signe de changement et pourtant il ne faisait aucun doute que l'expression d'ensemble s'était modifiée. Ce n'était pas simplement une idée qu'il se faisait : cela sautait horriblement aux yeux.

Il se laissa tomber sur une chaise et se mit à réfléchir. Les propos qu'il avait tenus dans l'atelier de Basil Hallward le jour où le portrait avait été achevé lui revinrent soudain comme un éclair. Oui, il s'en souvenait parfaitement. Il avait formulé le vœu insensé de demeurer jeune à jamais et que ce fût le portrait qui vieillisse, que sa beauté à lui demeurât intacte et que ce fût le visage peint sur le tableau qui fasse les frais de ses passions et de ses péchés, que ce fût l'image peinte qui soit marquée des rides de la souffrance et du doute tandis que lui conserverait l'éclat délicat et la beauté de son adolescence fraîchement éclose. Se pouvait-il que son vœu ait été exaucé? C'était impossible. Il y avait quelque chose de monstrueux rien qu'à y penser. Et pourtant le portrait n'en était pas moins bien là devant lui avec cette pointe de cruauté à la bouche.

La cruauté! Avait-il été cruel? C'était de sa faute à elle, pas de la sienne. Il avait rêvé d'elle comme d'une grande artiste, il lui avait donné son amour parce qu'il la trouvait géniale. Elle l'avait ensuite déçu. Elle avait été superficielle et insipide. Un regret infini l'envahit néanmoins en repensant à elle étendue à ses pieds et sanglotant comme une enfant. Il se rappela avec quelle insensibilité il l'avait regardée. Pourquoi était-il comme cela? Pourquoi l'avait-on doté d'une telle nature? Mais lui aussi, il avait souffert. Durant les trois heures épouvantables qu'avait duré la pièce, il avait vécu des siècles de souffrance, des éternités de torture. Sa vie valait bien celle de Sibyl. Si lui, de son côté, l'avait blessée pour un temps, elle, elle l'avait meurtri. Et puis, les femmes étaient plus aptes à supporter la souffrance que les hommes. Elles vivaient de leurs émotions, elles ne pensaient qu'en fonction de leurs émotions. Lorsqu'elles prenaient un amant, c'était simplement afin d'avoir quelqu'un à qui faire des scènes. C'était Lord Henry qui le lui avait dit et Lord Henry s'y connaissait en femmes. Pourquoi s'en faire pour Sibyl Vane ? Elle n'était plus rien pour lui.

Mais le portrait ? Qu'en dire ? Il recelait le secret de sa vie, révélait son histoire. Il lui avait appris à aimer sa propre beauté. Allait-il lui apprendre à mépriser son âme ? Pourrait-il jamais le regarder encore ?

Non, ce n'était qu'une illusion qui agissait sur ses sens désorientés. La nuit atroce qu'il avait passée avait laissé derrière elle des fantômes. Subitement, la minuscule tache écarlate qui rend les hommes fous avait pris forme sur son cerveau. Le portrait n'avait pas changé. Il fallait être fou pour le penser.

Pourtant le portrait au beau visage défiguré et au sourire cruel le regardait. Sa chevelure claire brillait dans le soleil matinal. Les yeux bleus du portrait rencontrèrent les siens. Un sentiment de pitié infinie, non pas pour lui-même mais pour son image peinte l'envahit : elle s'était altérée et cela allait continuer. Sa blondeur se ternirait pour devenir grise, les roses rouges et blanches de son teint mourraient et, pour chaque péché qu'il commettrait, une flétrissure en éclabousserait et en abîmerait le teint clair. Mais il ne pécherait pas. Le tableau, qu'il changeât ou non, serait pour lui l'emblème visible de sa conscience. Il résisterait à la tentation. Il ne reverrait plus Lord Henry — ne prêterait plus l'oreille en tout cas aux subtiles et pernicieuses théories qui avaient éveillé en lui pour la première fois dans le jardin de Basil Hallward la passion de l'impossible [89]. Il reviendrait à Sibyl Vane, ferait amende honorable, l'épouserait et essaierait de l'aimer de nouveau. Oui, c'était là son devoir. Elle devait avoir souffert plus que lui. Pauvre petite ! Il avait été égoïste et cruel envers elle. La fascination qu'elle avait exercée sur lui renaîtrait. Ils seraient heureux ensemble. Avec elle, il mènerait une vie belle et pure.

Il quitta sa chaise et disposa un grand paravent devant le portrait dont la vue le fit frissonner. « Quelle horreur ! », se dit-il. Il alla à la porte-fenêtre et l'ouvrit. En mettant le pied dans l'herbe, il prit une profonde respiration. L'air frais du matin parut chasser toutes ses sombres passions. Il ne pensait qu'à Sibyl. Un faible reste de son amour pour elle lui revint. Il répéta plusieurs fois son nom. Les oiseaux qui chantaient dans le jardin trempé par la rosée semblaient parler d'elle aux fleurs.

8

Il se réveilla bien après midi. Son valet s'était à plusieurs reprises glissé dans la chambre sur la pointe des pieds pour voir s'il s'éveillait, s'étonnant que son jeune maître dorme si tard. On finit par sonner. Victor entra sans faire de bruit avec une tasse de thé et une pile de lettres posées sur un petit plateau de vieille porcelaine de Sèvres et ouvrit les rideaux de satin couleur olive doublés d'un bleu chatoyant qui pendaient devant les trois portes-fenêtres.

— Monsieur a fait la grasse matinée, dit-il en souriant.

— Quelle heure est-il, Victor? demanda Dorian d'une voix endormie.

— Une heure et quart, monsieur.

Qu'il était tard! Il s'assit dans son lit et, après avoir bu quelques gorgées de thé, jeta un œil sur son courrier. L'une des lettres, de Lord Henry, était arrivée par porteur le matin même. Il hésita un instant puis la mit de côté. Il ouvrit les autres distraitement. Elles contenaient l'habituel lot de cartes de visite, d'invitations à dîner, de billets pour des expositions privées, de programmes de concerts pour les bonnes œuvres et le reste, que les jeunes gens à la mode reçoivent par brassées tous les matins durant la saison mondaine. Il y avait une note plutôt onéreuse pour un ensemble de toilette Louis XV en argent ciselé, facture qu'il n'avait pas encore eu le courage d'envoyer à ses tuteurs, des gens extrêmement vieux jeu qui ne se rendaient pas compte que l'on vit à une époque où seul le superflu est nécessaire. Il y avait aussi un mot formulé avec la plus grande courtoisie par des prêteurs de Jeremy Street[90] qui lui proposaient de lui avancer n'importe quelle somme d'argent dans les délais les plus brefs et aux taux les plus raisonnables.

Au bout de dix minutes environ, il se leva, enfila une élégante robe de chambre en cachemire bordée de soie et passa dans la salle de bains aux carrelages d'onyx. L'eau froide le rafraîchit après son long sommeil. Ce fut comme s'il avait oublié tout ce qui lui était arrivé la veille. Il eut vaguement le sentiment à une ou deux reprises d'avoir vécu un drame étrange mais cette impression avait l'irréalité d'un rêve.

Aussitôt habillé, il se rendit dans la bibliothèque et s'assit devant un léger petit déjeuner à la française que l'on avait disposé pour lui sur une petite table ronde tout près de la fenêtre ouverte. C'était une journée délicieuse. L'air chaud semblait chargé d'épices. Une abeille entra et bourdonna autour du vase de porcelaine orné de dragons bleus et rempli de roses jaune soufre[91] posé devant lui. Il se sentait parfaitement heureux.

Soudain, son regard tomba sur le paravent qu'il avait placé devant le portrait et il sursauta.

— Monsieur a froid ? demanda son valet en posant une omelette sur la table. Dois-je fermer la fenêtre ?

Dorian fit un signe de dénégation de la tête.

— Je n'ai pas froid, répondit-il.

Tout cela était-il bien réel ? Le portrait avait-il vraiment changé ? Ou était-ce simplement son imagination qui lui avait fait voir un air cruel à la place d'un air joyeux ? Une toile peinte ne pouvait tout de même pas se modifier ? C'était absurde. Voilà qui ferait une bonne histoire à raconter à Basil un de ces jours. Il en sourirait.

Et pourtant, avec quelle netteté il se rappelait de tout ! D'abord dans la lumière pâle de l'aube naissante, puis dans l'éclat du jour naissant, il avait vu la pointe de cruauté autour de ses lèvres tordues. Il craignit presque que son valet ne quitte la pièce. Il savait qu'une fois seul il examinerait nécessairement le portrait et il avait peur de voir son inquiétude confirmée. Lorsqu'on lui eut apporté le café et les cigarettes et que Victor fut sur le point de partir, il fut terriblement tenté de le retenir. Au moment où la porte se refermait derrière lui, il le rappela. Victor s'immobilisa dans l'attente d'un ordre. Dorian le considéra un moment.

— Je ne suis là pour personne, Victor, dit-il avec un soupir.

L'homme s'inclina et se retira. Dorian se leva alors de table, alluma une cigarette et se laissa tomber sur un divan luxueusement rembourré qui se trouvait devant le paravent. Celui-ci était ancien, en cuir de Cordoue doré, dans un style Louis XIV plutôt fleuri. Il posa un regard scrutateur sur le paravent en se demandant s'il recelait le secret d'une vie.

Devait-il le déplacer finalement ? Pourquoi ne pas le laisser là où il était ? À quoi bon savoir ? Si c'était vrai, c'était épouvantable. Et si ce ne l'était pas, pourquoi s'en faire ? Mais qu'arriverait-il si, malencontreusement, un regard autre que le sien se risquait d'aventure derrière le paravent et voyait l'horrible transformation ? Que ferait-il si Basil Hallward venait et demandait à voir son tableau ? Basil n'y manquerait certainement pas. Non, il lui fallait y voir clair, et tout de suite. Tout était préférable à cet épouvantable état de doute.

Il se leva et ferma les deux portes à double tour. Il serait au moins seul lorsqu'il verrait le masque de sa honte. Il écarta ensuite le paravent et se trouva face à face avec lui-même. C'était bien vrai : le portrait s'était modifié.

Ainsi qu'il devait s'en souvenir plus tard, et non sans étonnement, il posa d'abord sur le portrait un regard mû par un intérêt quasi scientifique. Qu'un tel changement eût pu se produire lui paraissait inconcevable. C'était pourtant un fait. Y avait-il quelque subtile affinité entre les atomes chimiques qui avaient pris forme et couleur sur la toile et l'âme qui était en lui ? Se pouvait-il que ce que cette âme pensait, ces atomes le rendissent réel ? Qu'ils concrétisassent ses rêves ? Ou alors, y avait-il une autre explication, plus terrible ? Il frissonna et eut peur. Revenant au divan, il s'y étendit, les yeux fixés sur le tableau dans une horreur qui lui donna la nausée.

Le tableau lui avait rendu au moins un fier service : il lui avait fait réaliser combien il avait été injuste et cruel avec Sibyl Vane. À cet égard, il n'était pas trop tard pour se reprendre. Il pouvait encore faire d'elle sa femme. L'amour éthéré et égoïste qu'il lui portait se plierait à une influence meilleure, se transformerait en une passion plus noble et le portrait qu'avait fait de lui Basil Hallward lui servirait de guide dans la vie, il serait pour lui ce qu'est la sainteté pour certains, la conscience pour d'autres et la crainte de Dieu pour nous tous. Il existait des narcotiques contre le remords, des drogues capable d'anesthésier le sens moral. Mais là, il avait affaire à un symbole visible de la déchéance par le péché, à un signe à jamais présent de la manière dont les hommes mènent leur âme à sa perte.

Trois heures sonnèrent, et quatre heures, puis la demie fit entendre son double carillon mais Dorian Gray ne bougea pas. Il essayait de rassembler l'écheveau de sa vie et de lui donner forme, d'y voir clair dans le labyrinthe d'une passion dans laquelle il allait à l'aveuglette. Il ne savait que faire ou penser. Finalement, il alla vers la table et écrivit une lettre passionnée à celle qu'il avait aimée, implorant son pardon et s'accusant de folie. Au long des pages entières, il lui dit fébrilement son chagrin, plus fébrilement encore sa souffrance. Celui qui s'accable de reproches se donne le beau rôle. Lorsque nous nous blâmons nous-mêmes, nous avons le sentiment que personne n'a le droit de nous faire le moindre reproche. C'est la confession et non le prêtre qui donne l'absolution. Lorsqu'il eut fini sa lettre, Dorian Gray eut l'impression qu'il avait été pardonné.

On frappa soudain à la porte et il entendit la voix de Lord Henry à l'extérieur.

— Mon petit, il faut que je te voie. Laisse-moi entrer tout de suite. Je ne supporte pas de te voir t'enfermer comme cela.

D'abord il ne répondit pas, mais demeura tout à fait immobile. Les coups reprirent de plus belle, encore plus forts. Oui, il valait mieux laisser entrer Lord Henry et lui expliquer la nouvelle vie qu'il entendait mener, se quereller avec lui s'il le fallait, rompre avec lui si cela devenait inévitable. Il se leva, tira vivement le paravent devant le tableau et alla ouvrir.

— Je regrette toute cette histoire, Dorian, dit Lord Henry en entrant. Mais tu ne dois pas y attacher trop d'importance.

— Tu parles de cette histoire à propos de Sibyl Vane ? demanda le jeune homme.

— Oui, évidemment, répondit Lord Henry en s'enfonçant dans un fauteuil et en retirant lentement ses gants jaunes. D'un certain point de vue, c'est atroce, mais ce n'était pas ta faute. Dis-moi, es-tu allé la voir en coulisses après le spectacle ?

— Oui.

— J'en étais sûr. Lui as-tu fait une scène ?

— J'ai été brutal, Harry — une vraie brute. Mais c'est réglé maintenant. Je regrette tout ce que s'est passé. Cela m'a appris à mieux me connaître.

— Ah, Dorian, je suis tellement content que tu prennes les choses comme cela ! J'avais peur que tu ne sombres dans le remords et que tu t'arraches les cheveux — tes beaux cheveux bouclés.

— Tout cela est du passé, dit Dorian en hochant la tête et en souriant. Je suis parfaitement heureux maintenant. Tout d'abord, je sais ce qu'est la conscience morale. Ce n'est pas ce que tu m'avais dit. C'est ce qu'il y a de plus divin en nous. N'en parle plus d'un ton méprisant, Harry — en tout cas, pas devant moi. Je veux être bon. Je ne supporte pas l'idée que mon âme devienne d'une laideur repoussante.

— Joli fondement artistique de la morale, Dorian ! Je t'en félicite. Mais par où vas-tu commencer ?

— Par épouser Sibyl Vane.

— Épouser Sibyl Vane! s'écria Lord Henry qui se leva et le considéra avec un étonnement perplexe. Mais, mon cher Dorian...

— Oui, Harry, je sais ce que tu vas me dire. Des horreurs sur le mariage. Garde-les pour toi. Ne me tiens plus jamais de propos de la sorte. Il y a deux jours, j'ai demandé à Sibyl de m'épouser. Je n'ai pas l'intention de briser l'engagement que j'ai pris avec elle. Elle va devenir ma femme!

— Ta femme! Dorian!... Tu n'as donc pas reçu ma lettre? Je t'ai écrit ce matin et je t'ai fait porter la lettre directement par mon domestique.

— Ta lettre? Oh, oui, je me rappelle. Je ne l'ai pas encore lue, Harry. J'ai eu peur qu'elle ne contienne des choses déplaisantes. Tu saccages la vie avec tes épigrammes.

— Tu n'es donc pas au courant?

— De quoi veux-tu parler?

Lord Henry traversa la pièce et, venant s'asseoir près de Dorian Gray, il prit ses mains dans les siennes et les y tint serrées.

— Dorian, dit-il, dans ma lettre — n'aies pas peur — je te disais que Sibyl Vane était morte.

Un cri de douleur s'échappa des lèvres du jeune homme qui se leva brusquement en arrachant ses mains à l'étreinte de Lord Henry.

— Morte! Sibyl! Morte! Ce n'est pas vrai! C'est un horrible mensonge! Comment oses-tu dire cela?

— C'est parfaitement vrai, Dorian, dit Lord Henry d'une voix grave. C'est dans tous les journaux du matin. Je t'ai écrit pour te dire de ne voir personne avant mon arrivée. Il va y avoir une enquête, naturellement, et il ne faut pas que tu y sois mêlé. Des histoires comme celle-là vous posent un homme à Paris, mais à Londres, les gens ont tellement de préjugés. Ici, on n'a pas intérêt à faire ses débuts dans la société par un scandale. Il faut garder ça pour attirer l'attention lorsqu'on est vieux. On ne connaît sans doute pas ton nom au théâtre? Si c'est le cas, c'est parfait.

Quelqu'un t'a vu te diriger vers sa loge? C'est fonda-
mental.

Dorian resta quelques instants sans répondre.
L'horreur l'avait plongé dans un état d'hébétude. Il
finit par balbutier d'une voix étranglée :

— Harry, tu as parlé d'une enquête? Que veux-tu
dire par là? Est-ce que Sibyl... Oh, Harry. C'est
insupportable! Mais vite, dis-moi tout sans tarder.

— Je suis convaincu qu'il ne s'est pas agi d'un
accident, même si c'est ainsi qu'on a présenté la chose
au public. Tout laisse croire qu'elle quittait le théâtre
vers minuit et demi avec sa mère lorsqu'elle a dit avoir
oublié quelque chose en haut. On l'a attendue quelque
temps mais elle n'est pas revenue. On l'a finalement
trouvée étendue sur le plancher de sa loge. Elle avait
avalé quelque chose par mégarde, un de ces produits
épouvantables qu'on utilise dans les théâtres. Je ne sais
pas ce que c'était, mais ce devait contenir de l'acide
prussique ou du blanc de plomb. Selon moi, ce devait
être de l'acide prussique puisqu'il semble qu'elle soit
morte sur le coup.

— Harry, Harry, c'est terrible! s'écria le jeune
homme.

— Oui, très, évidemment, mais il ne faut pas que tu
y sois mêlé. J'ai vu dans le *Standard* qu'elle avait dix-
sept ans. Je l'aurais crue plus jeune. Elle avait presque
l'air d'une enfant et semblait savoir si peu jouer la
comédie. Dorian, il ne faut pas que tu te laisses
impressionner par cette histoire. Tu vas venir dîner
avec moi et ensuite on ira à l'Opéra. C'est une soirée
Patti [92] et tout le monde y sera. Tu seras le bienvenu
dans la loge de ma sœur. Elle sera avec quelques
femmes très chics.

— J'ai donc assassiné Sibyl Vane, dit Dorian Gray
à mi-voix, je l'ai assassinée aussi sûrement que si
j'avais tranché sa petite gorge avec un couteau. Ce qui
n'empêche pas les roses d'être belles et les oiseaux de
chanter gaiement dans le jardin. Et moi, ce soir, je vais
dîner avec toi, aller à l'Opéra puis ensuite quelque
part ailleurs sans doute. Ce que la vie peut être dra-

matique! Si j'avais lu tout cela dans un livre, Harry, je pense que ça m'aurait fait pleurer. Or, maintenant que cela s'est réellement produit et que c'est à moi que cela arrive, on dirait que c'est trop merveilleux pour qu'on en verse des larmes. Tiens, voici la première lettre d'amour vraiment sentie que j'ai jamais écrite de ma vie. C'est étrange, mais ma première lettre d'amour passionnée aura été adressée à une morte. Je me demande si ces gens blancs et silencieux que nous appelons les morts éprouvent quelque chose. Sibyl! Peut-elle sentir, savoir, entendre? Oh, Harry, combien je l'ai aimée à un moment donné! J'ai l'impression qu'il y a des siècles de cela maintenant. Elle était tout pour moi. Puis il y a eu cette horrible soirée — était-ce vraiment hier soir? — où elle a si mal joué que j'en ai eu presque le cœur brisé. Elle m'a tout expliqué. C'était terriblement pathétique mais ça ne m'a pas le moins du monde ému. Je l'ai trouvée super-ficielle. Puis il est arrivé quelque chose qui m'a fait peur. Je ne peux pas te dire ce que c'était mais cela a été terrible. Je lui ai écrit que je lui reviendrais. Je sentais que j'avais mal agi. Et voilà qu'elle est morte. Mon Dieu! Mon Dieu! Harry, que vais-je faire? Tu n'as aucune idée du danger qui me guette et il n'y a rien qui puisse me retenir dans le droit chemin. Elle avait fait cela pour moi. Elle n'avait pas le droit de se tuer. C'était égoïste de sa part.

— Mon cher Dorian, répondit Lord Henry en prenant une cigarette dans son étui et en sortant une boîte d'allumettes en or fin, la seule manière dont une femme puisse jamais réformer un homme, c'est en l'assommant si complètement qu'il perd éventuellement tout intérêt pour la vie. Si tu avais épousé cette fille, tu aurais été malheureux à mourir. Tu aurais naturellement été gentil avec elle. Il est toujours possible d'être gentil avec les gens pour lesquels on n'éprouve rien. Mais elle, elle n'aurait pas tardé à se rendre compte que tu étais absolument différent d'elle. Et lorsqu'une femme découvre cela chez son mari, ou bien elle commence à s'habiller atrocement

mal ou bien elle porte de jolis chapeaux que lui offre
un homme, par ailleurs marié à une autre. Je passe sur
l'impair social qui aurait été pitoyable et que je
n'aurais naturellement pas laissé se faire, mais je puis
t'assurer que toute cette histoire aurait été de toute
façon un échec total.

— Sans doute, murmura le jeune homme qui
arpentait la pièce, l'air terriblement pâle. Mais je trouvais que c'était mon devoir. Ce n'est pas ma faute si
cette tragédie atroce m'a empêché de faire ce qu'il fallait. Je me rappelle t'avoir entendu dire un jour qu'il y
avait quelque chose de fatal avec les bonnes résolutions — c'est qu'on les prenait toujours trop tard.
C'était certainement le cas de la mienne.

— Les bonnes résolutions sont des tentatives inu-
tiles pour contrecarrer les lois scientifiques. C'est la
vanité pure et simple qui est à leur origine. Leur résultat est absolument nul. Elles nous procurent de temps
à autre une de ces émotions superfétatoires et stériles
qui ne sont pas sans charmes pour les faibles. C'est
leur seul bon côté. Ce sont des chèques en bois.

— Harry, s'écria Dorian Gray en venant s'asseoir
près de son ami, pourquoi suis-je incapable de ressentir cette tragédie comme je le voudrais ? Je ne pense
pas être sans cœur. Toi, tu me trouves sans cœur ?

— Tu as fait assez de bêtises depuis quinze jours
pour avoir le droit de parler en ces termes-là de toi-
même, Dorian, répondit Lord Henry avec son doux
sourire mélancolique.

Le jeune homme se rembrunit.

— Je n'aime pas cette explication, Harry, reprit-il,
mais je me réjouis que tu ne me trouves pas sans
cœur. Je ne le suis pas le moins du monde, je le sais. Je
dois pourtant avouer que ce qui est arrivé ne me
touche pas comme il faudrait. Pour moi, cela ressemble au dénouement étonnant d'une merveilleuse
pièce de théâtre. Cela a toute la terrible beauté d'une
tragédie grecque, une tragédie dans laquelle j'ai joué le
rôle principal mais qui m'a laissé indemne.

— Question très intéressante, fit Lord Henry qui

prenait un vif plaisir à jouer avec l'égotisme inconscient du jeune homme, question extrêmement intéressante. Pour moi, la véritable explication est celle-ci. Les tragédies de la vie réelle se produisent souvent de manière si peu artistique qu'elle nous choquent par leur violence brutale, leur incohérence absolue, leur absurde absence de signification, leur manque total de style. Elles nous touchent au même titre que la vulgarité. Elles nous donnent une impression de pure force brute, ce qui nous révolte. Il arrive parfois, cependant, que nous rencontrions dans la vie une tragédie qui possède les éléments artistiques de la beauté. Si ces éléments sont véritables, le tout parle à notre sensibilité dramatique. Tout à coup, nous découvrons que nous ne sommes plus les acteurs mais les spectateurs du drame. Ou plutôt que nous sommes les deux. Nous nous voyons jouer et sommes uniquement sous le charme du merveilleux du spectacle. Dans le cas présent, que s'est-il passé en réalité ? Quelqu'un s'est tué par amour pour toi. C'est une expérience que j'aurais bien aimé connaître. Cela m'aurait rendu amoureux de l'amour pour le restant de mes jours. Celles qui m'ont adoré — il n'y en a pas eu tant que cela, mais il y en a eu — se sont toujours entêtées à continuer à vivre bien après que j'eus cessé de m'intéresser à elles ou elles à moi. Elles ont grossi et sont devenues assommantes. Lorsque je les rencontre, elles se lancent aussitôt dans les souvenirs. Quelle terrible mémoire que celle des femmes ! Quelle chose épouvantable ! Et quelle stagnation complète de l'intelligence cela révèle ! On devrait s'imprégner de la couleur de la vie mais jamais s'en rappeler les détails. Les détails sont toujours vulgaires.

— Il faut que je sème des pavots[93] dans mon jardin, dit Dorian Gray.

— C'est inutile, reprit son compagnon. La vie a toujours des pavots plein les mains. Il arrive évidemment que les choses traînent un peu. À une certaine époque, je n'ai porté de toute la saison mondaine que des violettes, en guise de deuil artistique pour une his-

toire d'amour qui se refusait à mourir. Elle a pourtant
fini par s'éteindre, j'ai oublié ce qui en est venu à
bout. Je crois que cela a dû venir de ce qu'elle propo-
sait de tout sacrifier pour moi. Ce qui est toujours un
instant épouvantable qui vous remplit de la terreur de
l'éternité. Eh bien, le croiras-tu, il y a une semaine,
chez Lady Hampshire, je me suis retrouvé assis à table
à côté de la dame en question qui a tenu à remettre
toute cette histoire sur le tapis, à ressasser le passé et à
échafauder des projets d'avenir. Moi, j'avais enfoui
cette histoire sous un lit d'asphodèles [94]. Elle l'en a
arrachée pour m'assurer que j'avais gâché sa vie. Je
dois dire que, étant donné la manière dont elle s'est
empiffrée durant tout le repas, je ne me suis pas fait
trop de souci pour elle. Mais quel manque de goût!
Le seul charme du passé c'est d'être le passé. Mais les
femmes ne savent jamais à quel moment le rideau est
tombé. Elles veulent toujours un sixième acte et pro-
posent de continuer alors que la pièce a perdu tout
intérêt. Si on les laissait faire, toute comédie aurait une
fin tragique et toute tragédie se terminerait en farce.
Elles sont délicieusement artificielles mais n'ont aucun
sens artistique. Tu as plus de chance que moi. Je
t'assure, Dorian, qu'aucune des femmes que j'ai
connues n'aurait fait pour moi ce que Sibyl Vane a
fait pour toi. Les femmes ordinaires trouvent toujours
à se consoler. Certaines y parviennent en se convertis-
sant aux couleurs sentimentales. Ne fais jamais
confiance à une femme qui porte du mauve, quel que
soit son âge, ou à une femme de plus de trente-cinq
ans qui aime les rubans roses. C'est à tout coup le
signe qu'elles ont une histoire. D'autres trouvent une
grande consolation dans la découverte soudaine des
qualités de leur mari. Elles vous jettent leur bonheur
conjugal au visage comme si c'était là le plus fascinant
des péchés. La religion en console d'autres. Ses mystères ont tout le charme de la séduction ainsi que me
l'a dit l'une d'elles un jour, et je le comprends très
bien. Et puis, il n'est rien de plus flatteur que de
s'entendre traiter de pécheur. La conscience morale

nous rend tous égoïstes[95]. Oui, décidément, les conso-
lations que trouvent les femmes dans la vie moderne
sont sans fin. Et je n'ai rien dit de la principale.

— Laquelle, Harry? demanda le jeune homme
d'un ton indifférent.

— Oh, une consolation toute naturelle : enlever à
quelqu'un son soupirant lorsqu'on perd le sien. Dans
la bonne société, ce procédé vous blanchit toujours
une femme du monde. Mais vraiment, Dorian,
combien Sibyl Vane devait être différente de toutes les
femmes que l'on rencontre! Moi, je trouve sa mort
très belle. Je suis heureux de vivre dans un pays où de
telles merveilles se produisent. Elles nous font croire à
la réalité de ces choses avec lesquelles nous jouons
tous, comme le sentiment, la passion et l'amour.

— J'ai été terriblement cruel avec elle, tu l'oublies.

— J'ai bien peur qu'il n'est rien que les femmes
apprécient plus que la cruauté, la cruauté pure et
simple. Elles sont étonnamment primitives. Nous les
avons émancipées, mais ce sont toujours des esclaves
à la recherche d'un maître. Elles adorent être domi-
nées. Je suis sûr que tu as été magnifique. Je ne t'ai
jamais vu vraiment en colère, ce qui s'appelle être en
colère, mais je t'imagine très bien. Après tout, tu m'as
dit quelque chose avant-hier qui m'a paru tout simplement fantasque sur le coup mais dont la vérité
m'apparaît maintenant et qui explique tout.

— Quoi, Harry?

— Tu m'as dit que Sibyl Vane incarnait pour toi
toutes les héroïnes des histoires d'amour — qu'elle
était Desdémone un soir, Ophélie un autre, qu'elle
mourait en Juliette pour renaître en Imogène.

— Maintenant, elle ne reviendra plus jamais à la
vie, murmura le jeune homme en enfouissant son
visage dans ses mains.

— Non, jamais. Elle a joué son dernier rôle. Mais
tu ne dois rien voir d'autre dans cette mort solitaire
dans une loge minable qu'un passage insolite et
affreux tiré d'une tragédie jacobéenne, qu'une scène
superbe tiré de Webster, de Ford ou de Cyril Tour-

neur[96]. Comme cette fille n'avait jamais vraiment vécu, elle n'est pas vraiment morte. En tout cas, pour toi, elle aura toujours été un rêve, un fantôme qui traversait les pièces de Shakespeare et les embellissait de sa présence, un pipeau d'où la musique de Shakespeare sortait plus riche et plus joyeuse. Il lui a suffi d'entrer en contact avec la vie réelle pour la gâcher. La vie le lui a bien rendu et elle en est morte. Pleure Ophélie si tu veux. Couvre-toi la tête de cendres parce que Cordélia a été étranglée. Tend le poing vers le ciel parce que la fille de Brabantio[97] est morte. Mais ne gaspille pas tes larmes pour Sibyl Vane. Elle était moins réelle que ces héroïnes.

Il se fit un silence. Le soir assombrissait la pièce. Sans bruit, les ombres aux pieds argentés se glissaient dans le jardin. Les couleurs se retiraient avec lassitude des choses.

Après quelques instants, Dorian Gray leva les yeux.

— Tu m'as permis de voir clair en moi-même, Harry, murmura-t-il en poussant comme un soupir de soulagement. Je ressentais tout ce que tu as dit mais j'en avais comme peur et je n'arrivais pas à me l'avouer. Comme tu me connais bien! Mais nous ne reparlerons plus de ce qui est arrivé. Cela a été une merveilleuse expérience. C'est tout. Je me demande si la vie me réserve encore quelque chose d'aussi merveilleux.

— La vie te réserve tout, Dorian. Avec une beauté comme la tienne, il n'y a rien dont tu ne sois capable.

— Mais supposons, Harry, que je devienne décharné, vieux et ridé? Que se passera-t-il?

— Ah, dans ce cas, répondit Lord Henry en se levant pour partir — dans ce cas, mon cher Dorian, tu devras te battre pour obtenir ce que tu veux. Pour l'instant, tout t'est offert sur un plateau. Non, il faut que tu gardes ta beauté. Nous vivons à une époque qui lit trop pour avoir de l'expérience et qui pense trop pour être belle. On ne peut pas se passer de toi. Bon, maintenant tu ferais mieux de t'habiller afin que l'on file au club. Nous sommes déjà assez en retard comme ça.

— Je pense que je vais te retrouver à l'Opéra, Harry. Je suis trop fatigué pour manger quoi que ce soit. Quel est le numéro de la loge de ta sœur?

— Vingt-sept, je crois. Elle est au premier balcon. Tu verras son nom sur la porte. Mais je regrette que tu ne viennes pas dîner.

— Je ne m'en sens pas la force, dit Dorian d'une voix sans énergie. Mais je te sais terriblement gré de tout ce que tu m'as dit. Tu es certainement mon meilleur ami. Personne ne m'a jamais compris comme toi.

— Ce n'est que le début de notre amitié, Dorian, répondit Lord Henry en lui donnant la main. Au revoir. Je te verrai avant neuf heures et demie, j'espère. N'oublie pas, la Patti chante.

Lorsque Lord Henry eut refermé la porte derrière lui, Dorian sonna Victor qui apparut quelques minutes plus tard avec les lampes et qui descendit les stores. Dorian attendit avec impatience qu'il s'en aille. On aurait dit qu'il mettait un temps interminable à tout faire.

Dès qu'il eut quitté la pièce, Dorian alla vivement vers le paravent qu'il écarta. Non, le tableau n'avait pas autrement changé. La nouvelle de la mort de Sibyl lui était parvenue avant qu'il ne l'apprenne lui-même. Le tableau prenait conscience des événements de la vie à mesure qu'ils se produisaient. La cruauté mauvaise qui déformait le fin tracé de la bouche était sans aucun doute apparue à l'instant même où la jeune fille avait bu le poison. À moins que le portrait ne fût indifférent aux conséquences et qu'il ne tînt compte que de ce qui se passait dans l'âme? Dorian se le demanda et souhaita en frissonnant voir un jour la transformation se produire sous ses yeux.

Pauvre Sibyl! Quelle aventure cela avait été! Elle qui avait si souvent mimé la mort sur scène. Voilà que la Mort elle-même avait jeté son dévolu sur elle et l'avait emportée. Comment avait-elle joué cette atroce et ultime scène? L'avait-elle maudit en mourant? Non, elle était morte d'amour pour lui et désormais l'amour serait toujours à ses yeux un sacrement. Elle avait tout racheté par sa mort, par le sacrifice qu'elle avait fait de sa vie. Il ne devait plus penser à ce qu'elle lui avait fait endurer, à cette soirée épouvantable au théâtre. Lorsqu'il penserait à elle, ce serait comme à un merveilleux personnage tragique envoyé sur la scène du monde pour y témoigner de la réalité suprême de l'Amour. Un merveilleux personnage tragique? Les larmes lui montèrent aux yeux lorsqu'il repensa à ses airs d'enfant, à ses façons charmeuses et extravagantes, à sa grâce timide et effarouchée. Il les essuya vivement et regarda de nouveau le tableau.

Il sentit que le temps était vraiment venu pour lui de choisir. À moins que son choix n'eût déjà été fait? Oui, la vie avait décidé pour lui — la vie et la curiosité infinie qu'il lui portait. La jeunesse éternelle, la passion infinie, de subtils et secrets plaisirs, un bonheur fou et des péchés encore plus fous — tout cela serait à lui. Ce serait au portrait de porter le fardeau de sa honte. C'était tout.

Une douleur le traversa à la pensée de la dégradation qui attendait le beau visage sur la toile. Il lui était arrivé dans une parodie puérile de Narcisse d'embrasser, ou de feindre d'embrasser, les lèvres peintes qui lui souriaient maintenant si cruellement. Il avait passé des matinées entières assis devant le portrait à s'étonner de sa beauté, ayant même l'impression parfois d'aller presque jusqu'à s'éprendre de lui. Le tableau allait-il désormais s'altérer au moindre des états d'âme auxquels il céderait? Allait-il se transformer en une chose monstrueuse et répugnante qu'il faudrait cacher dans une pièce fermée à double tour, qu'il faudrait tenir loin du soleil qui avait si souvent fait briller l'or de sa superbe chevelure ondulée? Quel malheur! Oh, quel malheur [98]!

Il songea un instant à prier pour qu'il fût mis fin à l'horrible affinité qui existait entre lui et le tableau. Celui-ci s'était bien transformé en réponse à une prière : qui sait s'il ne demeurerait pas tel quel en réponse à une prière. Qui donc, cependant, connaissant la Vie, renoncerait à la chance, toute invraisem-

blable fût-elle ou quelles qu'en fussent les conséquences, de rester éternellement jeune? Et puis, la
chose dépendait-elle vraiment de lui? Était-ce vraiment une prière qui avait été à l'origine de la substitu-
tion? N'y aurait-il pas plutôt quelque curieuse explication scientifique derrière toute cette histoire? Si la
pensée pouvait agir sur un organisme vivant, pourquoi ne le pourrait-elle pas sur les choses mortes et
inorganiques? Mieux encore, sans pensée ou désir
conscient, ne se pouvait-il pas que ce qui nous est
extérieur vibre à l'unisson de nos états d'âme et de nos
passions, un atome en appelant un autre en fonction
de quelque étrange affinité amoureuse? Mais l'explication n'avait aucune importance. Jamais plus il ne
tenterait par la prière de terribles puissances. Si le portrait devait s'altérer, qu'il s'altère. Tant pis. Pourquoi
chercher à en savoir plus long?

Il serait en effet passionnant d'observer le tableau. Il
pourrait y suivre son esprit jusque dans ses recoins les
plus secrets. Ce portrait serait pour lui le plus
magique de tous les miroirs. De même qu'il lui avait
révélé son corps, il allait lui révéler son âme. Et,
lorsque l'hiver étreindrait celle-ci, lui en serait encore
au point où le printemps hésite à entrer dans l'été.
Lorsque le visage du tableau deviendrait exsangue et
qu'il ne resterait qu'un masque de craie blafard aux
yeux de plomb, lui conserverait la beauté d'un tout
jeune homme. Pas un pétale de sa beauté ne fanerait
jamais. Tels les dieux des Grecs il serait fort, leste,
joyeux. Quelle importance pouvait avoir ce qui arriverait à l'image colorée sur la toile? Lui, Dorian, serait
en sécurité. C'était l'essentiel.

Il remit en souriant le paravent à sa place devant le
tableau et passa dans sa chambre où l'attendait déjà
son valet. Une heure plus tard, il était à l'Opéra et
Lord Henry se penchait au-dessus de son fauteuil.

9

Dorian prenait son petit déjeuner le lendemain matin lorsqu'on fit entrer Basil Hallward.

— Je suis heureux de te trouver, Dorian, dit celui-ci d'un ton grave. Je suis passé hier soir et on m'a dit que tu étais à l'Opéra. Je savais évidemment que ça ne se pouvait pas. J'espérais seulement que tu aurais laissé un mot pour dire où tu étais vraiment allé. J'ai passé une soirée atroce dans la crainte qu'une tragédie n'en suive une autre. Tu aurais quand même pu me télégraphier en apprenant la nouvelle. Je suis tombé dessus tout à fait par hasard dans une édition du soir du *Globe* que j'ai trouvée à mon club. J'ai couru ici et j'ai été peiné de ne pas t'y trouver. Je ne saurais te dire dans quel état m'a mis toute cette histoire. Je sais ce que tu dois souffrir. Mais où étais-tu ? Étais-tu allé voir la mère de la jeune fille ? J'ai un instant songé à te suivre là-bas. Ils donnaient l'adresse dans le journal. Quelque part dans Euston Road, c'est cela, non ? Mais j'ai craint de m'immiscer dans une douleur que je n'aurais pu soulager. Pauvre femme ! Dans quel état elle doit être ! Sa fille unique ! Qu'est-ce qu'elle dit de tout cela ?

— Mon cher Basil, comment le saurais-je ? murmura Dorian Gray en buvant avec un air de profond ennui une petite gorgée de vin jaune pâle dans un fin verre vénitien orné de perles dorées. J'étais à l'Opéra. Tu aurais dû venir. J'y ai fait la connaissance de Lady

Gwendolen, la sœur d'Harry. Nous étions dans sa loge. Elle est délicieuse. Et la Patti a chanté divinement. Ne me parle pas de choses atroces. Ce dont on ne parle pas n'est jamais arrivé. Ce n'est que le fait d'en parler, comme dit Harry, qui rend les choses réelles. Permets-moi de dire en passant qu'elle n'était pas l'unique enfant de cette dame. Il y a aussi un fils, un garçon charmant, je crois. Mais il ne fait pas de théâtre. Il est marin ou quelque chose du genre. Et toi, parle-moi un peu de toi et de ce que tu peins actuellement.

— Tu es allé à l'Opéra? demanda Hallward qui prononça ces paroles très lentement avec dans la voix une douleur retenue. Tu es allé à l'Opéra alors que Sibyl Vane gisait morte dans quelque logement sordide? Tu peux me parler du charme d'une autre femme et de la manière divine dont la Patti chantait avant même que celle que tu aimais ait seulement trouvé une tombe où reposer en paix? Mais enfin, pense un peu à ce qui attend son petit corps tout blanc!

— Assez, Basil! Je ne veux rien savoir de tout cela! s'écria Dorian en se dressant d'un bond. Ne me parle pas de ça. Ce qui est fait est fait, le passé est le passé.

— Pour toi hier est le passé?

— Qu'est-ce que le temps qui s'est vraiment écoulé a à voir avec tout ça? Il n'y a que les gens superficiels à qui il faille des années pour se débarrasser d'une émotion. Un homme qui est maître de lui-même peut mettre fin à un chagrin aussi facilement qu'il invente un plaisir. Je ne veux pas être à la merci de mes émotions. Je veux les utiliser, en jouir et les dominer.

— Dorian, mais c'est horrible! Quelque chose t'a complètement changé. Tu as exactement l'apparence du garçon charmant qui venait jour après jour poser à mon atelier. Mais tu étais alors simple, naturel et affectueux. Tu étais l'être le plus intègre qui soit. Maintenant, je ne sais pas ce qui te prend. Tu parles comme si tu n'avais pas de cœur, pas de pitié. Tout cela est dû à l'influence d'Harry, je le vois bien.

Le jeune homme rougit et, allant à la fenêtre, contempla quelques instants le jardin verdoyant qui vibrait dans le soleil violent.

— Je dois beaucoup à Harry, Basil, finit-il par dire — plus qu'à toi. Tu m'as seulement appris à être vaniteux.

— Hé bien, j'en suis puni, Dorian — ou je le serai un jour.

— Je ne vois pas ce que tu veux dire, Basil, s'écria le jeune homme en se retournant. Je ne sais pas ce que tu veux. Que veux-tu?

— Je veux le Dorian Gray que je peignais, répondit l'artiste d'un ton attristé.

— Basil, dit le jeune homme en allant vers lui et en posant sa main sur son épaule, tu es arrivé trop tard. Hier, en apprenant que Sibyl Vane s'était tuée...

— Qu'elle s'était tuée! Ciel! C'est donc vrai? s'écria Hallward en le regardant avec une expression horrifiée.

— Mon cher Basil! Tu ne penses tout de même pas qu'il s'agissait d'un vulgaire accident? Évidemment qu'elle s'est tuée.

Son aîné s'enfouit le visage dans les mains.

— C'est affreux! murmura-t-il, traversé par un frisson.

— Non, dit Dorian Gray, il n'y a rien d'affreux là-dedans. C'est une des grandes tragédies romantiques de notre époque. En règle générale, les acteurs mènent la vie la plus conventionnelle qui soit. Ce sont de bons époux ou des épouses fidèles, des raseurs. Tu vois ce que je veux dire — la vertu petite-bourgeoise et tout cela. Combien Sibyl était différente! Elle a vécu sa plus belle tragédie. Elle a toujours été une héroïne. Le dernier soir où elle a joué — le soir où tu l'as vue — elle a mal joué parce qu'elle avait compris la réalité de l'amour. Lorsqu'elle en a compris l'irréalité, elle est morte, tout comme Juliette. Elle est repassée dans la sphère de l'art. Il y a quelque chose de la martyre chez elle. Sa mort a toute l'inutilité pathétique du martyre, toute sa beauté gaspillée en vain. Mais, comme je le disais, ne va pas croire que je n'ai pas souffert. Si tu avais été là hier à un certain moment — à cinq heures et demie peut-être, ou à six heures moins le quart — tu m'aurais trouvé en larmes. Harry lui-même, qui était ici, qui m'a appris la nouvelle en fait, ne sait pas ce que j'ai traversé. J'ai énormément souffert. Puis ça s'est passé. Je suis incapable de revivre une émotion. Personne ne le peut, à part les sentimentaux. Et tu es terriblement injuste, Basil. Tu viens ici pour me consoler, ce qui est très gentil de ta part, tu me trouves consolé et tu es furieux. Quel personnage sympathique tu fais ! Tu me fais penser à une histoire qu'Harry me racontait à propos d'un philanthrope qui avait passé vingt ans de sa vie à essayer de redresser un tort, ou à modifier une loi injuste — j'ai oublié ce que c'était exactement. Finalement, il réussit et sa déception est sans borne. Il n'avait absolument plus rien à faire, il a failli mourir d'ennui et est devenu un misanthrope achevé. Et puis, mon cher Basil, si tu tiens absolument à me consoler, apprends-moi plutôt à oublier ce qui s'est passé ou à le voir sous le bon angle artistique. N'était-ce pas Gautier qui parlait de la *consolation des arts*[99] ? Je me souviens avoir ouvert un petit livre relié en vélin chez toi un jour et être tombé sur cette phrase délicieuse. Enfin, je ne suis pas comme ce jeune homme dont tu m'avais parlé lors de notre séjour à Marlow, le jeune homme qui disait que le satin jaune pouvait consoler de toutes les misères de la vie. J'aime les belles choses que l'on peut toucher et tenir. Les vieux brocarts, les bronzes verts, les objets en laque, les ivoires sculptés, les environnements exquis, le luxe, le faste, il y a beaucoup à tirer de tout cela. Mais le tempérament artistique que ces objets créent ou du moins révèlent compte encore plus pour moi. Devenir le spectateur de sa propre vie, comme dit Harry, c'est échapper aux souffrances de la vie. Je sais que tu es surpris de m'entendre parler de la sorte. Tu ne te rends pas compte à quel point j'ai évolué. J'étais un gamin quand tu m'as connu. Je suis un homme désormais. J'ai de nouvelles passions, de nouvelles pensées, de nouvelles idées. J'ai changé mais tu ne dois pas m'en aimer moins. Je suis différent mais tu dois toujours rester mon ami. Bien entendu, je tiens beaucoup à Harry, tout en sachant que tu es meilleur que lui. Pas plus fort — tu as trop peur de la vie — mais meilleur. Et combien nous étions heureux ensemble! Ne me quitte pas, Basil, et ne te brouille pas avec moi. Je suis ce que je suis. Il n'y a rien d'autre à dire.

Le peintre se sentait étrangement bouleversé. Le jeune homme lui était infiniment cher et sa personnalité avait joué un rôle décisif dans son art. Il était hors de question pour lui de lui faire le moindre reproche désormais. Après tout, son indifférence n'était sans doute rien d'autre qu'un état passager. Il y avait tant de bonté en lui, tant de noblesse.

— Bon, Dorian, fit-il enfin avec un triste sourire, à partir d'aujourd'hui, je ne te reparlerai plus de cette horrible histoire. J'espère seulement que ton nom n'y sera pas associé. L'enquête doit avoir lieu cet après-midi. As-tu été convoqué?

Dorian fit de la tête un signe de dénégation et une expression irritée passa sur son visage à la mention du mot « enquête ». Il y avait dans tout cela quelque chose de si grossier, de si vulgaire.

— Ils ne connaissaient pas mon nom, répondit-il.

— Mais elle, elle devait bien le connaître?

— Seulement mon prénom et je suis absolument convaincu qu'elle ne l'a jamais mentionné devant qui que ce soit. Elle m'a dit une fois qu'ils étaient tous curieux de savoir qui j'étais et qu'elle leur disait invariablement que mon nom était Prince charmant. C'était gentil de sa part. Il faut que tu me dessines Sibyl, Basil. J'aimerais garder d'elle autre chose que le souvenir de quelques baisers et de quelques mots brisés par l'émotion.

— J'essaierai de faire quelque chose, Dorian, si cela peut te faire plaisir. Mais il faut que tu reviennes poser pour moi. Je n'arrive à rien sans toi.

— Je ne pourrai plus jamais poser pour toi, Basil. C'est impossible! fit-il en reculant brusquement.

Le peintre le dévisagea.

— Mais, mon petit, c'est idiot! s'écria-t-il. Veux-tu dire que tu n'aimes pas ce que j'ai fait de toi? Où est-il? Pourquoi as-tu placé un paravent devant? Laisse-moi le regarder. C'est ce que j'ai fait de mieux. Écarte ce paravent, Dorian. C'est tout simplement scandaleux de la part de ton domestique que de cacher ainsi mon œuvre. Je trouvais aussi en arrivant que la pièce avait quelque chose de changé.

— Mon domestique n'y est pour rien, Basil. Tu ne penses tout de même pas que je le laisserais disposer ma chambre à ma place? Il lui arrive d'arranger mes fleurs — c'est tout. Non, c'est moi qui ai mis le paravent. Une lumière trop vive tombait sur le portrait.

— Trop vive! Sûrement pas, mon cher. Il est admirablement placé à cet endroit. Laisse-moi le voir.

Hallward se dirigea vers le coin de la pièce.

Un cri de terreur s'échappa des lèvres de Dorian Gray qui se jeta entre le peintre et le paravent.

— Basil, dit-il très pâle, il ne faut pas que tu le voies. Je n'en ai pas envie.

— Que je ne voies pas ma propre œuvre! Tu veux rire. Pourquoi ne la verrais-je pas? s'écria Hallward en riant.

— Si tu essaies de la voir, Basil, je te jure que je ne t'adresserai plus jamais la parole. Je suis parfaitement sérieux. Je n'ai pas d'explication à te donner et tu n'as pas à m'en demander. Mais, souviens-toi, si tu touches à ce paravent, tout est terminé entre nous.

Hallward n'en revenait pas. Il regardait Dorian Gray avec un ahurissement total. Il ne l'avait jamais vu comme cela auparavant. Le jeune homme était littéralement blême de rage. Il avait les poings serrés et les prunelles de ses yeux ressemblaient à des disques de flamme bleue. Il était tout tremblant.

— Dorian!

— Ne dis rien!

— Mais qu'y a-t-il? Bien sûr que je ne la regarderai pas si tu ne veux pas, dit-il d'un ton plutôt glacial en faisant demi-tour et en se dirigeant vers la fenêtre. Mais, vraiment, il est pour le moins absurde que je ne puisse pas voir une œuvre à moi, d'autant que je vais l'exposer à Paris cet automne. Comme je vais sans doute devoir lui donner une autre couche de vernis auparavant, il faudra bien que je la voie un de ces jours. Alors pourquoi pas aujourd'hui?

— L'exposer? Tu veux l'exposer? s'écria Dorian Gray, envahi par un étrange sentiment de terreur.

Le monde allait-il connaître son secret? Les gens contempler bouche bée le mystère de sa vie? Pas question. Il fallait faire tout de suite quelque chose — il ne savait pas quoi.

— Oui. Tu n'as sûrement pas d'objection. Georges Petit[100] va faire un choix de tous mes meilleurs tableaux pour une exposition particulière rue de Sèze. Elle est programmée pour la première semaine d'octobre. Le portrait restera là-bas un mois. J'ai pensé que tu pourrais facilement t'en passer pour ce laps de temps. En fait, tu ne seras même pas à Londres. Et, puisque tu le gardes derrière un paravent, il ne te manquera pas trop.

Dorian Gray se passa la main sur le front. Des gouttes de sueur perlaient sur son front. Il sentit qu'un danger épouvantable le menaçait.

— Tu m'as dit il y a un mois que tu ne l'exposerais jamais, s'écria-t-il. Pourquoi as-tu changé d'avis? Les gens comme toi qui prétendez avoir de la suite dans les idées êtes tout aussi sujets aux changements d'humeurs que les autres. La seule différence, c'est que vos humeurs sont plutôt arbitraires. Tu n'as pas oublié que tu m'as assuré de la manière la plus formelle que pour rien au monde tu ne l'enverrais dans une exposition. Tu as dit exactement la même chose à Harry.

Il se tut soudain et un éclair brilla dans son regard. Il venait de se rappeler ce que Lord Henry lui avait dit une fois, mi-sérieusement, mi pour plaisanter : « Si tu veux passer un moment curieux, fais dire à Basil pourquoi il ne veut pas exposer ton portrait. À moi, il l'a dit et je suis tombé des nues. »

Oui, il se pouvait que Basil, lui aussi, ait son secret.
Il allait lui demander pour voir.

— Basil, dit-il en s'approchant tout près de lui et en
le regardant droit dans les yeux, nous avons chacun
un secret. Fais-moi connaître le tien et je te dirai le
mien. Quelle était ta raison de refuser d'exposer mon
portrait ?

Le peintre frissonna malgré lui.

— Dorian, si je te le dis, tu risques de m'aimer
moins et tu riras sûrement de moi. Je ne tiens pas à ce
que tu fasses l'un ou l'autre. Si tu désires que je ne
voie plus jamais ton portrait, va pour moi. Je peux
toujours te voir, toi. Si tu désires que la meilleure
œuvre que j'ai jamais faite reste cachée aux yeux du
monde, très bien. Ton amitié m'est plus chère que la
gloire ou la réputation.

— Non, Basil, tu dois me le dire, insista Dorian
Gray. Je pense avoir le droit de savoir.

Sa terreur l'avait quitté, remplacée par la curiosité.
Il était bien décidé à percer à jour le secret de Basil
Hallward.

— Asseyons-nous, Dorian, dit le peintre qui
paraissait troublé. Asseyons-nous. Et réponds à une
seule question. As-tu remarqué quelque chose de
curieux dans le tableau ? — quelque chose qui ne t'a
peut-être pas frappé d'emblée mais qui te serait
apparu tout d'un coup ?

— Basil, s'écria le jeune homme en agrippant les
bras de sa chaise avec des mains tremblantes et en
posant sur lui des yeux écarquillés par la stupéfaction.

— Je vois que oui. Ne dis rien. Attends d'entendre
ce que j'ai à te dire. Dorian, dès le moment où je t'ai
connu, j'ai été subjugué par ta personnalité. J'ai été
tout entier, âme, pensée, pouvoir, dominé par toi. Tu
es devenu pour moi l'incarnation visible de l'idéal
invisible dont le souvenir nous hante, nous les artistes,
tel un rêve exquis. Tu as été tout pour moi. Je suis
devenu jaloux de tous ceux à qui tu adressais la
parole. J'ai voulu t'avoir rien qu'à moi. Je n'étais heureux que lorsque tu étais à mes côtés. Lorsque tu étais

loin, tu demeurais présent dans mon art... Naturellement, je ne t'en ai rien laissé savoir. C'eût été impossible. Tu n'aurais pas compris. Moi-même, je n'y
comprenais pas grand-chose. Tout ce que je savais,
c'est que j'avais vu la perfection en face et que le
monde était devenu merveilleux à mes yeux — trop
merveilleux, peut-être, car lorsqu'on entretient une
telle adoration, il y un risque, celui d'en perdre l'objet
tout comme celui de le garder... Les semaines ont
passé et je suis devenu de plus en plus obsédé par toi.
Puis un événement nouveau s'est produit. Je t'avais
dessiné en Pâris, revêtu d'une armure raffinée et en
Adonis en tenue de chasseur, un épieu poli à la main.
Couronné de lourdes fleurs de lotus, tu te tenais à la
proue de la barque d'Hadrien les yeux fixés sur les
eaux vertes et troubles du Nil[101]. Tu te penchais au-
dessus de l'étang immobile d'un bosquet grec et
contemplais émerveillé ton visage dans le silence
argenté de l'eau[102]. Et tout cela était comme il
convient à l'art, inconscient, idéal, lointain. Un jour,
un jour fatal, me dis-je parfois, j'ai décidé de faire de
toi un magnifique portrait, tel que tu es, non pas dans
des costumes d'époques révolues mais dans le tien et à
notre époque. Fût-ce le réalisme de la méthode ou
simplement un prodige dû à ta propre personnalité
qui m'apparaissait directement sans buée et sans voile,
je ne saurais le dire, mais ce que je sais, c'est que, à
mesure que j'y travaillais, chaque pigment et chaque
couche de couleur semblait me révéler mon secret. J'ai
commencé à craindre que d'autres ne se rendent
compte de mon idolâtrie. J'avais l'impression, Dorian,
de m'y être trop livré, d'y avoir trop mis de moi-
même. C'est alors que j'ai décidé de ne jamais per-
mettre que l'on expose le tableau. Tu en as été un peu
agacé, mais tu ne te rendais pas compte de tout ce que
cela signifiait pour moi. Harry, à qui j'en avais parlé,
m'avait ri au nez. Mais j'ai passé outre. Lorsque le
tableau a été terminé et que je me suis retrouvé seul en
sa présence, j'ai compris que j'avais raison... Enfin,
quelques jours plus tard, il a quitté mon atelier et, dès

que j'ai été débarrassé de la fascination intolérable qu'exerçait sur moi sa présence, il m'a semblé avoir été fou d'imaginer y avoir vu autre chose que le fait que tu étais extrêmement beau et que je savais peindre. Même maintenant, je ne peux m'empêcher de trouver que c'est une erreur de penser que la passion que quelqu'un ressent en créant puisse jamais transparaître dans l'œuvre. L'art est toujours plus abstrait qu'on ne croit. La forme et la couleur nous parlent de forme et de couleur — c'est tout. J'ai souvent le sentiment que l'art dissimule davantage l'artiste qu'il ne le révèle. Aussi, lorsque j'ai reçu cette offre de Paris, j'ai décidé de faire de ton portrait la pièce principale de mon exposition. Il ne m'était jamais venu à l'idée que tu puisses refuser. Je vois maintenant que tu avais raison. Ce tableau ne peut être exposé. Il ne faut pas que tu me tiennes rigueur, Dorian, de mes propos. Comme je l'ai dit à Harry une fois, tu es fait pour être idolâtré.

Dorian Gray poussa un long soupir. La couleur revint sur ses joues et un sourire flotta sur ses lèvres. Le danger était passé. Il était en sécurité pour le moment. Il ne pouvait s'empêcher cependant d'éprouver une pitié infinie pour le peintre qui venait de lui faire cet étrange aveu et il se demanda s'il lui arriverait jamais d'être lui-même à ce point subjugué par la personnalité d'un ami. Lord Henry avait ceci de charmant qu'il était très dangereux. Mais c'était tout. Il était trop intelligent et trop cynique pour que l'on s'attache vraiment à lui. S'éprendrait-il jamais de quelqu'un au point d'éprouver une aussi étrange idolâtrie ? Était-ce là l'une des choses que lui réservait la vie ?

— Je trouve extraordinaire, Dorian, dit Hallward, que tu aies vu cela dans le portrait. Tu l'as vraiment vu ?

— J'ai vu quelque chose, répondit-il, quelque chose qui m'a semblé très bizarre.

— Mais enfin, tu n'as pas d'objection à ce que j'y jette un coup d'œil maintenant ?

Dorian secoua la tête.

— Ne me demande pas cela, Basil. Il ne saurait en être question.

— Un jour peut-être, sans doute.

— Jamais.

— Bon, tu as peut-être raison. Et maintenant au revoir, Dorian. Tu as été la seule personne qui ait vraiment influencé mon art. Tout ce que j'ai fait de bon, je te le dois. Ah! tu ne sais pas ce qu'il m'en a coûté de te confier tout cela.

— Mon cher Basil, dit Dorian, que m'as-tu dit? Simplement que tu avais l'impression de trop m'admirer. Ce n'est même pas flatteur.

— Ça ne se voulait pas flatteur. C'était une confession. Maintenant que je l'ai faite, c'est comme si j'avais quelque chose en moins. On ne devrait peut-être pas exprimer verbalement l'adoration que l'on éprouve pour quelqu'un.

— C'était une confession très décevante.

— Mais qu'espérais-tu, Dorian? Tu n'as rien vu d'autre dans le tableau, non? Il n'y avait rien d'autre à voir?

— Non, rien d'autre. Pourquoi cette question? Mais tu ne devrais pas parler d'adoration. C'est de la folie. Nous sommes amis, toi et moi, Basil, et nous devons toujours le rester.

— Tu as Harry, dit le peintre avec tristesse.

— Oh, Harry! s'écria le jeune homme avec un éclat de rire. Harry passe ses journées à dire des énormités et ses soirées à commettre des invraisemblances. Exactement la vie que je voudrais mener. Pourtant, je ne pense pas que j'irais trouver Henry si j'avais des ennuis. C'est plutôt à toi que je m'adresserais, Basil.

— Tu poseras encore pour moi?

— Pas question!

— Tu me gâches ma vie d'artiste en refusant, Dorian. On ne rencontre jamais deux fois son idéal. Rares sont ceux qui le rencontrent une seule fois.

— Je ne peux pas te donner d'explication, Basil, mais il ne faut plus que je pose pour toi. Il y a quelque chose de fatal dans un portrait. Il a une vie propre. Je viendrai prendre le thé avec toi. Ce sera tout aussi agréable.

— Pour toi, j'en ai bien peur, murmura Hallward d'un ton de regret. Et maintenant, au revoir. Je regrette que tu ne me laisses pas regarder le tableau une fois encore. Mais c'est comme ça. Je comprends parfaitement ce que tu ressens.

Lorsqu'il quitta la pièce, Dorian sourit en lui-même. Pauvre Basil ! Combien il était loin de connaître la véritable raison ! Et comme il était étrange qu'au lieu d'être forcé de révéler son propre secret, il ait réussi, presque par hasard, à en arracher un à son ami ! Combien cette étrange confession lui faisait comprendre de choses : les absurdes crises de jalousie du peintre, la dévotion insensée qu'il lui portait, ses panégyriques extravagants, ses curieuses réticences... il comprenait tout maintenant et en éprouvait du chagrin. Il lui semblait y avoir quelque chose de tragique dans une amitié si marquée par le sentiment amoureux.

Il soupira et sonna. Il fallait à tout prix faire disparaître le portrait. Il ne pouvait courir encore une fois le risque d'être percé à jour. Cela avait été une folie de sa part que de le laisser ne fût-ce qu'une heure dans une pièce à laquelle n'importe lequel de ses amis avait accès.

10

Lorsque son domestique entra, il le fixa dans les yeux en se demandant s'il avait eu l'idée d'aller fureter derrière le paravent. L'homme, parfaitement impassible, attendait ses ordres. Dorian alluma une cigarette, alla vers le miroir et y jeta un coup d'œil. Il apercevait nettement le reflet du visage de Victor : un masque de servilité placide. Il n'y avait rien à craindre de ce côté. Il jugea pourtant préférable de rester sur ses gardes.

D'une voix très lente, il lui ordonna de dire à la gouvernante qu'il désirait la voir, puis d'aller chez l'encadreur pour lui demander d'envoyer sur l'heure deux de ses hommes. Il eut l'impression que l'autre, en quittant la pièce, avait jeté un regard en direction du tableau. Ou n'était-ce que son imagination ?

Quelques instants plus tard, dans sa robe de soie noire, ses mains ridées couvertes de gants en fil démodés, Mrs. Leaf entra d'un air affairé dans la bibliothèque. Il lui demanda la clé de la salle de classe.

— L'ancienne salle de classe, Monsieur Dorian ? s'exclama-t-elle. Mais elle est pleine de poussière. Il faut que je la fasse nettoyer et mettre en ordre avant que vous y entriez. Vous ne pouvez pas la voir dans cet état, monsieur, non, vraiment.

— Je ne veux pas qu'on la mette en ordre, Leaf, je veux seulement la clé.

— Bien, monsieur, mais vous allez être couvert de

toiles d'araignées si vous y entrez. Mais enfin, il y près de cinq ans qu'on ne l'a pas ouverte, depuis la mort de milord.

Il tressaillit à l'évocation de son grand-père. Il en gardait des souvenirs haineux.

— Cela ne fait rien, répondit-il. Je veux simplement y jeter un coup d'œil — c'est tout. Donnez-moi la clé.

— Je l'ai sur moi, monsieur, dit la vieille dame en fouillant dans son trousseau de clés de ses mains tâtonnantes et incertaines. Tenez, la voici. Je vous la sors du trousseau tout de suite. Mais vous n'avez tout de même pas l'intention de vous installer là-haut, monsieur, alors que vous êtes si bien ici.

— Mais non, mais non, fit-il d'un ton irrité. Merci, Leaf. Ce sera tout.

Elle s'attarda quelques instants et y alla de son bavardage sur le train-train de la maison. Il soupira et lui dit de faire ce qu'elle croyait devoir être pour le mieux. Tout sourire, elle quitta la pièce.

Aussitôt la porte fermée, Dorian mit la clé dans sa poche et examina la pièce. Son regard tomba sur un grand couvre-lit en satin violet lourdement chamarré, un superbe objet vénitien de la fin du XVIIe siècle que son grand-père avait trouvé dans un couvent près de Bologne. Voilà qui lui servirait à envelopper l'horrible chose. Il avait peut-être déjà souvent servi de couverture mortuaire. Il allait désormais servir à cacher un objet qui avait sa corruption propre, pire que la corruption de la mort elle-même — un objet qui sécréterait des horreurs, sans jamais mourir lui-même toutefois. Ce que les vers étaient pour le cadavre, ses péchés le seraient pour l'image peinte sur la toile. Ils viendraient à bout de sa beauté et en rongeraient la grâce. Ils la souilleraient et la rendraient ignoble. Et pourtant, le tableau continuerait à vivre. À jamais.

Il frissonna et regretta l'espace d'un instant de n'avoir pas dit à Basil la raison pour laquelle il voulait cacher le portrait. Basil l'aurait aidé à résister à l'influence de Lord Henry et à celles, encore plus nocives, qui venaient de sa propre personnalité. L'amour que Basil lui portait — car c'était bien de l'amour — ne comportait rien qui ne fût noble et intellectuel, ce n'était pas cette simple admiration physique de la beauté née des sens et qui meurt avec eux. C'était un amour semblable à celui que Michel-Ange, Montaigne, Winckelmann et Shakespeare[103] avaient connu. Oui, Basil aurait pu le sauver. Mais il était désormais trop tard. On pouvait toujours supprimer le passé par le regret, le déni ou le pardon mais l'avenir, lui, était inévitable. Il y avait en lui des passions qui trouveraient leur terrible exutoire, des rêves dont l'ombre mauvaise se réaliserait.

Il prit sur le canapé le grand tissu violet et or qui le recouvrait et, le tenant à la main, passa derrière le paravent. Le visage sur la toile était-il plus ignoble qu'avant ? Il lui paru inchangé mais lui inspira toutefois une répugnance accrue. La chevelure dorée, les yeux bleus, les lèvres rosées — rien ne manquait. L'expression seule avait changé. Sa cruauté était horrible. Comparé à la critique et au blâme qu'il y lisait, ce que les reproches que Basil lui avait adressés au sujet de Sibyl Vane étaient superficiels ! — oh oui, et de si peu de poids ! C'était son âme elle-même qui le regardait depuis cette toile et qui le faisait comparaître devant elle. Une expression de douleur glissa sur son visage et il rabattit le riche drap mortuaire sur le tableau. Au moment où il faisait ce geste, on frappa à la porte. Il sortit de derrière le paravent lorsque son domestique entra.

— Ils sont là, monsieur.

Il sentit qu'il lui fallait se débarrasser sur-le-champ de cet homme. Il fallait qu'il ignore où serait transporté le tableau. Il y avait quelque chose de sournois en lui, il avait le regard traître et calculateur. S'asseyant devant le secrétaire, il griffonna un mot à l'intention de Lord Henry, lui demandant de lui envoyer de la lecture et lui rappelant qu'ils avaient rendez-vous à huit heures et quart ce soir-là.

— Attendez la réponse, dit-il en tendant le mot à son domestique, et faites-les entrer.

Deux ou trois minutes plus tard, on frappa de nouveau à la porte et Mr. Hubbard lui-même, le célèbre encadreur de South Audley Street entra en compagnie d'un jeune assistant d'aspect mal dégrossi. Mr. Hubbard était un petit homme rubicond aux favoris roux dont l'admiration pour l'art était considérablement modérée par l'impécuniosité chronique de la plupart des artistes auxquels il avait affaire. En règle générale, il ne quittait jamais sa boutique. Il attendait qu'on vienne à lui. Mais il faisait toujours une exception pour Dorian Gray. Il y avait en Dorian quelque chose qui charmait tout le monde. C'était un plaisir de le voir.

— Que puis-je pour vous, monsieur Gray ? demanda le petit homme en frottant ses mains grasses couvertes de taches de rousseur. J'ai considéré comme un honneur de venir moi-même en personne. J'ai justement un cadre de toute beauté, monsieur. Dégotté à une vente. Une antiquité florentine. Il vient de l'abbaye de Fonthill[104], je crois. Il conviendrait admirablement à un sujet religieux, monsieur Gray.

— Je regrette vraiment que vous ayez pris la peine de vous déplacer, monsieur Hubbard. Je passerai certainement jeter un coup d'œil au cadre — quoique je ne sois pas fou d'art religieux ces temps-ci — mais, aujourd'hui, je voulais seulement faire transporter un tableau au dernier étage de la maison. Comme il est plutôt lourd, j'ai pensé que vous pourriez me prêter un ou deux de vos hommes.

— Aucun problème, monsieur Gray. Je suis heureux de pouvoir vous être utile. De quelle œuvre s'agit-il, monsieur ?

— De celle-ci, répondit Dorian en écartant le paravent. Pouvez-vous la transporter, couverte comme ça, telle qu'elle est là ? Je ne tiens pas à ce qu'on l'érafle dans les escaliers.

— Cela ne posera aucune difficulté, monsieur, dit l'affable encadreur qui entreprit, avec l'aide de son assistant, de décrocher le tableau des longues chaînes en cuivre auxquelles il était suspendu. Et maintenant, où le transporte-t-on, monsieur Gray ?

— Je vais vous montrer, monsieur Hubbard, si vous voulez bien me suivre. À moins que vous ne préfériez passer devant. C'est tout à fait au dernier étage, malheureusement. Nous monterons par le grand escalier, il est plus large.

Il leur tint la porte ouverte et ils sortirent dans le hall d'où ils s'engagèrent dans l'escalier. Le fait que le cadre fût très ouvragé le rendait extrêmement encombrant et il fallut que Dorian, malgré les protestations obséquieuses de Mr. Hubbard qui en véritable commerçant n'aimait pas voir un homme du monde se rendre utile, leur donne de temps à autre un coup de main.

— Un sacré poids à transporter, monsieur, souffla le petit homme lorsqu'ils arrivèrent au dernier palier.

Il épongea son front luisant.

— Oui, plutôt, murmura Dorian en déverrouillant la porte de la pièce à qui il allait confier le secret de sa vie et qui dissimulerait son âme aux yeux des hommes.

Il y avait plus de quatre ans qu'il n'y était pas entré — pas depuis qu'elle lui avait tenu lieu de salle de jeu dans son enfance puis de salle d'étude lorsqu'il avait grandi. C'était une grande pièce de belles proportions que feu Lord Kelson avait fait aménager spécialement pour son petit-fils qu'il avait toujours haï et voulu tenir à distance à cause de sa ressemblance avec sa mère, et pour d'autres raisons aussi. S'y trouvait l'énorme *cassone*[105] italien aux panneaux recouverts de peintures fantastiques et aux dorures ternies dans lequel, enfant, il s'était si souvent caché. S'y trouvait la bibliothèque de bois satiné contenant ses livres d'école écornés. Sur le mur, derrière la bibliothèque, était toujours suspendue la même tapisserie flamande représentant une reine et un roi décolorés qui jouaient aux échecs tandis que passait une compagnie de fauconniers portant des oiseaux encapuchonnés sur leur poing ganté. Comme il se rappelait bien de tout! À mesure que ses yeux faisaient le tour de la pièce, chaque instant de son enfance solitaire lui revenait. Il se souvint de la pureté sans tache de sa vie d'enfant et il lui sembla horrible de devoir cacher le portrait fatal. Combien il se doutait peu à cette époque révolue de ce que l'avenir lui réservait!

Mais il n'y avait pas dans la maison d'endroits aussi à l'abri des regards indiscrets. Il en possédait la clé et personne d'autre ne pourrait y entrer. Là, derrière son drap mortuaire violet, le visage peint sur la toile pourrait devenir bestial, abruti, sale. Et alors, quelle importance? Personne ne le verrait. Lui-même ne le verrait pas. Pourquoi serait-il le témoin de l'affreuse corruption de son âme? Il conservait sa jeunesse — c'était bien assez. Et puis, n'était-il pas possible qu'il s'améliore après tout? Il n'y avait aucune raison pour que l'avenir ne soit fait que de honte. Il pouvait rencontrer un amour qui le purifierait et le mettrait à l'abri des péchés qui semblaient déjà travailler son esprit et sa chair — ces curieux péchés sans contours auxquels leur mystère même conférait charme et subtilité. Peut-être un jour la moue cruelle s'effacerait-elle de la bouche sensible et écarlate et pourrait-il montrer au monde le chef-d'œuvre de Basil Hallward.

Non, c'était impossible. Heure après heure, semaine après semaine, ce qu'il y avait sur la toile allait vieillir. Peut-être l'image échapperait-elle à l'atrocité du péché mais elle n'échapperait pas à celle que lui réservait l'âge. Les joues allaient se creuser ou devenir flasques. Des pattes d'oie jaunâtres cerneraient les yeux ternes et les rendraient horribles. La chevelure perdrait son éclat, la bouche deviendrait béante ou s'affaisserait, idiote ou grossière comme l'est celle des vieillards. Le cou se riderait, les mains se feraient froides, veinées de bleu, et le corps tordu lui rappellerait le grand-père qui avait été si dur pour lui quand il était enfant. Tant pis, il fallait cacher ce portrait.

— Voilà, ici, monsieur Hubbard, si vous voulez bien, dit-il d'un ton las en se retournant. Je regrette de vous avoir fait attendre si longtemps mais j'avais l'esprit ailleurs.

— Un petit peu de repos ne fait jamais de mal, monsieur Gray, répondit l'encadreur qui reprenait son souffle. Où le met-on monsieur ?

— Oh, n'importe où. Tenez, là, ça ira. Inutile de l'accrocher. Appuyez-le seulement contre le mur. Merci.

— On peut y jeter un œil, monsieur ?

Dorian sursauta.

— Vous n'y trouveriez rien d'intéressant, monsieur Hubbard, dit-il sans quitter l'homme des yeux.

Il était prêt à lui sauter dessus et à le jeter par terre s'il osait soulever le somptueux rideau qui dissimulait le secret de sa vie.

— Je ne vous dérangerai plus maintenant. Je vous suis très reconnaissant de vous être déplacé.

— De rien, de rien, monsieur Gray. Toujours prêt à tout pour votre service, monsieur.

Et Mr. Hubbard dévala les escaliers suivi de son assistant qui se retourna pour regarder Dorian tandis qu'une expression d'étonnement timide passait sur son visage fruste et laid : il n'avait jamais vu quelqu'un d'aussi merveilleux.

Lorsque le bruit de leurs pas se fut éloigné, Dorian ferma la porte à clé et mit celle-ci dans sa poche. Il se sentait désormais en sécurité. Personne ne verrait jamais cette horreur. Aucun autre œil que le sien ne verrait jamais sa honte.

En arrivant à la bibliothèque, il s'aperçut que cinq heures venaient de sonner et que le thé était déjà servi. Sur une petite table de bois sombre et parfumé, massivement incrusté de nacre, cadeau de Lady Radley, l'épouse de son tuteur, qui avait fait de la maladie une profession et qui avait passé l'hiver précédent au Caire, était posé un mot de Lord Henry et, à côté, un livre relié en papier jaune, la couverture légèrement déchirée et la tranche sale. Un exemplaire de la troisième édition de la *St. James Gazette*[106] avait été déposé sur le plateau à thé. Victor était manifestement rentré. Il se demanda s'il avait rencontré les hommes dans le hall au moment où ils quittaient la maison et

s'il leur avait tiré les vers du nez. Il s'apercevrait sûrement de l'absence du tableau — il avait déjà dû la
remarquer en disposant le service à thé. Le paravent
n'avait pas été remis à sa place et un espace vide était
visible sur le mur. Qui sait s'il ne le surprendrait pas
un soir en train de se glisser là-haut sur la pointe des
pieds pour essayer de forcer la porte de la pièce.
C'était épouvantable d'avoir un espion dans sa propre
maison. Il avait entendu parler de gens riches qui
avaient dû toute leur vie céder au chantage d'un
domestique qui avait lu une lettre, surpris une conversation, ramassé une carte de visite contenant une
adresse ou trouvé sous un coussin une fleur fanée derrière un lambeau de dentelle froissée.

Il soupira et, s'étant versé du thé, ouvrit le mot de
Lord Henry. Celui-ci lui faisait simplement savoir
qu'il lui envoyait le journal du soir ainsi qu'un livre
susceptible de l'intéresser et qu'il serait au club à huit
heures et quart. Il ouvrit nonchalamment la *St. James
Gazette* et la parcourut. Un trait au crayon rouge à la
page cinq capta son regard. Il attirait l'attention sur le
paragraphe suivant :

> Enquête sur une actrice. — Une enquête a été
> menée ce matin à la Bell Tavern dans Hoxton Road
> par Mr. Danby, le médecin légiste du district, sur le
> corps de Sibyl Vane, une jeune actrice qui venait
> d'être engagée au Royal Theatre dans Holborn. Un
> verdict de mort accidentelle a été prononcé. De nom-
> breux témoignages de sympathie ont été adressés à la
> mère de la défunte, très émue durant sa propre déposi-
> tion et celle du Dr Birrell qui a fait l'autopsie de la
> défunte.

Il s'assombrit et, déchirant le journal en deux, alla
en jeter les morceaux à l'autre bout de la pièce. Ce
que tout cela était déplaisant ! Et combien ce qui était
déplaisant donnait de réalité aux choses ! Il en voulut
un peu à Lord Henry de lui avoir envoyé l'article. Et
c'était franchement stupide de sa part de l'avoir sou-
ligné au crayon rouge. Victor aurait pu le lire. Son
anglais était largement assez bon pour cela.

Peut-être l'avait-il lu et commençait-il à se douter

de quelque chose. Et, là encore, quelle importance
cela pouvait-il avoir? Qu'est-ce que Dorian Gray
avait à voir avec la mort de Sibyl Vane? Il n'y avait
rien à craindre. Ce n'était pas Dorian Gray qui l'avait
tuée.

Son regard tomba sur le livre jaune[107] que Lord
Henry lui avait envoyé. Il se demanda de quoi il pouvait bien s'agir. Il s'approcha du petit guéridon octo-
gonal de couleur perle qui lui avait toujours semblé
être l'œuvre d'étranges abeilles égyptiennes capables
de travailler l'argent. Prenant le volume, il se laissa
tomber dans un fauteuil et commença à le feuilleter.
Après quelques minutes, il se laissa prendre tout à fait
par sa lecture. C'était le livre le plus étrange qu'il eût
jamais lu. Il avait l'impression que, parés de vêtements
exquis, au son délicat des flûtes, les péchés du monde
défilaient devant lui en un spectacle muet. Des choses
dont il avait confusément rêvé prenaient tout à coup
corps pour lui, et d'autres auxquelles il n'avait jamais
rêvé lui étaient peu à peu révélées.

Il s'agissait d'un roman sans intrigue, à un seul personnage, le portrait psychologique en réalité d'un
jeune Parisien qui avait passé sa vie à essayer de vivre
au XIXᵉ siècle toutes les passions et toutes les formes de
pensée de son siècle à l'exception des siennes propres
et de concentrer pour ainsi dire en lui les différents
états traversés jusque-là par l'esprit du monde, s'atta-
chant pour leur superficialité même aux renonce-
ments que les hommes avaient stupidement qualifiés
de vertus et à ces révoltes naturelles que les sages
appellent péché[108]. Cela était écrit dans ce style tara-
biscoté, éloquent et obscur à la fois, plein d'argot et
d'archaïsmes, d'expressions techniques et de péri-
phrases compliquées, qui caractérise l'œuvre de certains des meilleurs artistes de l'école *symboliste* française. On y rencontrait des métaphores monstrueuses
comme des orchidées et tout aussi subtiles quant à la
couleur. La vie des sens y était décrite dans le langage
de la philosophie mystique. On ne savait pas à certains moments si on était en train de lire quelque

chose sur les extases d'un saint du Moyen Âge ou s'il s'agissait des confessions morbides d'un pécheur moderne. C'était un livre vénéneux. Une lourde odeur d'encens semblait en imprégner les pages et déranger le cerveau. Le simple rythme des phrases, la subtile monotonie de leur musique, chargée de refrains complexes et de mouvements répétés avec art, produisait dans l'esprit du jeune homme, à mesure qu'il progressait dans sa lecture, une sorte de rêverie maladive qui lui fit perdre conscience du jour finissant et des ombres naissantes.

Un ciel d'un vert cuivré, sans nuage et piqué d'une unique étoile, brillait à travers les fenêtres. Il lut tant qu'il put à sa faible lumière. Puis, après que son valet lui eut maintes fois rappelé qu'il se faisait tard, il se leva et, passant dans la pièce voisine, posa le livre sur la petite table florentine qui lui tenait lieu de table de chevet et commença à s'habiller pour le dîner.

Il était près de neuf heures lorsqu'il arriva au club, où il trouva Lord Henry assis seul dans le salon du matin, l'air de s'ennuyer beaucoup.

— Je regrette vraiment, Harry, s'écria-t-il, mais c'est entièrement de ta faute. Le livre que tu m'as envoyé m'a tellement fasciné que je n'ai pas vu le temps passer.

— Oui, je savais qu'il te plairait, répondit son hôte en se levant de sa chaise.

— Je n'ai pas dit qu'il m'avait plu, Harry. J'ai dit qu'il m'avait fasciné. Il y a une grande différence.

— Ah, tu as découvert cela? murmura Lord Henry.

Ils passèrent alors à la salle à manger.

11

Des années durant, Dorian Gray ne put se défaire de l'effet que ce livre avait produit sur lui. Il serait peut-être plus juste de dire qu'il ne chercha jamais à s'en défaire. Il fit venir de Paris pas moins de neuf exemplaires de la première édition qu'il fit relier de différentes couleurs susceptibles de s'accorder à ses humeurs et aux caprices changeants d'une nature qui lui semblait parfois échapper totalement à son contrôle. Il avait fini par voir dans le héros du roman, le jeune Parisien merveilleux, chez qui le tempérament romantique se fondait si étrangement avec le tempérament scientifique, une sorte de type qui le préfigurait lui-même. Effectivement, le livre tout entier lui semblait renfermer l'histoire de sa propre vie, une vie écrite avant qu'il ne l'eût vécue.

Il avait, sur un point, plus de chance que le héros imaginaire du roman : il n'avait jamais connu — et n'en avait jamais eu l'occasion — cette peur quelque peu grotesque des miroirs, des surfaces métalliques polies et de l'eau morte qui s'était, très tôt dans sa vie, emparé du jeune Parisien, peur occasionnée par le brusque déclin de sa beauté qui avait été jadis, semble-t-il, si remarquable. Il prenait presque une joie cruelle — peut-être la cruauté a-t-elle sa place dans presque toute joie comme dans tout plaisir — à lire la dernière partie du livre, avec son récit vraiment tragique, en dépit d'une certaine emphase, du malheur et du désespoir de quelqu'un qui avait perdu ce qu'il mettait au-dessus de tout chez les autres et dans la vie.

Car la beauté merveilleuse qui avait tellement fasciné Basil Hallward et tant d'autres avec lui paraissait ne jamais le quitter. Même ceux qui avaient entendu dire les pires médisances contre lui — et il arrivait que d'étranges rumeurs sur sa façon de vivre circulent dans Londres et fassent jaser dans les clubs — n'ajoutaient foi en rien qui pût ternir son honneur lorsqu'ils le voyaient. Il faisait toujours l'effet de s'être gardé intact au contact du monde[109]. Les hommes qui étaient en train de tenir des propos grossiers se taisaient lorsque Dorian Gray entrait dans une pièce. La pureté de son visage constituait comme un reproche. Sa seule présence semblait leur rappeler le souvenir de l'innocence qu'ils venaient de salir. Ils se demandaient comment quelqu'un d'aussi charmant et élégant avait pu s'en sortir de la sorte, à une époque à la fois sordide et sensuelle.

Il lui arrivait souvent en rentrant chez lui, après l'une de ses mystérieuses absences prolongées qui suscitaient de si bizarres conjectures chez ses amis ou chez ceux qui croyaient l'être, de se glisser subrepticement vers la pièce du haut fermée à double tour, d'en ouvrir la porte avec la clé qui désormais ne le quittait plus et de se tenir avec un miroir devant le portrait que Basil Hallward avait fait de lui pour regarder tour à tour sur la toile le visage mauvais et vieilli et le beau visage jeune qui lui souriait dans la glace. La netteté même du contraste avivait son plaisir. Il s'éprenait de plus en plus de sa propre beauté, portait un intérêt sans cesse accru à la corruption de son âme. Il examinait avec minutie, voire avec une monstrueuse et terrible délectation, les affreuses rides qui barraient son front plissé ou cernaient la bouche épaisse et sensuelle, se demandant parfois ce qui était le plus horrible, des signes du péché ou ceux de l'âge. Il plaçait ses mains blanches à côté de celles, vulgaires et boursouflées, du portrait et avait un sourire moqueur pour ce corps difforme et ces membres affaiblis.

Il y avait bien des moments où, la nuit, étendu sans dormir dans sa chambre délicatement parfumée ou dans celle, sordide, de la petite taverne mal famée près des Docks qu'il avait pris l'habitude de fréquenter sous un nom d'emprunt, il se prenait à songer à la perte de son âme avec une pitié d'autant plus poignante qu'elle était purement égoïste. Mais de tels moments étaient rares. La curiosité envers la vie que Lord Henry avait le premier éveillée en lui semblait grandir à mesure qu'elle était satisfaite. Plus il en savait, plus il voulait en savoir. Il avait des appétits furieux qui se faisaient plus voraces à mesure qu'il les assouvissait[110].

Il n'était cependant pas vraiment insouciant, du moins pas dans ses rapports avec la bonne société. Une ou deux fois par mois en hiver, et chaque vendredi soir durant la saison mondaine[111], il ouvrait au monde sa superbe maison et faisait venir les plus célèbres musiciens du moment qui charmaient ses invités avec les merveilles de leur art. Ses petits dîners, que Lord Henry aidait toujours à organiser, étaient réputés autant pour le choix des invités et le soin avec lequel on les plaçait que pour le goût exquis déployé dans la décoration de la table aux subtils arrangements de fleurs exotiques, de linge brodé et de vaisselle ancienne en argent et en or. Nombreux étaient en effet, surtout parmi les jeunes gens, ceux qui voyaient ou s'imaginaient voir en Dorian Gray la véritable réalisation d'un type d'homme dont ils avaient rêvé à Eton ou à Oxford, un type d'homme capable d'allier la vraie culture de l'érudit, la distinction et les mœurs parfaites du citoyen du monde. Il leur semblait se trouver en compagnie de ceux que Dante décrit comme ayant cherché à « se parfaire par le culte de la beauté[112] ». Comme Gautier, il était quelqu'un pour qui « le monde visible existait[113] ».

Et certes, la Vie était pour lui le premier, le plus grand des arts, tous les autres semblaient n'en être que la préparation. La mode, par laquelle ce qui est vraiment excentrique devient universel l'espace d'un moment, et le dandysme qui, à sa manière, est une tentative d'affirmation de l'absolue modernité de la beauté, exerçaient naturellement leur fascination sur lui. Sa manière de s'habiller et les styles particuliers qu'il affectait de temps à autre n'étaient pas sans influencer la jeunesse dorée des bals de Mayfair et des clubs de Pall Mall[114] qui le copiaient dans tout ce qu'il faisait et tentaient de reproduire le charme accessoire de ses gracieuses élégances vestimentaires — que lui-même ne prenait toutefois qu'à moitié au sérieux.

Car tout en n'étant que trop disposé à accepter la position sociale qui lui avait presque immédiatement été faite à sa majorité et tout en se plaisant subtilement en effet à penser qu'il pourrait vraiment devenir dans le Londres de son temps ce qu'avait été pour la Rome impériale de Néron l'auteur du *Satyricon*[115], il n'en souhaitait pas moins dans son for intérieur être autre chose qu'un simple *arbiter elegantium*, que se voir consulter sur le port d'un bijou, la façon de nouer une cravate ou le maniement d'une canne. Il cherchait à inventer un nouveau plan de vie qui eût sa philosophie raisonnée et ses principes ordonnés et trouvât dans la spiritualisation des sens sa réalisation la plus haute.

Le culte des sens a souvent, et à juste titre, été décrié, les hommes éprouvant un instinct naturel de terreur devant des passions et des sensations qui leur paraissent plus fortes qu'eux et qu'ils ont le sentiment d'avoir en commun avec les formes d'existence les moins organisées. Mais il semblait à Dorian Gray que l'on n'avait jamais compris la véritable nature des sens et qu'ils étaient demeurés à l'état sauvage et animal uniquement parce que le monde avait tenté de les domestiquer ou de les tuer par la souffrance, au lieu de chercher à les transformer en éléments d'une nouvelle spiritualité dont un instinct raffiné du beau serait la caractéristique dominante. Lorsqu'il regardait l'évolution de l'homme dans l'Histoire, il était saisi d'un sentiment de désarroi. On avait renoncé à tant de choses et pour si peu ! On se trouvait devant des rejets

imbéciles et délibérés, des formes monstrueuses de
torture et d'abnégation, qui naissaient de la peur et
qui aboutissaient à une dégradation infiniment plus
terrible que celle, imaginaire, à laquelle on avait tenté
d'échapper par ignorance : ainsi la nature qui, dans sa
merveilleuse ironie, poussait l'anachorète à se nourrir
avec les bêtes sauvages du désert et donnait pour
compagnons à l'ermite les bêtes des champs.

Oui, viendrait, comme Lord Henry l'avait prophé-
tisé, un nouvel hédonisme qui recréerait la vie et
l'arracherait au grossier et malséant puritanisme qui
connaît de nos jours une curieuse renaissance. Cet
hédonisme recourrait certes à l'intellect mais n'accep-
terait jamais une théorie ou un système impliquant le
sacrifice d'une forme ou une autre de l'expérience
passionnelle. Son objectif, ce serait l'expérience elle-
même et non ses fruits, aussi amers ou doux qu'ils
pussent être. Cet objectif ignorerait tout de l'ascétisme
qui étouffe les sens ou du dévergondage vulgaire qui
les émousse. Il apprendrait en revanche à l'homme à
se concentrer sur les instants de la vie, qui n'est elle-
même qu'un instant.

Rares sont ceux d'entre nous à qui il n'est pas arrivé
de se réveiller avant l'aube après l'une de ces nuits
sans rêve qui nous font presque aimer la mort ou l'une
de ces nuits d'horreur et de joie biscornue quand les
recoins du cerveau sont traversés de fantômes plus
terribles que la réalité elle-même et de cet instinct
dont la vie profonde est à l'œuvre dans le grotesque et
qui confère à l'art gothique sa vitalité durable, cet art
étant, on s'en doute, singulièrement celui des gens à
l'esprit dérangé par une rêverie maladive. Peu à peu,
des doigts blêmes se glissent dans les rideaux qui
semblent trembler. Des ombres muettes aux noires
formes capricieuses se glissent dans les coins de la
chambre et s'y tapissent. Dehors, les oiseaux s'agitent
dans le feuillage, on entend le bruit des hommes qui se
rendent au travail ou le gémissement du vent qui des-
cend des collines et erre autour de la maison silencieuse comme s'il craignait de réveiller les dormeurs

tout en devant cependant arracher le sommeil à sa grotte violette. Les minces voiles de gaze de l'obscurité se lèvent un à un et les choses retrouvent progressivement leurs formes et leurs couleurs : sous nos yeux l'aurore refait le monde d'après son modèle antique. Les miroirs blêmes reprennent leur vie mimétique. Les flambeaux sans flamme se dressent là où nous les avions laissés et, à côté d'eux reposent le livre aux pages à moitié coupées que nous étions en train d'étudier, la fleur métallique que nous portions au bal ou encore la lettre que nous avons redouté de lire ou que nous avons lue trop souvent. Rien ne nous semble changé. Des ombres irréelles de la nuit émerge la vie réelle que nous connaissions. Il nous faut la reprendre là où nous l'avions laissée et voilà que nous sommes assaillis par le sentiment terrible de devoir continuer à dépenser de l'énergie dans le même cycle lassant d'habitudes stéréotypées, à moins que l'on n'ait l'envie folle d'ouvrir les paupières un beau matin sur un monde refait à neuf dans l'obscurité pour notre plaisir, un monde dans lequel les choses se pareraient de couleurs et de formes neuves, où elles seraient autres ou bien auraient d'autres secrets, un monde dans lequel le passé aurait peu ou pas de place ou survivrait en tout cas sous aucune forme consciente d'obligation ou de regret, puisque la remémoration de la joie ne va pas sans amertume ni les souvenirs de plaisir sans souffrance.

C'était dans la création de tels univers que paraissait consister pour Dorian Gray l'objet véritable, ou l'un des objets véritables de la vie. Ainsi, dans sa recherche de sensations à la fois nouvelles et délicieuses et dotées de cet élément d'étrangeté si indispensable au romanesque, il faisait souvent siennes certaines façons de penser qu'il savait être véritablement étrangères à sa nature. Il s'abandonnait à leur influence subtile puis, après en avoir pour ainsi dire assimilé l'ambiance et satisfait sa curiosité intellectuelle, il s'en détournait avec cette curieuse indifférence qui n'est pas incompatible avec un tempéra-

ment vraiment ardent et qui en est même souvent, au
dire de certains psychologues, la condition.

La rumeur avait une fois couru à son sujet qu'il
songeait à se convertir au catholicisme, et il est indé-
niable que le rituel romain avait toujours exercé une
grande attraction sur lui[116]. Le sacrifice quotidien,
plus impressionnant en réalité que les sacrifices du
monde antique, l'excitait autant pour son superbe
rejet des données patentes des sens que pour la simplicité primitive de ses éléments et l'éternel pathétique
de la tragédie humaine qu'il cherchait à symboliser. Il
aimait s'agenouiller sur le dallage de marbre froid et
regarder le prêtre, vêtu de la chasuble empesée aux
motifs fleuris, écarter lentement de ses mains blanches
le voile du tabernacle ou élever l'ostensoir en forme de
lanterne et serti de pierres précieuses contenant la pâle
hostie — dont on voudrait parfois qu'elle fût vraiment
le *panis caelestis*, le pain des anges — ou encore, paré
des vêtements de la Passion du Christ, rompre l'hostie
dans le calice et frapper sa coulpe en pénitence de ses
péchés. Les encensoirs exhalant la fumée que les
enfants de chœur en surplis rouge balançaient en l'air
comme de grandes fleurs dorées exerçaient une fascination subtile sur lui. En sortant de l'église, il regardait
avec étonnement les noirs confessionnaux et rêvait de
s'asseoir dans la pénombre de l'un d'entre eux pour
écouter les hommes et les femmes chuchoter à travers
les grillages usés l'histoire véritable de leur vie.

Mais il n'avait jamais commis l'erreur de freiner son
développement intellectuel par l'acceptation conventionnelle d'un credo ou d'un système ni de prendre
pour une demeure où vivre vraiment une auberge tout
juste bonne pour passer la nuit ou quelques heures
d'une nuit sans étoiles et sans lune. Le mysticisme et
sa merveilleuse capacité de nous rendre étrange le
banal ainsi que le subtil antinomianisme[117] qui semble
toujours l'accompagner trouvèrent en lui un écho
pendant quelque temps. Il fut aussi attiré pendant un
temps par les thèses matérialistes du darwinisme en
Allemagne[118] et il prit un curieux plaisir à rattacher les

pensées et les passions de l'homme à quelque cellule nacrée du cerveau ou nerf blanc du corps, se complaisant dans la conception qui veut que l'esprit soit absolument dépendant de certaines conditions physiques, saines ou morbides, normales ou pathologiques. Pourtant, comme on l'a dit précédemment, aucune théorie de la vie ne lui semblait importante comparée à la vie elle-même. Il était vivement conscient de la stérilité de toute spéculation intellectuelle coupée de l'action et de l'expérience. Il savait que les sens, tout comme l'âme, ont leurs mystères spirituels à révéler.

C'est ainsi qu'il s'adonna un temps à l'étude des parfums et aux secrets de leur fabrication [119]. Il distilla des huiles au musc puissant et fit brûler des gommes aromatiques venues d'Orient. Il s'aperçut qu'il n'y a pas d'état d'âme qui n'ait son pendant dans la vie sensible et s'employa à découvrir leurs véritables relations, se demandant ce qui, dans l'encens, rend mystique, dans l'ambre gris excite les passions, dans la violette réveille le souvenir d'amours défuntes, dans le musc détraque le cerveau et dans le champack l'imagination, tentant à maintes reprises de concevoir une véritable psychologie des parfums et d'apprécier les différentes influences de racines odoriférantes, de fleurs parfumées chargées de pollen, de baumes aromatiques, de bois sombres et odorants, du nard indien qui donne la nausée, de l'hovénia qui rend fou et de l'aloès dont on dit qu'il est capable de chasser de l'âme la mélancolie.

À un autre moment, il se consacra tout entier à la musique et, dans une longue pièce à croisillons au plafond rouge et or et aux murs laqués vert olive, il donna d'étranges concerts lors desquels des Tziganes en folie tiraient une musique sauvage de petites cythares ou encore de graves Tunisiens enveloppés de châles jaunes pinçaient les cordes tendues de luths monstrueux tandis que des Nègres grimaçants tapaient avec monotonie sur des tambours de cuivre et que, accroupis sur des nattes cramoisies, de minces Indiens enturbannés soufflaient dans de longues flûtes en roseau ou en laiton[120] et charmaient, ou faisaient semblant de charmer, de grands cobras et d'affreux cérastes. Les intervalles heurtés et les dissonances criardes de cette musique barbare l'excitèrent à un moment où la grâce de Schubert, la belle douleur de Chopin et les harmonies puissantes de Beethoven lui-même laissaient son oreille insensible. Il fit collection des plus étranges instruments qu'il put trouver, provenant de toutes les parties du monde, découverts dans les tombes de peuples disparus ou chez les rares tribus sauvages ayant survécu au contact de la civilisation occidentale. Il aimait les toucher et les essayer. Il possédait le mystérieux *juruparis* des Indiens du Rio Negro que les femmes n'ont pas le droit de regarder et que les jeunes gens eux-mêmes ne peuvent voir qu'après s'être soumis à des jeûnes et à des mortifications. Il possédait aussi des jarres péruviennes en terre cuite qui émettent des sons d'oiseaux aigus, des flûtes faites d'ossements humains semblables à celles dont Alfonso de Ovalle[121] avait entendu parler au Chili ainsi que les jaspes verts, sonores, que l'on trouve près de Cuzco et qui produisent une note d'une singulière douceur. Il possédait des gourdes peintes remplies de cailloux qui crépitaient lorsqu'on les secouaient, la longue *clarin* mexicaine dans laquelle le musicien ne souffle pas mais inspire l'air, le rude *ture* des tribus amazoniennes que sonnent les sentinelles qui passent leurs journées assises dans de grands arbres et que l'on peut entendre, dit-on, à trois lieues, le *teponaztli* constitué de deux lames de bois qui vibrent et que l'on frappe avec des baguettes enduites d'une gomme élastique obtenue à partir de la sève laiteuse de certaines plantes, les cloches *yotls* des Aztèques qui pendent en paquet comme des grappes ainsi qu'un immense tambour cylindrique recouvert de grandes peaux de serpents semblable à celui que vit Bernal Diaz[122] lorsqu'il entra dans le temple mexicain avec Cortès et dont il nous décrit de manière si vivante le son lugubre. La bizarrerie de ces instruments le fascinait et il se plaisait curieusement à songer que l'Art, tout comme la

Nature, a ses propres monstres de forme bestiale et à la voix horrible. Pourtant, après quelque temps, il s'en lassait et s'asseyait dans sa loge à l'Opéra, seul ou avec Lord Henry, pour écouter, ravi, *Tannhäuser* et voir dans le prélude de cette grande œuvre une représentation de la tragédie de son âme[123].

Il s'adonna à un autre moment à l'étude des pierres précieuses et parut à un bal costumé en Anne de Joyeuse[124], amiral de France, dans une robe couverte de cinq cent soixante-six perles. Cette passion fit ses délices durant des années et l'on peut même dire qu'elle ne le quitta jamais. Il lui arrivait souvent de passer une journée entière à disposer et redisposer dans leur écrin les différentes pierres dont il faisait collection, le chrysobéryl vert olive qui devient rouge à la lueur d'une lampe, le cymophane dont la ligne argentée ressemble à un fil, le péridot vert pistache, des topazes roses et jaunes comme le vin, des escarboucles écarlates comme la flamme, aux frémissantes étoiles à quatre branches, des grenats de Ceylan rouge feu, des spinelles orange et violettes et des améthystes aux couches alternées de rubis et de saphirs[125]. Il aimait l'or rouge de la pierre de soleil, la blancheur de perle de la pierre de lune et l'arc-en-ciel brisé de l'opale laiteuse. Il fit venir d'Amsterdam trois émeraudes d'une taille et d'une richesse de coloris extraordinaires. Il possédait aussi une turquoise *de la vieille roche*[126] que lui enviaient tous les connaisseurs.

Il découvrit aussi de magnifiques histoires sur les pierres précieuses[127]. Dans sa *Clericalis Disciplina* Pierre d'Alphonse[128] mentionne un serpent aux yeux de jacinthe véritable et dans la vie romancée d'Alexandre il est dit que le conquérant d'Émathie[129] aurait trouvé dans la vallée du Jourdain des serpents « sur le dos desquels poussaient des colliers d'émeraude véritable ». Philostrate[130] nous apprend qu'il y a une pierre précieuse dans le cerveau du dragon et que, « si on lui fait voir des lettres d'or et une tunique écarlate », on peut plonger le monstre dans un sommeil magique et le tuer. Selon le grand alchimiste Pierre de

Boniface[131], le diamant rend invisible et l'agate indienne éloquent. La cornaline calme la colère, l'hyacinthe provoque le sommeil et l'améthiste dissipe les vapeurs de l'alcool. Le grenat chasse les démons et l'hydropite retire à la lune sa couleur. Le sélénite croît et décroît avec la lune et le meloceus, qui dénonce les voleurs, ne peut être altéré que par le sang du chevreau. Leonardus Camillus[132] a vu une pierre blanche que l'on retirait du cerveau d'un crapaud fraîchement tué, antidote infaillible contre le poison. Le bézoard[133], que l'on trouve dans le cœur du daim d'Arabie, possédait un charme capable de guérir la peste. On trouvait dans le nid des oiseaux d'Arabie l'aspilate qui, selon Démocrite[134], préserve du feu ceux qui la portent.

Le roi de Ceylan, lors des cérémonies de son couronnement, traversa sa capitale un gros rubis à la main. Les portes du palais du Prêtre Jean[135] étaient « en sardoine incrustée de corne de céraste pour que personne ne pût y introduire de poison ». Au-dessus du pignon, il y avait « deux pommes d'or contenant deux escarboucles » afin que l'or brille le jour et les escarboucles la nuit. Dans l'étrange roman de Lodge[136], *Une marguerite d'Amérique*, on affirmait qu'il était possible d'apercevoir dans la chambre de la reine « toutes les dames chastes du monde dans des châsses d'argent qui vous regardaient à travers de beaux miroirs de chrysolite, d'escarboucles, de saphirs et d'émeraudes vertes ». Marco Polo avait vu les habitants de Cipango[137] déposer des perles roses dans la bouche des défunts. Un monstre marin, amoureux de la perle que le plongeur avait apportée au roi Peroz[138], avait tué le voleur puis porté le deuil sept lunes durant. À en croire Procope[139], lorsque les Huns avaient réussi à attirer le roi dans la grande fosse, Peroz avait jeté la perle au loin et on ne l'avait jamais retrouvée malgré la récompense de cinq cents quintaux d'or offerte par l'empereur Anastase[140]. Le roi de Malabar[141] avait fait voir à un Vénitien un chapelet de trois cent quatre perles, un pour chacun des dieux qu'il adorait.

Lorsque le duc de Valentinois, fils d'Alexandre VI, rendit visite au roi de France Louis XII, son cheval était chargé, selon Brantôme [142], de feuilles d'or et son chapeau portait une double rangée de rubis qui jetaient une vive lumière. Charles d'Angleterre [143] montait avec des éperons auxquels étaient fixés quatre cent vingt et un diamants. Richard II [144] avait un manteau couvert de rubis balais et évalué à trente mille marks. Hall [145] nous décrit Henri VIII se dirigeant vers la Tour avant son couronnement revêtu « d'une veste rehaussée d'or, le placard serti de diamants et autres pierres précieuses et portant autour du cou un grand baudrier de beaux rubis balais ». Les favoris de Jacques Ier [146] portaient des boucles d'oreilles d'émeraude en diamant monté sur un filigrane d'or. Édouard II [147] avait donné à Piers Gaveston une armure d'or rouge criblée d'hyacinthes, un collier de roses d'or incrusté de turquoises et une calotte *parsemée* de perles. Henri II [148] portait des gants ornés de pierres précieuses qui lui arrivaient au coude et avait un gant de fauconnier sur lequel étaient cousus douze rubis et cinquante-deux grosses perles d'Orient. Le chapeau ducal de Charles le Téméraire, dernier duc de Bourgogne [149] de sa lignée, était orné de perles en forme de poire et piqueté de saphirs.

Comme la vie était jadis exquise ! Quelle magnificence dans la pompe et le décorum ! Il suffisait de lire avec quel luxe on ensevelissait les morts pour être émerveillé.

Dorian s'intéressa ensuite aux broderies et aux tapisseries qui tenaient lieu de fresques dans les pièces glaciales des pays du nord de l'Europe [150]. En fouillant la question — avec cette faculté extraordinaire qui était la sienne de s'absorber complètement sur le moment dans tout ce dont il s'occupait — il éprouva presque de la tristesse en réfléchissant aux ravages causés par le Temps à ce qui est beau et magnifique. Lui, en tout cas, y avait échappé. Les étés avaient succédé aux étés, maintes fois les jonquilles avaient fleuri et étaient mortes et les nuits d'horreur avaient réitéré l'histoire de leur honte mais lui, il restait identique à lui-même. Aucun hiver n'avait gâché ou terni son teint fleuri. Comme il en allait autrement des choses matérielles! Qu'étaient-elles donc devenues? Où était donc passée la grande tunique couleur de crocus fabriquée par les jeunes filles brunes pour plaire à Athéna et que les dieux avaient disputée aux géants? Où était l'immense vélarium que Néron avait tendu en travers du Colisée romain, ce voile pourpre et titanesque sur laquelle étaient représentés le ciel étoilé et Apollon conduisant un char tiré par de blancs coursiers aux rênes d'or? Il eût aimé voir les curieux napperons exécutés pour le Roi du Soleil [151] sur lesquels figuraient toutes les friandises et tous les mets délicats que l'on pouvait désirer pour un festin; le drap mortuaire du roi Chilpéric [152] avec ses trois cents abeilles en or; les tuniques extraordinaires qui soulevèrent l'indignation de l'évêque du Pont [153] et qui représentaient « des lions, des panthères, des chiens, des forêts, des rochers, des chasseurs — tout, en fait, ce qu'un peintre peut copier d'après nature »; et le manteau jadis porté par Charles d'Orléans [154] sur les manches duquel étaient brodés les paroles d'une chanson commençant par *Madame, je suis tout joyeux* et dont la partition musicale était travaillée au fil d'or et chaque note, de la forme carrée de l'époque, formée de quatre perles. Il lut la description de la chambre préparée au palais de Reims [155] à l'intention de la reine Jeanne de Bourgogne [156], décorée de « mille trois cent vingt et un perroquets exécutés à la broderie et aux armes du roi et de cinq cent soixante et un papillons aux ailes pareillement ornées des armes de la reine, le tout en or ». Catherine de Médicis s'était fait faire un lit mortuaire en velours noir piqué de croissants et de soleils. Les rideaux en étaient en damas orné de couronnes et de guirlandes de feuilles disposées sur un fond d'or et d'argent, les bords décorés d'une frange de broderies de perles. Ce lit se dressait dans une chambre ornée de rangées d'emblèmes de la reine taillés dans du velours noir apposé à un tissu argenté. Louis XIV avait dans ses appartements des cariatides brodées d'or hautes de cinq mètres. Le lit d'apparat du roi de Pologne Sobieski[157] était en brocart en or de Smyrne paré de turquoises illustrant des versets du Coran. Ses montants étaient en vermeil, admirablement ciselés et incrustés à profusion de médaillons faits d'émaux et de pierres précieuses. Il avait été saisi dans le camp turc devant Vienne et l'étendard de Mahomet avait flotté sous les dorures chatoyantes de son baldaquin.

C'est ainsi qu'il s'employa durant une année entière à accumuler les plus beaux spécimens de tissus et de broderies : délicates mousselines de Delhi finement ouvragées de palmettes en fil d'or et piquées d'ailes de scarabées irisées ; gazes de Decca que leur transparence a fait connaître en Occident sous le nom d'« air tissé », d'eau courante et de « rosée du soir » ; curieux tissus ornés de personnages de Java ; tentures jaunes aux motifs recherchés venues de Chine ; livres reliés en satin fauve ou en belle soie bleue ornée de fleurs de lys, d'oiseaux et d'images ; voiles de lacis travaillés au point de Hongrie ; brocarts de Sicile et velours d'Espagne empesés ; étoffes de Georgie à sequins dorés et *foukousas* japonais aux dorures à reflets verts ornés d'oiseaux au plumage merveilleux.

Il avait aussi une passion particulière pour les vêtements sacerdotaux ainsi que pour tout ce qui avait trait aux offices liturgiques[158]. Dans les longs coffres de cèdre disposés en rang dans la galerie ouest de sa maison, il avait entreposé un grand nombre de pièces rares et très belles de la parure réelle de l'Épouse du Christ qui doit porter la pourpre, les pierres précieuses et le lin le plus fin pour cacher son corps blême et mortifié, usé par la souffrance recherchée par elle et blessé par les sévices qu'elle s'inflige. Il possédait une somptueuse chape de soie cramoisie damassée d'or, illustrée de grenades dorées qui reprenaient un motif de fleurs stylisé à six pétales derrière lesquelles figurait des deux côtés l'emblème de la pomme de pin ornée d'un semis de perles. Les parements en étaient divisés en panneaux représentant des

scènes de la vie de la Vierge dont le couronnement
était brodé en soies colorées sur le capuchon. C'était
un travail italien du xvᵉ siècle. Une autre chape, de
velours vert, était brodée de groupes de feuilles
d'acanthe en forme de cœur d'où partaient des fleurs
blanches à longues tiges dont les détails étaient
échampés d'un fil d'argent et de cristaux de couleur.
Le fermoir portait une tête de séraphin en fil d'or
relevé en bosse. Les parements en étaient tissés dans
une soie diaprée rouge et or et constellés de médaillons de plusieurs saints et martyrs, dont saint Sébastien. Il possédait aussi des chasubles de soie ambre, de
brocart bleu et or, de soie jaune damassée et de drap
d'or aux motifs représentant la Passion et la Cruci-
fixion du Christ et brodées de lions, de paons et autres
emblèmes; des dalmatiques de satin blanc et de soie
rose damassée décorées de tulipes, de dauphins et de
fleurs de lys; des parements d'autel en velours cra-
moisi et en lin blanc ainsi que plusieurs corporaux,
voiles de calices et suaires. Il y avait dans les cérémonies mystiques auxquelles on employait ces objets
quelque chose qui stimulait son imagination.

Car ces trésors et tout ce dont il faisait collection
dans sa ravissante demeure étaient pour lui des
moyens d'oublier, des manières d'échapper pour un
temps à la peur qui lui semblait à certains moments
presque trop forte pour être supportée. Sur les murs
de la pièce solitaire fermée à clé où il avait passé une si
grande partie de son enfance il avait suspendu de ses
propres mains le terrible portrait dont les traits changeants lui faisaient voir la véritable déchéance de sa
vie. Devant, il avait tendu à la manière d'un rideau le
drap mortuaire pourpre et or. Il restait des semaines
sans y monter. Il oubliait alors l'épouvantable tableau
et retrouvait sa légèreté, son insouciante allégresse, se
laissait passionnément absorber par la vie. Puis, soudain, un soir, il se glissait hors de chez lui, gagnait
quelque lieu de perdition près de Blue Gates Fields [159]
où il restait des jours jusqu'à ce qu'on l'en chasse. À
son retour, il s'asseyait devant le tableau, le maudis-

sant parfois et lui-même avec, mais était rempli à d'autres moments de cet orgueilleux individualisme qui entre pour moitié dans la fascination qu'exerce le péché. Avec un secret plaisir il adressait alors un sourire à l'ombre difforme à qui il incombait de porter le fardeau qui eût dû être le sien.

Au bout de quelques années, il ne supporta plus de rester longtemps hors d'Angleterre et renonça à la villa qu'il partageait à Trouville[160] avec Lord Henry ainsi qu'à sa petite maison d'Alger aux murs blancs où il avait plus d'une fois passé l'hiver. Il détestait être séparé du portrait qui tenait une si grande place dans sa vie et craignait aussi qu'en son absence quelqu'un ne réussisse à pénétrer dans la pièce malgré les verrous compliqués qu'il avait fait poser à la porte.

Il se doutait bien que le tableau ne dirait rien à personne. Certes, il conservait toujours, sous toute la laideur et la noirceur du visage, une ressemblance avec lui mais quelle conclusion pourrait-on en tirer? Il rirait de quiconque oserait lui adresser le moindre sarcasme. Ce n'était pas lui qui l'avait peint. Que lui importait à lui son apparence vile et pleine d'infamie? Même s'il avouait tout, le croirait-on?

Il n'empêche qu'il avait peur. Lorsqu'il se trouvait dans sa grande maison du Nottinghamshire où il recevait les jeunes élégants de son monde dont il aimait s'entourer et où il ébahissait le pays par son luxe gratuit et la splendeur somptueuse de son mode de vie, il lui arrivait de quitter subitement ses invités et de regagner précipitamment Londres pour voir si la porte n'avait pas été forcée et si le tableau était toujours là. Et si on venait à le voler? Le seul fait d'y penser le glaçait d'horreur. Alors le monde connaîtrait à coup sûr son secret. Qui sait s'il ne le soupçonnait pas déjà.

En effet, s'il fascinait plusieurs personnes, un certain nombre de gens se méfiaient de lui. Il s'en était fallu de peu que l'on refuse sa candidature dans un club du West End dont sa naissance et sa position sociale l'autorisaient pleinement à être membre. On racontait aussi que, un jour où un de ses amis l'avait amené dans le fumoir du Churchill[161], le duc de Berwick et un autre gentleman s'étaient levés de manière ostensible et avaient quitté la pièce. D'étranges histoires commencèrent à courir sur son compte après sa vingt-cinquième année. La rumeur voulait qu'on l'eût vu se bagarrer avec des marins étrangers dans un bouge au fin fond de Whitechapel et qu'il fréquentât des voleurs et des faux-monnayeurs dont les agissements n'avaient pas de secrets pour lui. Ses absences insolites étaient de notoriété publique et, lorsqu'il faisait sa réapparition dans la société, on chuchotait dans les embrasures, on l'ignorait en ricanant ou on le regardait d'un œil glacial et inquisiteur comme si on avait décidé de percer à jour son secret.

Lui, bien sûr, faisait fi de ces insolences et de ces offenses délibérées, la majorité des gens trouvant par ailleurs que ses manières franches et ouvertes, son sourire charmeur d'adolescent et la grâce infinie de son étonnante jeunesse répondaient suffisamment d'elles-mêmes aux calomnies, c'était le mot employé, qui circulaient à son sujet. On avait cependant remarqué que certaines des personnes avec lesquelles il était le plus lié paraissaient, à la longue, l'éviter. On avait vu des femmes qui avaient été follement éprises de lui et avaient défié pour lui toute censure sociale et passé outre toutes les conventions blêmir de honte ou d'horreur lorsque Dorian entrait dans la pièce.

Ces rumeurs scandaleuses ne faisaient qu'ajouter dans l'esprit de beaucoup à son charme étrange et dangereux. Sa grande fortune lui conférait une certaine impunité. La société, la société civilisée à tout le moins, n'est jamais disposée à ajouter foi à tout ce qui nuit à ceux qui sont à la fois riches et fascinants. Elle sent instinctivement que les manières sont plus importantes que la morale[162] et pour elle la respectabilité la plus grande compte beaucoup moins que la possession d'un bon cuisinier. Et c'est après tout une bien piètre satisfaction que de pouvoir se dire que celui qui a donné un mauvais dîner ou servi un vin médiocre est irréprochable dans sa vie privée. Même les vertus cardinales ne sauraient racheter des entrées à moitié froides, ainsi que Lord Henry en avait fait un jour la remarque lors d'une discussion sur ce sujet. Il y aurait beaucoup à dire en faveur de cette conception des choses. Car les critères d'une bonne société sont ou devraient être identiques à ceux de l'art. La forme y est décisive. La vie en société devrait avoir la dignité ainsi que l'irréalité d'une cérémonie et allier le manque de sincérité d'une pièce romantique à la beauté et à l'esprit qui nous plaisent dans ces mêmes pièces. L'insincérité est-elle quelque chose de si terrible [163] ? Je ne le pense pas. Il s'agit sans doute d'une technique de démultiplication de la personnalité.

Telle était, en tout cas, l'opinion de Dorian Gray. Il s'étonnait de la psychologie superficielle de ceux qui voient dans le Moi d'un homme quelque chose de simple, de permanent, de fiable et d'un seul tenant. Pour lui, l'homme était un être qui vivait une multitude de vies et de sensations [164], un être complexe et multiforme qui portait en lui un curieux atavisme de pensée et de passion et dont la chair même avait hérité la tare des maux monstrueux des défunts. Il aimait déambuler dans la galerie de peinture froide et désolée de sa maison de campagne et regarder le portrait de tous ceux dont le sang coulait dans ses veines. On y voyait Philip Herbert, décrit par Francis Osborne dans ses *Mémoires des règnes de la reine Élisabeth et du roi Jacques* comme quelqu'un « bien en cour à cause d'un beau visage qui ne tarda pas à lui fausser compagnie [165] ». Se pouvait-il qu'il vive parfois la vie d'Herbert ? Un étrange poison se serait-il transmis d'un corps à l'autre jusqu'au sien ? Était-ce le sentiment de cette grâce abîmée qui l'avait fait si subitement et presque sans raison formuler dans l'atelier de Basil Hallward la prière insensée qui avait changé sa vie ? Là, en pourpoint rouge ourlé d'or se tenait Sir Anthony Sherard, son armure argent et noir en tas à ses pieds. Que lui avait légué cet homme ? L'amant de Jeanne de Naples [166] lui avait-il transmis le péché et la honte ? Ses propres actions n'étaient-elles que les rêves que ces défunts n'avaient pas osé réaliser? Là, sur la toile aux couleurs passées, Lady Élisabeth Devereux, en capuchon de gaze, corsage de perles et manches roses à crevés, souriait. Elle tenait une fleur à la main droite et serrait de la gauche son collier émaillé de roses blanches et de roses de Damas. On voyait de grandes rosettes sur ses petites chaussures blanches pointues. Il connaissait sa vie et les histoires étranges que l'on racontait sur ses amants. Tenait-il d'elle? Les yeux ovales aux lourdes paupières semblaient le regarder bizarrement. Et George Willoughby, avec sa chevelure poudrée et ses mouches extravagantes? Quel air diabolique que le sien! Son visage était sombre et basané et il y avait comme un rictus de mépris sur ses lèvres sensuelles. Ses délicates manchettes de dentelle retombaient sur des mains maigres et jaunes surchargées de bagues. Il avait été un macaroni[167] du XVIIIe siècle et l'ami, dans sa jeunesse, de Lord Ferrars[168]. Et le deuxième Lord Beckenham, compagnon du Prince Régent à la période la plus dissolue de la vie de celui-ci et qui avait été l'un des témoins du prince lors de son mariage secret avec Mrs. Fitzherbert[169]? Comme il portait beau et était fier avec ses boucles châtains et sa pose insolente! Quelles passions lui avait-il transmises? Le monde l'avait tenu pour infâme. C'était lui qui organisait les orgies de Carlton House[170]. L'étoile de la Jarretière brillait sur sa poitrine[171]. À côté de lui était suspendu le portrait de son épouse, une femme pâle, aux lèvres minces, vêtue de noir. Son sang à elle coulait également dans ses veines. Ce que tout cela était bizarre! Quant à sa mère, avec son visage à la Lady Hamilton[172] et ses lèvres humides humectées de vin, il savait qu'il tenait d'elle sa beauté et la passion qui était la sienne pour la beauté d'autrui. Elle lui souriait dans sa robe de Bacchante flottante. Elle avait des feuilles de vigne dans les cheveux. Du rouge débordait de la coupe qu'elle tenait. L'incarnat du tableau s'était flétri mais le regard, superbe, avait conservé sa profondeur et son éclat. Il semblait le suivre partout où il allait.

On a toutefois aussi des ancêtres en littérature tout autant que par le sang, peut-être même plus proches pour certains d'entre eux par le type et le tempérament, et ceux dont l'influence se fait certainement davantage sentir. Dorian Gray avait à certains moments l'impression que l'histoire tout entière ne faisait que relater sa propre vie, non telle qu'il l'avait vécue dans ses faits et gestes mais telle que son imagination la lui représentait, telle qu'elle existait dans son cerveau et ses passions. Il avait le sentiment de les avoir tous connus, ces étranges et terribles personnages qui avaient traversé la scène du monde, qui avaient rendu le péché si merveilleux et le mal si plein de subtilité. Il avait l'impression que, mystérieusement, leur vie avait été la sienne.

Le héros de l'étonnant roman qui avait eu une si grande influence sur sa vie avait lui aussi connu cette chimère. Dans le septième chapitre, il raconte comment, couronné de lauriers afin que la foudre ne le frappe pas, il s'était assis, tel Tibère, dans un jardin de Capri où il avait lu les scandaleux ouvrages d'Éléphantis tandis que des nains et des paons se pavanaient autour de lui et qu'un joueur de flûte jouait les thuriféraires, comment il avait fait la fête, tel Caligula, avec les jockeys à casaque verte dans leurs écuries et soupé dans une mangeoire d'ivoire à côté d'un cheval au front orné de pierres précieuses et, tel Domitien, avait erré dans un couloir bordé de miroirs en marbre, cherchant d'un œil hagard le reflet du glaive qui devait mettre fin à ses jours, malade d'ennui, de ce terrible *taedium vitae* que connaissent ceux à qui la vie ne refuse rien. Il avait observé à travers une claire émeraude les rouges scènes de carnage du Cirque puis, dans une litière ornée de perles et de pourpre et tirée par des mules aux sabots d'argent, s'était fait conduire par la rue des Grenades jusqu'à la Maison dorée et avait entendu acclamer Néron César sur son passage. Et encore, tel Héliogabale, le visage peinturluré, il avait filé la quenouille parmi les femmes et apporté la lune à Carthage pour, en un mariage mystique, l'unir au soleil[173].

Dorian relisait sans cesse ce chapitre extraordinaire et les deux chapitres suivants dans lesquels, ainsi que dans certains émaux habilement ouvragés ou certaines tapisseries bizarres, étaient dépeintes les formes imposantes et superbes de ceux que le Vice, le Sang et l'Épuisement avaient rendu fous ou monstrueux[174] : Filippo, duc de Milan[175], qui avait tué sa femme et lui avait enduit les lèvres de poison afin que son amant aspire la mort en caressant sa bien-aimée ; le Vénitien Pietro Barbi, connu sous le nom de Paul II[176], qui, dans sa vanité, voulut prendre le titre de Formosus et dont la tiare, estimée à deux cent soixante florins fut achetée au prix d'un crime abominable ; Gian Maria Visconti[177] qui lançait des meutes de chiens aux trousses d'hommes vivants et dont le corps assassiné fut recouvert de roses par une prostituée qui l'avait aimé ; le Borgia, qui chevauchait sur son cheval blanc aux côtés du Fratricide[178], son manteau taché du sang de Perotto ; Pietro Riario, le jeune cardinal, archevêque de Florence, fils et mignon de Sixte IV[179], dont la beauté n'avait d'égale que la dépravation et qui avait reçu Léonore d'Aragon[180] dans un pavillon de soie blanche et cramoisie remplie de nymphes et de centaures et qui avait recouvert un jeune garçon de feuilles d'or afin qu'il puisse servir, lors du festin, en Ganymède ou en Hylas[181]. Ezzelin dont seul le spectacle de la mort pouvait guérir la mélancolie et qui avait la passion du sang rouge comme d'autres du vin rouge — fils du Démon, à ce que l'on rapporte, et qui avait triché en jouant son âme aux dés avec son père[182] ; Giambattista Cibo qui avait pris le nom d'Innocent[183] par dérision et dans les veines taries duquel un médecin juif avait injecté le sang de trois jeunes garçons ; Sigismond Malatesta[184], amant d'Isotta et seigneur de Rimini brûlé en effigie à Rome comme ennemi de Dieu et des hommes, qui avait étranglé Polissena avec une serviette de table, servi du poison à Ginevra d'Este dans une coupe d'émeraude et, pour honorer une passion honteuse, élevé une église païenne destinée au culte chrétien ;

Charles VI[185] qui avait tant adoré la femme de son frère qu'un lépreux lui avait prédit que la folie le guettait et qui, le cerveau malade et dérangé, ne pouvait être apaisé que par des cartes sarrasines représentant l'Amour, la Mort et la Folie ; et aussi, en pourpoint chamarré, toque garnie de pierres précieuses et boucles telles des feuilles d'acanthe, Grifonetto Baglioni, qui avait tué Astorre avec sa fiancée et Simonetto avec son page[186], et qui était d'une si grande beauté que, lorsqu'il gisait étendu sur la piazza jaune de Pérouse, ceux qui l'avait haï ne pouvaient s'empêcher de pleurer et qu'Atalante, qui l'avait maudit, lui donna sa bénédiction.

Ils exerçaient tous sur lui une terrible fascination. La nuit, il les voyait et ils troublaient son imagination durant la journée. La Renaissance connaissait de curieuses manières d'empoisonner[187] — par un baume et une torche enflammée, un gant brodé et un éventail garni de diamants, une pomme de senteur dorée[188] et une chaîne d'ambre. Dorian Gray, lui, avait été empoisonné par un livre. Il lui arrivait de considérer le mal comme un simple moyen de réaliser sa conception du beau.

12

C'était le neuf novembre, la veille de son trente-huitième[189] anniversaire, ainsi qu'il devait souvent s'en rappeler par la suite.

Il était environ onze heures et il revenait à pied de chez Lord Henry où il avait dîné, enveloppé dans d'épaisses fourrures car la nuit était froide et brumeuse. Au coin de Grosvenor Square et de South Audley Street, un homme le croisa dans le brouillard. Il marchait très rapidement, le col de son ulster[190] gris relevé. Il avait un sac à la main. Dorian le reconnut : c'était Basil Hallward. Une peur étrange, qu'il ne put s'expliquer, l'envahit. Il ne lui adressa aucun signe de reconnaissance et poursuivit rapidement sa route en direction de chez lui.

Mais Hallward l'avait vu. Dorian l'entendit d'abord s'immobiliser sur le trottoir puis se précipiter vers lui. Un instant plus tard, la main de Hallward se posait sur son bras.

— Dorian! Quel extraordinaire hasard! Je t'attends chez toi dans ta bibliothèque depuis neuf heures. J'ai finalement eu pitié de ton domestique qui était fatigué et je lui ai dit d'aller se coucher lorsqu'il m'a reconduit à la porte. Je pars pour Paris par le train de minuit et je tenais particulièrement à te voir avant mon départ. Quand tu m'as croisé, j'ai cru te reconnaître, ou plutôt ton manteau de fourrure. Mais je n'en étais pas tout à fait sûr. Tu ne m'as pas reconnu?

— Dans ce brouillard, mon cher Basil ? Mais je ne reconnais même pas Grosvenor Square. Ma maison doit être quelque part par là mais je n'en suis pas du tout sûr. Je regrette que tu t'en ailles, cela fait des siècles que je ne t'ai vu. Mais tu vas sans doute revenir bientôt ?

— Non. Je serai absent d'Angleterre pour six mois. J'ai l'intention de prendre un atelier à Paris et de m'y cloîtrer tant que je n'aurais pas fini un grand tableau que j'ai en tête. Mais je ne voulais pas parler de moi. Tiens, nous voici à ta porte. Laisse-moi entrer un moment, j'ai quelque chose à te dire.

— J'en serais ravi. Mais ne vas-tu pas manquer ton train ? demanda d'un ton indifférent Dorian Gray en gravissant les marches et en ouvrant la porte avec son passe-partout.

Le réverbère brillait faiblement dans le brouillard et Hallward regarda sa montre.

— J'ai tout mon temps, répondit-il. Le train ne part pas avant minuit et quart et il est seulement onze heures. En fait, je me dirigeais vers le club pour voir si tu y étais lorsque je t'ai rencontré. Comme tu vois, je ne serai pas retardé par mes bagages car j'ai déjà expédié tout ce que j'avais de lourd. Tout ce que j'ai pris avec moi est dans ce sac. Je peux facilement être à la gare Victoria en vingt minutes.

Dorian le regarda et sourit.

— Quelle façon de voyager pour un peintre à la mode ! Un sac Gladstone [191] et un ulster ! Entre ou le brouillard va pénétrer dans la maison. Et, si tu veux bien, ne me parle pas de choses sérieuses. Il n'y a rien de sérieux de nos jours. Rien ne devrait l'être en tout cas.

Hallward acquiesça de la tête en entrant et suivit Dorian dans la bibliothèque. Un feu de bois flambait dans la grande cheminée. Les lampes étaient allumées et un coffret à liqueurs hollandais en argent était posé, ouvert, sur une petite table en marqueterie avec des siphons d'eau de Seltz et de grands verres en cristal taillé.

— Comme tu vois, ton domestique m'a fort bien accueilli, Dorian. Il m'a donné tout ce que je voulais, y compris tes meilleures cigarettes à bout doré. C'est quelqu'un de très hospitalier. Je le préfère de loin au Français que tu avais avant. À propos, qu'est-ce qu'il est devenu, le Français ?

Dorian haussa les épaules.

— Je crois qu'il a épousé la femme de chambre de Lady Radley et qu'il l'a installée à Paris comme couturière anglaise. L'*anglomanie* est très à la mode là-bas actuellement, à ce qu'on dit. Cela a l'air idiot de la part des Français, tu ne trouves pas ? Mais sais-tu que ce n'étais pas du tout un mauvais domestique ? Je ne l'ai jamais aimé mais je n'avais pas à me plaindre de lui. On s'imagine souvent des absurdités. Il m'était vraiment très dévoué et a eu l'air tout à fait désolé de partir. Un autre brandy soda ? À moins que tu ne préfères du vin du Rhin avec de l'eau de Seltz ? Moi, c'est toujours ce que je prends. Il y en a sûrement dans la pièce d'à côté.

— Merci, je ne veux plus rien, répondit le peintre en retirant son chapeau et son manteau qu'il jeta sur le sac qu'il avait posé dans le coin. Et maintenant, mon cher, il faut que je te parle sérieusement. Ne fais pas cette tête. Tu ne me facilites pas les choses.

— De quoi s'agit-il ? s'écria Dorian avec son irritabilité coutumière en se laissant tomber sur le canapé. J'espère que ce n'est pas de moi qu'il s'agit. Ce soir, j'en ai assez de moi-même. Je voudrais être quelqu'un d'autre.

— Il s'agit de toi, répondit Hallward de sa voix grave et profonde, et il faut que je te le dise. Je ne te retiendrai qu'une demi-heure.

Dorian soupira et alluma une cigarette.

— Une demi-heure ! murmura-t-il.

— Ce n'est pas beaucoup te demander, Dorian, et c'est uniquement pour ton bien que je te parle. Je pense qu'il est juste que tu saches que l'on raconte les pires horreurs sur ton compte à Londres.

— Je n'en veux rien savoir. J'aime la médisance

quand il s'agit des autres mais les médisances qui me
concernent ne m'intéressent pas. Il leur manque le
charme de la nouveauté.

— Elles devraient t'intéresser, Dorian. Un gentleman tient à sa bonne réputation. Tu ne veux pas que
l'on parle de toi comme de quelqu'un de vil et de
dépravé. Naturellement, tu jouis de ta position sociale,
de ta fortune, de ce genre de choses. Mais la position
sociale et la fortune ne sont pas tout. Sache que je ne
crois pas un mot de ces rumeurs. En tout cas, il m'est
impossible de les croire quand je te vois. Le péché se
lit sur le visage de quelqu'un. Il est impossible de le
dissimuler. On parle parfois de vices cachés. Cela
n'existe pas. Si un homme mauvais a un vice, cela se
voit dans les plis de sa bouche, l'affaissement de ses
paupières, jusque dans la forme de ses mains.
Quelqu'un — je tairai son nom mais tu le connais —
est venu me voir l'an dernier pour que je fasse son
portrait. Je ne l'avais jamais vu auparavant et je ne
savais rien de lui à ce moment-là même si j'en ai
appris long depuis. Il m'a offert une fortune. J'ai
refusé. Il y avait quelque chose qui me déplaisait dans
la forme de ses doigts. Je sais maintenant que l'idée
que je m'étais faite de lui était tout à fait juste. Il mène
une vie épouvantable. Mais toi, Dorian, avec ton
visage pur, lumineux et innocent, ta magnifique jeunesse que rien ne trouble — je ne peux ajouter foi à
rien de ce que l'on dit contre toi. Je te vois très rarement et tu ne viens plus jamais à l'atelier mais il
n'empêche, quand je suis loin de toi et que j'entends
toutes ces atrocités que les gens murmurent à ton
sujet, je ne sais pas quoi dire. Comment se fait-il,
Dorian, qu'un homme comme le duc de Berwick
quitte la pièce d'un club quand tu y entres ? Comment
se fait-il que tant d'honnêtes gens à Londres refusent
d'aller chez toi et de te recevoir chez eux ? Tu étais
ami avec Lord Staveley. Je l'ai rencontré à un dîner la
semaine dernière. Ton nom est venu dans la conversation à propos des miniatures que tu as prêtées à
l'exposition de la galerie Dudley[192]. Staveley a fait la

moue et a dit que tu avais peut-être le meilleur goût
qui soit en art mais qu'on ne devrait jamais te présenter une pure jeune fille et qu'aucune femme honnête
ne devrait s'asseoir dans la même pièce que toi. Je lui
ai rappelé que j'étais de tes amis et je lui ai demandé
de quoi il parlait au juste. Il me l'a dit. Devant tout le
monde. C'était horrible! Pourquoi ton amitié est-elle
si fatale aux jeunes gens? Comme ce mauvais garçon
de la Guarde qui s'est suicidé. Tu étais son grand ami.
Il y a eu aussi Sir Thomas Ashton qui a dû quitter
l'Angleterre, son nom sali. Vous étiez inséparables, lui
et toi. Et Adrian Singleton qui a fini si atrocement? Et
le fils unique de Lord Kent et sa carrière brisée? J'ai
rencontré son père hier dans Saint James Street. Il
paraissait brisé sous la honte et le chagrin. Et le jeune
duc de Perth? Quelle sorte d'existence mène-t-il
désormais? Quel honnête homme voudrait le fréquenter?

— Cela suffit, Basil. Tu parles de choses que tu ne
connais pas, dit Dorian Gray en se mordant la lèvre,
une pointe de mépris infini dans la voix. Tu me
demandes pourquoi Berwick quitte une pièce quand
j'y entre. C'est parce que je sais tout de sa vie et non
parce qu'il sait tout de la mienne. Avec le sang qui
coule dans ses veines, comment pourrait-il avoir un
passé sans tache? Tu me demandes ce qu'il en est
d'Henry Ashton et du jeune Perth. C'est moi peut-
être qui ai appris au premier le vice et au deuxième la
débauche? Si l'idiot de fils de Kent va chercher sa
femme sur le trottoir, en quoi y suis-je pour quelque
chose? Si Adrian Singleton signe une traite du nom
d'un ami, suis-je son tuteur? Je sais combien les ragots
vont bon train en Angleterre. Les bourgeois donnent
libre cours à leurs préjugés moraux lors de ces dîners
vulgaires et font des gorges chaudes du libertinage de
ceux qui sont au-dessus d'eux afin de faire comme
s'ils faisaient partie de la meilleure société et étaient
intimes avec les gens qu'ils calomnient. Dans ce pays,
il suffit d'avoir de la distinction et de ne pas être bête
pour devenir la cible de vulgaires commérages. Quelle

sorte de vie mènent donc ces gens qui se posent en moralistes ? Mon cher, tu oublies que tu es dans le pays natal de l'hypocrite.

— Dorian, s'écria Hallward, la question n'est pas là. L'Angleterre est passablement pourrie, je le sais, et la société anglaise est pire encore. C'est justement la raison pour laquelle je tiens à ce que tu sois sans tache. Tu ne l'as pas été. On a le droit de juger un homme à l'influence qu'il a sur ses amis. Les tiens semblent avoir perdu tout sens de l'honneur, de la bonté, de la pureté. Tu les as incités à avoir une folle envie de plaisirs. Ils se sont avilis. Ils ont plongé au fond de l'abîme. C'est toi qui les a amenés jusque-là. Oui, toi. Tu peux toujours sourire, comme tu le fais à présent. Et il y a pire encore. Je sais qu'Harry et toi êtes inséparables. Ne serait-ce que pour cette raison, tu aurais pu ne pas traîner le nom de sa sœur dans la boue.

— Attention, Basil. Tu vas trop loin.

— Il faut que je parle et toi, tu vas m'écouter. Lorsque tu as fait la connaissance de Lady Gwendolen, elle n'avait jamais été mêlée, de près ou de loin, à un scandale. Y a-t-il maintenant une seule femme honnête dans Londres qui irait se promener avec elle dans le Parc ? Mais enfin, même ses enfants n'ont pas le droit de vivre avec elle. On raconte aussi d'autres histoires — comme quoi on t'aurait vu sortir au petit matin d'endroits mal famés et te glisser sous un déguisement dans les pires bouges de Londres. Ces histoires sont-elles vraies ? Est-il possible qu'elles le soient ? La première fois que je les ai entendues, j'ai ri. Maintenant, quand je les entends, elles me font froid dans le dos. Parle-moi un peu de ta maison de campagne et de la vie que tu y mènes. Dorian, tu ne sais pas ce qu'on raconte à ton sujet. Je n'irai pas jusqu'à dire que je ne veux pas te faire la morale. Je me souviens avoir entendu Harry dire que quiconque se transforme en prêtre amateur commence toujours par dire cela et finit par ne pas tenir parole. Je veux te sermonner. Je voudrais que tu vives de manière à ce que

le monde te respecte. Je voudrais que tu aies un passé
sans tache. Je voudrais que tu te débarrasses des gens
épouvantables que tu fréquentes. Ne hausse pas les
épaules comme cela. Ne sois pas si indifférent. Tu as
une influence extraordinaire. Fais que se soit en bien
et non en mal. On dit que tu corromps tous ceux avec
qui tu deviens intime et qu'il suffit que tu mettes le
pied dans une maison pour qu'un scandale ou un
autre se produise aussitôt. Je n'en sais rien. Comment
le saurais-je ? Mais c'est ce qu'on dit. On m'a raconté
des choses qu'il était difficile de ne pas croire. Lord
Gloucester était l'un de mes meilleurs amis à Oxford.
Il m'a montré une lettre que sa femme lui avait écrite
alors qu'elle agonisait toute seule dans leur villa de
Menton. Ton nom était mêlé à la confession la plus
terrible que j'aie jamais lue. Je lui ai dit que c'était
absurde — que je te connaissais parfaitement et que
tu étais incapable de quoi que ce soit de ce genre.
Moi, te connaître ? Je me le demande. Avant de
répondre je voudrais voir ton âme.

— Voir mon âme ! murmura Dorian Gray qui se
leva du canapé et se détourna presque blanc de peur.

— Oui, répondit Hallward, d'un ton grave et avec
un profond accent de douleur dans la voix — voir ton
âme. Mais Dieu seul le peut.

Un rire de dérision acerbe s'échappa des lèvres du
jeune homme.

— Tu vas la voir ce soir ! s'écria-t-il en prenant une
lampe sur la table. Viens : c'est ta propre œuvre.
Pourquoi n'y jetterais-tu as un coup d'œil ? Ensuite, tu
pourras tout raconter si le cœur t'en dit. Personne ne
te croira. Si on te croit, on ne m'en aimera que davantage. Je connais mieux notre époque que toi malgré
toutes les banalités que tu débites à ce sujet. Viens, je
vais te raconter. Tu as assez jacassé sur la corruption.
Maintenant, tu vas la voir en face.

Il y avait un orgueil fou dans chacune de ses
paroles. Il tapait du pied avec toute son insolence
juvénile. Il se sentait fou de joie à l'idée que quelqu'un
allait partager son secret et que l'auteur du portrait,

cause de toute cette honte, porterait en lui pour le restant de ses jours le souvenir atroce de ce qu'il avait
fait.

— Oui, poursuivit-il en se rapprochant de Hallward et en le regardant fixement de ses yeux durs, je
vais te montrer mon âme. Tu vas voir ce que tu t'ima-
gines que seul Dieu peut voir.

Hallward eut un mouvement de recul.

— C'est du blasphème, Dorian! s'écria-t-il. Tu ne
dois pas tenir de tels propos. Ce sont des propos horribles et qui ne signifient rien.

— Tu crois?

Dorian se mit de nouveau à rire.

— Je le sais. Quant à ce que je t'ai dit ce soir, c'était
pour ton bien. Tu sais que j'ai toujours été un ami sûr
pour toi.

— Ne me touche pas. Fini ce que tu as à dire.

Un spasme douloureux tordit le visage du peintre. Il
se tut un instant et un sentiment éperdu de pitié le
submergea. Finalement, de quel droit s'immisçait-il
dans la vie de Dorian Gray? À supposer même qu'il
n'ait fait que le dixième de ce que l'on racontait à son
sujet, comme il avait dû souffrir! Il se ressaisit et alla
vers la cheminée. Il resta devant à regarder brûler les
bûches dont la cendre faisait comme du givre et la
flamme comme un cœur palpitant.

— J'attends, Basil, dit le jeune homme d'une voix
claire et dure.

Hallward se retourna.

— Ce que j'ai à dire, c'est ceci, s'écria-t-il. Il faut
que tu me donnes une réponse à propos de ces
accusations horribles que l'on porte contre toi. Si tu
me dis qu'elles sont absolument fausses de bout en
bout, je te croirai. Dis qu'elles sont fausses, Dorian,
dis-le! Ne vois-tu pas ce que j'endure? Mon Dieu! ne
me dis pas que tu es un être mauvais, corrompu,
indigne.

Dorian Gray eut un sourire. Une moue de mépris
flottait sur ses lèvres.

— Viens là-haut, Basil, dit-il calmement. Je tiens

un journal quotidien de ma vie au jour le jour et il ne quitte jamais la pièce où il s'écrit. Je te le montrerai si tu viens avec moi.

— Je vais t'accompagner, Dorian, si tu y tiens. Je m'aperçois que j'ai raté mon train. Peu importe. Je partirai demain. Mais ne me demande pas de lire quoi que ce soit ce soir. Tout ce que je veux, c'est une réponse nette à ma question.

— Tu l'auras là-haut. Je ne peux pas te la donner ici. Tu n'auras pas grand-chose à lire.

13

Il sortit de la pièce et s'engagea dans l'escalier, suivi de près par Basil Hallward. Ils montèrent doucement comme on le fait instinctivement la nuit. La lampe projetait des ombres capricieuses sur le mur et l'escalier. Le vent qui se levait faisait craquer certaines fenêtres.

Lorsqu'ils arrivèrent sur le palier du dernier étage, Dorian posa la lampe par terre et, prenant la clé, la tourna dans la serrure.

— Tu tiens à savoir, Basil ? demanda-t-il à voix basse.

— Oui.

— J'en suis ravi, répondit-il en souriant, ajoutant aussitôt, d'un ton plutôt bourru : Tu es le seul homme qui soit autorisé à tout savoir à mon sujet. Tu as joué un plus grand rôle que tu ne le penses dans ma vie.

Reprenant la lampe, il ouvrit la porte et pénétra dans la pièce. Un courant d'air froid les assaillit et la lampe jeta l'espace d'un instant une flamme d'un orange brouillé. Il frissonna[193].

— Ferme la porte derrière toi, chuchota Dorian en posant la lampe sur la table.

Hallward jeta un œil autour de lui, l'air perplexe. La pièce semblait inhabitée depuis des années. Une tapisserie flamande déteinte, un tableau recouvert d'un rideau, un vieux *cassone* italien et une bibliothèque presque vide — c'était tout ce qu'elle paraissait conte-

nir en plus d'une chaise et d'une table. Lorsque
Dorian Gray alluma une chandelle à demi-consumée
qui était posée sur la tablette de la cheminée, il vit que
l'endroit était tout couvert de poussière et que le tapis
était en lambeaux. Une souris courut se cacher derrière la plinthe. Cela sentait le moisi et l'humidité.

— Ainsi, tu crois qu'il y a seulement Dieu qui voit
les âmes, Basil ? Écarte le rideau et tu verras la
mienne.

Il avait prononcé ces mots d'une voix dure et
cruelle.

— Tu es fou, Dorian, ou tu joues, murmura Hallward en fronçant les sourcils.

— Tu ne veux pas ? Alors, je vais le faire moi-
même, dit le jeune homme qui arracha le rideau de sa
tringle et le jeta par terre.

Une exclamation d'horreur s'échappa des lèvres du
peintre lorsqu'il vit dans la faible lumière le visage
hideux qui lui souriait sur la toile. Il y avait quelque
chose dans son expression qui le remplit de dégoût et
de répugnance. Grands dieux ! C'était le visage de
Dorian Gray qu'il regardait ! L'horreur, quelle qu'elle
fût, n'avait pas encore entièrement ravagé sa stupéfiante beauté. Il restait encore des reflets d'or dans la
chevelure qui s'éclaircissait et un peu de rouge sur la
bouche sensuelle. Les yeux bouffis avaient gardé quelque chose de la beauté de leur bleu. Le contour des
narines et le modelé du cou n'avaient pas encore
perdu complètement la noblesse de leurs courbes.
C'était bien Dorian. Mais qui avait peint ce tableau ? Il
lui semblait reconnaître son coup de pinceau. Quant
au cadre, il était de lui. C'était une idée monstrueuse
et pourtant il eut peur. Il prit la chandelle allumée et la
tint devant le portrait. Son nom figurait dans le coin
gauche, tracé en longues lettres d'un vermillon brillant.

Il s'agissait d'une infâme caricature, d'un canular
honteux, ignoble. Il n'avait jamais peint cette chose.
C'était pourtant son tableau. Il le savait et eut
l'impression que son sang s'était en un rien de temps

changé de feu en glace molle. Son tableau! Qu'est-ce que cela signifiait? Pourquoi s'était-il transformé? Il se retourna et jeta sur Dorian Gray un regard maladif. Sa bouche se contracta et sa langue desséchée parut incapable d'articuler un mot. Il passa sa main sur son front. Il était moite de sueur.

Le jeune homme, appuyé sur la tablette de la cheminée, le regardait avec l'étrange expression que l'on voit sur le visage de gens absorbés par la représentation d'une pièce dans laquelle joue un grand artiste. On n'y lisait ni véritable douleur ni véritable joie, la passion seulement du spectateur avec peut-être dans le regard une lueur de triomphe. Il avait retiré la fleur de la boutonnière de son manteau et la humait, ou faisait semblant.

— Qu'est-ce que cela veut dire? s'écria finalement Hallward.

Sa voix lui sembla criarde, insolite.

— Il y a des années, lorsque j'étais un adolescent, dit Dorian Gray en écrasant la fleur dans sa main, tu as fait ma connaissance, tu m'as flatté et tu m'as appris à être fier de ma beauté. Un jour, tu m'as présenté à un de tes amis qui m'a expliqué le prodige de la jeunesse tandis que toi, tu terminais mon portrait, qui m'a révélé le prodige de la beauté. Dans un moment de folie dont je ne sais pas, même maintenant, si je le regrette ou non, j'ai fait un vœu, tu dirais peut-être une prière...

— Je me souviens! Oh, comme je me souviens bien! Non! C'est impossible. La pièce est humide. La toile a moisi. Les pigments que j'utilisais comportaient une saleté de poison minéral. Je te dis que c'est impossible.

— Tiens donc, qu'est-ce qui est impossible? murmura le jeune homme qui alla vers la fenêtre et appuya son front contre la vitre froide couverte de buée.

— Tu m'avais dit que tu l'avais détruit.

— Je m'étais trompé. C'est lui qui m'a détruit.

— Je ne crois pas qu'il s'agisse de mon tableau.

— Tu n'y reconnais pas ton idéal? demanda
Dorian d'une voix amère.

— Mon idéal, comme tu l'appelle...

— Comme toi, tu l'appelais.

— Il n'y avait rien de mal là-dedans, pas de quoi
avoir honte. Tu étais pour moi un idéal tel que je n'en
rencontrerai jamais plus. Là, c'est le visage d'un
satyre.

— C'est le visage de mon âme.

— Mon Dieu! Qu'ai-je donc adoré là? Cela a les
yeux d'un diable!

— Chacun de nous possède le Paradis et l'Enfer en
lui, s'écria Dorian avec un geste de désespoir.

Hallward se tourna de nouveau vers le portrait et le
fixa.

— Mon Dieu! Si c'est vrai, s'exclama-t-il, et si c'est
ce que tu as fait de ta vie, ma foi, tu dois être encore
pire que ceux qui disent du mal de toi ne t'imaginent!

Il approcha de nouveau la lumière de la toile et
l'examina. La surface paraissait parfaitement intacte
et telle qu'il l'avait laissée. C'était de l'intérieur, apparemment, que venaient l'horreur et la pourriture [194].
La lèpre du péché gagnait lentement du terrain grâce
à la transformation rapide, étrange, de la vie inté-
rieure. La décomposition d'un cadavre dans une
tombe suintante n'eût pas été plus terrifiante.

Sa main trembla et la bougie, sortant de sa cavité,
tomba sur le sol où elle s'immobilisa en crépitant. Il
posa son pied dessus et l'éteignit. Puis il se laissa tomber dans la chaise bancale placée près de la table et
s'enfouit le visage dans les mains.

— Bon Dieu, Dorian, quelle leçon! Quelle épouvantable leçon [195]!

Aucune réponse ne lui parvint mais il entendit
Dorian sangloter à la fenêtre.

— Prie, Dorian, prie, murmura-t-il. Quelle est déjà
la prière qu'on nous a appris à dire dans notre
enfance? « Ne nous induisez pas en tentation. Pardonnez-nous nos péchés. Pardonnez-nous nos
offenses. » Disons-la ensemble. La prière que ton

orgueil t'avait suggérée a été exaucée. La prière de ton repentir le sera aussi. Je t'ai trop adulé. J'en suis puni. Et toi, tu t'es trop adulé. Nous sommes punis tous les deux.

Dorian Gray se retourna lentement et le regarda avec des yeux mouillés de larmes.

— Il est trop tard, Basil, balbutia-t-il.

— Il n'est jamais trop tard, Dorian. Agenouillons-nous et essayons de nous souvenir d'une prière. Ce verset, par exemple : « Vos péchés seraient-ils comme l'écarlate, je les rendrai blancs comme neige [196]. »

— Ces paroles ne veulent rien dire pour moi.

— Allons ! Ne dis pas cela. Tu as assez fait le mal dans ta vie. Mon Dieu ! Tu ne vois donc pas que ce maudit portrait nous regarde d'un air méchant ?

Dorian Gray jeta un œil sur le tableau puis fut soudain saisi d'une haine irrépressible pour Basil Hallward qui lui était comme suggérée par l'image sur la toile, comme chuchotée à l'oreille par les lèvres souriantes. Les passions démentes de l'animal traqué s'éveillèrent en lui et il détesta l'homme assis à la table comme jamais il avait détesté quelqu'un. Il jeta un regard éperdu autour de lui. Quelque chose luisait sur le coffre peint qui lui faisait face. Son œil se posa sur l'objet : il savait de quoi il s'agissait. D'un couteau qu'il avait apporté là-haut quelques jours auparavant pour couper une corde et qu'il avait oublié de reprendre. Il se déplaça lentement dans sa direction, ce qui le fit passer près de Hallward. Dès qu'il fut derrière celui-ci, il s'empara du couteau et se retourna. Hallward remua sur sa chaise comme s'il s'apprêtait à se lever. Dorian se jeta sur lui et enfonça le couteau dans la grosse veine derrière l'oreille en écrasant sur la table la tête de sa victime à qui il assena des coups de couteau redoublés.

Il y eut un gémissement sourd et le bruit épouvantable que fait quelqu'un que son sang étouffe. Par trois fois les bras étendus se dressèrent convulsivement, agitant de manière grotesque des mains raides. Il frappa encore deux fois Hallward qui ne bougea pas. Quelque chose se mit à couler sur le plancher. Il attendit un instant sans cesser d'appuyer sur la tête. Puis il jeta le couteau sur la table et tendit l'oreille.

Il n'entendit rien d'autre que le bruit des gouttes sur le tapis élimé. Il ouvrit la porte et sortit sur le palier. Un calme absolu régnait dans la maison. Il n'y avait personne. Il resta quelques secondes penché sur la balustrade à scruter le puits noir où sourdait l'obscurité. Il retira alors la clé et rentra dans la pièce où il s'enferma à double tour.

L'autre était toujours assis sur la chaise, étendu sur la table, la tête inclinée, le dos voûté, les bras d'une longueur incroyable. N'eût été l'entaille rouge qu'il avait dans le cou et la flaque noire coagulée qui s'élargissait lentement sous la table, on eût dit un homme tout simplement endormi.

Comme tout était allé vite ! Il se sentait étrangement calme. Il se dirigea vers la fenêtre, l'ouvrit et sortit sur le balcon. Le vent avait chassé le brouillard et le ciel faisait comme une monstrueuse queue de paon constellée d'innombrables yeux dorés. Il baissa les yeux et vit l'agent qui faisait sa ronde et dirigeait le long rayon de sa lanterne sur les portes des maisons silencieuses. Le point rouge d'un fiacre en maraude brilla au coin de la rue puis disparut. Une femme vêtue d'un châle flottant longeait lentement les grilles en titubant. De temps à autre, elle s'arrêtait et jetait un œil derrière elle. À un moment donné, elle se mit à chanter d'une voix rauque. L'agent s'approcha lentement d'elle et lui dit quelque chose. Elle s'éloigna d'un pas mal assuré, en riant. Un violent coup de vent balaya le square. Les lampes à gaz vacillèrent, bleuirent et les arbres dénudés agitèrent leurs branches de fer noir de-ci de-là. Il frissonna et rentra en refermant la fenêtre derrière lui.

Arrivé à la porte, il tourna la clé et l'ouvrit. Il n'eut même pas un regard pour l'homme assassiné. Il sentit que le secret de toute l'affaire consistait à ne pas prendre toute la mesure de la situation : l'ami qui avait peint le portrait fatal, cause de tout son malheur, était sorti de sa vie. Cela suffisait.

Il se souvint alors de la lampe. C'était un objet plutôt curieux, de fabrication mauresque, en argent dépoli incrusté d'arabesques d'acier poli et piqué de turquoises presque brutes. Son domestique risquait de s'apercevoir de sa disparition et de poser des questions. Il hésita un instant puis revint la prendre sur la table. Il ne put s'empêcher de regarder le cadavre. Quelle immobilité! Et la blancheur effrayante de ses mains! On aurait dit une terrifiante figure de cire.

Ayant fermé la porte à clé derrière lui, il descendit sans bruit l'escalier. Les marches craquèrent comme si elles poussaient des cris de douleur. Il fit halte à plusieurs reprises et attendit. Non, tout était paisible. Ce n'était que le bruit de ses pas.

Une fois dans la bibliothèque, il vit le sac et le manteau dans le coin de la pièce. Il fallait les faire disparaître. Il ouvrit un placard secret dans la boiserie où il conservait ses étranges déguisements et les y déposa. Il lui serait facile de les brûler par la suite. Il tira la montre de son gousset : il était deux heures moins dix.

Il s'assit et se mit à réfléchir. Chaque année — presque chaque mois — on pendait des hommes en Angleterre pour ce qu'il avait fait. Une folie meurtrière avait soufflé : quelque étoile rouge qui s'était trop approchée de la terre[197]... Et pourtant, quelles preuves y avait-il contre lui? Basil Hallward avait quitté la maison à onze heures. Personne ne l'avait vu revenir. La plupart des domestiques étaient à Selby Royal. Son valet était allé se coucher... Paris! Oui. Basil était parti pour Paris, par le train de minuit selon son intention. Étant donné son étrange discrétion habituelle, des mois s'écouleraient avant qu'on ne se doute de quelque chose. Des mois! Toute trace aurait disparu bien avant cela.

Une idée lui traversa soudainement l'esprit. Il mit son manteau de fourrure et son chapeau et sortit dans le hall d'entrée. Là, il s'immobilisa pour écouter le pas lourd et lent de l'agent dehors sur le pavé et pour regarder se refléter dans la fenêtre le rayon du verre grossissant de sa lanterne. Il attendit, retenant sa respiration.

Quelques instants plus tard, il abaissa le verrou et se glissa dehors en refermant doucement la porte derrière lui. Puis il actionna la sonnette. Cinq minutes plus tard environ, son valet parut, à demi-vêtu, l'air très endormi.

— Je m'excuse de vous avoir réveillé, Francis, dit Dorian en entrant, mais j'avais oublié mon passe. Quelle heure est-il ?

— Deux heures dix, monsieur, répondit le valet qui regarda la pendule en clignant des yeux.

— Deux heures dix ? Comme il est tard ! Vous me réveillerez à neuf heures demain. J'ai du travail.

— Très bien, monsieur.

— Quelqu'un est passé ce soir ?

— Monsieur Hallward, monsieur. Il est resté jusqu'à onze heures puis est allé prendre son train.

— Oh ! J'aurais bien aimé le voir. Il a laissé un message ?

— Non, monsieur, sinon qu'il vous écrirait de Paris s'il ne vous trouvait pas à votre club.

— Ça ira, Francis. N'oubliez pas de me réveiller à neuf heures.

— Non, monsieur.

Le valet s'éloigna dans le couloir en traînant les pieds dans ses pantoufles.

Dorian Gray jeta son manteau et son chapeau sur la table et passa dans la bibliothèque. Il fit les cent pas durant un quart d'heure en se mordant la lèvre et en réfléchissant. Puis il prit le bottin sur l'une des étagères et se mit à le feuilleter. « Alan Campbell, 152 Hertford Street, Mayfair. » Voilà l'homme qu'il lui fallait.

14

À neuf heures, le lendemain matin, son domestique entra avec une tasse de chocolat sur un plateau et ouvrit les volets. Dorian dormait du sommeil du juste, tourné sur le côté droit, une main sous la joue. Il avait l'air d'un petit garçon qui se serait fatigué au jeu ou à l'étude.

Le valet dut lui toucher l'épaule à deux reprises pour le réveiller. Lorsqu'il ouvrit les yeux, un faible sourire parut sur ses lèvres comme s'il sortait d'un rêve enchanteur. Il n'avait pourtant pas rêvé du tout. Aucune image, agréable ou désagréable, n'avait troublé sa nuit. Mais les jeunes garçons sourient sans raison. C'est ce qui fait avant tout leur charme.

Il se retourna et, s'appuyant sur un coude, se mit à boire son chocolat à petites gorgées. Le soleil mûr de novembre inonda la chambre. Le ciel était clair et il y avait une bonne chaleur dans l'air. On eût presque dit une matinée de mai.

Les événements sanglants de la nuit précédente se glissèrent progressivement dans son cerveau et se reformèrent avec une netteté terrifiante. Il tressaillit en se rappelant tout ce qu'il avait souffert et, l'espace d'un instant, la haine pour Basil Hallward qui l'avait fait le tuer alors qu'il était assis sur la chaise lui revint et sa passion haineuse le glaça. Le cadavre était toujours assis là-haut, dans la lumière du jour cette fois.

Quelle horreur! De telles atrocités avaient leur place dans l'obscurité, pas en plein jour.

Il se dit que, s'il commençait à repenser à tout cela, il tomberait malade ou deviendrait fou. Il est des péchés qu'il est plus fascinant de se rappeler que de commettre, d'étranges triomphes qui satisfont l'orgueil davantage que les passions et procurent à l'intellect un vif sentiment de joie, plus grand que celui qu'ils pourront jamais apporter aux sens. Mais pas celui-ci. Celui-ci était de ceux qu'il importait de chasser de l'esprit, de faire passer avec de l'opium, d'étouffer si l'on ne voulait pas être étouffé par lui.

Lorsque la demie sonna, il se passa la main sur le front, se leva en hâte et s'habilla avec un soin encore plus grand que d'habitude, très attentif au choix de sa cravate, de son épingle et de ses bagues qu'il changea plus d'une fois. Il resta longtemps devant son petit déjeuner dont il savoura les divers plats tout en parlant à son valet des nouvelles livrées qu'il songeait à commander pour les domestiques de Selby et en faisant sa correspondance. Certaines des lettres le firent sourire. Trois l'ennuyèrent. Il en relut une plusieurs fois, qu'il déchira ensuite d'un air un tantinet agacé. « Quelle chose épouvantable que la mémoire féminine », comme l'avait dit un jour Lord Henry.

Après avoir bu sa tasse de café noir, il s'essuya lentement les lèvres avec une serviette de table, fit signe à son domestique d'attendre et, allant vers la table, s'assit pour écrire deux lettres. Il en mit une dans sa poche et tendit l'autre à son valet.

— Portez cela au 152 Hertford Street, Francis, et, si M. Campbell est en voyage, procurez-vous son adresse.

Une fois seul, il alluma une cigarette et se mit à dessiner sur une feuille de papier, commençant par des fleurs, puis des éléments architecturaux et enfin des visages. Il s'aperçut tout à coup que chacun des visages qu'il traçait paraissait avoir une extraordinaire ressemblance avec Basil Hallward [198]. Il s'assombrit et, se levant, alla vers la bibliothèque d'où il tira un volume au hasard. Il était décidé à ne pas penser à ce qui était arrivé sauf nécessité absolue.

Après s'être étendu sur le canapé, il regarda la page de titre du livre. C'était *Emaux et Camées* de Gautier, une édition de Charpentier sur papier japonais avec une gravure de Jacquemart [199]. La reliure était en cuir vert citron au treillage doré et parsemé de grenades. Il lut qu'il lui avait été offert par Adrian Singleton. En le feuilletant, son regard tomba sur un poème de la main de Lacenaire, la main jaune et froide « *du supplice encore mal lavée* » au duvet roux et aux « *doigts de faune* [200] ». Il jeta un regard sur ses doigts à lui d'une blancheur de cire en frissonnant légèrement malgré lui et poursuivit sa lecture jusqu'aux magnifiques strophes sur Venise :

> Sur une gamme chromatique [201],
> Le sein de perles ruisselant,
> La Vénus de l'Adriatique
> Sort de l'eau son corps rose et blanc.
>
> Les dômes, sur l'azur des ondes
> Suivant la phrase au pur contour,
> S'enflent comme des gorges rondes
> Que soulève un soupir d'amour.
>
> L'esquif aborde et me dépose,
> Jetant son amarre au pilier,
> Devant une façade rose,
> Sur le marbre d'un escalier.

Comme elles étaient délicieuses ! En les lisant, on avait l'impression de voguer sur les vertes voies aquatiques de la ville rose et gris perle, assis dans une gondole noire à la proue d'argent et aux rideaux à traîne. Les vers lui faisaient l'effet de ces lignes droites bleu turquoise qui nous suivent lorsqu'on s'éloigne du Lido [202]. Les touches de couleurs lui rappelaient le miroitement des oiseaux à la gorge d'opale et d'iris qui volettent autour du haut campanile alvéolé ou marchent à pas rapides avec une grâce si majestueuse au milieu des arcades sombres couleur de cendre. Se renversant en arrière et fermant les yeux, il ne cessait de redire tout bas :

> Devant une façade rose,
> Sur le marbre d'un escalier.

Il y avait tout Venise dans ces deux vers[203]. Il se
rappela l'automne qu'il y avait passé et un merveilleux
amour qui lui avait fait faire de folles et délicieuses
bêtises. La poésie est partout mais Venise, tout
comme Oxford, en avaient gardé l'arrière-plan qui est
tout, ou presque, pour un véritable romantique. Basil
y avait séjourné quelque temps avec lui et était devenu
fou du Tintoret. Pauvre Basil! Quelle mort horrible!

Il soupira et reprit le livre, essayant d'oublier. Il lut
les vers où il est question des hirondelles qui entrent et
sortent à tire d'aile du petit café de Smyrne où les
Hadjis restent assis à compter leurs grains d'ambre et
les marchands enturbannés à fumer leur longue pipe à
houppes tout en conversant gravement[204]; de l'Obélisque de la Place de la Concorde qui pleure des
larmes de granit dans son exil solitaire loin du soleil et
qui rêve de retrouver le Nil chaud couvert de lotus où
il y a des Sphinx, des ibis roses, des vautours blancs
aux griffes dorées et des crocodiles aux petits yeux de
béryl qui se traînent sur la boue verte et fumante[205]. Il
se prit à rêver sur les vers qui, tirant une musique du
marbre couleur de baiser, parlent d'une curieuse statue que Gautier compare à une voix de contralto, le
« *monstre charmant* » couché au Louvre dans la salle
des porphyres[206]. Mais, après un moment, le livre lui
tomba des mains. Il se sentit devenir nerveux et une
terreur épouvantable l'envahit. Et si jamais Alan
Campbell n'était pas en Angleterre? Il mettrait des
jours avant de revenir. Peut-être refuserait-il de venir.
Que faire dans ce cas? Chaque instant comptait de
façon vitale. Ils avaient été grands amis naguère, cinq
ans auparavant — presque inséparables même. Puis
leur amitié avait brusquement cessé. Désormais,
lorsqu'ils se rencontraient en société, seul Dorian
Gray souriait, jamais Alan Campbell.

Celui-ci était un jeune homme extrêmement intelligent même s'il ne savait pas apprécier vraiment les
arts plastiques et était entièrement redevable à Dorian

du peu de sens de la beauté poétique qu'il possédait. La science était sa passion intellectuelle dominante. À Cambridge, il passait une grande partie de son temps à travailler au laboratoire et s'était classé parmi les premiers de sa promotion aux examens de sciences naturelles. D'ailleurs il se consacrait toujours à l'étude de la chimie. Il avait un laboratoire personnel où il s'enfermait des journées entières, au grand dam de sa mère qui s'était mise dans la tête de le voir se présenter comme député et avait comme l'idée qu'un chimiste est quelqu'un qui remplit des ordonnances. C'était par ailleurs un excellent musicien qui jouait du violon et du piano mieux que la plupart des amateurs. C'était en fait la musique qui les avaient tout d'abord rapprochés, Dorian et lui — la musique et cet attrait indéfinissable que Dorian semblait pouvoir exercer à volonté, ce qu'il faisait bien souvent sans même s'en rendre compte. Ils s'étaient rencontrés chez Lady Berkshire le soir où Rubinstein[207] y avait joué. Par la suite, on les voyait toujours ensemble à l'Opéra et partout où l'on donnait de la bonne musique. Leur amitié avait duré dix-huit mois. Campbell était toujours soit à Selby Royal soit à Grosvenor Square. Pour lui, comme pour tant d'autres, Dorian Gray était tout ce qu'il y a de merveilleux et de fascinant dans la vie. On ne sut jamais s'ils s'étaient querellés mais toujours est-il que l'on s'aperçut tout à coup qu'ils s'adressaient à peine la parole lorsqu'ils se rencontraient et que Campbell semblait quitter tôt toute soirée à laquelle assistait Dorian Gray. Il avait changé aussi — il était bizarrement mélancolique par moments, semblait détester écouter de la musique et n'en jouait jamais lui-même, prétextant, lorsqu'on le sollicitait, être tellement absorbé par la science qu'il ne lui restait plus de temps pour pratiquer. Ce qui était sans doute vrai. Il semblait chaque jour s'intéresser davantage à la biologie et on avait vu à une ou deux reprises dans des revues scientifiques son nom associé à certaines expériences curieuses.

C'était cet homme qu'attendait Dorian Gray. Il ne

quittait pas la pendule des yeux. Les minutes passant, il fut pris d'une agitation effroyable. À la fin, il se leva et se mit à arpenter la pièce comme une belle bête en cage. Il marchait à grands pas furtifs, les mains étrangement glacées.

L'attente devint intolérable. Le temps semblait de plomb tandis que des vents monstrueux l'emportaient vers le rebord déchiqueté de la noire crevasse d'un précipice. Il savait ce qui l'y attendait, il le voyait, même, tout en écrasant de ses mains moites ses paupières brûlantes comme pour priver son cerveau lui-même de la vue et faire rentrer ses globes oculaires dans leur orbite. En vain. Son cerveau avait de quoi se repaître tandis que l'imagination, rendue saugrenue par la terreur, tordue et déformée comme une chose vivante par la douleur, dansait comme une marionnette folle sur un tréteau et grimaçait à travers des masques animés. Puis, tout à coup, le Temps s'arrêta pour lui. Cette entité aveugle, à la lente respiration, cessa de se traîner et d'horribles pensées, maintenant que le Temps n'était plus, s'empressèrent d'occuper le devant de la scène et, arrachant un avenir atroce à sa tombe, le lui firent voir. Il le fixa, pétrifié d'horreur.

Finalement, la porte s'ouvrit et son domestique entra. Il tourna vers lui un regard vitreux.

— Monsieur Campbell, monsieur, annonça-t-il.

Un soupir de soulagement s'échappa des lèvres desséchées de Dorian et la couleur revint sur ses joues.

— Faites-le entrer tout de suite, Francis.

Il se sentait de nouveau lui-même. Son accès de lâcheté s'était dissipé.

Le valet s'inclina et se retira. Un instant plus tard, Alan Campbell pénétrait dans la pièce, l'air sévère et plutôt pâle, pâleur accentuée par ses cheveux noirs comme le charbon et ses sourcils foncés.

— Alan! C'est gentil à toi. Je te remercie d'être venu.

— J'avais l'intention de ne plus jamais remettre le pied dans cette maison, Gray. Mais tu m'as dit que c'était une affaire de vie ou de mort.

Sa voix était dure et froide. Il parlait avec une lenteur délibérée. Il y avait du mépris dans le regard fixe et inquisiteur qu'il posait sur Dorian. Il garda les mains dans les poches de son manteau d'astrakan et parut ne pas avoir remarqué son geste d'accueil.

— Oui, c'est une affaire de vie ou de mort, Alan, et pour plus d'une personne. Assieds-toi.

Campbell prit une chaise près de la table, Dorian s'asseyant en face de lui. Le regard des deux hommes se croisa. Dans celui de Dorian, se lisait une pitié infinie. Il savait que ce qu'il allait faire était effroyable.

Après un pénible moment de silence, il s'avança au-dessus de la table et dit, très calmement, mais en épiant l'effet de chaque mot sur le visage de celui qu'il avait envoyé chercher :

— Alan, dans une pièce fermée à clé au dernier étage de la maison, une pièce à laquelle personne autre que moi n'a accès, il y a un cadavre assis à une table. Cela fait maintenant dix heures qu'il est mort. Ne t'agite pas et ne me regarde pas comme cela. Qui est cet homme, pourquoi il est mort, ce sont là des choses qui ne te regardent pas. Toi, ce qu'il faut que tu fasses, c'est...

— Assez, Gray. Je ne veux pas en apprendre davantage. Que ce que tu m'as dit soit vrai ou faux, ça ne me regarde pas. Je refuse entièrement d'être mêlé à ta vie. Garde tes horribles secrets pour toi. Ils ne m'intéressent plus.

— Alan, il faudra bien qu'ils t'intéressent. Celui-là en tout cas. Je suis terriblement désolé pour toi, Alan mais je n'y peux rien. Tu es le seul qui puisse me sauver. Je suis forcé de te mêler à cette affaire, je n'ai pas le choix. Alan, tu es un scientifique. Tu t'y connais en chimie et en choses de ce genre. Tu as fait des expériences. Ce qu'il faut que tu fasses, c'est détruire ce qui est là-haut — le détruire de manière à ce qu'il n'en reste pas trace. Personne ne l'a vu entrer dans la maison. Il est même censé être à Paris à l'heure qu'il est. On ne s'apercevra pas de sa disparition avant des mois. Lorsqu'on s'en apercevra, il ne faut pas qu'on

trouve des traces de lui ici. Il faut, Alan, que tu le
changes, ainsi que tout ce qui lui appartient, en une
poignée de cendres que je puisse disperser dans l'air.

— Tu es fou, Dorian.

— Ah! J'attendais que tu m'appelles Dorian.

— Tu es fou, je te le dis — fou d'imaginer que je
lèverais le petit doigt pour te venir en aide, fou de me
faire cette confession monstrueuse. Je n'ai rien à voir
là-dedans. Tu crois que je vais mettre ma réputation
en jeu pour toi? Que peuvent bien me faire à moi tes
manigances diaboliques?

— C'était un suicide, Alan.

— J'en suis heureux. Mais qui l'y a poussé? Toi,
sans doute.

— Tu refuses toujours de faire cela pour moi?

— Évidemment que je refuse. Je ne veux rien avoir
à faire avec cela. Peut m'importe le déshonneur que
cela peut t'attirer. Tu le mérites amplement. Je ne
serais pas mécontent de te voir déshonoré, publiquement déshonoré. Comment oses-tu me demander à
moi, à moi tout particulièrement, de me mêler de cette
horreur? Je t'aurais cru plus fin psychologue. Ton ami
Lord Henry Wotton, quoiqu'il ait pu t'enseigner par
ailleurs, ne t'a visiblement pas appris grand-chose de
ce côté. Rien ne pourra m'inciter à lever le petit doigt
pour t'aider. Tu t'es trompé de personne. Adresse-toi
à certains de tes amis, pas à moi.

— Alan, c'était un meurtre. Je l'ai tué. Tu ne sais
pas ce qu'il m'a fait souffrir. Ma vie est peut-être ce
qu'elle est mais il a plus fait pour la gâcher que tout ce
que ce pauvre Henry a pu faire. Il ne l'a peut-être pas
voulu mais le résultat est le même.

— Un meurtre! Bon Dieu, Dorian, tu en es donc
arrivé là? Je ne te dénoncerai pas. Ce ne sont pas mes
affaires. En plus, si je ne fais rien, tu te feras sûrement
arrêter. On ne commet jamais un crime sans faire
quelque bêtise. Mais je ne veux rien avoir à faire avec
cette histoire.

— Il le faut pourtant. Attends, attends un instant,
écoute-moi. Écoute-moi seulement, Alan. Tout ce

que je te demande, c'est de faire une expérience scientifique. Tu vas dans les hôpitaux et dans les morgues et les horreurs que tu y fais te laissent froid. Si tu trouvais dans quelque ignoble salle de dissection ou dans un laboratoire puant cet homme étendu sur une table de plomb avec de rouges orifices d'écoulement pour le sang, tu n'y verrais qu'un superbe sujet d'expérience. Ça ne te ferait pas un pli. Tu ne croirais pas faire quelque chose de mal. Au contraire, tu aurais l'impression de servir l'humanité, d'accroître le savoir universel, de satisfaire une curiosité intellectuelle ou quelque chose du genre. Je n'attends rien de toi que tu n'aies déjà fait auparavant. D'ailleurs, détruire un corps doit être beaucoup moins horrible que ce à quoi tu t'emploies d'ordinaire. Et rappelles-toi, c'est la seule preuve qui existe contre moi. Si on la découvre, je suis perdu. Et je suis sûr d'être démasqué à moins que tu ne m'aides.

— Je n'ai aucune envie de t'aider, c'est ce que tu oublies. Cette histoire me laisse tout simplement indifférent. Elle ne me concerne pas.

— Alan, je t'en supplie. Pense à la position dans laquelle je me trouve. Juste avant ton arrivée, j'ai failli m'évanouir de terreur. Toi aussi, tu connaîtras peut-être la terreur un jour. Non! N'y pense pas. Considère la chose d'un point de vue purement scientifique. Tu ne te demandes pas d'où viennent les cadavres sur lesquels tu fais tes expériences. Fais de même maintenant. Je t'en ai déjà trop dit. Mais je t'en supplie. Nous avons déjà été amis, Alan.

— Ne me parle pas de cette époque, Dorian, elle est morte et enterrée.

— Il arrive que les cadavres fassent traîner les choses. Celui qui est en haut ne s'en ira pas. Il est assis à la table la tête penchée et les bras étendus. Alan! Alan! Si tu ne me viens pas en aide, je suis perdu. Mais enfin, on va me pendre, Alan! Tu ne comprends donc pas? On va me pendre pour ce que j'ai fait.

— Inutile de prolonger cette scène. Je refuse formellement de faire en l'occurrence quoi que ce soit. C'est de la folie de ta part de me le demander.

— Tu refuses ?

— Oui.

— Je t'en supplie, Alan.

— Inutile.

La même expression apitoyée parut sur le visage de Dorian. Il tendit alors la main, prit une feuille de papier et y écrivit quelque chose. Il la relut deux fois, la plia soigneusement et la fit glisser sur la table. Cela fait, il se leva et alla vers la fenêtre.

Campbell lui adressa un regard surpris puis prit le papier qu'il déplia. À sa lecture, son visage prit une pâleur cadavérique et il s'effondra sur sa chaise. Une horrible nausée l'envahit. Il eut l'impression que son cœur battait la chamade dans un gouffre sans fond.

Après deux ou trois minutes d'un silence terrible, Dorian se retourna et vint se placer derrière lui en posant une main sur son épaule.

— Je suis désolé pour toi, Alan, murmura-t-il, mais tu ne me laisses pas le choix. J'ai une lettre déjà écrite. La voici. Tu vois l'adresse. Si tu ne m'aides pas, je vais devoir l'envoyer. Tu sais ce qui en résultera. Mais tu vas m'aider. Tu ne peux pas me refuser maintenant. J'ai essayé de t'épargner, tu auras l'honnêteté de le reconnaître. Tu as été dur, brutal, agressif. Tu m'as traité comme personne n'avait encore osé le faire — personne de vivant en tout cas. J'ai tout supporté. Maintenant, c'est moi qui dicte les conditions.

Campbell s'enfouit le visage dans les mains et fut parcouru d'un frisson.

— Oui, c'est à mon tour de dicter les conditions, Alan. Tu les connais. Allons, ne te mets pas dans cet état. Il faut que ça se fasse. Affronte et fais-le.

Un gémissement s'échappa des lèvres de Campbell qui trembla des pieds à la tête. Le tic-tac de la pendule sur la cheminée lui semblait diviser le Temps en autant d'atomes d'un supplice, chacun si terrible qu'il en était insupportable. Il sentit un étau de fer lui enserrer lentement le front comme si le déshonneur dont il était menacé l'atteignait déjà. La main posée sur son épaule semblait de plomb. Elle était intolérable. Elle semblait l'écraser.

— Allons, Alan, décide-toi.

— Je ne peux pas faire ça, dit-il machinalement comme si les paroles y pouvaient quelque chose.

— Il le faut, tu n'as pas le choix. Ne traîne pas.

Campbell hésita un instant.

— Y a-t-il du feu dans la pièce là-haut?

— Oui, un bec de gaz à l'amiante.

— Il faut que j'aille chez moi prendre des objets au laboratoire.

— Non, Alan, tu ne sors pas d'ici. Écris ce que tu veux sur une feuille de carnet. Mon domestique prendra un fiacre et te rapportera ces objets.

Campbell griffonna quelques lignes, les fit sécher puis inscrivit sur une enveloppe le nom de son assistant. Dorian prit le mot et le lut attentivement. Ensuite, il sonna et le remit à son valet avec ordre de faire vite et de rapporter les objets.

Lorsque la porte se referma, Campbell sursauta nerveusement et, s'étant levé de sa chaise, alla vers la cheminée. Il frissonnait comme s'il avait la fièvre. Les deux hommes restèrent près de vingt minutes sans parler. Une mouche bourdonnait bruyamment dans la pièce et le tic-tac de l'horloge faisait comme un martèlement.

Lorsque le carillon sonna une heure, Campbell se retourna et vit en le regardant que Dorian était en larmes. Il y avait quelque chose dans la pureté et le raffinement de ce visage qui parut le mettre hors de lui.

— Tu es infâme, absolument infâme! murmura-t-il.

— Chut, Alan. Tu m'as sauvé la vie, dit Dorian.

— Ta vie? Juste ciel! Et quelle vie! Tu es allé de vice en vice et voilà que tu couronnes le tout d'un crime. En faisant ce que je fais, ce que tu me forces à faire, ce n'est pas à ta vie que je pense.

— Ah, Alan, murmura Dorian en soupirant. Je voudrais que tu aies pour moi le millième de la pitié que j'ai pour toi.

Il s'était détourné en parlant et regardait le jardin. Campbell ne répondit rien.

Dix minutes plus tard environ, on frappa à la porte et le domestique entra. Il transportait un grand coffre en acajou contenant des produits chimiques ainsi qu'un long serpentin en acier, un fil de platine et deux pinces de fer de forme bizarre.

— Dois-je laisser ces objets ici, monsieur? demanda le domestique à Campbell.

— Oui, répondit Dorian. Et j'ai bien peur, Francis, d'avoir une autre course à vous faire faire. Quel est le nom de cet homme de Richmond qui fournit Selby en orchidées?

— Harden, monsieur.

— Oui — Harden. Vous allez partir pour Richmond sur-le-champ, voir Harden personnellement et lui dire d'envoyer deux fois plus d'orchidées que je n'en ai commandé, et d'en mettre quelques blanches si possible. Ou plutôt pas de blanches du tout. La journée est superbe, Francis, et Richmond est un très bel endroit, sinon je ne vous dérangerais pas pour ça.

— Aucun problème, monsieur. À quelle heure dois-je rentrer?

Dorian adressa un regard à Campbell.

— Combien de temps ton expérience durera-t-elle, Alan? demanda-t-il d'une voix calme et indifférente.

La présence d'un tiers dans la pièce semblait lui donner un courage extraordinaire.

Campbell fronça les sourcils et se mordit la lèvre.

— Environ cinq heures, répondit-il.

— Si vous êtes de retour à sept heures et demie, Francis, ce sera bien assez tôt. Ou restez là-bas. Préparez-moi seulement mon habit. Vous avez votre soirée. Comme je ne dîne pas ici, je n'aurai pas besoin de vous.

— Merci, monsieur, dit le domestique en quittant la pièce.

— Bon, Alan, il n'y a pas de temps à perdre. Ce que ce coffre est lourd! Je vais le porter pour toi. Toi, prends les autres objets.

Il parlait vite et de manière autoritaire. Campbell se sentait dominé. Ils sortirent ensemble de la pièce.

Lorsqu'ils furent arrivés au palier du dernier étage, Dorian prit la clé et la tourna dans la serrure. Puis il s'arrêta et une expression trouble parut dans son regard. Il frissonna.

— Je ne pense pas pouvoir entrer, Alan, murmura-t-il.

— Ça m'est égal. Je n'ai pas besoin de toi, dit Campbell d'une voix glaciale.

Dorian entrouvrit la porte et, ce faisant, aperçut le visage de son portrait qui le regardait d'un air mauvais dans la lumière du jour. Le rideau déchiré était par terre devant. Il se rappela avoir oublié la nuit précédente, pour la première fois de sa vie, de cacher la toile fatale. Il fut sur le point de se précipiter dans la pièce mais recula en frissonnant.

Qu'était-ce donc que cette rosée rouge qui perlait, humide et luisante, sur l'une des mains, comme si du sang avait suinté de la toile ? Quelle horreur ! C'était plus horrible, lui sembla-t-il l'espace d'un instant, que la forme silencieuse dont il savait qu'elle était étendue en travers de la table et dont l'ombre grotesquement déformée sur le tapis taché lui indiquait qu'elle ne s'était pas éveillée mais était toujours là où il l'avait laissée.

Il prit une profonde respiration, ouvrit la porte un peu plus et, fermant les yeux à demi et détournant la tête, il entra vivement dans la pièce, décidé à ne pas jeter un seul regard sur le cadavre. Puis, se baissant et ramassant la tenture or et violette, il la suspendit sur le tableau.

Puis, craignant de se retourner, il s'immobilisa et son regard s'attacha au motif contourné que faisait la tenture devant lui. Il entendit Campbell apporter le lourd coffre, les objets en fer et tout ce dont il avait besoin pour son ignoble travail. Il se demanda si Campbell et Basil Hallward se connaissaient et, dans ce cas, ce qu'ils avaient pensé l'un de l'autre.

— Laisse-moi maintenant, fit une voix dure derrière lui.

Il pivota sur lui-même et s'empressa d'obtempérer,

notant seulement au passage que l'on avait redressé le cadavre sur sa chaise et que Campbell fixait le visage jaune et luisant. En descendant, il entendit la clé tourner dans la serrure.

Campbell ne réapparut dans la bibliothèque que bien longtemps après sept heures. Il était pâle mais absolument calme.

— J'ai fait ce que tu m'as demandé, murmura-t-il. Maintenant, adieu. Ne nous revoyons plus jamais.

— Tu m'as sauvé de la perdition, Alan. Je ne saurais l'oublier, dit simplement Dorian.

Aussitôt après le départ de Campbell, il monta là-haut. Il régnait dans la pièce une terrible odeur d'acide nitrique mais ce qui était assis à la table n'était plus là.

15

Ce soir-là à huit heures et demie, des domestiques firent entrer avec force courbettes dans le salon de Lady Narborough un Dorian Gray habillé avec élégance et arborant une grosse boutonnière de violettes de Parme. Ses nerfs à vif lui martelaient le front et il ressentait une excitation folle mais, en s'inclinant devant son hôtesse, il sut conserver son aisance et sa grâce habituelles. On ne semble peut-être jamais aussi à son aise que lorsque l'on doit jouer un rôle. Et certes, personne, en voyant Dorian Gray ce soir-là, n'eût cru qu'il venait de vivre une tragédie aussi effrayante que toutes celles que peut connaître notre époque. Jamais ces doigts délicats ne se seraient à des fins criminelles refermés sur un couteau, jamais ces lèvres souriantes n'auraient élevé la voix contre Dieu et le bien! Il s'étonna lui-même de son calme et éprouva vivement l'espace d'un instant le plaisir terrible qu'il y a à mener une double vie.

C'était une petite soirée organisée non sans quelque précipitation par Lady Narborough, une femme très intelligente et qui portait, ainsi que Lord Henry aimait formuler la chose, les restes d'une laideur vraiment remarquable. Elle avait su faire une excellente épouse pour l'un des plus ternes de nos ambassadeurs. Après avoir enterré celui-ci comme il se devait dans un mausolée de marbre dessiné par ses soins et marié ses filles à des hommes riches et plus tout jeunes, elle s'adonnait désormais aux plaisirs de la fiction française, de la cuisine française et de l'*esprit* français — lorsqu'elle pouvait l'avoir chez elle.

Dorian était l'un de ses préférés et elle lui disait toujours combien elle se réjouissait de ne pas l'avoir connu lorsqu'elle était jeune. « Je sais, mon cher, que je serais tombée follement amoureuse de vous, avait-elle coutume de dire, me serais jetée à votre cou. Heureusement que vous n'étiez pas de ce monde à cette époque, époque qui était d'ailleurs si peu propice à la chose que je n'ai même jamais eu une seule amourette. De toute façon, c'était de la faute de Narborough. Il était terriblement myope et tromper un mari qui ne voit jamais rien n'a rien d'amusant. »

Ce soir-là, ses invités étaient plutôt ennuyeux. Le fait était, ainsi qu'elle l'expliqua à Dorian derrière un éventail fort usé, que l'une de ses filles mariées était arrivée chez elle à l'improviste et, pour ne rien arranger, en compagnie de son mari.

— Je trouve que ce n'est pas gentil de sa part, mon cher, lui confia-t-elle à l'oreille. Naturellement, je descends chez eux chaque été en revenant de Homburg[208] mais il faut dire qu'une vieille femme comme moi a besoin d'air pur de temps en temps et puis il faut dire aussi que je les secoue. Si vous saviez la vie qu'ils mènent là-bas. La vie rurale à l'état pur. Ils se lèvent tôt parce qu'ils ont beaucoup à faire et se couchent tôt parce qu'ils n'ont pas beaucoup à penser. Il n'y a pas eu de scandale dans les environs depuis l'époque de la reine Elizabeth, si bien qu'ils tombent tous de sommeil après le dîner. À table, vous ne serez pas placé près de l'un ou l'autre mais près de moi. Vous me distrairez.

Dorian murmura une formule polie et promena son regard autour de la pièce. On s'y ennuyait ferme, en effet. Deux des invités lui étaient totalement inconnus et le reste de la compagnie était composé d'Ernest Harrowden, l'un de ces personnages médiocres qui ne manquent pas dans les clubs londoniens et qui, s'ils n'ont pas d'ennemis, sont cordialement détestés de

leurs amis, de Lady Ruxton, une femme de quarante-
sept ans au nez crochu, habillée avec trop de
recherche et toujours en quête de situations comprom-
mettantes, mais d'un physique si extraordinairement
ingrat, qu'à son grand dépit personne n'avait jamais
ajouté foi à la moindre médisance colportée contre
elle, de Mrs. Erlynne[209], une nullité ambitieuse au
zézaiement charmant et aux cheveux d'un blond vénitien, de Lady Alice Chapman, la fille de son hôtesse,
une femme mal habillée et terne, affligée de l'un de
ces visages typiquement britanniques que l'on oublie
aussitôt et de son mari, un personnage rubicond aux
favoris blancs qui, comme maints de ses semblables,
avait l'impression qu'une jovialité immodérée peut
compenser un complet manque d'idées.

Dorian en était à regretter d'être venu lorsque Lady
Narborough, jetant un œil sur la grande horloge en or
moulu[210] qui étalait ses courbes fastueuses sur le manteau de la cheminée drapé de mauve, s'écria : « Que
c'est vilain de la part d'Henry Wotton de tant tarder !
J'ai envoyé quelqu'un chez lui ce matin à tout hasard
et il a promis formellement de ne pas me faire faux
bond. »

De savoir qu'Henry viendrait avait quelque chose
de consolant et, lorsque la porte s'ouvrit et qu'il entendit sa lente voix mélodieuse enrober de manière char-
meuse des excuses dépourvues de sincérité, son ennui
lui passa aussitôt.

Mais, au dîner, il ne put rien manger. Il ne toucha
pas à un plat. Lady Narborough ne cessait de lui
reprocher « de faire injure, comme elle disait, au
pauvre Adolphe qui a conçu ce menu tout spécialement pour vous » tandis que Lord Henry lui adressait
de temps à autre un regard, étonné de son silence et
de son air absent. Le maître d'hôtel remplissait de
temps à autre son verre de champagne qu'il vidait
d'une traite, sa soif semblant inextinguible.

— Dorian, dit finalement Lord Henry alors que
l'on servait le chaud-froid[211], qu'est-ce que tu as ce
soir ? Tu n'as pas l'air dans ton assiette.

— Je crois qu'il est amoureux, s'écria Lady Narborough, et qu'il a peur de me le dire de crainte de me rendre jalouse. Il a bien raison, je le serais certainement.

— Chère Lady Narborough, murmura Dorian en souriant, cela fait une semaine entière que je ne suis pas amoureux — en fait, depuis que Mme de Ferrol a quitté Londres.

— Comment avez-vous pu vous éprendre de cette femme! s'exclama la vieille dame. Je ne comprends vraiment pas.

— C'est tout simplement qu'elle se rappelle vous avoir connu à l'époque où vous n'étiez qu'une fillette, dit Lord Henry. Elle est l'unique lien entre nous et vos robes courtes.

— Elle ne se rappelle pas du tout mes robes courtes, Lord Henry. Mais, moi, je me souviens très bien d'elle à Vienne il y a trente ans et de ses décolletés d'alors.

— Elle les a toujours, répondit Lord Henry en saisissant une olive avec ses longs doigts. Et, lorsqu'elle porte une robe très chic, on dirait l'*édition de luxe* d'un mauvais roman français. Elle est vraiment merveilleuse et complètement imprévisible. Elle a un esprit de famille incroyable. Ainsi, lorsque son mari est mort, ses cheveux sont devenus dorés sous l'effet du chagrin [212].

— Comment peux-tu parler ainsi, Harry! s'écria Dorian.

— Voilà une explication tout ce qu'il y a de romantique, fit l'hôtesse en riant. Mais son troisième mari, Lord Henry! Vous n'allez pas me dire que Ferrol est le quatrième!

— Mais si, Lady Narborough.

— Je n'en crois pas un mot.

— Mais demandez à M. Gray. C'est l'un de ses amis les plus intimes.

— C'est vrai, monsieur Gray?

— C'est en effet ce qu'elle m'affirme, Lady Narborough. Je lui ai demandé si, comme Marguerite de

Navarre[213], elle avait fait embaumé leurs cœurs et les portait à sa ceinture. Elle m'a dit que non parce qu'aucun d'entre eux n'avait de cœur.

— Quatre maris! Ma foi, c'est *trop de zèle*.

— *Trop d'audace*, lui ai-je dit, répliqua Dorian.

— Oh! Elle est capable de tout, mon cher. Et Ferrol, comment est-il? Je ne le connais pas.

— Les maris des très belles femmes appartiennent aux classes criminelles, dit Lord Henry en dégustant son vin.

Lady Narborough lui donna un coup d'éventail.

— Lord Henry, je ne m'étonne pas que le monde dise de vous que vous êtes extrêmement méchant.

— Mais quel monde dit cela? demanda Lord Henry en haussant les sourcils. Ce ne peut être que l'autre monde. Ce monde-ci et moi sommes en excellents termes.

— Tous les gens que je connais disent que vous êtes très méchant, s'écria la vieille dame dans un hochement de tête.

Lord Henry eut l'air, pendant quelques instants, sérieux.

— La façon, finit-il par dire, dont les gens de nos jours disent derrière votre dos des choses absolument et entièrement vraies est tout à fait monstrueuse.

— Il est incorrigible, vous ne trouvez pas! s'écria Dorian en s'avançant sur sa chaise.

— J'espère bien, dit l'hôtesse en riant. Mais si vous placez vraiment madame de Ferrol sur un piédestal de manière aussi ridicule, je vais devoir me marier de nouveau pour être à la mode.

— Vous ne vous remarierez jamais, Lady Narborough, l'interrompit Lord Henry. Vous avez été bien trop heureuse comme cela. Lorsqu'une femme se remarie, c'est qu'elle détestait son premier mari. Lorsqu'un homme se remarie, c'est qu'il adorait sa première femme. Les femmes tentent leur chance, les hommes la jouent à tout va.

— Narborough n'avait pas toutes les qualités, s'écria la vieille dame.

— S'il les avait eues, vous ne l'auriez pas aimé, ma chère lady, lui fut-il rétorqué. Les femmes nous aiment pour nos défauts. Si nous en avons suffisamment, elles nous pardonnent tout, même notre esprit. J'ai bien peur que vous ne m'invitiez plus jamais après cela, Lady Narborough, mais c'est parfaitement vrai.

— Bien sûr que c'est vrai, Lord Henry. Si nous autres les femmes ne vous aimions pas pour vos défauts, que deviendriez-vous? Aucun de vous ne trouverait jamais à se marier. Vous feriez tous une bande de malheureux célibataires. Ce n'est pas que ça changerait grand-chose pour vous. Aujourd'hui, tous les hommes vivent comme des célibataires et tous les célibataires comme des hommes mariés.

— *Fin de siècle*, murmura Lord Henry.

— *Fin du globe*, répondit l'hôtesse.

— Je voudrais bien que ce soit la *fin du globe*, dit Dorian Gray dans un soupir. La vie est bien décevante.

— Ah, mon cher, s'écria Lady Narborough, en mettant ses gants, ne me dites pas que vous en avez assez de la vie. Lorsqu'un homme dit cela, on entend que c'est la vie qui est venue à bout de lui. Lord Henry est très méchant et j'aurais parfois voulu l'être moi aussi. Mais vous, vous êtes la bonté même — vous avez l'air si bon qu'il faut que je vous trouve une gentille épouse. Lord Henry, ne pensez-vous pas que M. Gray devrait se marier?

— C'est ce que je ne cesse de lui dire, Lady Narborough, dit Lord Henry en s'inclinant.

— Mais il nous faut lui trouver un bon parti. Je vais consulter attentivement le Debrett[214] ce soir et faire la liste de toutes les jeunes personnes éligibles.

— Avec leur âge, Lady Narborough? demanda Dorian.

— Bien sûr, avec leur âge annoté au passage. Mais il ne faut rien précipiter. Je tiens à ce que ce soit ce que le *Morning Post*[215] appelle un mariage convenable et je veux que vous soyez heureux tous les deux.

— Quelle idiotie que cette histoire de mariages

heureux, dit Lord Henry. Un homme sera heureux avec une femme tant qu'il ne l'aime pas.

— Ah! Ce que vous pouvez être cynique! s'écria la vieille dame en repoussant sa chaise et en faisant un signe de la tête à Lady Ruxton. Il faut que vous reveniez dîner bientôt. Vous faites vraiment un remontant admirable, bien meilleur que celui que me prescrit Sir Andrew. Il faut que vous me disiez toutefois qui vous aimeriez rencontrer. Je tiens à ce que ce soit une soirée réussie.

— J'aime les hommes qui ont un avenir et les femmes qui ont un passé, répondit Lord Henry. À moins que vous ne craigniez de vous retrouver entre femmes.

— J'en ai bien peur, dit-elle en riant tout en se levant. Mille pardons, ma chère Lady Ruxton, ajouta-t-elle. Je n'avais pas vu que vous n'aviez pas fini votre cigarette.

— Ce n'est rien, Lady Narborough. Je fume beaucoup trop. Je vais essayer de me restreindre à l'avenir.

— N'en faites rien, Lady Ruxton, dit Lord Henry. La modération est une attitude fatale. La mesure ne vaut guère mieux qu'un repas. L'excès vaut un festin.

Lady Ruxton lui jeta un regard de curiosité.

— Il faut que vous veniez m'expliquer cela un de ces après-midi, Lord Henry. Cela m'a tout l'air d'une théorie passionnante, murmura-t-elle en se glissant hors de la pièce.

— Bon, je vous prierais de ne pas trop vous attarder sur vos histoires de politique et de scandales, lança Lady Narborough depuis la porte. Sinon, nous allons sûrement nous quereller là-haut.

Les hommes éclatèrent de rire et Mr. Chapman quitta solennellement sa place en bout de table pour venir prendre celle de l'hôtesse. Dorian Gray changea de siège et vint s'asseoir près de Lord Henry. Mr. Chapman commença à parler très fort de la situation à la Chambre des communes. Il se gaussa de ses adversaires. Le mot *doctrinaire*[216] — terrifiant pour un esprit britannique — ponctuait de temps à autre ses sorties. Un préfixe allitératif lui tenait lieu de figure de style. Il hissait l'Union Jack[217] au pinacle de la pensée, la stupidité innée de la race anglaise — le solide bon sens anglais ainsi qu'il l'appelait avec jovialité — étant présentée quant à elle ni plus ni moins comme le rempart qu'il fallait à la Société.

Un sourire parut sur les lèvres de Lord Henry qui se retourna pour regarder Dorian.

— Ça va mieux, mon cher? demanda-t-il. Tu n'avais pas l'air dans ton assiette durant le dîner.

— Ça va, Harry. Je suis fatigué, c'est tout.

— Tu étais charmant hier soir. La petite duchesse est folle de toi. Elle m'a dit qu'elle irait à Selby.

— Oui, elle a promis de venir le vingt.

— Monmouth y sera lui aussi?

— Et comment! Harry.

— Il m'ennuie à mourir, presque autant qu'il l'ennuie, elle. Elle est très intelligente, trop intelligente pour une femme. Il lui manque le charme indéfinissable de la faiblesse. Ce sont les pieds d'argile qui donnent son prix à l'or de la statue[218]. Ses pieds à elle sont jolis mais ils ne sont pas d'argile. De porcelaine blanche, si tu préfères. Ils ont été au feu et ce que le feu ne détruit pas, il le durcit. Elle a vécu.

— Depuis combien de temps est-elle mariée? demanda Dorian.

— Une éternité, d'après de ce qu'elle m'a dit. Plutôt dix ans, si l'on en croit l'almanach nobiliaire, mais dix ans avec Monmouth ont dû faire une éternité et plus encore. Qui d'autre sera là?

— Oh, les Willoughby, Lord Rugby et sa femme, notre hôtesse, Geoffrey Clouston, la bande habituelle. J'ai invité Lord Grotrian.

— Je l'aime bien, dit Lord Henry. Beaucoup de gens ne l'aiment pas, mais moi, je le trouve charmant. Il compense le fait de parfois s'habiller avec trop de recherche en étant toujours d'une distinction parfaite. C'est quelqu'un de très moderne.

— Je ne sais pas s'il pourra venir, Harry. Il se peut qu'il doive aller à Monte-Carlo avec son père.

— Ah, ce que la famille des gens peut être embêtante! Débrouille-toi pour qu'il soit là. À propos, Dorian, tu as filé très tôt hier soir. Il n'était pas encore onze heures. Qu'est-ce que tu as fait ensuite? Tu es rentré directement?

Dorian lui jeta un regard furtif et s'assombrit.

— Non, Harry, dit-il enfin. Il était près de trois heures quand je suis rentré.

— Tu es allé au club?

— Oui, répondit-il en se mordant aussitôt la lèvre. Enfin non. Je ne suis pas allé au club. J'ai marché. Je ne me souviens plus de ce que j'ai fait... Ce que tu peux être curieux, Harry! Tu tiens toujours à savoir ce qu'on a fait. Moi, j'essaie toujours de l'oublier. Je suis rentré à deux heures et demie, si tu veux savoir l'heure exacte. J'avais laissé mon passe à la maison si bien que mon domestique a dû m'ouvrir. Si tu en veux la preuve, tu n'as qu'à le lui demander.

Lord Henry haussa les épaules.

— Mais, mon cher, ça m'est égal! Montons au salon. Non, pas de sherry, merci, monsieur Chapman. Il t'est arrivé quelque chose, Dorian. Dis-moi de quoi il s'agit. Tu n'es pas toi-même ce soir.

— Ne t'occupe pas de moi, Harry. Je suis irritable et de mauvaise humeur. Je passerai te voir demain ou après-demain. Excuse-moi auprès de Lady Narborough. Je ne monte pas au salon. Je rentre. Je dois rentrer.

— Très bien, Dorian. Je te verrai sans doute demain pour le thé. La duchesse sera là.

— J'essaierai d'y être, Harry, dit Dorian en quittant la pièce.

En rentrant chez lui, il éprouva de nouveau le sentiment de terreur qui l'avait étreint précédemment. Les questions banales de Lord Henry l'avaient énervé sur le coup et il tenait à garder son calme. Il lui fallait détruire des objets compromettants. Il fit la grimace. L'idée de devoir les toucher lui répugnait.

Il le fallait pourtant, il le savait pertinemment. Aussi, une fois fermée à clé la porte de la bibliothèque, il ouvrit le placard secret dans lequel il avait caché le manteau et le sac de Basil Hallward. Un grand feu flambait dans la cheminée. Il y ajouta une autre bûche. L'odeur de roussi des vêtements et du cuir brûlé était épouvantable. Il lui fallut trois quarts d'heure pour tout faire disparaître. À la fin, il se sentit faible et écœuré. Ayant allumé des pastilles algériennes dans un brasero de cuivre perforé, il se lava les mains et le cou avec un vinaigre froid parfumé au musc[219].

Tout à coup il sursauta. Ses yeux se firent étrangement brillants et il mordilla nerveusement sa lèvre inférieure. Entre deux fenêtres se trouvait un grand cabinet florentin en ébène incrusté d'ivoire et de lapis bleu. Il l'observa comme s'il s'agissait de quelque chose de fascinant et d'effroyable, comme s'il contenait quelque chose qu'il désirait tout en le haïssant presque. Sa respiration se fit plus rapide. Un désir insatiable s'empara de lui. Il alluma une cigarette qu'il jeta aussitôt. Ses paupières s'abaissèrent et ses longs cils touchèrent presque ses joues. Mais il gardait les yeux fixés sur le cabinet. Finalement, il quitta le canapé sur lequel il était étendu et s'en approcha. L'ayant ouvert, il toucha un ressort secret. Un tiroir triangulaire glissa doucement vers lequel ses doigts se portèrent instinctivement. Ils y plongèrent et se refermèrent sur quelque chose. C'était une petite boîte chinoise très finement ouvragée, en laque nacrée poudrée d'or. Ses parois étaient décorées de motifs représentant des vagues. Les cordelettes de soie étaient ornées de cristaux arrondis et de glands tressés de fils métalliques. Il l'ouvrit. Il y avait à l'intérieur une pâte verte cireuse d'une odeur étrangement forte et persistante[220].

Il eut un instant d'hésitation, un sourire étrangement figé sur le visage. Puis, en frissonnant, malgré la chaleur terrible qui régnait dans la pièce, il se redressa et jeta un œil sur la pendule. Il était minuit moins vingt. Il remit la boîte à sa place, referma les portes du cabinet et se rendit dans sa chambre.

Minuit égrenait ses douze coups de bronze dans la pénombre lorsque Dorian Gray, vêtu de manière à passer inaperçu, une écharpe autour du cou, sortit sans bruit de chez lui. Dans Bond Street, il trouva un fiacre avec un bon cheval. Il le héla et donna à voix basse une adresse au cocher.

L'homme secoua la tête.

— C'est trop loin pour moi, grommela-t-il.

— Voici un souverain [221], dit Dorian. Vous en aurez un autre si vous roulez vite.

— D'accord, monsieur, répondit l'homme. Vous y serez dans une heure, et, son passager une fois monté, il fit tourner bride à son cheval et prit rapidement la direction du fleuve.

16

Une pluie froide se mit à tomber et les réverbères embués prirent dans la bruine un aspect spectral. Les pubs fermaient et, à leur porte, des hommes et des femmes étaient massés en groupes indistincts. De certains bars provenaient d'horribles éclats de rire tandis que dans d'autres des ivrognes se querellaient et s'invectivaient.

Renversé dans le fiacre, Dorian Gray, son chapeau ramené sur le front, observait d'un œil indifférent l'abjection sordide de la capitale et se remémorait de temps à autre ce que Lord Henry lui avait dit lors de leur première rencontre, « Guérir l'âme au moyen des sens et les sens au moyen de l'âme. » Oui, c'était là le secret. Il l'avait souvent vérifié et il s'apprêtait à recommencer. Il existait des fumeries d'opium où l'on pouvait acheter l'oubli, des lieux d'horreur où l'on pouvait anéantir le souvenir des fautes anciennes par la folie de nouvelles.

La lune basse faisait comme un crâne jaune dans le ciel[222]. De temps en temps, un énorme nuage difforme étirait un long bras vers elle et la cachait. Les réverbères à gaz se firent plus rares, les rues plus étroites et plus sombres. Le cocher se perdit à un moment donné et dut rebrousser chemin sur un demi-mille. Une vapeur s'élevait du cheval lorsqu'il faisait rejaillir l'eau des flaques. Les fenêtres latérales du fiacre étaient empâtées comme d'une flanelle grise par le brouillard.

« Guérir l'âme au moyen des sens et les sens au moyen de l'âme ! » Comme ces paroles lui paraissaient familières ! Son âme était sans doute atteinte d'une maladie mortelle. Les sens pouvaient-ils vraiment la guérir ? Du sang innocent avait été versé. Qu'est-ce qui pouvait racheter un tel acte ? Ah ! Pour cela, il n'y avait pas de rachat. Mais si le pardon était impossible, restait l'oubli et il était bien décidé à oublier, à effacer cette histoire, à l'écraser comme on écrase une vipère qui vient de piquer. De quel droit en effet Basil lui avait-il parlé de la sorte ? Qui lui avait donné le droit de s'ériger en juge d'autrui ? Il avait tenu des propos horribles, effrayants, qu'il n'était pas question de supporter.

Le fiacre poursuivait péniblement sa route, de plus en plus lentement, semblait-il à Dorian, à mesure qu'il avançait. Il souleva le panneau de communication et cria au cocher d'aller plus vite. L'affreuse soif d'opium commençait à le ronger. Il avait la gorge brûlante et ses mains délicates se nouaient convulsivement. Il frappa sauvagement le cheval avec sa canne. Le cocher éclata de rire et fouetta la bête. Dorian répondit par un rire et l'homme se tut.

La route semblait interminable, les rues s'étendant telle la toile noire d'une énorme araignée. La monotonie devint insupportable et, comme le brouillard se faisait plus épais, il prit peur.

Ils longèrent ensuite des briqueteries désertes. Le brouillard était moins épais à cet endroit et il put voir les étranges fours en forme de bouteille d'où s'échappaient en éventail des langues de feu orange. Un chien aboya à leur passage et, au loin dans les ténèbres, une mouette égarée cria. Le cheval trébucha sur une ornière, fit un écart et partit au galop.

Au bout d'un moment, ils quittèrent la route argileuse et roulèrent de nouveau en cahotant sur des rues pavées. La plupart des fenêtres étaient obscures mais çà et là des ombres capricieuses se détachaient contre

un store éclairé par une lampe. Il les observait avec
curiosité. Elles se déplaçaient comme de monstrueuses marionnettes et s'agitaient comme des êtres
vivants[223]. Ils les haïssaient. Il avait une rage froide au
fond du cœur. Alors qu'ils tournaient à un carrefour,
une femme leur cria quelque chose depuis une porte
ouverte et deux hommes coururent après le fiacre sur
une centaine de mètres. Le cocher leur assena des
coups de fouet.

On dit que la passion fait tourner la pensée en rond.
Il est certain que les lèvres mordillées de Dorian Gray
ne cessèrent, dans une atroce répétition, de former ces
mots subtils où il était question de l'âme et des sens et
ce jusqu'à ce qu'il eut trouvé en eux la pleine expression, pour ainsi dire, de son état d'âme et justifié intellectuellement les passions qui eussent continué à le
dominer sans une telle justification. Cette unique pensée pénétra chaque fibre de son cerveau et un désir
effréné de vivre, le plus terrible de tous les appétits
humains, stimula chez lui chaque muscle, chaque
nerf. La laideur, qu'il avait jadis détestée parce qu'elle
rendait les choses réelles, lui devenait maintenant
chère pour cette raison même. La vulgarité des que-
relles, les bouges répugnants, la violence brutale d'une
vie désordonnée, la vilenie même des voleurs et des
parias étaient plus éloquents avec leur charge de réalité que toutes les formes gracieuses de l'Art, que les
ombres langoureuses du Chant. C'était ce qu'il lui fallait pour oublier. Dans trois jours, il serait libre.

Tout à coup, le cocher s'arrêta sec à l'extrémité
d'une ruelle sombre. Par-dessus les toits bas et les
maisons hérissées de cheminées se dressaient la
sombre mâture de bateaux. Des volutes de brume
blanche s'accrochaient aux vergues telles des voiles
fantomatiques.

— C'est quelque part par là, monsieur, n'est-ce
pas ? demanda d'une voix enrouée le cocher à travers
le panneau.

Dorian sursauta et examina les environs.

— Ça ira, répondit-il.

Après être sorti en hâte du fiacre et avoir donné au cocher le supplément promis, il se dirigea d'un pas rapide vers le quai. Çà et là une lanterne brillait à la proue d'un gigantesque navire marchand. La lumière tremblait et se fragmentait dans les flaques. Un vapeur sur le départ, en plein chargement, projetait une lueur rouge. Le pavé visqueux ressemblait à un imperméable mouillé.

Il hâta le pas vers la gauche en regardant de temps à autre derrière lui pour voir s'il était suivi. En sept ou huit minutes il atteignit une petite maison d'aspect miteux coincée entre deux fabriques lugubres. Une lampe était posée à l'une de ses fenêtres supérieures. Il s'arrêta et frappa de manière particulière.

Après un bref instant, il entendit des pas dans le couloir et la chaîne que l'on décrochait. La porte s'ouvrit silencieusement et il entra sans adresser la parole à la silhouette trapue et difforme qui rentra dans l'ombre sur son passage. À l'extrémité du vestibule était suspendu un rideau vert en lambeaux qui oscilla et trembla sous le coup de vent qui avait accompagné Dorian depuis la rue. Il l'écarta et pénétra dans une longue pièce basse qui paraissait avoir été jadis une salle de danse de troisième ordre. Des becs de gaz, qui brûlaient avec un sifflement strident, assourdis et déformés par des miroirs couverts de chiures de mouches qui leur faisaient face, étaient disposés en rang sur les murs. Des réflecteurs crasseux en tôle ondulée fixés derrière eux en faisaient des disques de lumière tremblante. Le plancher était couvert d'une sciure ocre, boueuse à certains endroits à force d'être piétinée et tachée de sombres auréoles d'alcool renversé. Des Malais, accroupis près d'un petit poêle à charbon, jouaient aux osselets. On voyait leurs dents blanches lorsqu'ils bavardaient. Dans un coin, un marin, la tête enfouie dans les bras, était étendu de tout son long sur une table et, près du bar aux peintures criardes qui occupait tout un côté de la pièce, se trouvaient deux femmes blêmes qui se moquaient d'un vieillard en train d'épousseter les manches de son manteau avec une expression de dégoût. « Il pense qu'il a des fourmis rouges sur lui », fit en riant l'une des deux lorsque Dorian passa à leur hauteur. L'homme lui jeta un regard terrifié et se mit à geindre.

À l'extrémité de la pièce, il se trouvait un petit escalier conduisant à un local plus sombre. Lorsque Dorian en gravit prestement les trois marches branlantes, la forte odeur de l'opium lui parvint. Il prit une respiration profonde et ses narines frémirent de plaisir. Lorsqu'il entra, un jeune homme à la souple chevelure blonde, penché au-dessus d'une lampe à laquelle il allumait une longue pipe, leva les yeux vers lui et lui adressa un salut hésitant de la tête.

— Toi ici, Adrian ? murmura Dorian.

— Où pourrais-je être, sinon ici ? répondit-il d'un ton las. Il n'y a plus un seul de mes amis qui m'adresse la parole désormais.

— Je croyais que tu avais quitté l'Angleterre.

— Darlington ne fera rien. Mon frère a fini par régler la facture. George non plus ne m'adresse pas la parole... Je m'en moque, ajouta-t-il avec un soupir. Tant qu'on a ce produit, on n'a pas besoin d'amis. J'en ai déjà trop comme ça.

Dorian fit la grimace et parcourut du regard les créatures grotesques étendues dans des postures insolites sur les matelas en loques. Les membres contorsionnés, les bouches béantes, les yeux au regard fixe et éteint, le fascinèrent. Il savait dans quel étrange paradis ils souffraient et quels ternes enfers leur enseignaient le secret de quelque joie nouvelle. Ils étaient mieux lotis que lui. Lui était prisonnier de ses pensées. La mémoire, tel un horrible mal, lui dévorait l'âme. Il avait de temps à autre l'impression de voir les yeux de Basil Hallward posés sur lui. Il sentit toutefois qu'il lui était impossible de rester là. La présence d'Adrian Singleton le troublait. Ce qu'il voulait, c'était se retrouver dans un endroit où personne ne le reconnaîtrait. Il voulait échapper à lui-même.

— Je vais aller à l'autre endroit, dit-il après un silence.

— Sur le quai?

— Oui.

— Cette enragée y est sûrement. Ils ne veulent plus d'elle ici.

Dorian haussa les épaules.

— Je suis fatigué des femmes qui m'aiment. Celles qui nous haïssent sont beaucoup plus intéressantes. Et puis, l'opium y est meilleur.

— Pratiquement pareil.

— Je le préfère. Viens boire quelque chose. J'ai besoin d'un verre.

— Je ne prends rien, murmura le jeune homme.

— Ça ne fait rien.

Adrian Singleton se leva d'un air las et suivit Dorian au bar. Un métis, vêtu d'un turban en lambeaux et d'un ulster élimé, leur adressa un sourire de bienvenue hideux tout en poussant devant eux une bouteille de brandy et deux verres. Les femmes se glissèrent près d'eux et se mirent à jacasser. Dorian leur tourna le dos et dit quelque chose à voix basse à Adrian Singleton.

Un sourire de travers, recourbé comme un kriss malais, traversa le visage de l'une des femmes.

— On fait les fiers ce soir, dit-elle d'un ton sarcastique.

— Pour l'amour du ciel, ne m'adressez pas la parole, s'écria Dorian en tapant du pied. Que voulez-vous? De l'argent? Tenez. Et ne m'adressez plus la parole.

Deux étincelles incandescentes brillèrent un instant dans les yeux bouffis de la femme pour s'éteindre aussitôt. Ses yeux reprirent leur aspect terne et vitreux. Elle hocha la tête et saisit de ses doigts avides les pièces de monnaie sur le comptoir. Sa compagne l'observait d'un air envieux.

— Inutile, soupira Adrian Singleton. Je n'ai pas envie de retourner là-bas. À quoi bon? Je suis très bien ici.

— Tu m'écriras si tu as besoin de quelque chose, n'est-ce pas? demanda Dorian après un silence.

— Peut-être.

— Bonne nuit dans ce cas.

— Bonne nuit, répondit le jeune homme en s'engageant dans l'escalier et en essuyant de son mouchoir sa bouche desséchée.

Dorian se dirigea vers la porte avec une expression de souffrance sur le visage. Alors qu'il écartait le rideau, un rire affreux s'échappa des lèvres peintes de la femme qui avait pris son argent.

— Voilà le suppôt de Satan qui s'en va! dit-elle dans un hoquet de sa voix éraillée.

— Malheur à toi! rétorqua-t-il. Ne m'appelle pas comme cela.

Elle fit claquer ses doigts.

— Tu voudrais peut-être qu'on t'appelle le Prince charmant, c'est ça? lui jeta-t-elle tandis qu'il s'éloignait.

Sa voix fit bondir sur ses pieds le marin assoupi qui jeta un regard affolé autour de lui. Le bruit de la porte qui se refermait frappa son oreille. Il sortit précipitamment comme s'il poursuivait quelqu'un.

Dorian Gray pressa le pas sur le quai dans le crachin. Sa rencontre avec Adrian Singleton l'avait bizarrement troublé et il se demanda s'il était vraiment responsable de la déchéance précoce du jeune homme ainsi que le lui avait dit Basil Hallward de manière si outrageusement injurieuse. Il se mordit la lèvre et, l'espace de quelques secondes, son regard se fit triste. Et puis, finalement, qu'est-ce que ça pouvait bien lui faire? La vie était trop courte pour prendre sur soi les erreurs d'autrui. Chacun vivait sa propre vie et en payait le prix. La seule chose regrettable était que l'on doive payer si souvent pour la même faute. Oui, on ne cessait de payer. Avec le Destin, l'homme n'était jamais quitte.

Il y a des moments, selon les psychologues, où la passion du péché, ou ce que le monde appelle ainsi, devient si souveraine chez quelqu'un que chaque fibre du corps, chaque cellule du cerveau, semblent se transformer en un instinct aux pulsions effrayantes.

Hommes et femmes en de tels moments perdent tout libre arbitre. Ils accomplissent leurs horribles desseins dans un mouvement d'automate. Le choix leur est retiré et leur conscience est morte ou, si elle garde quelque trace de vie, ce n'est que pour trouver de l'attrait à la révolte et du charme à la désobéissance. Car tous les péchés, ainsi que les théologiens ne se lassent de nous le répéter, sont des péchés de désobéissance. Lorsque Satan, cet esprit supérieur, cet astre du mal, tomba des cieux, ce fut en tant que rebelle.

Insensible, tendu vers le mal, l'esprit souillé et affamé de révolte, Dorian Gray se hâta, pressa le pas, mais alors qu'il bifurquait pour passer sous une voûte obscure qu'il empruntait souvent comme raccourci vers l'endroit mal famé où il se rendait, il se sentit tout à coup saisi par-derrière et, avant d'avoir le temps de se défendre, fut plaqué contre le mur tandis qu'une main le prenait brutalement à la gorge.

Il se débattit sauvagement et, au prix d'un effort terrible, parvint à desserrer l'étreinte des doigts. L'instant d'après, il entendit le déclic d'un revolver. Il vit le canon d'acier poli braqué sur sa tête et la forme indistincte d'un homme court et trapu qui lui faisait face.

— Que voulez-vous? demanda-t-il en haletant.

— Tiens-toi tranquille, dit l'homme. Si tu bouges, je tire.

— Vous êtes fou. Qu'est-ce que je vous ai fait?

— Tu as brisé la vie de Sibyl Vane, s'entendit-il répondre, et Sibyl Vane était ma sœur. Elle s'est tuée, je le sais. C'est toi qui es responsable de sa mort. J'ai juré de te tuer en retour. Je t'ai cherché pendant des années. Je n'avais pas d'indice, pas de trace. Les deux personnes qui auraient pu donner ta description étaient mortes. Je ne savais rien de toi à part le surnom qu'elle t'avait donné et que j'ai entendu ce soir par hasard. Mets-toi en paix avec Dieu car ce soir tu vas mourir.

Dorian Gray avait la peur au ventre.

— Je ne la connais pas, bredouilla-t-il. Je n'ai jamais entendu parler d'elle. Vous êtes fou.

— Tu ferais mieux de confesser tes péchés car, aussi certain que je m'appelle James Vane, tu vas mourir.

C'était un instant terrible. Dorian ne savait que dire ou que faire.

— À genoux! gronda l'homme. Je te donne une minute pour te mettre en paix — pas plus. J'embarque ce soir pour l'Inde et il faut d'abord que je fasse ce que j'ai à faire. Une minute. C'est tout.

Les bras de Dorian s'affaissèrent le long de son corps. Paralysé de terreur, il ne savait que faire. Soudain, un espoir insensé lui traversa l'esprit.

— Arrêtez, cria-t-il. Il y a combien de temps que votre sœur est morte? Vite, dites-moi!

— Dix-huit ans, répondit l'homme. Pourquoi me demandez-vous ça? Quel rapport?

— Dix-huit ans, fit Dorian Gray en riant avec, dans la voix, une pointe de triomphe. Dix-huit ans! Placez-moi sous la lampe et regardez mon visage!

James Vane hésita un instant, ne comprenant pas ce que tout cela signifiait. Puis il saisit Dorian Gray et le tira hors de la voûte.

La lumière soufflée par le vent était faible et vacillante mais elle n'en fit pas moins voir à son agresseur l'erreur effrayante qu'il avait apparemment commise car le visage de celui qu'il avait voulu tuer était dans la fleur de la jeunesse dont il avait toute la pureté immaculée. Il semblait n'avoir guère plus de vingt ans, à peine plus que sa sœur lorsqu'ils s'étaient séparés tant d'années auparavant. Il était évident que ce n'était pas l'homme qui avait détruit sa vie.

Il relâcha sa prise et recula en chancelant.

— Mon Dieu! Mon Dieu! s'écria-t-il. Et dire que je vous aurais assassiné!

Dorian Gray retint son souffle.

— Vous avez failli commettre un crime terrible, jeune homme, dit-il en le regardant sévèrement. Que cela vous apprenne à ne pas vous faire vengeance vous-même.

— Pardonnez-moi, monsieur, marmonna James

Vane. J'ai été induit en erreur. Un mot entendu par hasard dans cette saleté de bouge m'a mit sur la fausse piste.

— Vous feriez mieux de rentrer chez vous et de ranger ce pistolet. Sinon, vous risquez d'avoir des ennuis, dit Dorian en faisant demi-tour et en s'engageant lentement dans la rue.

James Vane demeura debout sur le pavé, horrifié. Il tremblait de la tête aux pieds. Quelques instants plus tard, une ombre noire qui s'était glissée le long du mur dégoulinant, apparut à la lumière et s'approcha de lui à pas de loup. Il sentit une main sur son bras et regarda autour de lui en sursautant. C'était l'une des femmes qui buvaient dans le bar.

— Pourquoi ne l'as-tu pas tué? fit-elle entre ses dents en rapprochant son visage blême du sien. Je savais que tu le suivais lorsque tu es sorti en courant de chez Daly[224]. T'es fou! T'aurais dû le tuer! Il a beaucoup d'argent et c'est une ordure.

— Ce n'est pas l'homme que je cherche, répondit-il, et celui que je cherche, c'est pas son argent que je veux. C'est sa vie. L'homme dont je veux la peau doit avoir à peu près quarante ans maintenant. Celui-ci est pratiquement un gosse. Dieu merci, je n'ai pas son sang sur la conscience.

La femme eut un rire caustique.

— Pratiquement un gosse! fit-elle avec mépris. Enfin, mon pauvre, ça fait pas loin de dix-huit ans que le Prince charmant m'a rendue comme je suis maintenant.

— Tu mens! cria James Vane.

Elle leva les bras au ciel.

— Devant Dieu, je dis la vérité, s'écria-t-elle.

— Devant Dieu?

— Que j'en perde la voix si c'est pas le cas. C'est le pire de tous ceux qui viennent ici. On dit qu'il a vendu son âme au diable contre un beau visage. Ça fait presque dix-huit ans que je le connais. Il n'a pas beaucoup changé depuis. Moi, oui.

— Tu le jures?

— Je le jure, reprit en un écho éraillé sa bouche édentée. Mais ne lui dis rien à mon sujet, gémit-elle. J'ai peur de lui. Donne-moi un peu d'argent pour une chambre où passer la nuit.

Il s'éloigna d'elle avec un juron et se précipita vers le coin de la rue où Dorian Gray avait disparu. Lorsqu'il se retourna, la femme avait disparu.

Une semaine plus tard, Dorian Gray se trouvait dans la serre de Selby Royal en train de converser avec la jolie duchesse de Monmouth qui, ainsi que son mari, un sexagénaire à l'air accablé, était au nombre de ses invités. C'était l'heure du thé présidé par la duchesse et la lumière douce de l'énorme lampe recouverte de dentelle qui était posée sur la table éclairait la belle porcelaine et l'argent martelé du service. Les mains blanches de la duchesse se déplaçaient délicatement parmi les tasses et ses pulpeuses lèvres rouges souriaient à quelque chose que Dorian lui chuchotait. Lord Henry, renversé dans un fauteuil de rotin tendu de soie, les regardait. Lady Narborough, assise sur un divan couleur pêche, feignait de prêter l'oreille à la description que faisait le duc du dernier scarabée brésilien qu'il venait d'ajouter à sa collection. Trois jeunes hommes vêtus d'élégants smokings servaient le gâteau aux dames. Les invités étaient au nombre de douze et on en attendait d'autres pour le lendemain.

— De quoi parlez-vous tous les deux ? demanda Lord Henry en s'approchant avec désinvolture de la table sur laquelle il déposa sa tasse. J'espère, Gladys, que Dorian vous a parlé de l'idée que j'ai eue de donner de nouveaux noms à tout. C'est une idée charmante.

— Mais je ne tiens pas à changer de nom, Harry,

rétorqua la duchesse en posant sur lui ses yeux magnifiques. Le mien me convient tout à fait et je suis sûre
qu'il en va de même pour M. Gray.

— Ma chère Gladys, je ne voudrais pour rien au
monde changer vos noms à tous les deux. Ils sont par-
faits. C'est surtout aux fleurs que je pensais. Hier, j'ai
coupé une orchidée pour ma boutonnière. C'était une
petite merveille, toute tachetée, aussi impressionnante
que les sept péchés capitaux. Dans un moment d'égarement, j'ai demandé à l'un de mes jardiniers comment elle s'appelait. Il m'a répondu qu'il s'agissait
d'un beau spécimen de *Robinsoniana* ou quelque
chose d'horrible dans ce genre. C'est triste à dire mais
nous avons perdu la faculté de donner de jolis noms
aux choses. Les noms sont tout. Je ne discute jamais
les actes. J'en ai seulement contre les noms. C'est pour
cette raison que je déteste le réalisme vulgaire en littérature. Celui qui appelle une épée une épée est forcé
de s'en servir. Il n'est bon qu'à ça.

— Dans ce cas, quel nom prendriez-vous, Harry?
demanda-t-elle.

— Son nom est Prince du Paradoxe, dit Dorian.

— Là, je le reconnais bien, s'exclama la duchesse.

— Pas question, dit Lord Henry en riant et en se
laissant tomber dans un fauteuil. Une étiquette vous
colle à la peau! Je refuse le titre.

— Les personnes de sang royal ne peuvent abdi-
quer, le prévinrent les jolies lèvres.

— Vous tenez donc à ce que je défende mon
trône?

— Oui.

— Mes vérités sont celles de demain.

— Je préfère les erreurs d'aujourd'hui.

— Vous me désarmez, Gladys, s'écria-t-il, voyant
où elle voulait en venir.

— De votre bouclier, Harry, pas de votre lance.

— Je ne rompts jamais la lance avec la Beauté, dit-il
avec un geste de la main.

— Vous avez bien tort, Harry, croyez-moi. Vous
accordez trop d'importance à la Beauté.

— Comment pouvez-vous dire cela? Je pense, il est vrai, qu'il est préférable d'être beau que bon. Mais, d'un autre côté, je suis le premier à admettre qu'il est préférable d'être bon que laid.

— La laideur est l'un des sept péchés capitaux, dans ce cas? s'écria la duchesse. Que faites-vous de votre comparaison avec l'orchidée?

— La laideur est l'une des sept vertus capitales, Gladys. Une bonne tory comme vous ne devrait pas les sous-estimer. La bière, la Bible et les sept vertus mortelles ont fait de notre Angleterre ce qu'elle est.

— Vous n'aimez donc pas votre pays? demanda-t-elle.

— J'y vis.

— Pour pouvoir mieux le critiquer.

— Vous voudriez peut-être que je porte sur lui le verdict de l'Europe?

— Que disent de nous les Européens?

— Que Tartuffe a émigré en Angleterre et s'y est installé comme boutiquier[225].

— C'est un mot de vous, Harry?

— Je vous l'offre.

— Je ne saurais pas quoi en faire. Il est trop vrai.

— Vous n'avez rien à craindre. Nos compatriotes ne se reconnaissent jamais dans une description.

— Ils ont le sens pratique.

— Ils sont plus roublards que pratiques. Quand ils font leurs bilans, ils mettent en balance la stupidité et la fortune et le vice et l'hypocrisie.

— Nous avons pourtant fait de grandes choses.

— Qu'on nous a imposées, Gladys.

— Que nous avons assumées.

— Jusqu'à la Bourse, pas au-delà.

Elle secoua la tête.

— Je crois en notre peuple, s'écria-t-elle.

— Il incarne le triomphe des arrivistes.

— Il a fait des progrès.

— La décadence m'intéresse davantage.

— Et l'Art? demanda-t-elle.

— C'est un fléau.

— L'amour?

— Une illusion.

— La religion?

— Un succédané mondain de la croyance.

— Vous êtes un sceptique.

— Jamais de la vie! Le scepticisme est le commencement de la foi.

— Qu'êtes-vous?

— Définir, c'est limiter.

— Donnez-moi un autre indice.

— On s'y perd. On ne s'y retrouverait pas.

— Vous me déroutez. Parlons de quelqu'un d'autre.

— Notre hôte fait un délicieux sujet de conversation. Il y a des années de cela, on l'appelait le Prince charmant.

— Ah! Ne me rappelez pas cela! s'écria Dorian Gray.

— Notre hôte n'est guère aimable ce soir, répondit la duchesse en rougissant. Il doit penser que Monmouth m'a épousée pour des raisons strictement scientifiques parce que j'étais le meilleur spécimen de papillon moderne qu'il avait pu trouver.

— Mais j'espère qu'il ne va pas vous transpercer avec des épingles, duchesse, dit Dorian en riant.

— Oh! C'est ce que fait déjà ma femme de chambre, monsieur Gray, lorsque je l'agace.

— Mais qu'est-ce donc qui l'agace chez vous, duchesse?

— Les choses les plus insignifiantes, monsieur Gray, je vous l'assure. Généralement, le fait que je vienne lui dire à neuf heures moins dix qu'il faut que je sois habillée à huit heures et demie.

— Elle est bien peu raisonnable. Vous devriez lui signifier son congé!

— Je n'ose pas, monsieur Gray. Que voulez-vous, elle invente pour moi des chapeaux. Vous vous souvenez de celui que je portais à la garden-party de Lady Hilstone? Non, mais c'est gentil à vous de faire semblant de vous en souvenir. Eh bien, elle l'avait fait d'un rien. Tous les bons chapeaux sont fait d'un rien.

— Comme toutes les bonnes réputations, Gladys, l'interrompit Lord Henry. À chaque fois qu'on fait sensation, on se fait un ennemi. Pour être populaire, il faut être un médiocre.

— Pas avec les femmes, dit la duchesse en secouant la tête. Et ce sont les femmes qui mènent le monde. Je peux vous assurer que l'on ne supporte pas les médiocres. Nous autres femmes, comme l'a dit quelqu'un, nous aimons avec nos oreilles tout comme les hommes aiment avec leurs yeux — pour autant que vous aimiez.

— J'ai l'impression que nous ne faisons jamais rien d'autre, murmura Dorian.

— Ah! Dans ce cas, vous n'êtes jamais vraiment amoureux, monsieur Gray, répondit la duchesse avec une tristesse feinte.

— Ma chère Gladys! s'écria Lord Henry. Comment pouvez-vous dire cela? L'amour vit de la répétition et la répétition transforme en art ce qui n'était qu'appétit. Et puis, à chaque fois que l'on aime, on aime d'un amour unique. Le fait que l'objet soit autre n'enlève rien au caractère unique de la passion. Il ne fait que l'intensifier. Nous n'avons dans la vie, à tout prendre, qu'une seule grande expérience et le secret de la vie est de reproduire cette expérience le plus souvent possible.

— Même lorsqu'elle nous a blessés, Harry? demanda la duchesse après un silence.

— Tout particulièrement lorsqu'elle nous a blessés, répondit Lord Henry.

La duchesse se tourna vers Dorian Gray qu'elle regarda avec une expression de curiosité.

— Qu'en dites-vous, monsieur Gray? demanda-t-elle.

Dorian hésita un instant. Puis il renversa la tête en arrière et se mit à rire.

— Je suis toujours d'accord avec Harry, duchesse.

— Même lorsqu'il se trompe?

— Harry ne se trompe jamais, duchesse.

— Et sa façon de voir les choses fait-elle votre bonheur?

— Je n'ai jamais recherché le bonheur. Qui désire le bonheur? Moi, c'est le plaisir que j'ai recherché.

— Et vous l'avez trouvé, monsieur Gray?

— Souvent. Trop souvent.

La duchesse poussa un soupir.

— Moi, c'est la paix que je recherche, dit-elle, et, si je ne vais pas m'habiller, je ne l'aurai pas ce soir.

— Permettez que j'aille vous chercher des orchidées, fit Dorian en se levant et en se dirigeant vers le fond de la serre.

— Vous flirtez honteusement avec lui, dit Lord Henry à sa cousine. Vous devriez faire attention, il est irrésistible.

— S'il ne l'était pas, il n'y aurait pas de bataille.

— C'est donc comme chez les Grecs, alors[226]?

— Moi, je suis du côté des Troyens. Ils se battaient pour une femme.

— Ils ont été battus.

— Il y a pire que la captivité, répondit-elle.

— Vous foncez à bride abattue.

— La vitesse, c'est la vie, fut la *riposte*.

— Je vais noter cela dans mon journal ce soir.

— Quoi?

— Qu'un enfant qui s'est brûlé les doigts aime le feu.

— Je ne suis même pas roussie. Mes ailes sont intactes.

— Vous les utilisez pour tout sauf pour voler.

— Le courage est passé des hommes aux femmes. C'est une expérience nouvelle pour nous.

— Vous avez une rivale.

— Qui?

Il éclata de rire.

— Lady Narborough, lui répondit-il à l'oreille. Elle est folle de lui.

— Vous me remplissez d'appréhension. L'attrait de l'Antiquité nous est fatal, à nous autres romantiques.

— Romantiques! Vous avez toutes les méthodes de la science pour vous.

— Ce sont les hommes qui nous ont tout appris.

— Mais ils ne vous ont pas expliquées à vous-mêmes.

— Donnez une description de notre sexe, pour voir, lui lança-t-elle en guise de défi.

— Des sphinges sans secret[227].

Elle lui adressa un sourire.

— Ce que M. Gray peut mettre de temps! dit-elle. Allons l'aider. Je ne lui ai même pas dit de quelle couleur était ma robe.

— Ah! Vous allez devoir accorder votre robe à ses fleurs, Gladys.

— Ce serait une reddition prématurée.

— L'Art romantique débute à son paroxysme.

— Je dois me ménager une retraite.

— À la manière des Parthes[228]?

— Ils trouvaient refuge dans le désert. Moi, je ne le pourrais pas.

— Les femmes n'ont pas toujours le choix, répondit-il, mais à peine avait-il fini de parler que leur parvint du fond de la serre un gémissement suivi du bruit sourd d'une lourde chute. Tout le monde sursauta. La duchesse s'immobilisa, horrifiée. Et Lord Henry, une lueur effrayée dans le regard, se précipita au milieu des feuilles de palmiers qui battaient l'air et trouva Dorian Gray étendu le visage contre le sol carrelé, évanoui et comme mort.

On le transporta aussitôt dans le salon bleu et on l'étendit sur l'un des canapés. Après un bref moment, il revint à lui et regarda tout autour avec une expression hébétée.

— Que s'est-il passé? demanda-t-il. Oh! Je me souviens. Suis-je en sûreté ici, Harry?

Il se mit à trembler.

— Mon cher Dorian, répondit Lord Henry, tu t'es simplement évanoui. C'est tout. Tu devais être surmené. Tu ferais mieux de ne pas descendre pour le dîner. Je te remplacerai.

— Non, je vais descendre, dit-il en se levant difficilement. Je préfère descendre. Il ne faut pas que je reste seul.

Il monta dans sa chambre et s'habilla. À table, il fut d'une gaieté effrénée et insouciante tout en étant de temps à autre traversé d'un frisson de terreur lorsqu'il se rappelait avoir vu, appuyée contre la vitre de la serre, tel un mouchoir blanc, le visage de James Vane qui l'épiait.

18

Le lendemain, il ne quitta pas la maison et passa même toute la journée dans sa chambre, en proie à une folle terreur de la mort, sans tenir pour autant à la vie. Le sentiment d'être pourchassé, traqué, pris au piège, commençait à s'imposer à lui. Il suffisait que le vent fasse frémir la tapisserie pour le faire trembler. Les feuilles mortes poussées contre les fenêtres à petits carreaux lui rappelaient ses résolutions non tenues et ses regrets insensés. Lorsqu'il fermait les yeux, il revoyait le visage du marin en train de l'épier à travers la vitre embuée et il avait une fois de plus l'impression que la main de l'épouvante se refermait sur son cœur.

Mais peut-être n'avait-ce été que son imagination qui de la nuit avait fait sortir la vengeance et donné atrocement forme sous ses yeux au châtiment. Si la vie réelle est un chaos, l'imagination, elle, a quelque chose de terriblement logique. C'est elle qui fait que le remords s'attache au péché. C'est elle qui fait que chaque crime couve une progéniture contrefaite. Dans le monde concret de tous les jours, les méchants n'étaient pas punis ni les bons récompensés. Aux forts le succès, aux faibles l'échec. Voilà tout. Et puis, si un étranger avait rôdé autour de la maison, les domestiques ou les gardiens l'auraient vu. Si on avait trouvé des traces de pas dans les parterres, les jardiniers l'auraient fait savoir. Oui, ce n'avait été que pure imagination. Le frère de Sibyl Vane n'était pas revenu le tuer. Il s'était embarqué sur son bateau pour aller faire naufrage dans quelque mer battue par les vents d'hiver. De lui, en tout cas, il n'avait rien à craindre. Enfin, cet homme ne connaissait pas son identité, il ne pouvait la connaître. Le masque de la jeunesse l'avait sauvé.

Pourtant, à supposer même qu'il ne se fût agi que d'une illusion, il était effrayant de penser que la conscience pût faire surgir des fantômes aussi terrifiants, leur donner une forme visible et les faire se mouvoir! Quelle sorte de vie allait-il vivre si, jour et nuit, les ombres de son crime devaient l'épier depuis des coins déserts, le ridiculiser depuis des lieux secrets, lui chuchoter des paroles à l'oreille lorsqu'il se mettrait à table pour festoyer, le réveiller de leurs doigts glacés durant son sommeil! Cette pensée fit si bien son chemin en lui qu'il blêmit de terreur et qu'il lui sembla tout à coup qu'il faisait plus froid. Oh! Dans quel moment de folie furieuse avait-il tué son ami! Ce que le simple souvenir de la scène pouvait être affreux! Il la revit tout entière. Chacun de ses ignobles détails lui revint dans un sentiment d'horreur accrue. De la grotte obscure du Temps, terrible et drapée d'écarlate, se dressa l'image du péché. Lorsque Lord Henry entra à six heures, il le trouva en train de verser des larmes comme quelqu'un dont le cœur vient de se briser.

Il ne s'aventura dehors que le troisième jour. Il y avait dans l'air clair aux senteurs de pin de cette matinée d'hiver quelque chose qui parut lui redonner son bonheur de vivre et son entrain. Mais les conditions physiques extérieures n'étaient pas seules causes du changement qui s'était opéré en lui. Sa propre nature s'était révoltée contre l'angoisse excessive qui avait cherché à entamer et à ruiner son calme olympien. Il en va toujours ainsi chez les personnalités fines et subtiles. Ou leurs passions puissantes plient ou elles se brisent. Soit elles tuent soit elles meurent d'elles-mêmes. Les chagrins superficiels et les amours superficielles ont la vie dure. Les grands chagrins et les grandes amours sont détruits par leur plénitude même. Et outre, s'étant convaincu qu'il avait été le jouet d'une imagination affolée par la terreur, il revoyait maintenant ses frayeurs avec une pitié quelque peu condescendante et non sans mépris.

Après le petit déjeuner, il alla faire une promenade d'une heure dans le jardin avec la duchesse puis traversa le parc en voiture pour aller rejoindre la chasse. La gelée matinale s'étendait telle du sel sur l'herbe. Le ciel faisait comme une tasse inversée de métal bleu. Les rives du lac immobile où poussaient des joncs étaient couvertes d'une mince couche de glace.

Au coin de la pinède, il aperçut Sir Geoffrey Clouston, le frère de la duchesse, en train d'éjecter deux cartouches de son fusil. Il descendit de voiture, et, ayant dit au palefrenier de ramener la jument, se fraya un chemin en direction de son invité à travers la fougère desséchée et le sous-bois broussailleux.

— Avez-vous fait bonne chasse, Geoffrey? demanda-t-il.

— Non, pas vraiment, Dorian. La plupart des oiseaux ont dû filer en rase campagne. Ça devrait aller mieux après le déjeuner lorsque nous changerons de terrain.

Dorian chemina de concert avec lui. L'air vif et parfumé, les feux bruns et rouges qui brillaient entre les arbres, les cris rauques de rabatteurs qui résonnaient de temps à autre et les sèches détonations des fusils le captivaient et le comblaient d'une délicieuse sensation de liberté. L'insouciance du bonheur et la suprême indifférence de la joie régnaient en lui.

Tout à coup, d'une grosse touffe d'herbe jaunie à une vingtaine de mètres de lui, surgit un lièvre qui, ses oreilles aux extrémités noires dressées, bondissait sur ses longues pattes arrière. Il fonça vers un bosquet d'aunes. Sir Geoffrey épaula mais quelque chose dans le mouvement gracieux de l'animal séduisit curieusement Dorian qui cria aussitôt :

— Ne tirez pas, Geoffrey. Laissez-le vivre.

— Allons donc, Dorian! fit en riant son compagnon qui tira au moment même où le lièvre sautait dans le fourré. Deux cris se firent entendre, le cri de douleur du lièvre, affreux, et celui, pire, d'un homme à l'agonie.

— Juste ciel! J'ai touché un rabatteur! s'exclama Sir Geoffrey. Quel imbécile aussi de venir se placer devant les fusils! Cessez de tirer là-bas! cria-t-il de toutes ses forces. Il y a un blessé.

Le garde-chasse arriva en courant, un bâton à la main.

— Où, monsieur? Où est-il? vociféra-t-il.

Au même moment, le tir cessa sur tout le front.

— Ici, répondit Sir Geoffrey, en colère, en se dirigeant vers le fourré. Pourquoi diable ne retenez-vous pas vos hommes? Vous m'avez gâché ma journée de chasse.

Dorian les regarda s'enfoncer dans le taillis d'aunes dont ils écartèrent les branches souples qui se balancèrent. Quelques instants plus tard, ils réapparurent, tirant derrière eux un corps dans le soleil. Il se détourna, horrifié. Il eut le sentiment que la guigne ne le lâchait plus. Il entendit Sir Geoffrey demander si l'homme était vraiment mort et la réponse affirmative du garde-chasse. Il lui sembla soudain que le bois se remplissait de visages. Il y eut des piétinements et un sourd bourdonnement de voix. Un grand faisan à gorge cuivrée battit des ailes dans les branches au-dessus d'eux.

Après quelques instants qui lui parurent, dans son désarroi, des heures interminables de souffrance, il sentit une main sur son épaule. Il sursauta et regarda autour de lui.

— Dorian, dit Lord Henry, j'ai jugé bon de leur dire de mettre fin à la chasse pour aujourd'hui. Il serait déplacé de continuer.

— Je voudrais qu'on y mette fin pour toujours, Harry, répondit-il d'une voix âpre. Ce n'est qu'atrocité et cruauté. Est-ce que l'homme...

Il ne put finir sa phrase.

— Non, j'en ai peur, rétorqua Lord Henry. Il a reçu toute la décharge dans la poitrine. Il a dû mourir presque sur le coup. Viens, rentrons.

Ils firent côte à côte et en silence une cinquantaine de mètres en direction de l'allée centrale. Dorian regarda alors Lord Henry et dit, avec un lourd soupir :

— C'est de mauvais augure, Harry, très mauvais.

— Quoi ? demanda Lord Henry. Oh, cet accident, sans doute. Mon cher, on n'y peut rien. C'était sa faute. Pourquoi est-il allé se jeter devant les fusils ? Et puis, qu'est-ce que ça peut nous faire, à nous ? C'est plutôt gênant pour Geoffrey naturellement. Cela ne se fait pas de mitrailler les rabatteurs. Les gens vous prennent pour quelqu'un qui tire à tort et à travers. Et ce n'est pas le cas de Geoffrey. Il vise dans le mille. Mais inutile d'en parler.

Dorian secoua la tête.

— C'est un mauvais présage, Harry. J'ai comme le sentiment que quelque chose d'horrible va arriver à certains d'entre nous. À moi, peut-être, ajouta-t-il en se passant la main devant les yeux dans un geste douloureux.

Son aîné se mit à rire.

— La seule chose horrible qui soit, Dorian, c'est l'*ennui*. C'est le seul péché pour lequel il n'y ait pas de pardon. Mais il y a peu de chances qu'on en souffre, à moins que les autres reviennent là-dessus pendant le dîner. Il faut que je leur dise que c'est un sujet tabou. Quant aux présages, hé bien, un présage, ça n'existe pas. Le destin ne nous envoie pas de hérauts. Il est trop sage ou trop cruel pour cela. Et puis, que voudrais-tu qu'il t'arrive, Dorian ? Tu as tout ce qu'un homme peut désirer. Il n'y a personne qui ne serait ravi d'être à ta place.

— Il n'y a personne avec qui je ne changerais de place, Harry. Ne ris pas comme cela. Je te dis la vérité. Le misérable paysan qui vient de mourir est mieux loti que moi. Je n'ai pas peur de la Mort. C'est l'approche de la Mort qui me terrifie. C'est comme si ses ailes monstrueuses tournoyaient dans l'air terne autour de moi[229]. Mais bon Dieu! Est-ce que tu ne vois pas bouger derrière les arbres, un homme qui me surveille et qui m'attend?

Lord Henry regarda dans la direction que la main gantée indiquait en tremblant.

— Oui, répondit-il en souriant. Le jardinier. Il veut sans doute te demander quelles fleurs tu veux sur la table ce soir. Ce que tu peux être bêtement nerveux, mon cher! Il faut que tu ailles voir mon médecin lorsqu'on sera de retour en ville.

Dorian poussa un soupir de soulagement en voyant approcher le jardinier. Celui-ci porta la main à son chapeau, jeta un regard hésitant à Lord Henry puis sortit une lettre qu'il tendit à son maître.

— Sa Grâce m'a dit qu'elle attendait une réponse, murmura-t-il.

Dorian mit la lettre dans sa poche.

— Dites à Sa Grâce que j'arrive, dit-il froidement. L'homme fit demi-tour et prit rapidement la direction de la maison.

— Ce que les femmes peuvent aimer jouer avec le feu! fit en riant Lord Henry. C'est l'une des qualités que j'admire le plus chez elles. Une femme flirtera avec le premier venu pour autant qu'il y a des spectateurs.

— Et toi, ce que tu peux aimer tenir des propos osés, Harry! Dans le cas présent, tu te méprends du tout au tout. J'aime beaucoup la duchesse mais je ne suis pas amoureux d'elle.

— Et elle, elle est très amoureuse de toi, mais elle t'aime beaucoup moins. Vous allez très bien ensemble.

— C'est pure médisance, Harry, et les médisances sont toujours sans fondements!

— Leur fondement est la certitude immorale, dit Lord Henry en allumant une cigarette.

— Tu sacrifierais n'importe qui, Harry, pour un bon mot.

— On va à l'autel de son propre gré, lui fut-il répondu.

— Je voudrais bien être amoureux, s'écria Dorian Gray avec dans la voix un accent profondément pathétique. Mais c'est comme si je n'avais plus de passion et si je ne savais plus ce qu'est le désir. Je suis trop concentré sur moi-même. Je suis devenu un fardeau pour moi-même. Je voudrais fuir, partir, oublier. J'ai été stupide de venir ici. Je pense que je vais envoyer un télégramme à Harvey pour lui dire de tenir le yacht prêt. Sur un yacht, on n'est pas menacé.

— Pas menacé par quoi, Dorian? Toi, tu as des ennuis. Pourquoi ne pas me dire de quoi il s'agit? Tu sais que je pourrais t'aider.

— Je ne peux pas te le dire, Harry, répondit-il, tristement. Ce n'est sans doute qu'un effet de mon imagination. Ce malheureux accident m'a bouleversé. J'ai le pressentiment atroce que quelque chose du genre va m'arriver.

— Mais c'est absurde!

— Je l'espère bien mais je ne peux m'empêcher de l'éprouver. Tiens, voilà la duchesse, telle Artémis dans sa robe de grand couturier. Vous nous voyez de retour, duchesse.

— Je suis au courant de tout, monsieur Gray, répondit-elle. Le pauvre Geoffrey est terriblement bouleversé. Il paraît que vous lui aviez demandé de ne pas tirer sur le lièvre. Curieux!

— Oui, très curieux. Je ne sais pas ce qui m'a pris. Un caprice, sans doute. C'était une si jolie bête. Mais je regrette que l'on vous ait mis au courant pour l'homme. C'est un sujet horrible.

— Un sujet ennuyeux, coupa Lord Henry. Sans aucune valeur psychologique. Si Geoffrey avait fait exprès, là, ç'aurait été intéressant! J'aimerais connaître quelqu'un qui a commis un vrai meurtre.

— Ce n'est vraiment pas gentil à vous, s'écria la duchesse. Vous ne trouvez pas, monsieur Gray? Harry, M. Gray a encore un malaise. Il va s'évanouir.

Dorian se redressa, non sans effort, et sourit.

— Ce n'est rien, duchesse, murmura-t-il. Je suis à bout de nerfs, c'est tout. J'ai bien peur d'avoir trop

marché ce matin. Je n'ai pas entendu ce qu'a dit
Harry? Était-ce bien méchant? Vous me le direz une
autre fois. Je pense que je vais aller m'étendre. Vous
m'excuserez, n'est-ce pas?

Ils étaient arrivés au grand escalier qui conduisait de
la serre à la terrasse. Lorsque la porte vitrée se referma
derrière Dorian, Lord Henry tourna vers la duchesse
ses yeux alanguis.

— Vous êtes très amoureuse de lui? demanda-t-il.

Elle ne répondit pas tout de suite, les yeux posés sur
le paysage.

— Je voudrais bien le savoir, finit-elle par
répondre.

Il hocha la tête.

— Le savoir serait fatal. C'est l'incertitude qui
donne tout son charme à la chose. Tout est merveilleux dans le brouillard.

— On y perd son chemin.

— Tous les chemins aboutissent au même point,
ma chère Gladys.

— Qui est?

— La désillusion.

— Moi, c'est par là que j'ai débuté dans la vie, fit-
elle avec un soupir.

— Cela vous est venu avec la couronne ducale.

— J'en ai assez des feuilles de fraisier[230].

— Elles vous vont bien.

— Seulement en public.

— Vous les regretteriez, dit Lord Henry.

— Je ne me séparerai pas d'un seul pétale.

— Monmouth pourrait vous entendre.

— À son âge, on est dur d'oreille.

— Il n'a jamais été jaloux?

— Hélas! non.

Il regarda autour de lui comme s'il cherchait quelque chose.

— Qu'est-ce que vous cherchez? demanda-t-elle.

— La mouche de votre fleuret, répondit-il. Vous
l'avez laissé tomber.

Elle éclata de rire.

— Il me reste le masque.

— Il rend vos yeux encore plus beaux, répliqua-t-il.

Elle se mit de nouveau à rire. Ses dents faisaient comme des graines blanches dans un fruit écarlate[231].

En haut, dans sa chambre, Dorian Gray était étendu sur un canapé, tenaillé par la terreur. La vie lui était tout à coup devenue un fardeau trop atroce à supporter. La mort épouvantable du malheureux rabatteur, tué dans un fourré comme une bête sauvage, lui semblait anticiper la sienne. Il avait failli s'évanouir devant ce que Lord Henry avait dit en passant pour faire le cynique.

À cinq heures, il sonna et ordonna à son domestique de faire ses valises de sorte qu'il puisse prendre le rapide de nuit pour Londres et de commander le coupé pour huit heures et demie. Il était bien décidé à ne pas dormir une nuit de plus à Selby Royal. Cet endroit portait malheur. La mort s'y promenait en plein jour. L'herbe de la forêt était tachée de sang.

Il écrivit ensuite un mot à Lord Henry, lui disant qu'il allait en ville consulter un médecin et lui demandant de le remplacer auprès de ses invités pendant son absence. Il était en train de mettre le mot dans une enveloppe lorsqu'on frappa à la porte et que son valet lui fit savoir que le garde-chasse désirait le voir. Il se rembrunit et se mordit la lèvre.

— Dites-lui de venir, marmonna-t-il après quelques instants d'hésitation.

Dès que l'homme fut entré, Dorian prit son chéquier dans un tiroir et l'ouvrit devant lui.

— Vous venez sans doute au sujet du malheureux accident de ce matin, Thornton? demanda-t-il en prenant une plume.

— Oui, monsieur, répondit le garde-chasse.

— Il était marié? il avait des personnes à charge? demanda Dorian d'un air ennuyé. Si c'est le cas, je n'aimerais pas qu'on les laisse dans le besoin et je leur ferai parvenir toute somme d'argent que vous jugerez nécessaire.

— Nous ne savons pas qui c'est, monsieur. C'est pourquoi j'ai pris la liberté de venir vous voir.

— Vous ne savez pas qui c'est? demanda Dorian d'un ton indifférent. Qu'entendez-vous par là? Ce n'était pas un de vos hommes?

— Non, monsieur. On l'avait jamais vu. On dirait un marin, monsieur.

La plume tomba des mains de Dorian et il eut l'impression que son cœur cessait de battre.

— Un marin? fit-il. Vous avez dit un marin?

— Oui, monsieur. On dirait bien un marin. Tatoué sur les bras et ce genre de chose.

— On a trouvé quelque chose sur lui? demanda Dorian en s'avançant et en regardant le garde-chasse les yeux écarquillés. Rien qui indique son nom?

— De l'argent, monsieur — pas beaucoup, et un six coups. Pas de nom. Un homme correctement vêtu, monsieur, mais quelqu'un de rustre. Un marin, ou quelque chose comme ça, d'après nous.

Dorian se leva d'un bond, traversé par un espoir démesuré auquel il s'accrocha follement.

— Où est le corps? demanda-t-il, tout excité. Vite! Il faut que je le voie tout de suite.

— Il est dans une écurie vide de la Ferme, monsieur. Les gens n'aiment pas avoir ce genre de choses chez eux. Ils disent qu'un cadavre porte malheur.

— La Ferme! Allez là-bas tout de suite. Je vous y retrouve. Dites à un des garçons d'écurie d'amener mon cheval. Non. Laissez. J'irai aux écuries moi-même. Ça ira plus vite.

Moins d'un quart d'heure plus tard, Dorian galopait à bride abattue sur la longue allée centrale. Les arbres faisaient comme un défilé fantomatique à sa hauteur et on eût dit que leurs ombres se jetaient sur son chemin. La jument fit un écart devant une barrière blanche et faillit le vider. Il lui donna un coup de cravache dans le cou. Elle fendit la pénombre comme une flèche. Les pierres volaient sous ses sabots.

Ils arrivèrent enfin à la ferme Home. Deux hommes flânaient dans la cour. Il sauta à terre et jeta les rênes à l'un des deux. Il y avait de la lumière dans le bâtiment le plus éloigné. Quelque chose lui disait que le corps était là. Il se précipita vers la porte et posa sa main sur le loquet.

Il s'immobilisa un instant : il allait bientôt se trouver devant ce qui sauverait sa vie ou la ruinerait. Il poussa alors la porte et entra.

Sur une pile de sacs dans le coin opposé se trouvait le cadavre d'un homme vêtu d'une chemise grossière et de pantalons bleus. On avait posé un mouchoir taché sur son visage. À côté, une bougie, enfoncée dans une bouteille, crépitait.

Dorian Gray frissonna. Ayant le sentiment que ce n'était pas à lui de retirer le mouchoir, il cria à l'un des garçons de ferme de s'approcher.

— Enlevez-lui ça de sur le visage. Je veux le voir, dit-il en cherchant appui sur le montant de la porte.

Lorsque le garçon de ferme se fut exécuté, il s'avança. Un cri de joie lui échappa. L'homme abattu dans le fourré était James Vane.

Il resta quelques minutes à regarder le cadavre. Il rentra chez lui en larmes car il sut qu'il était sauvé.

19

— Ne va surtout pas me dire que tu vas t'amender, fit Lord Henry en trempant ses doigts blancs dans un bol de cuivre rouge rempli d'eau de rose. Tu es parfait. Ne change surtout pas.

Dorian Gray secoua la tête.

— Non, Harry, j'ai fait trop de choses épouvantables dans ma vie. Désormais, c'est terminé. J'ai fait ma première bonne action hier.

— Où étais-tu hier?

— À la campagne, Harry. Seul dans une petite auberge.

— Mon petit, dit Lord Henry en souriant, n'importe qui peut être bon à la campagne. On n'y est pas tenté. C'est la raison pour laquelle les gens qui ne vivent pas en ville ne sont absolument pas civilisés. Il n'est pas du tout facile d'accéder à la civilisation. Il n'y a que deux manières d'y parvenir. L'une par la culture, l'autre par la corruption. Les gens de la campagne ne connaissent ni l'une ni l'autre, ce qui fait qu'ils stagnent.

— Culture et corruption, répéta Dorian. Je n'ignore ni l'une ni l'autre. Je trouve même épouvantable qu'on les associe. Car j'ai un nouvel idéal, Harry. Je vais changer, je crois même que c'est déjà fait.

— Tu ne m'as pas encore dit quelle avait été ta bonne action. Ou peut-être m'as-tu dit en avoir fait plus d'une? demanda son compagnon qui était en train de verser dans une assiette une petite pyramide de fraises cramoisies et grenues qu'il saupoudra ensuite de sucre blanc au moyen d'une cuillère perforée, en forme de coquillage.

— Je peux te le dire, Harry. C'est une histoire que je ne pourrais raconter à personne d'autre. J'ai épargné quelqu'un. Cela peut sembler prétentieux mais tu comprends ce que je veux dire. Elle était très belle et ressemblait étonnamment à Sibyl Vane. Je pense que c'est ce qui m'a d'abord attiré chez elle. Tu te souviens de Sibyl, n'est-ce pas? Comme ça paraît loin! Enfin, Hetty n'était pas de notre milieu, bien entendu. C'était une simple villageoise. Mais j'étais vraiment amoureux d'elle, j'en suis sûr. Pendant tout ce beau mois de mai que nous avons eu, je descendais la voir deux ou trois fois par semaine. Hier, elle m'a retrouvé dans un petit verger. Les fleurs de pommier lui tombaient dans les cheveux et elle riait. Nous devions nous enfuir ce matin à l'aube. J'ai tout à coup décidé de la laisser aussi virginale que je l'avais connue.

— Voilà une émotion nouvelle qui a dû te procurer un frisson de plaisir, Dorian, l'interrompit Lord Henry. Laisse-moi conclure cette belle idylle à ta place : tu lui as conseillé d'être sage et tu lui as brisé le cœur. Voilà comment a débuté ton retour à une vie plus honnête.

— Harry, tu es ignoble! Tu ne devrais pas dire de choses aussi épouvantables. Hetty n'a pas le cœur brisé. Elle a pleuré, bien entendu, et tout le reste. Mais elle ne s'est pas déshonorée. Elle pourra vivre, comme Perdita, dans son jardin de menthe et de soucis.

— Et pleurer un Florizel [232] qui l'a abandonnée, dit Lord Henry qui se mit à rire en se renversant dans son fauteuil. Mon cher Dorian, c'est curieux comme tu peux être puéril. Crois-tu vraiment que cette fille pourra jamais se contenter désormais de quelqu'un de son milieu? Elle épousera sûrement un jour un charretier mal dégrossi ou un laboureur sinistre. Mais enfin, le fait de t'avoir connu la fera mépriser son mari et elle sera très malheureuse. Du point de vue moral, je ne peux pas dire que j'apprécie beaucoup ton acte de renoncement. Ce n'est pas brillant, même pour un début. Et puis, comment sais-tu si Hetty ne flotte pas à l'heure qu'il est au milieu de jolis nénuphars sur la retenue d'un moulin éclairée par les étoiles. Comme Ophélie ?

— C'est insupportable, Harry ! Tu tournes tout en dérision pour évoquer ensuite les pires tragédies. Maintenant, je regrette de t'avoir parlé. Ce que tu dis m'est égal. Je sais que j'ai eu raison d'agir comme je l'ai fait. Pauvre Hetty ! En passant près de la ferme ce matin, j'ai vu son visage blanc à la fenêtre. On aurait dit une branche de jasmin. N'en parlons plus et toi, n'essaie pas de me convaincre que la première bonne action que j'aie accomplie depuis des années, le premier geste d'abnégation que j'aie jamais connu, s'apparente à un péché. Je veux m'améliorer. Je vais m'améliorer. Parle-moi de toi. Que se passe-t-il en ville ? Je n'ai pas mis le pied au club depuis des semaines.

— On discute toujours de la disparition de ce pauvre Basil.

— Je pensais qu'on s'en serait lassé à l'heure qu'il est, dit Dorian qui se versa du vin et se rembrunit.

— Mon petit, ça ne fait que six semaines qu'on en parle et le public anglais n'est pas de taille mentalement à affronter plus d'un sujet tous les trois mois. Il a pourtant eu beaucoup de chance ces derniers temps. Il a eu mon propre divorce et le suicide d'Alan Compbell. Et maintenant c'est au tour de la mystérieuse disparition d'un artiste. Scotland Yard soutient toujours que l'homme en ulster gris qui a pris le train de minuit pour Paris le neuf novembre était le pauvre Basil tandis que la police française déclare qu'il n'est jamais arrivé jusqu'à Paris. Dans quinze jours, on va sans doute nous annoncer qu'il a été vu à San Francisco. C'est bizarre mais, dès que quelqu'un disparaît, on dit qu'il a été vu à San Francisco. Ce doit être une ville charmante, en possession de tous les attraits de l'au-delà.

— Qu'est-ce qui est arrivé à Basil, à ton avis ?
demanda Dorian en tenant son verre de bourgogne
contre la lumière, étonné de discuter de la chose si calmement.

— Je n'en ai pas la moindre idée. Si Basil a choisi
de se cacher, ça ne me regarde pas. S'il est mort, je ne
veux pas penser à lui. La mort est la seule chose qui
me terrifie. Je la hais.

— Pourquoi ? demanda le jeune homme d'une voix
lasse.

— Parce que, répondit Lord Henry en passant sous
ses narines le treillage doré d'un vinaigrier ouvert, on
peut survivre à tout de nos jours sauf à la mort. La
mort et la vulgarité sont les deux seuls faits qui restent
inexplicables au XIXe siècle. Allons prendre le café
dans la salle de musique, Dorian. Tu vas me jouer du
Chopin. L'homme pour qui ma femme m'a quitté
joue Chopin merveilleusement. Pauvre Victoria ! Je
l'aimais beaucoup. La maison est plutôt vide sans elle.
La vie conjugale a beau n'être qu'une habitude, une
mauvaise habitude, il n'empêche : on regrette la perte
même de ses mauvaises habitudes. C'est peut-être
celles que l'on regrette le plus. Elles font tellement
partie intégrante de soi.

Dorian resta silencieux mais quitta la table et passa
dans la pièce voisine où il s'assit au piano et promena
ses doigts sur les touches noires et blanches.
Lorsqu'on eut apporté le café, il s'interrompit et, se
tournant vers Lord Henry, dit :

— Harry, t'est-il déjà venu à l'esprit que Basil
aurait pu être assassiné ?

Lord Henry bâilla.

— Basil était très populaire et portait toujours une
montre Waterbury[233]. Pourquoi l'aurait-on assassiné ?
Il n'était pas assez intelligent pour avoir des ennemis.
Il était bien sûr merveilleusement doué pour la peinture. Mais on peut peindre comme Velasquez et être
ennuyeux au possible. Basil n'était vraiment pas drôle.
Je l'ai trouvé une seule fois intéressant et c'est quand il
m'a dit, il y a des années de cela, qu'il éprouvait pour

toi une adoration sans bornes et que tu étais le motif
majeur de son art.

— J'aimais beaucoup Basil, dit Dorian avec une
note de tristesse dans la voix. Mais ne dit-on pas qu'il
a été assassiné ?

— Oh, quelques journaux, oui. Mais à moi, cela
semble tout à fait improbable. Je sais qu'il y a à Paris
des lieux de perdition mais Basil n'était pas du genre à
les fréquenter. Il n'avait pas la moindre curiosité.
C'était son principal défaut.

— Que dirais-tu, Harry, si je te disais que je l'ai
assassiné ? demanda le jeune homme qui le fixa intensément après avoir parlé.

— Je dirais, mon cher, que tu te mets dans la peau
d'un personnage qui ne te va pas. Tout crime est vulgaire, de même que toute vulgarité est criminelle. Tu
n'as pas ça en toi, Dorian. Je regrette de blesser ton
amour-propre en te le disant mais je t'assure que c'est
vrai. Le crime est l'apanage des classes inférieures. Je
ne les en blâme pas le moins du monde. Selon moi, le
crime est pour elles ce que l'art est pour nous, simplement une méthode pour s'offrir des sensations fortes.

— Une méthode pour s'offrir des sensations
fortes ? Tu ne penses tout de même pas qu'un homme
qui a déjà commis un crime pourrait recommencer.
Ne me dis pas cela.

— Oh, mais tout devient un plaisir à force de répétition, fit Lord Henry en riant. C'est là l'un des grands
secrets de la vie. Je suis pourtant d'avis cependant que
le meurtre est toujours une erreur. On ne devrait
jamais rien faire dont on ne puisse pouvoir parler
après dîner. Mais laissons là ce pauvre Basil. Je voudrais croire qu'il a connu une fin aussi romantique
que celle que tu évoques mais j'en suis incapable. Si tu
veux mon avis, il est tombé d'un omnibus dans la
Seine et le receveur a étouffé l'affaire. Oui, pour moi,
c'est comme cela qu'il a fini. Je le vois très bien étendu
sur le dos au fond de l'eau verte et opaque tandis que
les lourdes péniches passent au-dessus de lui et que de
longues herbes se prennent dans ses cheveux. Tu sais,

je ne pense pas qu'il aurait fait grand-chose de bon. Depuis une dizaine d'années, sa peinture avait beaucoup baissé.

Dorian poussa un soupir tandis que Lord Henry traversait nonchalamment la pièce et allait caresser la tête d'un curieux perroquet de Java, un gros oiseau au plumage gris, à la crête et à la queue roses, qui se balançait sur un perchoir de bambou. Au contact des doigts effilés de Lord Henry, il baissa sur ses yeux noirs et vitreux la croûte blanche de ses paupières fripées et se mit à osciller d'avant en arrière.

— Oui, poursuivit Lord Henry en se retournant et en sortant son mouchoir de sa poche, sa peinture n'était plus ce qu'elle était. Il me semblait qu'elle avait perdu quelque chose. Elle avait perdu un idéal. Lorsque vous avez cessé, lui et toi, d'être de grands amis, il a cessé d'être un grand artiste. Qu'est-ce qui vous a séparé ? Je suppose qu'il t'ennuyait. Si c'est cela, il n'a jamais dû te le pardonner. Les raseurs sont comme cela. À propos, qu'est devenu le magnifique portrait qu'il avait fait de toi ? Je ne pense pas l'avoir vu depuis qu'il l'a achevé. Oh ! Je me souviens que tu m'as dit, il y a des années de cela, que tu l'avais envoyé à Selby et qu'il s'était perdu ou avait été volé en route. Tu ne l'as jamais récupéré ? Quel dommage ! C'était vraiment un chef-d'œuvre. Je me rappelle avoir voulu l'acheter. Je voudrais bien qu'il soit à moi maintenant. Il est de la meilleure période de Basil. Depuis, son œuvre s'était transformée en un de ces curieux mélanges de mauvaise peinture et de bonnes intentions qui permet toujours à quelqu'un d'être qualifié de représentatif de l'art britannique. Tu as fait passer des annonces pour le retrouver ? Tu aurais dû.

— Je ne me rappelle plus, répondit Dorian. Je suppose que oui. Mais il ne m'a jamais vraiment plu. Je regrette d'avoir posé pour ce tableau. Son souvenir m'est odieux. Pourquoi me parles-tu de cela ? Il me rappelait les vers bizarres d'une pièce — *Hamlet*, je crois — comment est-ce déjà ?

> Tel le portrait du chagrin,
> Un visage sans cœur[234]

Oui, voilà à quoi il ressemblait.

Lord Henry éclata de rire.

— Si quelqu'un aborde la vie en artiste, l'intelligence lui tient lieu de cœur, commenta-t-il en se laissant tomber dans un fauteuil.

Dorian Gray hocha la tête et fit quelques accords assourdis sur le piano. « Tel le portrait du chagrin, répéta-t-il, un visage sans cœur. »

Son aîné, renversé en arrière, le regardait l'œil mi-clos.

— À propos, Dorian, dit-il après un silence, que sert à l'homme de gagner l'univers — comment dit-on déjà? — s'il vient à perdre son âme[235]?

Le piano fit un son discordant et Dorian sursauta. Il regarda fixement son ami.

— Pourquoi me demandes-tu cela, Harry?

— Mon cher, répondit Lord Henry, que la surprise fit sourciller, je te l'ai demandé parce que j'ai pensé que tu saurais me donner une réponse. C'est tout. Dimanche dernier, je traversais le Parc et, près de Marble Arch, il y avait un petit attroupement de loqueteux qui écoutaient un vulgaire bonimenteur[236]. En passant, j'ai entendu ce dernier poser à la cantonade cette question à son auditoire. J'ai trouvé que ça ne manquait pas de piquant. Londres abonde en bizarreries théâtrales de ce genre. Un dimanche pluvieux, un chrétien mal dégrossi en imperméable, un cercle de visages d'une pâleur maladive abrités tant bien que mal sous des parapluies dégoulinants et une phrase superbe lancée par une bouche hystérique, criarde — c'était vraiment réussi à sa manière, ça donnait terriblement à réfléchir. J'ai failli dire au prophète que l'art a une âme et l'homme pas. Mais il ne m'aurait pas compris, j'en ai bien peur.

— Non, Harry. L'âme est une terrible réalité. On peut l'acheter, la vendre, la troquer. On peut la pervertir ou la rendre parfaite. Chacun de nous a une âme. Je le sais.

— Tu en es bien sûr, Dorian?

— Tout à fait.

— Tiens! Dans ce cas, elle est sûrement une illusion. Ce dont on est absolument certain n'est jamais vrai. C'est en cela que la foi est fatale et c'est ce que nous enseigne le roman. Ce que tu peux être sérieux! Il ne faut pas. Qu'est-ce que toi ou moi avons à faire des superstitions de notre époque? Non, nous avons renoncé à croire à l'âme. Joue-moi quelque chose. Joue-moi un nocturne, Dorian et, en jouant, dis-moi à voix basse comment tu as fait pour garder ta jeunesse. Tu as bien un secret. Je n'ai que dix ans de plus que toi et je suis ridé, usé, jaune. Toi, tu es vraiment magnifique, Dorian. Tu n'as jamais eu autant de charme que ce soir. Tu me rappelles la première fois que je t'ai vu. Tu étais passablement effronté, très timide et absolument inouï. Tu as changé, évidemment, mais pas d'apparence. Je voudrais que tu me dises ton secret. Je ferais n'importe quoi pour rester jeune, sauf faire de l'exercice, me lever tôt ou être respectable. La jeunesse! Il n'y a que cela. Parler de l'ignorance de la jeunesse est absurde. Les seules personnes dont j'écoute les opinions avec respect sont les gens beaucoup plus jeunes que moi. Je me sens dépassé par eux. Le merveilleux de la vie vient de leur apparaître. Les gens âgés, eux, je les contredis toujours. Je le fais par principe. Si tu leur demandes leur avis sur quelque chose qui est arrivé hier, ils te font sérieusement part d'opinions qui avaient cours en 1820, lorsqu'on portait le col droit, que l'on croyait à tout et qu'on ne savait rien de rien. Comme ce que tu joues est beau! Je me demande si Chopin a composé cela à Majorque tandis que la mer venait mourir autour de la villa et que les embruns éclaboussaient les vitres? C'est d'un romantisme superbe. Quelle chance nous avons d'avoir encore un art qui ne soit pas d'imitation! Ne t'interromps pas! J'ai besoin de musique ce soir. J'ai l'impression que tu es le jeune Apollon et moi Marsyas en train de t'écouter[237]. J'ai mes souffrances Dorian, dont toi-même ignores tout. Le drame de la vieillesse n'est pas d'être vieux mais d'être jeune. Je

m'étonne moi-même parfois de ma sincérité. Ah!
Dorian, quelle chance tu as! Quelle vie magnifique
que la tienne! Tu t'es grisé de tout. Tu as mordu la
vie à belles dents. Rien ne t'as été refusé. Et tout cela
est passé sur toi comme une musique, sans te
gâcher[238]. Tu es toujours le même.

— Je ne suis pas le même, Harry.

— Oui tu l'es. Je me demande ce que va être le
reste de ta vie. Ne la gâche pas par des sacrifices. À
l'heure actuelle, tu es une réussite parfaite. Ne vas pas
t'amputer. Tu es maintenant impeccable. Ne hoche
pas la tête, tu le sais. Et puis, Dorian, ne te leurres pas.
Ce ne sont pas la volonté ou les intentions qui
décident dans la vie. La vie est une affaire de nerfs, de
fibres, de cellules lentement élaborées dans lesquels la
pensée se cache et où la passion tisse ses rêves. Tu te
crois peut-être à l'abri et fort. Mais tout tient à une
nuance de couleur dans une pièce ou dans un ciel
matinal, à un parfum jadis cher et qui vous remémore
des choses subtiles, à un vers d'un poème oublié et qui
vous revient tout à coup, à un rythme d'un morceau
de musique que tu as cessé de jouer — je te le dis,
Dorian, c'est de petits riens comme ceux-là que
dépend la vie. Browning a écrit quelque chose là-
dessus[239]. Tout cela, nos sens se l'imaginent pour
nous. Il arrive que l'odeur du *lilas blanc* me revienne
tout à coup et que je doive revivre le mois le plus
étrange de ma vie. Je voudrais bien être à ta place,
Dorian. On a fait peut-être des gorges chaudes contre
nous deux mais toi, on t'a toujours adulé. On t'adu-
lera toujours. Tu es le type d'homme que notre époque recherche et qu'elle a peur d'avoir découvert. Si
tu savais comme je suis heureux que tu n'aies jamais
rien fait, jamais sculpté de statue, peint de tableau ou
produit autre chose que toi-même! Ton art aura été
de vivre. Tu t'es mis toi-même en musique. Tes sonnets à toi, ce sont tes jours.

Dorian quitta le piano et se passa la main dans les
cheveux.

— Oui, j'ai eu une vie splendide, murmura-t-il,

LE PORTRAIT DE DORIAN GRAY

mais ça ne va pas durer, Harry. Et tu ne devrais pas me débiter ces choses extravagantes. Tu ne sais pas tout de moi. Je pense que si tu savais tout, tu ne voudrais plus me voir. Tu ris. Ne ris pas.

— Pourquoi as-tu arrêté de jouer, Dorian ? Retourne au piano et rejoue-moi ce nocturne. Regarde cette grosse lune couleur de miel suspendue dans le crépuscule. Elle attend que tu la charmes. Si tu joues, elle va se rapprocher de la terre. Tu ne veux pas ? Dans ce cas, allons au club. La soirée a été charmante et il faut qu'elle finisse de même. Il y a quelqu'un chez White qui tient énormément à faire ta connaissance — le jeune Lord Poole, le fils aîné de Bournemouth. Il copie déjà tes cravates et m'a supplié de te le présenter. Il est tout à fait charmant et me fait passablement penser à toi.

— J'espère que non, dit Dorian, qui eut une lueur triste dans le regard. Mais je suis fatigué ce soir, Harry. Je n'irai pas au club. Il est presque onze heures et je veux me coucher tôt.

— Non, reste. Tu n'as jamais joué aussi bien que ce soir. Ton toucher avait quelque chose de merveilleux. Il était plus expressif que tout ce que j'ai entendu jusqu'à maintenant.

— Cela vient de ce que je vais désormais m'amender, répondit Dorian en souriant. J'ai déjà commencé à changer un peu.

— Pour moi, tu seras toujours le même, Dorian, dit Lord Henry. Nous serons toujours amis, toi et moi.

— Même si tu m'as perverti un jour avec un livre. Je ne devrais pas te le pardonner. Harry, promets-moi de ne jamais prêter ce livre à qui que ce soit. Il est nuisible.

— Mon petit, tu commences vraiment à jouer les moralistes. Tu vas bientôt te promener comme les convertis et les repentis et mettre les gens en garde contre tous les péchés dont tu t'es lassé. Tu es beaucoup trop charmant pour cela. Et puis, c'est inutile. Nous sommes, toi et moi, ce que nous sommes et nous serons ce que nous serons. Pour ce qui est d'être perverti par un livre, ce sont des histoires. L'art n'a aucune influence sur l'action. Il anéantit le désir d'agir. Il est magnifiquement stérile. Les livres que le monde juge immoraux sont ceux qui lui tendent le miroir de son ignominie. C'est tout. Mais trêve de littérature. Passe me voir demain. Je monte à cheval à onze heures. Tu pourrais m'accompagner et, ensuite, je t'amènerai déjeuner avec Lady Branksome. Elle est charmante et veut ton avis sur des tapisseries qu'elle songe à acheter. Je compte sur toi. À moins qu'on déjeune avec la petite duchesse ? Elle dit qu'elle ne te voit plus. En aurais-tu assez de Gladys ? Je m'en doutais. Ses reparties intelligentes tombent sur les nerfs. Enfin quoi qu'il en soit, sois là à onze heures.

— Il le faut vraiment, Harry ?

— Sans faute. Le parc est ravissant à cette époque. Je pense qu'il n'y a jamais eu autant de lilas depuis l'année où je t'ai connu.

— Très bien. Je serai là à onze heures, dit Dorian. Bonsoir, Harry.

Arrivé à la porte, il eut un moment d'hésitation comme s'il avait encore quelque chose à dire. Puis il soupira et s'en alla.

20

La nuit était belle et si chaude qu'il jeta son manteau sur son bras et ne mit même pas son écharpe de soie autour de sa gorge. Comme il rentrait chez lui sans se presser en fumant une cigarette, deux jeunes hommes en habit de soirée le croisèrent. Il en entendit un chuchoter à l'autre : « C'est Dorian Gray. » Il se rappela combien il avait aimé qu'on le montre du doigt, qu'on le regarde ou que l'on parle de lui. Désormais, il en avait assez d'entendre prononcer son nom. Le charme du petit village où il était si souvent allé ces derniers temps venait justement de ce que personne ne le connaissait. Il avait souvent dit à la jeune fille qu'il avait séduite qu'il était pauvre et elle l'avait cru. Lui ayant dit un jour qu'il était dangereux, elle lui avait ri au nez et répondu que les gens dangereux étaient toujours très vieux et très laids. Quel rire elle avait ! — on eût dit le chant de la grive. Et comme elle était jolie dans sa robe de coton et ses grands chapeaux ! Elle était ignorante mais possédait tout ce qu'il n'avait plus.

Arrivé chez lui, il trouva son domestique qui l'attendait. Il l'envoya se coucher et, s'étant laissé tomber dans un canapé de la bibliothèque, il se mit à réfléchir à certains des propos que Lord Henry venait de lui tenir.

Était-ce vrai que l'on ne pouvait changer ? Il avait la nostalgie de la pureté sans tache de sa vie de jeune

garçon — à la blancheur de rose, ainsi que Lord
Henry l'avait un jour appelée. Il se savait souillé,
l'esprit corrompu et l'imagination remplie d'horreurs.
Il savait qu'il avait exercé une influence néfaste sur les
autres et y avait pris un plaisir atroce. Et que, des existences qui avaient croisé la sienne, c'était aux plus
nobles et aux plus prometteuses qu'il avait apporté la
honte. Mais tout cela était-il irrémédiable ? N'y avait-il
plus d'espoir pour lui ?

Ah ! dans quel monstrueux moment d'orgueil et de
passion avait-il fait la prière que ce fût le portrait qui
porte le poids de ses années tandis que lui conserverait
intacte la splendeur de l'éternelle jeunesse ! Son échec
venait tout entier de là. Il eût mieux valu pour lui que
chaque péché commis entraîne sur-le-champ son
infaillible punition. La punition est une forme de purification. Non pas « Pardonnez-nous nos offenses »
mais « Punissez-nous pour nos iniquités », voilà quelle
devrait être la prière adressée à un Dieu de justice.

Le miroir bizarrement sculpté que lui avait offert
Lord Henry plusieurs années auparavant était posé
sur la table et les Cupidons aux membres blancs qui
l'entouraient riaient comme autrefois. Il le prit,
comme il l'avait fait lors de cette nuit d'horreur
lorsqu'il avait pour la première fois remarqué le changement dans le tableau fatal, et plongea des yeux en
larmes et fiévreux dans sa surface bombée et polie. Un
jour, quelqu'un qui l'avait follement aimé lui avait
écrit une lettre démente qui se terminait sur ces mots
idolâtres : « Le fait que tu sois d'ivoire et d'or a changé
le monde. La courbe de tes lèvres a réécrit l'histoire. »
Ces phrases lui revinrent à la mémoire et il se les
répéta à satiété. Puis il maudit sa beauté et, lançant le
miroir par terre, l'écrasa en miettes argentées sous son
talon. C'était elle, sa beauté, qui l'avait perdu, sa
beauté et la jeunesse qu'il avait demandée dans sa
prière. Sans elles sa vie n'eût pas connu la souillure.
Sa beauté n'avait été qu'un masque, sa jeunesse
qu'une parodie. Qu'était dans le meilleur des cas la
jeunesse ? Une époque de naïveté, d'immaturité, une

époque d'états d'âme superficiels et de pensées malsaines. Pourquoi s'en était-il affublé? La jeunesse l'avait pourri.

Mieux valait ne pas penser au passé. Rien ne pourrait y changer quoi que ce soit. C'était à lui-même, à son avenir, qu'il lui fallait songer. James Vane dormait dans une tombe anonyme du cimetière de Selby. Alan Campbell s'était tiré une balle dans la tête un soir dans son laboratoire, sans avoir révélé le secret qu'il avait été contraint de connaître. L'agitation causée par la disparition de Basil Hallward disparaîtrait bientôt. Elle faiblissait déjà. Il n'avait rien à craindre. Ce n'était même pas la mort de Basil Hallward qui lui pesait le plus. Ce qui le préoccupait, c'était la mort vive de son âme à lui. C'était Basil qui avait peint le portrait qui avait gâché sa vie. Cela, il ne pouvait le lui pardonner. C'était le portrait qui était la cause de tout. Basil lui avait tenu des propos insupportables et même cela, il l'avait supporté avec patience. Le meurtre n'avait été qu'un instant d'égarement. Quant à Alan Campbell, c'était de son propre fait qu'il s'était suicidé. Il avait choisi. Ce n'était pas son affaire.

Une nouvelle vie! Voilà ce qu'il lui fallait. Voilà ce qu'il attendait. Elle avait sans doute déjà commencé. En tout cas, il avait épargné une innocente. Jamais plus il ne tenterait l'innocence. Il s'amenderait.

Penser à Hetty Merton lui fit se demander si le portrait qui se trouvait dans la pièce fermée à clé avait changé. Se pouvait-il qu'il fût-ce aussi horrible que naguère? Qui sait, si sa vie se purifiait, s'il ne parviendrait pas à retirer du visage toute trace de méchanceté. Qui sait, peut-être même ces traces étaient-elles déjà parties. Il fallait qu'il monte voir.

Il prit la lampe qui se trouvait sur la table et grimpa les escaliers sans faire de bruit. En déverrouillant la porte, un sourire joyeux passa sur son visage étrangement jeune et flotta un instant sur ses lèvres. Oui, il s'amenderait et cette ignominie qu'il avait cachée cesserait de le terroriser. C'était comme s'il était déjà soulagé d'un fardeau.

Il pénétra rapidement dans la pièce en refermant la porte derrière lui comme d'habitude et retira la tenture violette de devant le tableau. Un cri de souffrance et d'indignation lui échappa. Il n'y avait rien de changé, si ce n'est dans les yeux un regard rusé et dans la bouche le rictus de l'hypocrisie. Le tableau était toujours répugnant — plus qu'avant si possible — et le suintement écarlate qui tachait la main paraissait plus brillant, davantage semblable à du sang frais. Il trembla. Était-ce par pure vanité qu'il avait commis cette bonne action ? Ou pour connaître une sensation nouvelle, comme l'avait laissé entendre Lord Henry avec son rire moqueur ? Ou encore par goût d'entrer dans un personnage qui nous fait parfois agir mieux que nous ne sommes ? Les trois à la fois, qui sait ? Et pourquoi la tache rouge s'était-elle agrandie ? C'était comme si, telle une horrible maladie, elle avait fini par recouvrir tous les doigts ridés. Il y avait du sang sur le pied peint comme si cela avait coulé — du sang jusque sur la main qui n'avait pas tenu le couteau. Avouer ? Cela signifiait-il qu'il devait avouer ? Se livrer et être mis à mort ? Il éclata de rire. L'idée lui parut grotesque. Et puis, à supposer qu'il avouât, qui le croirait ? Il ne restait plus rien de la victime. Tout ce qui lui appartenait avait été détruit. Il avait lui-même brûlé ce qu'il y avait en bas. On dirait simplement qu'il était fou. On l'enfermerait s'il s'entêtait dans son histoire... Il était pourtant tenu d'avouer pour subir la honte au vu de tous et pour se racheter publiquement. Un Dieu exigeait des hommes qu'ils confessent leurs fautes sur terre comme au ciel. Rien de ce qu'il pourrait faire ne le laverait tant qu'il n'aurait pas confessé la sienne. Sa faute ? Il haussa les épaules. La mort de Basil Hallward lui semblait une faute des plus vénielles. C'était à Hetty Merton qu'il pensait. Car ce qu'il avait devant les yeux était un miroir injuste, c'était le miroir de son âme. Vanité ? Curiosité ? Hypocrisie ? Il n'avait donc renoncé à elle que pour cela ? Il avait bien dû y avoir autre chose. Du moins, il le pensait. Mais qui sait... Non. Il n'y avait rien eu d'autre. Il l'avait épargnée par vanité. Il avait feint la bonté par hypocrisie. Il avait essayé de nier sa vraie nature par curiosité. Il le reconnaissait à présent.

Mais ce meurtre — allait-il le traîner comme un boulet toute sa vie ? Allait-il devoir supporter toujours le fardeau de son passé ? Devait-il vraiment avouer ? Jamais. Il n'y avait pas la moindre preuve contre lui. Le tableau — elle était là la preuve. Il allait le détruire. Pourquoi l'avait-il gardé si longtemps ? Il avait pris plaisir à un moment donné à le regarder changer et vieillir. Ces derniers temps, ce plaisir lui était passé. Le tableau l'avait empêché de dormir. Lorsqu'il s'absentait, il tremblait à l'idée que quelqu'un le voie. Ce tableau avait jeté une ombre de mélancolie sur ses passions. Le seul fait d'y repenser lui avait gâché plusieurs bons moments. Il avait été pour lui comme une conscience morale. Oui, une conscience morale. Il allait le détruire.

Il regarda autour de lui et vit le couteau avec lequel il avait poignardé Basil Hallward. Il l'avait nettoyé à plusieurs reprises, jusqu'à ce qu'il ne reste pas de tache dessus. Il était brillant et luisait. De même qu'il avait tué le peintre il tuerait l'œuvre du peintre et tout ce qu'elle signifiait. Il tuerait le passé et, celui-ci mort, il serait libre. Il tuerait cette monstrueuse âme damnée sans les atroces reproches de laquelle il trouverait la paix. Il saisit le couteau et en poignarda le tableau [240].

On entendit un cri puis le bruit d'une chute. Le cri exprimait une souffrance si atroce que les domestiques effrayés se réveillèrent et se glissèrent hors de leur chambre. Deux messieurs, qui passaient en bas dans le square, s'immobilisèrent et levèrent les yeux sur l'impressionnante demeure. Ils marchèrent jusqu'au premier agent de police rencontré qu'ils ramenèrent avec eux. L'agent sonna à plusieurs reprises mais on ne répondit pas. À l'exception d'une lumière aux fenêtres de l'étage supérieur, la maison était plongée dans l'ombre. Au bout d'un moment, il s'éloigna et alla monter la garde sous un porche voisin.

— Chez qui est-ce, monsieur l'agent? demanda le plus âgé des deux messieurs.

— Chez M. Dorian Gray, monsieur, répondit l'agent.

Les deux hommes se regardèrent et passèrent leur chemin en ricanant. L'un d'eux était l'oncle de Sir Henry Ashton.

À l'intérieur, dans les communs, les domestiques à demi-vêtus s'entretenaient à voix basse. La vieille Mrs. Leaf pleurait et se tordait les mains. Francis était d'une pâleur cadavérique.

Au bout d'un quart d'heure environ, il prit avec lui le cocher et l'un des valets de pied et s'engagea dans l'escalier. Ils frappèrent à la porte du dernier étage mais il n'y avait personne. Ils appelèrent. Pas un bruit. Après avoir vainement tenté de forcer la porte, ils montèrent sur le toit et se laissèrent glisser sur le balcon. Les fenêtres cédèrent facilement car les verrous étaient vieux.

En entrant dans la pièce, ils trouvèrent, accroché au mur, un superbe portrait de leur maître tel qu'il l'avaient vu pour la dernière fois, dans tout l'éclat de sa jeunesse et de sa beauté exquises. Sur le sol, gisait un homme mort, en habit de soirée, un couteau dans le cœur. Il était flétri, ridé et son visage était répugnant. Ce n'est qu'après avoir examiné ses bagues qu'ils le reconnurent.

NOTES

1. Publiée dans *The Fortnightly Review* (mars 1891) sous le titre de « Preface to *Dorian Gray* », cette préface fait écho à celle de *Mademoiselle de Maupin* de Théophile Gautier, 1834 (« Il n'y a de vraiment beau que ce qui ne peut servir à rien », écrit par exemple Gautier).

2. Personnage monstrueux (anagramme probable de « cannibale » et représentation symbolique du corps terrestre) dans *La Tempête* de Shakespeare.

3. Wilde avait écrit la même phrase dans « L'Âme de l'homme sous le socialisme » (*The Fortnightly Review*, février 1891).

4. En juillet 1877, dans le *Dublin University Magazine*, Wilde avait vanté les mérites de la Grosvenor Gallery qui venait d'être fondée. Celle-ci exposait les tableaux des Préraphaélites.

5. La *Royal Academy of Painting, Sculpture and Architecture*, connue pour son conservatisme, avait été fondée en 1768.

6. Adonis, jeune homme d'une grande beauté, était aimé d'Aphrodite ; Narcisse fait l'objet d'un poème en prose, « The Disciple » (1893), et revient *passim* dans l'œuvre ; voir, par exemple, le personnage du jeune Syrien dans *Salomé* (GF-Flammarion n° 649, p. 91 : « Aussi, il aimait beaucoup à se regarder dans la rivière »).

7. Fait écho à l'épitaphe de Rochester pour Charles II : « Here lies a Great and Mighty King / Whose Promise none rely'd on ; / He never said a Foolish Thing / Nor ever did a Wise One » (« Ici repose un roi puissant / À qui personne ne prêtait foi ; / Il ne dit jamais sottise / Et jamais n'agit sagement »).

8. Cf. *La Duchesse de Padoue* (1883) : « As for conscience, / Conscience is but the narre which cowardice / Fleeing from battle scrawls upon its shield » (« Quant à la conscience, / La conscience est seulement le nom que la couardise / Fuyant le combat griffonne sur son égide »).

9. Wilde aurait dit de Mark André Raffalovich, qui lui succéda dans l'amitié de John Gray, qu'il était venu à Londres pour ouvrir un salon et n'avait réussi qu'à ouvrir un saloon.

10. Allusion au « Divorce Court », tribunal fondé en 1857 pour

simplifier la procédure du divorce. Celui-ci n'en était pas moins critiqué par la bonne société.

11. Antinoüs, jeune homme grec réputé pour sa beauté, était aimé d'Hadrien. Il se noya dans le Nil, et, à sa mort en 122 après J.-C., l'empereur fit ériger un temple à sa mémoire.

12. Marchand de tableaux dans Bond Street à Londres (1825-1910).

13. Dans *De profundis*, Wilde se servira des mêmes mots pour résumer son œuvre : « Je rassemblai tous les systèmes en une formule et toute l'existence en une seule épigramme. »

14. À l'origine, logements construits entre 1840 et 1845 par divers philanthropes.

15. Quartiers pauvres de Londres situés près des docks où s'exerçait l'action charitable.

16. Les *Scènes de la Forêt* (*Waldszene*), opus 82, furent composées par Schumann en 1849.

17. Quartier pauvre de l'East End. Plusieurs clubs, dont le *Toynbee Hall* et le *People's Palace for East London*, y avaient été créés à des fins philanthropiques.

18. Cf. *Épître* de saint Jacques, I, 27 : « La religion pure et sans souillure auprès de Dieu le Père, la voici : visiter orphelins et veuves dans leur affliction et se garder sans tache loin du monde. »

19. Petit club londonien situé dans le quartier Saint James (29 King Street), connu pour la qualité de sa cuisine et de ses vins ; Lord Queensberry, père de Lord Alfred Douglas, le fréquentait.

20. Rue située dans le quartier élégant de Mayfair.

21. L'une des plus prestigieuses *public schools* de Grande-Bretagne ; les Etoniens étaient connus pour leurs manières raffinées.

22. Dans *Le Père Goriot*, Rastignac subit l'influence de Vautrin, comme Dorian celle de Lord Henry. Rastignac s'adresse à son ami Bianchon : « Je suis tourmenté par de mauvaises idées. — En quel genre ? ça se guérit, les idées. — Comment ? — En y succombant. »

23. L'essayiste américain Emerson (1803-1882) insiste sur cette idée : « On peut trouver l'origine de tous les grands événements de notre époque, de toutes les villes, de toutes les colonisations dans un seul cerveau », écrit-il dans « Considerations by the Way ». Wilde revient sur ce point dans *De profundis* (« tout se passe dans le cerveau »).

24. Cf. « La Ballade de la geôle de Reading », vers 119-120 : « À pleine bouche, il buvait le soleil / Comme s'il eût été du vin. »

25. Cf. Walter Pater, *Marius l'Épicurien* (1885), chapitre III : « Une conviction subsistait [...] que l'on pouvait atteindre toutes les maladies de l'âme en passant par les portes subtiles du corps. »

26. À l'inverse des paysans exposés aux intempéries, les gens de qualité ne devaient pas avoir le visage hâlé.

27. Cf. la Conclusion de *La Renaissance*, de Pater (1873) : « Nous devons sans cesse, avec la plus grande curiosité, mettre à l'épreuve de nouvelles opinions et courtiser de nouvelles impressions. »

28. L'hédonisme est la recherche du plaisir comme bien souve-

tain. Walter Pater n'aimait pas ce terme parce que les « plaisirs » incluaient des satisfactions grossières au même titre que des expériences raffinées. Wilde s'est là encore inspiré de la Conclusion de *La Renaissance* (« Ce n'est pas le fruit de l'expérience, c'est l'expérience elle-même qui est une fin en soi », écrit Pater) pour développer ce « nouvel hédonisme ».

29. L'image sexuelle de l'insecte et de la fleur sera reprise par Proust au début de *Sodome et Gomorrhe* (scène entre Charlus et Jupien) : « [le bourdon] attendu depuis si longtemps par l'orchidée, et qui venait lui apporter ce pollen si rare sans lequel elle resterait vierge ».

30. Cf. « Le Critique comme artiste », deuxième partie : « On est tenté de définir l'homme en tant qu'animal doué de raison, toujours prêt à perdre son calme quand il lui faut agir en fonction des exigences de la raison. »

31. Sorte de samovar, très à la mode à la fin du XVIIIᵉ siècle sous le règne de George III, dont on se servait pour préparer le thé.

32. Club fondé en 1693, fréquenté par Wilde et situé dans le quartier St. James. Wilde y fait allusion dans *De profundis*.

33. Immeuble situé près de Piccadilly et habité par de riches célibataires. Byron y a vécu, de même que Macaulay (1800-1859) qui y passa quinze ans et y écrivit les premiers volumes de son *Histoire de l'Angleterre*.

34. Juan Prim (1814-1870), général espagnol qui s'opposa à la tyrannie d'Isabelle II, reine d'Espagne de 1833 à 1868. Il devint alors l'homme le plus puissant de son pays mais mourut assassiné deux ans plus tard.

35. Cf. le proverbe « no man is a hero to his valet » (« personne n'est un héros aux yeux de son serviteur »).

36. En Belgique, station thermale réputée fréquentée par la haute société.

37. Wilde se moquait souvent des Américains. Voir *Le Fantôme des Canterville*.

38. « That the meanest flower might blow », dit l'anglais, en écho aux derniers vers de l'Ode de Wordsworth (« Intimations of Immortality from Recollections of Early Childhood ») : « To me the meanest flower that blows can give / Thoughts that do often lie too deep for tears » (« Pour moi, la plus humble fleur vivante / Peut conduire à des pensées si profondes que les larmes même ne peuvent les atteindre »).

39. Dans la mythologie grecque, les Titans sont des dieux préolympiens souvent considérés comme des géants.

40. Nymphe des arbres.

41. Dans le chapitre X, Wilde évoque l'homosexualité de l'artiste italien, sur laquelle il est revenu lors de son procès. L'un des chapitres de *La Renaissance* de Pater est consacré à la poésie de Michel-Ange.

42. Les Radicaux, favorables aux réformes politiques et à des mesures démocratiques, appartenaient à l'aile gauche du Parti libéral ; les Tories sont les Conservateurs.

43. Les déclarations ministérielles étaient généralement brèves et dénuées de tout ornement rhétorique.

44. Dans *À Rebours*, la bibliothèque considérable de Des Esseintes lui permet de voyager sans sortir de chez lui.

45. Les Bacchantes étaient les prêtresses de Bacchus, dieu du vin. Silène, toujours représenté sous les traits d'un ivrogne repoussant, est le père nourricier de Dionysos.

46. Allusion au *Rubaiyat* d'Omar Khayyam, poète persan du XIᵉ siècle, traduit en 1859 par Edward Fitzgerald. Si un grand nombre des quatrains qui composent le *Rubaiyat* sont d'inspiration mystique, un plus grand nombre encore chantent les plaisirs du vin et de l'hédonisme.

47. Restaurant élégant, fréquenté par Wilde, fondé en 1765 et situé dans King Street, dans le quartier Saint James. Des concerts et des bals y étaient donnés.

48. Célèbre club du quartier Saint James, fréquenté par des hommes de lettres (Walter Scott, par exemple), des hommes politiques, des évêques ou des universitaires.

49. Allusion à l'Académie française des lettres, fondée en 1629 et destinée à préserver et purifier la langue. Arnold aurait aimé qu'une Académie comparable siégeât en Grande-Bretagne.

50. Claude Michel, dit Clodion (1738-1814), sculpteur français, élève de Pigalle, inspiré par l'Antiquité et les sujets mythologiques.

51. Contes français licencieux, inspirés par la littérature italienne et par les fabliaux médiévaux (1462).

52. Clovis, fils de Nicolas Eve, relieur officiel de la Cour de France à la fin du XVIᵉ siècle, connu pour ses reliures rouges ornées de fleurs de lys.

53. Également connue sous le nom de Marguerite de Navarre ou sous celui de la reine Margot, repris par Alexandre Dumas dans son roman éponyme. Marguerite (1553-1615) avait épousé Henri de Navarre et était célèbre pour sa beauté, son savoir et la légèreté de ses mœurs.

54. Bien avant qu'elle ne devînt très à la mode, Wilde avait exposé dans sa chambre, à Oxford, de la porcelaine bleue, goût dont se moqua le caricaturiste George du Maurier dans ses dessins parus dans *Punch*.

55. Roman de l'abbé Prévost publié anonymement à Paris en 1731.

56. Dix-sept est un nombre clé ; Sibyl est âgée de dix-sept ans de même que le jeune favori de Shakespeare dans *Le Portrait de Mr. W.H.* C'était aussi l'âge de Robert Ross lorsque Wilde fit sa connaissance et devint son amant.

57. Ces propos contradictoires sont fréquents chez Wilde (cf., dans le chapitre V, les pensées de Sibyl sur la vie de marin ; voir aussi *Salomé, passim*).

58. Située non loin de Shaftesbury Avenue, cette rue était connue pour ses boutiques d'antiquités.

59. La femme à réputation douteuse est un thème récurrent chez Wilde ; voir *L'Éventail de Lady Windermere* (le personnage de

Mrs. Erlynne) ou, sur un mode humoristique et *a contrario* « Le Sphinx sans secret ».

60. Titre inventé par Wilde. On donnait toutefois à Londres des pièces au titre comparable (*The Idiot of Heidelberg, The Idiot of the Mill, The Idiot of the Mountain* et *Idiot Witness*).

61. Cette description reprend celle de Wilde décrivant sa future femme, Constance Lloyd, dans une lettre à l'actrice Lillie Langtry en décembre 1883 : « une Artémis aux yeux violets, dont la lourde chevelure brune et bouclée lui donne l'air d'une fleur à la tête fléchie ».

62. Rosalinde, héroïne de *Comme il vous plaira* ; Imogène, héroïne de *Cymbeline*.

63. Trois autres références à Shakespeare ; la première fait allusion à Rosalinde déguisée en jeune homme dans la forêt d'Ardenne, la deuxième à Ophélie (*Hamlet*), la troisième à Desdémone (*Othello*).

64. Mère de Juliette dans *Roméo et Juliette*.

65. Quartier élégant de Londres où se trouvent la plupart des grands théâtres.

66. L'anglais dit « meat-tea », nom donné dans les milieux modestes au repas du soir.

67. Giordano Bruno (1548-1600) : philosophe italien panthéiste qui concevait Dieu comme une force unifiante dans un univers infini et complexe. Les idées de Bruno influencèrent Pater et Joyce. Lord Henry reprend les idées exposées par Pater dans « Giordano Bruno », publié dans la *Fortnightly Review* d'août 1889 et, à titre posthume sous une forme révisée, dans le dernier chapitre de *Gaston de Latour* (1896).

68. Le bismuth blanc est utilisé dans les cosmétiques et entre en particulier dans la composition du maquillage de théâtre.

69. À l'époque, quartier populaire du nord de Londres. On y trouvait un grand nombre d'hôtels et de pensions bon marché.

70. La description de Jim et l'impression qu'il produit sont calquées sur les descriptions de Hyde dans *Le Cas étrange du Dr. Jekyll et de Mr. Hyde* de Stevenson.

71. De l'or fut découvert en Australie dans les Nouvelles Galles du Sud en 1851, ce qui entraîna une arrivée massive d'immigrants.

72. Cf. le proverbe : « When poverty comes in at the door, love creeps out at the window » (« Quand la pauvreté entre par la porte, l'amour sort par la fenêtre »).

73. La statue d'Achille, fondue à partir de douze canons pris à la France lors des guerres napoléoniennes et érigée en 1822, se trouve dans Hyde Park. Wilde revient sur cette « atroce statue d'Achille » dans *Un mari idéal*.

74. Monument situé au nord-est de Hyde Park. Érigé par George IV dans le style de l'Arc de Constantin à Rome.

75. Femme de l'empereur Claude, connue pour ses débauches ; mise à mort, sur ordre de Claude, en l'an 48 de notre ère.

76. Rue de Soho, où se trouvaient de nombreux restaurants bon marché tenus par des Français, installés en Angleterre après la révocation de l'Édit de Nantes en 1685.

77. Wilde fait ici une confusion : au chapitre IV, Dorian dit qu'elle doit jouer Imogène : Dans *Mademoiselle de Maupin* (ch. XI), le sexe véritable du personnage principal est révélé à d'Albert lors d'une représentation de *Comme il vous plaira*.

78. L'une des statuettes en terre cuite trouvées dans la région de Tanagra en Béotie. Figurines très recherchées pour leur grâce.

79. Cf. la scène du jugement dans *Le Marchand de Venise* (acte IV, scène 1, vers 66-7) : « *Bassanio* : Est-ce que tous les hommes tuent ceux qu'ils n'aiment pas ? *Shylock* : Est-ce que l'on déteste un être que l'on ne veut pas tuer ? » Wilde reviendra sur ce point dans le vers 37 de la « Ballade de la geôle de Reading » (« Chacun de nous tue ce qu'il aime »).

80. Sur Caliban voir note 2 ; Miranda, belle jeune fille de noble naissance, est un autre personnage de *La Tempête*.

81. *Roméo et Juliette,* acte I, scène 5, vers 95-8. Apparemment la scène 3 de l'acte I, lorsque Juliette apparaît pour la première fois, a été coupée lors de cette représentation.

82. *Ibid.*, acte II, scène 2, vers 85-7.

83. *Ibid.*, acte II, scène 2, vers 116-22.

84. Cf. *L'Importance d'être constant*, Lady Bracknell : « Je pense depuis toujours qu'un homme désireux de se marier devrait soit tout savoir soit ne rien savoir du tout » (GF-Flammarion, n° 1074, p. 83).

85. Portia est l'un des personnages du *Marchand de Venise*, Béatrice, l'héroïne de *Beaucoup de bruit pour rien*, et Cordélia, l'une des filles du roi Lear dans la pièce éponyme.

86. En anglais, « I have grown sick of shadows », écho de « The Lady of Shalott » de Tennyson : « I am half sick of shadows », dit la dame qui se détourne de l'art pour choisir la vie.

87. À la fin de la seconde section du *Crime de Lord Arthur Savile*, c'est à Covent Garden que renaît l'espoir du héros.

88. Chef élu de la République de Venise.

89. Préoccupation récurrente de Wilde et de Gautier. Dans « Le Critique comme artiste », première partie, Wilde évoque l'« Amour de l'Impossible ».

90. Des usuriers y tenaient boutique.

91. Les bols chinois de l'époque Ming (1368-1644) étaient alors très à la mode.

92. Adelina Patti (1843-1919), célèbre cantatrice née à Madrid ; elle se produisit pour la première fois à Londres en 1861.

93. L'opium est censé faire oublier.

94. Chez les Grecs, fleur des morts.

95. Cf. *Hamlet*, acte III, scène 1, vers 83 : « Et c'est ainsi que la conscience fait de chacun de nous un couard. »

96. John Webster (1580-1624), John Ford (1586-1640) et Cyril Tourneur (1575-1626), dramaturges anglais de la fin du XVIe siècle. Leurs œuvres les plus célèbres sont respectivement *La Duchesse de Malfi, Dommage qu'elle soit une putain* et *La Tragédie du Vengeur*.

97. Desdémone dans *Othello*.

98. Cf. *Othello*, acte IV, scène 1, vers 191-2 : « Oh ! Iago ! quel malheur, Iago ! »

99. Ces mots de Gautier sont cités par Pater dans *La Renaissance*.

100. Créée en 1882, sa galerie de peinture, située rue de Sèze, entre la Madeleine et le boulevard des Capucines, à Paris, était ouverte aux tendances nouvelles et exposa les Impressionnistes.

101. Allusion à Antinoüs (voir note 11).

102. Allusion à Narcisse.

103. Allusion à l'amitié de Montaigne pour La Boétie. Dans *La Renaissance,* Pater consacre un essai à Johann Joachim Winckelmann (1717-1768), dont l'homosexualité était connue. Quant à Shakespeare, ses sonnets s'adressent à un destinataire inconnu dont seules subsistent les initiales (W.H.) qui inspirèrent à Wilde son *Portrait de Mr. W.H.*

104. Construite en style gothique, Fonthill était la demeure de William Beckford (1760-1844), auteur de *Vathek*.

105. Coffre italien ; Wilde en avait vu un exemplaire au South Kensington Museum (maintenant Albert and Victoria Museum).

106. Célèbre quotidien londonien.

107. Ce « livre jaune » est comparable aux « livres d'or » (« golden books ») auxquels Pater fait allusion dans ses romans et dont il dit qu'ils exercèrent une profonde influence sur ses héros (les *Métamorphoses* d'Apulée dans *Marius l'Épicurien*, les poèmes de Ronsard dans *Gaston de Latour*).

108. Ce roman s'inspire d'*À Rebours* de Huysmans (1884).

109. Cf. *Épître* de saint Jacques, I, 27 (voir note 18).

110. Cf. *Antoine et Cléopâtre*, acte II, scène 2, vers 239-42 : « elle attise l'appétit quand elle le satisfait ».

111. À Londres, la saison commençait début mai avec l'ouverture du Royal Academy Summer Show et finissait fin juillet avec les courses de Goodwood et les régates de Cowes ; la bonne société quittait alors Londres pour la campagne et l'ouverture de la chasse.

112. Également cité dans *Marius l'Épicurien*, vol. 1, 34 (« rendu parfait par l'amour de la beauté visible »). Contrairement à ce que dit Wilde, ces mots ne proviennent pas de Dante. Voir aussi *Mademoiselle de Maupin* où d'Albert est décrit comme « un adorateur de la forme » : « Je ne demande que la beauté, il est vrai » (chap. V).

113. Cf. *Mademoiselle de Maupin*, chap. VIII : « Tu sais avec quelle ardeur j'ai recherché la beauté physique, quelle importance j'attache à la forme extérieure, et de quel amour je me suis pris pour le monde visible. » Ces derniers mots (« le monde visible ») proviennent du *Journal* des Goncourt (1er mai 1857).

114. Un grand nombre de clubs se trouvaient à Pall Mall, près du palais de Saint James.

115. Roman de Pétrone (Ier siècle après J.-C.) racontant les errances d'un jeune débauché dans la Rome impériale. Cette œuvre est mentionnée dans le chapitre III d'*À Rebours*. Pétrone était surnommé *arbiter elegantium* (arbitre du bon goût) sous le règne de Néron.

116. L'attirance de Dorian pour la religion catholique reflète celle de Wilde lui-même.

117. Rejet avoué de la loi morale ; ce paragraphe fait écho à la Conclusion de *La Renaissance* de Pater.

118. En Allemagne, le darwinisme était représenté principalement par Ernst Erich Haeckel (1834-1919) qui épousa les doctrines évolutionnistes de Darwin en 1862.

119. Dorian imite ici Des Esseintes (voir *À Rebours*, chap. X). Wilde emprunte même à Huysmans les mots « champaka », « spikanard » ou « nard indien » et « hovenia » (« l'émanation de l'Hovénia du Japon »). Huysmans avait lui-même consulté *Des Odeurs, des parfums, et des cosmétiques* de S. Piesse, chimiste parfumeur à Londres.

120. La description des instruments reprend, parfois mot pour mot, celle du court chapitre intitulé « The American Indians » dans *Musical Instruments* de Carl Engel. Wilde l'avait consulté au South Kensington Museum.

121. Jésuite chilien (1601-1651), auteur d'une *Histoire du royaume de Chili et des missions qu'y a fondées la Société de Jésus* (1646).

122. Bernal Diaz del Castillo (1500-1581), conquistador et chroniqueur espagnol qui participa à la conquête du Mexique avec Cortès ; auteur d'une *Histoire véridique de la conquête de la Nouvelle-Espagne,* traduite en français par Hérédia.

123. Dans « Le Critique comme artiste », première partie, Wilde revient sur l'effet produit par l'ouverture de *Tannhäuser* : « Elle me parle de mille choses, de moi-même semble-t-il, et de ma propre vie. »

124. Amiral de France (1561-1587), favori d'Henri III.

125. Ces pierres, du chrysobéryl à la turquoise, sont décrites avec des adjectifs identiques dans le chapitre VII de *Precious Stones* de A.H. Church (1882). Des Esseintes choisit des pierres comparables pour décorer la carapace d'une tortue vivante. Wilde est revenu sur les énumérations de pierres précieuses dans *Salomé*.

126. Signifie ici « ancien et réputé ». À l'origine, selon Furetière, cette expression désigne les pierres « qu'on retire de l'ancienne mine là où elles sont les plus belles » (1690).

127. Tous les détails cités dans ce paragraphe et les deux suivants, ainsi que tous les noms de personnages, proviennent mot pour mot de *History and Mystery of Precious Stones* (1880) de William Jones. Celui-ci avait dédié sa compilation à Ruskin.

128. Petrus Alphonsus (Moïse Sephardi avant sa conversion au catholicisme), écrivain juif espagnol du XIIe siècle. Il avait fait une compilation de fables arabes et juives à laquelle il avait donné le nom de *Clericalis Disciplina*. Quelques-unes d'entre elles sont citées par Joseph Jacobs (1854-1916) dans *The Fables of Aesop, etc., as first printed by Caxton in 1484*, ouvrage publié en 1889. Si Jacobs ne mentionne pas de serpent, il cite en revanche en note une édition française de 1824, où il est question d'« un serpent d'or à yeux de pierres précieuses que l'on appelle jagonces ».

129. Ancienne province de Macédoine. Par extension, ce nom désigne la Macédoine tout entière.

130. Philostrate de Lemnos (IIe siècle après J.-C.), auteur d'ouvrages sur la peinture mythologique.

131. Alchimiste du XIVe siècle, auteur d'un ouvrage sur les pierres précieuses.

132. Médecin italien de Pesaro, auteur du *Miroir des Pierres* (1502), dédié à César Borgia.

133. Wilde mélange ici les deux sens du mot bézoard : d'une part, concrétion calculeuse trouvée dans le corps de certains animaux, d'autre part, préparation pharmaceutique végétale, minérale ou animale servant de puissant antidote contre les poisons.

134. Philosophe grec atomiste (460-370 avant J.-C.), né en Thrace et contemporain de Socrate.

135. Souverain légendaire d'un État chrétien, dont l'histoire est associée à la légende du Saint-Graal ; le pape Alexandre III lui aurait écrit en 1177 et l'aurait appelé « illustre souverain des Indes ».

136. Écrivain anglais (1557-1625), auteur de *Rosalynde* (1590) qui inspira *Comme il vous plaira* à Shakespeare ; *A Margarite of America*, qui est également un roman pastoral, a été publié en 1596.

137. Îles décrites par Marco Polo et généralement identifiées au Japon. Christophe Colomb partit en vain à leur recherche. Aussi sont-elles parfois considérées comme une utopie.

138. Peroz ou Firouz, roi de Perse au Ve siècle avant J.-C.

139. Historien byzantin du VIe siècle, secrétaire de l'empereur Justinien. Auteur du *Livre des guerres*, du *Traité des édifices* et d'une *Histoire secrète* ou *Anecdota*, chronique scandaleuse de la cour impériale dont l'authenticité est discutée.

140. Anastase Ier le Silenciaire, empereur d'Orient de 491 à 518, réputé pour son avarice.

141. Région littorale de l'Inde occidentale. Le bijou ici décrit est exceptionnel puisque le rosaire de l'Église occidentale comprend cent soixante-cinq perles, celui de l'Église orthodoxe grecque quatre-vingt-dix-neuf et celui de l'Église russe cent trois séparées par quatre grosses perles.

142. Le duc de Valentinois est César Borgia (1475-1507), fils de Rodrigo Borgia, plus tard Alexandre VI. Brantôme, chroniqueur français (1535-1614), auteur des *Dames galantes*.

143. La passion de Charles Ier (1600-1649) pour les bijoux était notoire.

144. Roi d'Angleterre (1367-1400). Shakespeare lui a consacré une pièce (1595).

145. Historien anglais (1498-1547), auteur d'une chronique, *L'Union des deux nobles familles de Lancastre et d'York* (1542) dont s'est inspiré Shakespeare pour ses pièces historiques.

146. Roi d'Angleterre (1566-1625), fils de Marie Stuart. Son favori le plus célèbre est George Villiers, premier duc de Buckingham.

147. Roi d'Angleterre (1284-1327) ; homosexuel, il laissa gouverner ses favoris, parmi lesquels Piers Gaveston. Emprisonné, Edouard périt assassiné. Christopher Marlowe lui a consacré une pièce de théâtre en 1592.

148. Roi d'Angleterre (1133-1189), père de Richard Cœur de Lion et de Jean sans Terre.

149. Charles le Téméraire, duc de Bourgogne (1433-1477), fut tué au combat, et son corps fut reconnu à la bague somptueuse qu'il portait.

150. Tous les exemples dans les deux paragraphes suivants proviennent de *Broderies et Dentelles* (1887) d'Ernest Lefébure. En 1888, Wilde avait fait le compte rendu de ce livre dans *Woman's World*, dont il était le rédacteur en chef. Dans cette description, il a même largement pillé, outre Lefébure, son propre article.

151. Héliogabale, empereur romain (218 à 222), s'était consacré au culte du soleil.

152. Chilpéric Ier (539-584) : roi de Neustrie de 561 à 584. Avare et cruel, ce roi mérovingien fut assassiné.

153. Pontus de Thiard ou Tyard (1521-1605), évêque de Chalon-sur-Saône et poète ; ami de Maurice Scève, il fut rattaché à la Pléiade ; auteur du *Livre des vers lyriques* (1555).

154. Charles d'Orléans (1391-1465), père de Louis XII et poète ; fait prisonnier à la bataille d'Azincourt, il fut retenu en Angleterre pendant environ un quart de siècle.

155. Le banquet qui suivait le sacre des rois de France se tenait dans le palais archiépiscopal de la ville.

156. Jeanne de Bourgogne (1292-1325 ou 1330), épouse de Philippe V le Long, roi de France de 1317 à 1322.

157. Jean III (1624-1696), roi de Pologne de 1674 à 1696, vainqueur des Turcs lors du siège de Vienne en 1683.

158. Dorian partage ce goût avec Des Esseintes.

159. Quartier mal famé dans l'East End de Londres.

160. Trouville était très à la mode dans la haute société entre juillet et octobre ; Alger était alors fréquentée en hiver par les Anglais et les Américains fortunés, en particulier par des homosexuels ; c'est là que Wilde emmena Douglas avant la première de *L'Importance d'être constant* en janvier 1895. Ils y rencontrèrent André Gide.

161. Il n'y avait pas de club de ce nom à Londres ; Wilde songeait probablement au Marlborough Club, fondé par le Prince de Galles (le futur Édouard VII), l'un des plus fermés de Londres. Churchill est le nom de famille des Marlborough.

162. Cf. *L'Éventail de Lady Windermere*, Mrs. Erlynne : « Mon cher Windermere, les manières avant la morale. »

163. Cf. « Le Critique comme artiste », deuxième partie : « Un peu de sincérité est une chose dangereuse, beaucoup de sincérité est tout à fait fatal. »

164. Cf. les propos du Dr. Jekyll dans le dernier chapitre du roman de Stevenson : « J'ose avancer l'hypothèse que l'on découvrira finalement que l'homme est formé d'une véritable confédération de citoyens multiformes, hétérogènes et indépendants. »

165. Philip Herbert, comte de Montgomery (1584-1650), favori de Jacques Ier. Selon Francis Osborne (*Historical Memoirs on the Reigns of Queen Elizabeth and King James*, 1658), « le roi Jacques le caressait pour son joli visage ».

166. Reine de Naples (1371-1455) connue pour son immoralité.

167. À la fin du XVIIIe siècle, jeunes Anglais qui affichaient des goûts en vogue en Europe.

168. Wilde fait sans doute allusion à Lord Ferrers (1720-1760) qui fut le dernier pair exécuté publiquement.

169. Le Prince Régent, futur George IV d'Angleterre (1762-1830), épousa secrètement Mrs. Fitzherbert en 1785 ; le mariage fut annulé dix ans plus tard.

170. Palais de Londres où le Prince Régent donnait des fêtes somptueuses.

171. L'ordre de la Jarretière, fondé par Édouard III en 1346, est l'un des plus prestigieux de la noblesse anglaise. Une étoile décorée de la croix de Saint-Georges figure sur cette décoration.

172. Lady Hamilton (1765-1815) était la maîtresse de Nelson. George Romney a peint vingt-trois portraits d'elle.

173. Dans ses références à l'histoire des empereurs romains, Wilde s'est inspiré des *Vies des Douze Césars* de Suétone et des *Annales* de Tacite. Huysmans évoque lui aussi le règne d'Héliogabale. « Elephantis » : femme-écrivain grecque (fin du Ier siècle avant J.-C.), selon Galien auteur d'un traité, perdu, sur les cosmétiques ; elle est surtout connue pour des écrits érotiques en vers et en prose, très appréciés de la société romaine. « Taedium vitae » (« dégoût de la vie ») n'est également le titre d'un poème de Wilde dont le premier vers n'est pas sans lien avec *Le Portrait de Dorian Gray* : « Poignarder ma jeunesse à l'aide de dagues désespérées… »

174. Wilde s'est très largement inspiré, dans le paragraphe qui suit, de *The Renaissance in Italy* (7 vol., 1875-1886), de John Addington Symonds.

175. Philippe, duc de Milan, fut le dernier des tyrans Visconti ; il était si laid qu'il apparaissait rarement en public. Il mourut en 1447.

176. Pape de 1464 à 1471. Il est connu pour sa cruauté et ses débauches.

177. Le duc Gian Maria Visconti, qui mourut en 1418, était le prédécesseur de son frère Philippe.

178. Le Fratricide est César Borgia qui avait assassiné son frère aîné.

179. Pietro Riario (1445-1474) était sans doute l'un des fils du pape Sixte IV qui le fit cardinal et évêque de Parme à l'âge de vingt ans.

180. Léonore d'Aragon, fille de Pedro IV d'Aragon. Son histoire est racontée dans une pièce de John Dryden, *The Spanish Friar* (1681).

181. Ganymède, prince troyen enlevé par Zeus, amoureux de sa beauté ; Hylas fut enlevé par Héraklès pour les mêmes raisons.

182. Ezzelin IV de Romano (1194-1259) : podestat de Vicence, il s'empara de Padoue et fit la conquête du nord-est de l'Italie qu'il dévasta, ce qui lui valut le surnom de Féroce. Le nom d'Ezzelin est cité dans le chant XII de l'*Enfer* de Dante.

183. Giambattista Cibo succéda à Sixte IV sous le nom d'Innocent VIII en 1484. Son immoralité en fit un pape indigne.

184. Les Malatesta régnèrent sur Rimini et sur une partie de la

Romagne du XIIIᵉ au XVᵉ siècle. Sigismond (1417-1468), qui contracta plusieurs alliances matrimoniales avec les Este et les Sforza, fut excommunié par le Pape, avec qui il se réconcilia toutefois en 1463. Selon John Addington Symonds (voir note 174), il tua ses trois épouses, viola sa fille et tenta de violer son fils. Il construisit l'église San Francesco à Rimini et la dédia à sa maîtresse Isotta.

185. Charles VI dit le Fou (1363-1422), roi de France de 1380 à sa mort.

186. Les Baglioni étaient une puissante famille de Pérouse. En 1500, Carlo et Grifonetto Baglioni décidèrent de les massacrer ; il n'y eut que très peu de rescapés.

187. Les empoisonneurs les plus célèbres étaient les Borgia. César Borgia possédait une bague qui contenait du poison ; d'après Ambroise Paré, le pape Clément VII aurait été empoisonné par la fumée d'une torche portée devant lui.

188. Cette pomme de senteur est une boule creuse contenant des parfums ou des aromates. L'ambre mélangé à du miel était considéré comme un poison fatal.

189. Dans la première version du *Portrait de Dorian Gray*, Wilde avait écrit « trente-deux », âge qu'il avait lui-même lorsqu'il eut ses premières relations homosexuelles. Il préféra effacer dans la seconde version ce qui établissait un lien trop patent entre le « péché » de Dorian et sa propre vie privée.

190. Long manteau coupé dans une étoffe grossière ; à l'évidence, pas un manteau de *gentleman*.

191. Simple sac de voyage.

192. Galerie de peinture créée par Lord Dudley en 1850 à Piccadilly. C'est là que Whistler exposait ses toiles.

193. Cf. *Salomé* : « Il fait froid ici. Il y a du vent ici. N'est-ce pas qu'il y a du vent ? » s'écrie Hérode après le suicide du jeune Syrien.

194. Cf. la description du visage de la Joconde dans *La Renaissance* de Pater : « C'est une beauté façonnée de l'intérieur, le dépôt, cellule après cellule, d'étranges pensées et de fabuleuses rêveries, [...] une beauté qu'ont traversée l'âme et toutes ses maladies... »

195. Cf. *Le Cas étrange du Dr. Jekyll et de Mr. Hyde* (« L'incident de la lettre ») : « J'ai reçu une leçon... Ô Dieu, Utterson, quelle leçon j'ai reçue ! »

196. Cf. *Isaïe*, 1, 18 : « Si vos péchés sont comme l'écarlate, qu'ils deviennent blancs comme la neige. » Cf. « La Ballade de la geôle de Reading », vers 636 : « Et la tache écarlate de Caïn / Devint le sceau du Christ, blanc comme neige. »

197. Pour Pater, dans « Denys l'Auxerrois », *Imaginary Portraits* (1887), l'étoile rouge symbolise l'entrée de la Nature dans un cycle dionysiaque : « La planète Mars se rapprocha de la Terre, plus qu'à l'accoutumée, suspendue dans le ciel bas telle une lampe rouge flamboyante. »

198. Dans son texte sur l'empoisonneur Wainewright, « La Plume, le crayon et le poison » (*Intentions*, 1891), Wilde fait observer que les peintures du meurtrier sont le reflet du mal qui l'habite.

199. *Émaux et Camées* (1852) de Théophile Gautier. L'édition de 1881, que fit paraître Charpentier, contient une gravure de Jacquemart de Hesdin, artiste français du XIVᵉ siècle.

200. Lacenaire est un criminel célèbre (1800-1836) ; il écrivit, lors de sa détention, les *Mémoires, Révélations et Poèmes de Lacenaire* (1836). Le rapport entre la main de Lacenaire, associée à la fois au crime et à l'art, et celle de Dorian est patent. Les mots cités par Wilde sont tirés de « Lacenaire », deuxième poème d'« Études de mains », dans *Émaux et Camées*.

201. Il y a trois « Variations sur le Carnaval de Venise » ; c'est la deuxième, « Sur les Lagunes » (strophes 4, 5, 6), que cite ici Wilde.

202. Le Lido est une île de la lagune vénitienne. Le Campanile est celui de la place Saint-Marc.

203. Cette phrase reprend le dernier vers de la strophe 7 de « Sur les Lagunes » : « Tout Venise vit dans cet air. »

204. Allusion détaillée à « Ce que disent les hirondelles : chanson d'automne » (*Émaux et Camées*). Au début de l'automne, six hirondelles se rencontrent et se racontent leurs aventures (« Les hirondelles sur le toit / Tiennent des conciliabules ») ; l'une d'elles est allée à Smyrne et décrit les Hadjis (musulmans qui ont fait le pèlerinage de La Mecque) : « [...] J'ai ma petite chambre / À Smyrne, au plafond d'un café. / Les Hadjis comptent leurs grains d'ambre / Sur le seuil, d'un rayon chauffé ». Le motif de l'hirondelle est également présent dans « Le Prince heureux » (1888).

205. Cf. « L'Obélisque de Paris » (premier poème de « Nostalgies d'Obélisques », *Émaux et Camées*) que Wilde cite ici abondamment : « des larmes de granit », le Nil « coiffé de lotus », « L'ibis rose et le gypaète / Au blanc plumage, aux serres d'or ».

206. Allusion à la statue de l'Hermaphrodite exposée au Louvre (*Hermaphrodite couché*) décrite par Gautier dans « Contralto » : « Est-ce un jeune homme ? est-ce une femme ? / Une déesse, ou bien un dieu ? [...] / Monstre charmant, comme je t'aime / Avec ta multiple beauté ! ». Sur le thème de l'ambiguïté sexuelle, voir *Mademoiselle de Maupin*.

207. Anton Grigorowitz Rubinstein (1830-1894), pianiste et compositeur russe.

208. Bad Homburg, près de Francfort-sur-le-Main, station thermale alors à la mode.

209. Wilde reprendra ce nom dans *L'Éventail de Lady Windermere*, où il désigne une intrigante à la moralité douteuse.

210. L'« or moulu » (en anglais « ormolu ») désigne le chrysocale, alliage de cuivre, d'étain et de zinc, qui imite l'or.

211. Le chaud-froid est une volaille en gelée.

212. Cf. *L'Importance d'être constant* : « J'ai entendu dire que, de chagrin, elle avait blondi » (GF-Flammarion, n° 1074, p. 73).

213. Voir note 53. Wilde fait ici une confusion : après l'exécution de son amant, Boniface de la Mole, Marguerite recueillit non pas son cœur mais sa tête. L'épisode fut repris par Stendhal dans *Le Rouge et le Noir*, quand Mathilde de la Mole s'empare de la tête de Julien.

214. Annuaire officiel de l'aristocratie d'Angleterre et d'Irlande dont le titre entier est *Debrett's Peerage, Baronetage, Knightage and Companionage.*

215. *The Morning Post* : quotidien londonien conservateur.

216. Sous la Restauration, les doctrinaires étaient des hommes politiques dont les idées mi-libérales mi-conservatrices reposaient sur un ensemble de concepts souvent abstraits (d'où l'horreur qu'en avaient les Anglais) et systématiques.

217. Le drapeau britannique.

218. Cf. *Daniel*, II, 31-35 : « Cette statue, sa tête était d'or fin, sa poitrine et ses bras d'argent, son ventre et ses cuisses de bronze, ses jambes de fer, ses pieds en partie de fer et en partie d'argile. »

219. Pâte odorante que l'on fait brûler en Afrique du Nord ou au Moyen-Orient pour parfumer l'air.

220. Cette pâte est soit de la cantharide, préparation aux vertus aphrodisiaques, soit du haschisch, que Baudelaire, dans « Le Poème du Haschisch », décrit comme « une pommade de couleur jaune verdâtre ».

221. Monnaie d'or anglaise dont la valeur est égale à celle de la livre sterling.

222. Dans *Salomé*, la lune, anthropomorphe et inquiétante, sera un motif récurrent.

223. Cf. « La Maison de la courtisane » (1885), strophe 3 : « Pareilles à d'étranges grotesques mécaniques, / Formant de fantastiques arabesques, / Les ombres se poursuivent derrière les persiennes. »

224. Théâtre londonien, près de Leicester Square, créé en 1879, détruit depuis.

225. Napoléon décrivait l'Angleterre comme un pays de boutiquiers.

226. Wilde écrit : « Greek meets Greek, then. » Cette expression, qui provient de *The Rival Queens* (1677) de Nathaniel Lee (1653-1692), est devenue proverbiale sous la forme : « When Greek meets Greek, then comes the tug of war » (« Quand deux Grecs se rencontrent, c'est alors que commence le combat »).

227. Dans un essai sur Poe, Baudelaire appelle l'opinion publique « ce sphinx sans énigme ». Pour Wilde, qui en fait le titre d'une nouvelle, les femmes sont des « sphinx sans secret ».

228. Les cavaliers parthes décochaient leurs flèches meurtrières, alors qu'ils faisaient semblant de fuir pour déconcerter leurs ennemis, en se retournant brutalement.

229. Wilde reprendra cette image, liée à celle de l'ange de la mort (*Actes des Apôtres*, 12:23), dans *Salomé* : « Et j'entends dans l'air quelque chose comme un battement d'ailes, comme un battement d'ailes gigantesques » (GF-Flammarion, n° 649, p. 99), lance Hérode à Hérodias.

230. En Grande-Bretagne, des feuilles de fraisier figurent sur la couronne d'un duc, d'un marquis ou d'un comte.

231. Dans *Salomé*, la princesse reprendra cette image pour décrire la bouche d'Iokanaan : « [Ta bouche] est comme une pomme de grenade coupée par un couteau d'ivoire » (GF-Flammarion, p. 85).

232. Perdita et Florizel sont des personnages du *Conte d'hiver* de Shakespeare.

233. Montre de poche sans valeur fabriquée aux États-Unis dans le Connecticut.

234. *Hamlet*, acte IV, scène 7, vers 108-9 (le roi interroge Laërte sur son père Polonius) : « Laërte, Votre père vous était-il cher ? / Ou n'êtes-vous qu'une image de la douleur, / Un visage sans cœur ? »

235. Cf. *Marc*, 8:36 : « Et que sert-il à un homme de gagner tout le monde, s'il perd son âme ? »

236. Le coin nord-est de Hyde Park est connu sous le nom de « Speaker's Corner » ; n'importe qui peut y tenir un discours à condition de ne pas troubler l'ordre public.

237. Le satyre Marsyas, qui prétendait que sa flûte était supérieure à la lyre d'Apollon, lança un défi au dieu. Celui-ci, pour le punir, l'attacha à un arbre et l'écorcha vif. Marsyas est l'un des personnages mythologiques préférés de Wilde qui y fait allusion dans « Le Déclin du mensonge » et dans *De profundis* (« j'entends le cri de Marsyas dans une bonne partie de l'art moderne »).

238. L'hommage de Lord Henry à Dorian fait écho à la description de la Joconde dans *La Renaissance* de Pater : « Tout cela [les expériences passées] n'a été pour elle que le son des lyres et des flûtes. »

239. Voir « Bishop Blougram's Apology » (*Men and Women*, 1855) : « [...] la caresse du crépuscule, / La fantaisie d'une corolle, / la mort d'un être, / Les derniers vers d'un chœur d'Euripide, / Cela suffit pour cinquante espoirs et craintes ».

240. Le thème du tableau poignardé fait l'objet du « Portrait » de Gogol (*Les Contes de Saint-Pétersbourg*, 1839). Voir introduction, p. 12.

BIBLIOGRAPHIE

Manuscrits

Le manuscrit holographe (deux cent soixante-quatre feuillets) de la version de 1890 peut être consulté à la Pierpont Morgan Library de New York. Une analyse de ce document atteste qu'il s'agit très probablement de la seconde version d'un manuscrit précédent, aujourd'hui perdu. Le tapuscrit (deux cent trente et un feuillets), amplement révisé par Wilde, est déposé à la William Andrews Clark Memorial Library (UCLA) de Los Angeles. S'y trouvent également vingt-trois feuillets du chapitre III et un feuillet du chapitre V de la version de 1891. La Berg Collection de la New York Public Library possède le manuscrit corrigé de ce qui est maintenant le chapitre XV du roman. Le manuscrit du chapitre XVI, de dix-neuf feuillets, qui appartenait autrefois au compositeur Jerome Kern, a été vendu chez Sotheby's, à New York, en 1996.

Éditions

The Picture of Dorian Gray, Oxford, Oxford English Novels, 1974.

The Picture of Dorian Gray, Harmondsworth, Penguin, 1985.

The Picture of Dorian Gray, Oxford, Oxford University Press, 1987.

The Picture of Dorian Gray, New York, Norton Critical Edition, 1988.

The Picture of Dorian Gray, Londres, Everyman, [1976], 1993.

The Picture of Dorian Gray, *Complete Works*, Londres et Glasgow, Harper Collins, 1998.

The Picture of Dorian Gray : the 1890 and 1891 Texts, The Complete Works of Oscar Wilde, t. III, Oxford, Oxford University Press, 2005.

Voir aussi :

HYDE, H. Montgomery, éd., *The Annotated Oscar Wilde*, Londres, Orbis, 1982.

MURRAY, Isobel, éd., *The Writings of Oscar Wilde*, Londres, Oxford University Press, 1989.

Biographies et témoignages sur Wilde

AQUIEN, Pascal, *Oscar Wilde. Les mots et les songes*, Croissy-Beaubourg, Éditions Aden, 2006.

BELFORD, Barbara, *Oscar Wilde : A Certain Genius*, New York, Random House, 2000.

DOUGLAS, lord Alfred, *Oscar Wilde and Myself*, Londres, 1914 ; AMS Press, New York, 1977.

ELLMANN, Richard, *Oscar Wilde*, Harmondsworth, Penguin, 1987 ; Paris, Gallimard, 1994.

FRYER, Jonathan, *Wilde*, Londres, House Publishing, 2005.

GIDE, André, *Oscar Wilde*, Paris, Mercure de France, 1901 ; rééd. 1946.

–, *Si le grain ne meurt* [1921], Paris, Gallimard, 1955.

HOLLAND, Merlin, *The Wilde Album*, Londres, Fourth Estate, 1997.

–, éd., *The Real Trial of Oscar Wilde*, Londres, Fourth Estate, 2004. Traduit par Bernard Cohen sous le titre *Le Procès d'Oscar Wilde*, Paris, Stock, 2005.

HOLLAND, Vyvyan, *Son of Oscar Wilde*, Oxford, Oxford University Press, 1954 ; rééd. en 1988 ; rééd. et rév. en 1999.

–, *Oscar Wilde and His World*, Londres, Thames and Hudson, 1966.

HYDE, H. Montgomery, *Oscar Wilde*, New York, Farrar Straus, 1976.

JULLIAN, Philippe, *Oscar Wilde*, Londres, Constable, 1969 ; Paris, Bartillat, 2000.

KNOX, Melissa, *Oscar Wilde. A Long and Lovely Suicide*, New Haven et Londres, Yale University Press, 1994.

MCKENNA, Neil, *The Secret Life of Oscar Wilde*, Londres, Century, 2003 et Londres, Arrow Books, 2004.

MERLE, Robert, *Oscar Wilde*, Paris, Perrin, 1984 ; rééd. Paris, De Fallois, 1995.

PEARSON, Hesketh, *The Life of Oscar Wilde*, Londres, Methuen, 1946 ; Harmondsworth, Penguin, 1960.

SHERARD, Robert, *The Life of Oscar Wilde*, Londres, T.W. Laurie, 1906.

Correspondance

The Letters of Oscar Wilde, Rupert Hart-Davis éd., New York, Harcourt, Brace and World, 1962.

Selected Letters of Oscar Wilde, Rupert Hart-Davis éd., New York, Harcourt, Brace and World, 1979.

Lettres d'Oscar Wilde, Paris, Gallimard, 1994.

The Complete Letters of Oscar Wilde, Merlin Holland et Rupert Hart-Davis éd., New York, Holt, 2000.

Ouvrages sur Le Portrait de Dorian Gray
et sur l'œuvre d'Oscar Wilde

AQUIEN, Pascal, introduction aux *Œuvres* d'Oscar Wilde, Paris, Gallimard, « Bibliothèque de la Pléiade », 1996 ; rééd. 2004.

–, « Entre Dionysos et Apollon : pour une lecture nietzschéenne de Wilde », *Études anglaises*, 50/2, 1996.

–, « L'étrange cas du Dr. Jekyll et de Mr. Gray », *Dr. Jekyll et Mr. Hyde*, Paris, Autrement, « Figures mythiques », 1997.

–, *The Picture of Dorian Gray. Pour une poétique du roman*, Nantes, Éditions du Temps, 2004.

BARTLETT, Neil, *Who Was That Man ? A Present for Mr. Oscar Wilde*, Londres, Serpent's Tail, 1988.

BECKSON, Karl, éd., *Oscar Wilde. The Critical Heritage*, Londres, Routledge and Kegan Paul, 1970.

–, *The Oscar Wilde Encyclopedia*, New York, AMS Press, 1998.

ELLMANN, Richard, éd., *The Artist as Critic : Critical Writings of Oscar Wilde*, New York, Random House, 1968.

–, éd., *Oscar Wilde, a Collection of Critical Essays*, Englewood Cliffs, Prentice Hall, 1969.

GAGNIER, Regenia, éd., *Critical Essays on Oscar Wilde*, New York, Twayne, 1991.

KOHL, Norbert, *Oscar Wilde. The Works of a Conformist Rebel*, Cambridge, Cambridge University Press, 1988.

LOUVEL, Liliane, *The Picture of Dorian Gray. Le double miroir de l'art*, Paris, Ellipses, 2000.

MERLE, Robert, *Oscar Wilde*, Paris, Perrin, 1984.

MIKHAIL, E.H., éd., *Oscar Wilde. Interviews and Recollections*, Londres, Macmillan, 1979.

NASSAAR, Christopher S., *Into the Demon Universe*, New Haven et Londres, Yale University Press, 1974.

RABY, Peter, *Oscar Wilde*, Cambridge, Cambridge University Press, 1988.

RODEN, Frederick, éd., *Oscar Wilde Studies*, Houndmills, Basingstoke, Hampshire, Macmillan, 2004.

SCHMIDGALL, Gary, *The Stranger Wilde : Interpreting Oscar*, New York, Dutton, 1994.

SHEWAN, Rodney, *Oscar Wilde : Art and Egoism*, Londres, Macmillan, 1977.

VARTY, Anne, *A Preface to Oscar Wilde*, Londres et New York, Longman, 1998.

Ouvrages sur l'esthétique victorienne

PATER, Walter, *The Renaissance* [1873], Glasgow, Fontana/
  Collins, 1961.
–, *Marius l'Épicurien* [1885], Paris, Aubier, 1993.
PRAZ, Mario, *La Chair, la Mort, le Diable* [1933], Paris, Galli-
  mard, 1977.
RUSKIN, John, *Works*, Londres, George Allen, 1903-1912.

Romans inspirés par Le Portrait de Dorian Gray

BARTLETT, Neil, *Ready To Catch Him Should He Fall*, Londres,
  Serpent's Tail, 1990. Traduit par Gilbert Cohen-Solal sous
  le titre *Ainsi soient-ils*, Arles, Actes Sud, 1999.
FINDLEY, Timothy, *Pilgrim*, Harper Flamingo, Canada, 1999.
  Traduit par Isabelle Maillet sous le même titre, Paris, Le
  Serpent à Plumes, 2000.
SELF, Will, *Dorian. An Imitation*, Londres, Viking, 2002. Tra-
  duit par Francis Kerline sous le titre *Dorian*, Paris, L'Olivier,
  2004.
TERENCE, Mathieu, *Journal d'un cœur sec*, Paris, Phébus, 1999.

Filmographie

L'ouvrage de référence qui a servi à l'établissement de la
majeure partie de cette filmographie est le livre de Robert
TANITCH, *Oscar Wilde on Stage and Screen*, Londres, Methuen,
1999. Les œuvres citées ci-dessous sont classées par ordre
chronologique. Seuls les noms des metteurs en scène et des
interprètes de Dorian Gray sont indiqués.

Axel STROM, *Dorian Grays Portræt*, Danemark, 1910. Avec
  Henrik Malberg.
Phillips SMALLEY, *The Picture of Dorian Gray*, États-Unis,
  1913. Avec Wallace Reid.
Vsevolod MEYERHOLD, *Portret Doriana Graya*, Russie, 1915.
  Avec Varvara Yanova.
Fred W. DURRANT, *The Picture of Dorian Gray*, Royaume-Uni,
  1916. Avec Henry Victor.
Richard OSWALD, *Das Bildnis des Dorian Gray*, Allemagne,
  1917. Avec Bernd Aldor.
Nom du metteur en scène inconnu, *Dorian Gray*, Hongrie,
  1918. Avec Norbert Dan.
Albert LEWIN, *The Picture of Dorian Gray*, États-Unis, 1945.
  Avec Hurd Hatfield.
Mort ABRAHAMS, *The Picture of Dorian Gray*, États-Unis, 1953
  (télévision). Avec John Newland.
Paul BOGART, *The Picture of Dorian Gray*, États-Unis, 1961
  (télévision). Avec John Fraser.

Charles JARROTT, *The Picture of Dorian Gray*, Royaume-Uni, 1961 (télévision). Avec Jeremy Brett.

Nom du metteur en scène inconnu, *Das Bildnis des Dorian Gray*, R.F.A., 1961.

Massimo DALLAMANO, *Il Dio Chiamato Dorian*, Italie et R.F.A., 1970. Distribué dans plusieurs pays, ce film est également connu sous les titres suivants : *Dorian Gray*, *Das Bildnis des Dorian Gray*, *The Evils of Dorian Gray*, *The Secret of Dorian Gray*, *Le Dépravé*. Avec Helmut Berger.

Glenn JORDAN, *The Picture of Dorian Gray*, États-Unis, 1973 (télévision). Avec Shane Briant.

John GORRIE, *The Picture of Dorian Gray*, Royaume-Uni, 1976 (télévision). Avec Peter Firth.

Pierre BOUTRON, *Le Portrait de Dorian Gray*, France, 1977 (télévision). Avec Patrice Alexsandre.

Armand WESTON, *Take Off*, États-Unis, 1978. Avec Wade Nichols.

Tony MAYLAM, *The Sins of Dorian Gray*, États-Unis, 1983 (télévision). Avec Belinda Bauer.

Ulrike OTTINGER, *Dorian Gray im Spiegel der Boulevardpresse*. Distribué en anglais sous le titre de *The Mirror Image of Dorian Gray in the Yellow Press*, R.F.A., 1983. Avec Yeruschka von Lehndorf.

Allan A. GOLDSTEIN, *Dorian*, Grande-Bretagne et Canada, 2001. Ce film a été distribué au Québec sous le titre *Pacte avec le diable*. Avec Ethan Erickson.

David ROSENBAUM, *The Picture of Dorian Gray*, États-Unis, 2004. Avec Josh Duhamel.

Vincent KIRK, *Dorian*, États-Unis, 2005 (court-métrage de 13 mn). Avec Matthew Jaeger.

Duncan ROY, *Dorian Gray*, États-Unis, 2006. Avec David Gallagher.

Sites Internet

The Picture of Dorian Gray : http://www.online-literature .com/wilde/dorian_gray/

The Oscholars : http://homepages.gold.ac.uk/oscholars/home-page.html

The Oscar Wilde Society : http://www.oscarwildesociety.co.uk

The Morgan Library : http://www.morganlibrary.org/

The New York Public Library : http://www.nypl.org/

CHRONOLOGIE

1854 (16 octobre) : naissance à Dublin d'Oscar Fingal O'Fla-
hertie Wills Wilde, deuxième fils de William Wilde (Sir
William Wilde à partir de 1864, date à laquelle il fut anobli
par la reine Victoria), médecin et chirurgien très célèbre,
spécialiste de l'œil et de l'oreille, et de Jane Francesca Elgee
(devenue Lady Wilde après l'anoblissement de son mari),
poétesse engagée qui dans les années 1840 avait défendu la
cause du mouvement Jeune Irlande sous le pseudonyme de
Speranza. Plus tard, Wilde, qui toujours revendiqua ses
origines celtes et irlandaises, partagea avec sa mère un très
fort sentiment nationaliste. Wilde avait pour grand-oncle
Charles Maturin, auteur de *Melmoth ou l'Homme errant*
(1820), et, lors de son exil en France, après son procès, il
prit le pseudonyme de Sebastian Melmoth, associant ainsi le
patronyme de son parent au nom d'un saint très apprécié de
lui-même et, d'une manière générale, des esthètes homosexuels.

1864-1871 : élève à la Portora Royal School, *public school* élégante située près d'Enniskillen en Irlande.

1867 : mort de sa sœur cadette, Isola, à l'âge de dix ans ; le
traumatisme fut profond pour le jeune Oscar. À la mort de
Wilde, on retrouva, parmi les rares objets qui lui restaient,
une mèche de cheveux de la petite fille soigneusement placée
dans une enveloppe.

1871-1874 : études à Trinity College, Dublin. Il y obtient, en
1874, la médaille d'or du meilleur helléniste. Lecture passionnée de l'œuvre de A.C. Swinburne, en particulier d'*Atalante à Calydon*, néo-tragédie grecque (1865), et de *Poèmes et
Ballades* (1866), violemment attaqués par la critique à leur
publication.

1873 : publication de *La Renaissance*, de Walter Pater. Wilde,
qui appelait ce recueil d'essais « mon livre d'or », le décrit

dans *De profundis* comme « le livre qui a eu une si étrange influence sur ma vie », en raison de l'accent mis par Pater sur la valeur fondamentale et première de l'esthétique.

1874-1878 : études à Magdalen College, Oxford. Wilde suit l'enseignement de Walter Pater et de John Ruskin, dont l'influence fut également profonde sur lui.

1875 : voyage en Italie.

1876 : mort de Sir William Wilde, déconsidéré après un retentissant procès, quelques années plus tôt, pour le viol supposé et non avéré de l'une de ses patientes.

1877 : séjours en Grèce et à Rome, où Oscar est reçu en audience privée par le pape Pie IX.

1878 : Wilde écrit « Ravenna », poème qui lui valut le prix Newdigate. Termine brillamment ses études à Oxford.

1879 : Wilde s'installe à Londres où il devient un personnage très en vue en tant qu'esthète et homme d'esprit.

1881 : publication de *Poèmes* ; *Véra ou les Nihilistes*, première pièce de Wilde, est retirée de l'affiche à la veille de la première, à la suite de l'attentat contre le tsar de Russie, Alexandre II, assassiné par les membres d'un mouvement révolutionnaire populiste dont faisait partie une certaine Vera Figner. La pièce, médiocre, sera représentée à New York pour la première fois en 1883, sans grand succès.

1882 : tournée de conférences aux États-Unis sur l'esthétisme et les arts décoratifs. À son arrivée à New York le 2 janvier, il déclare « ne rien avoir à déclarer en dehors de son génie ». Extraordinaire succès de curiosité et retour triomphal en Angleterre le 27 décembre.

1883 : publication de *La Duchesse de Padoue*, pastiche peu intéressant du théâtre élisabéthain. La première aura lieu à New York en 1891.

1884 : mariage avec Constance Lloyd ; Huysmans publie *À Rebours*.

1885 : collabore à la *Pall Mall Gazette* ; naissance de Cyril Wilde.

1886 : naissance d'un second fils, Vyvyan. Rencontre Robert Ross, avec qui il eut l'une de ses premières relations homosexuelles. Ross, qui restera toujours son ami, sera son exécuteur testamentaire.

1887-1889 : Wilde est rédacteur en chef de *The Woman's World*.

1888 : publication du *Prince heureux et autres contes*. Grand succès : Wilde, comparé à Andersen, est enfin reconnu comme écrivain.

1889 : publication du *Portrait de Mr. W.H.*, nouvelle sur le mystérieux dédicataire des *Sonnets* de Shakespeare. La ques-

tion de la supposée homosexualité du dramaturge y est discrètement abordée.

1890 : *Le Portrait de Dorian Gray*, première version.

1891 : Wilde rencontre Lord Alfred Douglas (surnommé Bosie
par sa famille), fils cadet du marquis de Queensberry ; fort
attachement amoureux de Wilde au jeune lord qui lui fait
par ailleurs connaître les milieux clandestins de la prostitu-
tion masculine. Publication d'*Intentions*, recueil d'essais sur
l'art et sur la critique littéraire (« Le Déclin du mensonge »,
« La Plume, le crayon et le poison », « Le Critique comme
artiste » et « La Vérité des masques »). Publication du *Portrait de Dorian Gray* dans sa version définitive. Publication
du *Crime de Lord Arthur Savile et autres histoires*, d'*Une maison de grenades* et de « L'Âme de l'homme sous le socialisme ».
Séjour à Paris où Wilde rencontre Stéphane Mallarmé, qui
travaille alors sur *Hérodiade*.

1892 (22 février) : première à Londres de *L'Éventail de Lady
Windermere* ; *Salomé*, pièce écrite en français, dont la représentation était prévue avec Sarah Bernhardt dans le rôle-
titre, est interdite à Londres sous le prétexte grossier qu'une
loi ancienne interdisait que l'on montrât sur scène des personnages bibliques.

1893 : publication de *L'Éventail de Lady Windermere* ; première
d'*Une femme sans importance* ; publication de *Salomé*.

1894 : publication d'*Une femme sans importance*, du poème « La
Sphinge » et de la version anglaise de *Salomé*, illustrée par
Aubrey Beardsley. La traduction, due à Lord Alfred Dou-
glas, avait été remaniée par Wilde, très mécontent du travail
de son ami. La pièce sera retraduite par Vyvyan, fils de
Wilde, en 1957.

1895 : première d'*Un mari idéal* le 3 janvier. En compagnie
d'Alfred Douglas, Wilde séjourne à Alger, lieu de villégiature
alors apprécié des homosexuels fortunés. Les deux hommes y
rencontrent André Gide, très embarrassé. Première triom-
phale de *L'Importance d'être constant* le 14 février. Poussé par
Lord Alfred Douglas qui haïssait son père, le marquis de
Queensberry, Wilde porte plainte en diffamation contre le
marquis qui l'avait insulté en l'accusant de « poser au som-
domite [*sic*] ». Wilde perd son procès, est à son tour pour-
suivi par Queensberry et est arrêté le 5 avril. Le 22 mai,
l'écrivain est condamné à deux ans de travaux forcés, soit la
peine la plus lourde. La plus grande partie de cette peine
sera purgée à la prison de Reading. Wilde est ruiné, ses biens
sont vendus aux enchères quand ils ne sont pas pillés, et sa
femme, contrainte par les événements, décide de changer de
nom. Mrs Wilde et ses enfants s'appelleront désormais

Holland. Ce nom est toujours porté par la descendance de l'écrivain, Vyvyan ayant eu un fils, Merlin, né en 1945.

1896 : le 3 février, mort de Lady Wilde, mère d'Oscar : « Sa mort fut un si terrible choc que moi, naguère seigneur du verbe, je ne trouve pas de mots pour exprimer mon angoisse et ma honte », écrivit Wilde dans *De profundis*. Première de *Salomé* à Paris le 11 février, au Théâtre de l'Œuvre d'Aurélien Lugné-Poe.

1897 : en prison, Wilde, désespéré et malade, écrit une longue lettre à Lord Alfred Douglas, plus tard publiée sous le titre de *De profundis*. Une fois libéré, Wilde se réfugie en France, d'abord à Berneval près de Dieppe. Rejoint Lord Alfred Douglas en Italie.

1898 : s'installe à Paris à l'hôtel d'Alsace, alors pension bon marché située rue des Beaux-Arts. Mort de Constance Holland en Italie, à la suite d'une opération de la colonne vertébrale. Publication de « La Ballade de la geôle de Reading », dernière œuvre de Wilde.

1899 : publication d'*Un mari idéal* et de *L'Importance d'être constant*.

1900 (31 janvier) : mort du marquis de Queensberry.

1900 (30 novembre) : mort de Wilde à Paris dans le plus grand dénuement. Enterrement de sixième classe au cimetière de Bagneux. Ses restes ne furent transférés au cimetière du Père-Lachaise à Paris qu'en 1908. Un monument funéraire imposant, orné d'un sphinx dont les traits rappellent ceux de l'écrivain, fut érigé quelques années plus tard, en 1912, par le sculpteur Jacob Epstein (1880-1959). Recouvert d'une bâche en raison de sa supposée indécence (Epstein ayant représenté le sexe masculin du sphinx), il ne fut dévoilé au public qu'en août 1914.

1905 : publication de *De profundis* en version expurgée ; l'édition complète ne paraîtra qu'en 1962. Première représentation de la version anglaise de *Salomé*. Création à Dresde, le 9 décembre, de *Salomé*, opéra de Richard Strauss, dont le livret est une traduction allemande (partielle) de la pièce de Wilde.

1908 : publication de la *Collected Edition of the Works of Oscar Wilde*, dirigée par Robert Ross.

1915 : mort sur le front de Cyril Holland, fils aîné de Wilde et officier de l'armée britannique.

1918 : mort de Robert Ross. Ses cendres furent déposées à l'intérieur du tombeau de Wilde le 30 novembre 1950, à l'occasion du cinquantième anniversaire de la mort de l'écrivain.

1945 : mort de Lord Alfred Douglas.

1967 : mort de Vyvyan Holland, fils cadet de l'écrivain.

TABLE

GF Flammarion

13/06/183004-VI-2013 – Impr. MAURY Imprimeur, 45330 Malesherbes.
N° d'édition L.01EHPNFG1301.C006. – Novembre 1995. – Printed in France.